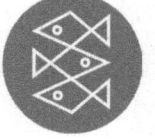

TINE NELL

GENAU JETZT MIT Dir

Roman

FISCHER Taschenbuch

Dieses Buch enthält potenziell belastende Inhalte.
Dieshalb findet sich auf Seite 368 eine Triggerwarnung.
Diese enthält Spoiler für das gesamte Buch.

2. Auflage: Mai 2024

Originalausgabe
Erschienen bei FISCHER Taschenbuch
Frankfurt am Main, Juni 2024

© 2024 S. Fischer Verlag GmbH, Hedderichstr. 114,
D-60596 Frankfurt am Main
Die Nutzung unserer Werke für Text- und Data-Mining im Sinne
von § 44b UrhG behalten wir uns explizit vor.

Dieses Buch wurde vermittelt durch die
Literaturagentur Langenbuch & Weiß.
Redaktion: Bettina Hengesbach

Typografie und Layout: Tobias Wantzen, Bremen
Druck und Bindung: GGP Media GmbH, Pößneck
ISBN 978-3-596-70903-8

Für Jan, Mia, Tom & Jari.
Ihr seid mein Zuhause.

1

Ben und Jerry jammerten in regelmäßigen Abständen von der Rückbank, was wie die perfekte Titelmelodie zu unserer Reise klang. Der letzte Stopp an einem Rastplatz lag drei Stunden zurück. Für zwei verwöhnte Kater, die in einer engen Transportbox untergebracht waren, grenzte das an eine Zumutung.

»Wir haben es bald geschafft«, redete ich ihnen gut zu und warf einen schnellen Blick über die Schulter. Durch die schwarzen Gitterstäbe funkelte mich Jerry vorwurfsvoll aus seinen goldbraunen Augen an. Dafür würde er mich die nächsten Tage mit Nichtbeachtung strafen, so viel war klar.

»Du leidest wenigstens still, Wilma.« Mit der rechten Hand tätschelte ich die Blätter der Yuccapalme, die auf dem Beifahrersitz stand und bei jeder Unebenheit wippte. Es war ein Wunder, dass die Karosserie meines Autos nicht über die Straße schleifte, denn es war bis unters Dach mit meinen Habseligkeiten vollgestopft. Achtundzwanzig Jahre verpackt in acht Kisten, zwei Reisetaschen, eine Transportbox und einen Blumentopf. Insgesamt siebzehn Stunden Fahrt trennten mich von meiner kleinen Dreizimmerwohnung am Frankfurter Stadtrand. Eine lange Zeit und doch zu kurz, wenn man bedachte, dass ich mein altes Leben hinter mir lassen wollte, um noch einmal von vorn zu beginnen. Ein Neustart in Nora, bei meiner Tante Edda, die fest davon überzeugt war, dass man jedes Stimmungstief mit Kanelbullar — den berühmten schwedischen Zimtschnecken — im Magen überwinden konnte. Edda war eine Frohnatur und lebte nach dem Sprichwort: Kommer tid kommer råd. Es bedeutete, dass es sinnlos war, sich schon im Vorfeld zu viele Gedanken über etwas zu machen. Wenn es so weit war, würde sich schon eine Lösung finden. Ich wünschte, ich könnte dem zustimmen, doch das Leben hatte mich bisher anderes gelehrt.

Meine Gefühle überwältigten mich, als ich von der Landstraße abbog und Nora erreichte. Das Erste, was ich sah, war der weiße Kirchturm, der im Stadtkern stand und stolz zwischen den roten Häuserdächern in den mittlerweile strahlend blauen Himmel emporragte. Andächtig und in gemächlichem Tempo, als wäre ich zum ersten Mal in meinem Leben hier, fuhr ich durch die Straßen, vorbei an den historischen roten Holzhäusern, in denen die rund siebentausend Menschen lebten und arbeiteten. Es war Sonntag, und bis auf die Cafés, vor denen Gäste an runden Tischen saßen und ihren Kaffee in der Frühlingssonne tranken, waren die Geschäfte geschlossen. Obwohl ich im dreißig Kilometer entfernten Örebro geboren und aufgewachsen war, fühlte sich Nora wie meine Heimat an. Vielleicht weil ich die Ferien stets in dem beschaulichen schwedischen Städtchen verbracht hatte. Eine unbeschwerte Zeit, die nach unserem Umzug nach Deutschland jedes Mal wie Balsam für die Seele war.

Ich blickte zum wolkenlosen Himmel und lächelte. Eine einzelne Träne rollte über meine Wange, als ich mir vorstellte, wie glücklich es sie machen würde, dass ich wieder hier war. »Hej, Mamma. Ich bin zu Hause.«

Tante Edda wohnte wenige Fahrminuten vom kleinen Stadtkern entfernt, in einem typischen roten Schwedenhaus, das an einen Wald angrenzte und direkt am Norasjön lag — dem See, auf dem ich in den Weihnachtsferien Schlittschuh laufen und in dem ich im Sommer Schwimmen gegangen war. Hier gab es keine direkten Nachbarn, dafür aber jede Menge Wiesen, Wälder und Elche, die man zur Brunftzeit brüllen hören konnte.

Ben und Jerry miauten empört, als mein VW Golf über den unbefestigten Weg zu Eddas Einfahrt holperte und die beiden ordentlich durchgeschüttelt wurden. Dort stand neben dem wunderschönen Holzhaus ein weiß gestrichenes Nebengebäude. Was früher als Schuppen gedient hatte, war liebevoll umgebaut worden und wurde inzwischen seit vielen Jahren als Hebammenpraxis genutzt. Magkänsla, was übersetzt Bauchgefühl hieß, war die einzige Hebammenpraxis in Nora und naher Umgebung. Über die Jahre hatte sich Edda mit ihrer Praxis etabliert und ein kleines Hebammen-Team zusammengestellt. Und ich gehörte ab sofort dazu. Bei dem Gedanken, wieder in meinem alten Beruf arbeiten zu können, kribbelte es vor Aufregung in mir. Gleichzeitig zog etwas an meinem Herzen. Etwas Schmerzhaftes, das sich vor drei Jahren dort eingenistet hatte.

Ich parkte neben der Praxis und betrachtete einen Augenblick lang das Gebäude mit dem hübschen Schild, auf dem in geschwungener Schrift der Name der Praxis stand, neben der gezeichneten Silhouette einer schwangeren Frau. Hinter den bodentiefen Fenstern erkannte ich den kleinen Empfangsbereich, zwei Sessel und einen niedrigen Holztisch. Schon als Kind war ich oft in der Praxis gewesen, hatte mir die Schwarzweißfotografien von neugeborenen Babys und runden Babybäuchen angesehen, die gerahmt an den Wänden hingen. Je älter ich wurde, desto interessierter hatte ich meine Tante über ihre Arbeit ausgefragt, und so irgendwann den Entschluss gefasst, ebenfalls Hebamme zu werden.

Ich stieg aus, reckte meine steifen Glieder und sog die Luft ein, die nach warmen Kiefernnadeln roch.

»Ich höre deine Kater bis ins Haus schreien.«

Ruckartig drehte ich mich um und strahlte meine Tante an, die wie aus dem Nichts hinter mir aufgetaucht war. Der Klang ihrer Stimme und der vertraute Singsang der schwedischen Sprache verursachten einen Kloß in meinem Hals.

»Edda«, hauchte ich und stellte bei ihrem Anblick fest, dass meine Tante sich in den letzten Jahren kaum verändert hatte. Ihr dunkelblondes Haar, das man in Schweden liebevoll als *råttfärg* — rattenfarbig — bezeichnete, war wie eh und je glatt und kinnlang, ihre grauen Augen hatten diesen stets wissenden Schimmer und erinnerten mich für Sekunden an die meines Vaters. Ich ignorierte den Gedankenblitz und stürzte in ihre ausgebreiteten Arme. Zuletzt hatte ich sie vor drei Jahren gesehen, als sie für die Beerdigung meiner Mutter nach Frankfurt gereist und ein paar Tage bei mir geblieben war. Danach hatten wir häufig telefoniert und uns ab und zu Fotos über das Handy geschickt. Sie von sich in ihrem Garten, ich Selfies von mir mit Ben und Jerry.

»Schön, dass du hier bist, Alma.« Ihre Stimme brach, und sie drückte mich fest an ihre Brust. Sie roch wie in meiner Erinnerung nach frischem Gras und Frühlingssonne. Edda war etwas kleiner als ich und hatte einen weiblichen Körper mit weichen Rundungen. Meine Figur glich der meiner Mutter — groß und eher schlaksig.

Edda rückte von mir ab, nahm mein Gesicht zwischen ihre Hände und betrachtete mich lächelnd. »Du siehst gut aus. Müde, aber gut.«

Ich erwiderte ihr Lächeln und spürte, wie die Anspannung der letzten drei Tage nach und nach von meinen Schultern rutschte.

»Wie war die Fahrt?«

»Anstrengend. Aber es hat alles gut funktioniert.«

»Und die Kater?« Wie auf Kommando meldete sich einer von ihnen mit einem theatralischen Miauen zu Wort. Ich tippte auf Jerry.

»Sie sind waschechte Dramaqueens. Ich fürchte, sie hassen mich jetzt.«

Edda lachte und ließ ihre Hände sinken.

»So eine lange Fahrt und die Übernachtungen in den Hotels bedeuten Stress. Sie werden sich hoffentlich schnell einleben.« Ihr Blick fiel auf die Beifahrerseite, wo sich Wilmas Blätter gegen die Fensterscheibe pressten, als hätte sie ebenfalls die Nase voll vom Autofahren.

»Du hast eine Pflanze mitgebracht?« Eddas Blick sprang wieder zu mir, und ich musste über ihre ungläubige Miene lachen.

»Darf ich vorstellen. Das ist Wilma. Wilma, das ist meine Tante Edda.«

»Wilma?« Ihr Ausdruck veränderte sich, während sich auf ihrem Gesicht Erkenntnis breitmachte. Ihre Züge wurden weicher. »Sie hat Svenja gehört, stimmt's?«

Ich war dankbar, dass Wilma noch ins Auto gepasst hatte. Die Palme war etwas Besonderes für mich, und ich hätte es nicht übers Herz gebracht, sie dem neuen Mieter zu überlassen, ohne zu wissen, ob er sie gut behandeln würde.

Wilma hatte meiner Mutter gehört, die, nachdem wir Schweden verlassen hatten, zu einer Topfpflanzenfanatikerin mutiert war. Unsere damalige Wohnung war überfüllt gewesen mit Pflanzen in diversen Formaten. Obwohl sie Deutsche gewesen war, hatte sie ihr Leben in Schweden nie losgelassen. Sie hatte die raue Natur vermisst, das Grün, die Tannen, die Seen. Ihre Topfpflanzen waren der Versuch gewesen, ein wenig davon in unsere graue Stadtwohnung zu holen. Auch mir zuliebe.

»Mama hat sie geliebt. Ich konnte sie nicht in der Wohnung zurücklassen.«

»Das verstehe ich.« Ihr Lächeln kehrte zurück, als sie eine Handbewegung Richtung Tür machte. »Ich habe ein großes Haus, da finden wir bestimmt einen passenden Platz für Wilma.«

2

Nachdem ich eine lange Dusche genommen und mich in meinem Zimmer ein wenig eingerichtet hatte, lief ich die Holztreppe hinunter, deren Stufen bei jedem Schritt knarrten, um mich zu Edda auf die Terrasse zu gesellen. Ben und Jerry saßen immer noch zusammengekauert in der Transportbox, die wir mit geöffneter Klappe ins Wohnzimmer gestellt hatten. Selbst die Lockversuche mit ihren Lieblingssnacks hatten nicht geholfen.

Während ich durch das Wohnzimmer lief, vorbei an Wilma, die ein helles Plätzchen direkt am Fenster bekommen hatte, realisierte ich, dass das hier vorerst mein neues Zuhause war. Es fühlte sich vertraut an, weil sich seit meinem letzten Besuch nichts verändert hatte. Alles stand noch an seinem Platz, genauso wie ich es in Erinnerung hatte. Selbst der Geruch nach Lavendel und verkohltem Feuerholz, der das Wohnzimmer erfüllte, war unverändert. Viele Möbel oder Dekoration besaß Edda nicht. Die Schweden waren für ihr Understatement bekannt, was sich in ihrem Wohnstil abzeichnete, der auch meinen persönlichen Geschmack geprägt hatte. Diesen Lebensstil bezeichnete man als Lagom, was sinngemäß: »Nicht zu viel, nicht zu wenig, sondern gerade recht« bedeutete. Und genauso war Eddas Haus eingerichtet. Es war alles da, was man braucht. Es gab ein beiges Sofa mit einem kleinen Holztischchen, Regale aus Kiefernholz, in denen Bücher standen, im Essbereich einen massiven Tisch mit Stühlen in unterschiedlichen Designs, als hätte Edda sie in einem Secondhandshop zusammengesucht. Die angrenzende Küche im Landhausstil war in Cremeweiß gehalten. Die wenigen, aber ausgewählten Möbel gaben den Räumen Struktur, weshalb es bei Edda immer aufgeräumt und harmonisch wirkte.

Mein Blick blieb an den Fotos hängen, die auf dem Kaminsims standen. Eins zeigte Tante Edda mit meiner Mutter. Sie sahen jung und unbeschwert aus, ahnten nicht, was auf sie zukommen würde. Auf dem daneben war ich als Kleinkind zu sehen, die hellblonden Haare zu zwei Zöpfen geflochten, die mandelförmigen blauen Augen erwartungsvoll aufgerissen, weil mir ein Eis unter die Nase gehalten wurde. Zwölf Jahre hatte ich mit meinem schwedischen Vater und meiner deutschen Mutter ein halbwegs normales Leben in Örebro geführt. Bis zu dem Zeitpunkt, als herauskam, dass mein Vater seit Jahren ein notorischer Fremdgänger war und ein Kind mit einer anderen Frau gezeugt hatte. Daraufhin war meine Mutter mit mir nach Deutschland zurückgekehrt, weil ihr die Distanz zu Andrik nicht groß genug hätte sein können.

Nachdem ich Schweden acht lange Jahre nicht mehr besucht hatte, war ich nun zurückgekehrt.

Das letzte Bild kannte ich noch nicht. Es war neu dazugekommen und zeigte Edda mit einer jungen Frau, die eine Sonnenbrille trug und Edda im Arm hielt. Es schien eine Selbstaufnahme zu sein, weil das Foto etwas schief und verwackelt wirkte. Ein flaues Gefühl breitete sich in meinem Magen aus, als mir bewusstwurde, dass die hübsche Brünette Liv sein musste — meine Halbschwester, die ich noch nie kennengelernt hatte. Edda hatte seit ein paar Jahren Kontakt zu ihr, was gut war, schließlich konnte Liv nichts dafür, dass mein Vater ein heuchlerisches Arschloch war. Sie war zwei Jahre jünger als ich und lebte in Stockholm, wo sie als Reiseführerin arbeitete. Edda erzählte manchmal von ihr, weshalb ich wusste, dass sie mit ihrer Mutter und ihrem Stiefvater aufgewachsen war. Doch ich hatte nie darauf reagiert oder weitere Fragen gestellt, vor allem nicht, ob sie noch Kontakt zu Andrik hatte. Es war nicht so, dass mich Liv nicht interessierte, aber es überforderte mich, dass es sie gab. Selbst als erwachsene Frau wusste ich nicht, wie ich damit umgehen sollte, dass mein Vater mir das Herz gebrochen hatte.

Tante Edda saß mit einer Tasse Kaffee auf einem der Holzgartenstühle und ließ ihren Blick über die Wiese schweifen, auf der mehrere Obstbäume standen. Ein Trampelpfad führte zu dem eigenen Bootssteg, wo die Pärla, ein weißes Holzboot, friedlich auf der Wasseroberfläche schaukelte. »Nicht unsere Städte und Dörfer sind unsere Heimat, es sind der Wald und die Natur«, hatte Tante Edda mir schon als Kind beigebracht, wenn sie mit mir durch ihren Garten gelaufen war und die Namen aller Pflanzen und Blumen aufgezählt hatte, die darin wuchsen. Während für viele Menschen das Leben in der Großstadt für Individualität und Freiheit stand, war es für die Leute hier die Natur, die sie aufblühen ließ. Mehr als die Hälfte Schwedens war mit Wäldern bedeckt. Etwas, das mir erst klargeworden war, nachdem meine Mutter und ich in das graue Frankfurt gezogen waren.

»Mandeltårta?«

Auf dem Gartentisch standen Brötchen, Einmachgläser mit Eddas selbstgemachten Marmeladen und eine Torte, die ich auf Anhieb identifizierte.

Meine Tante wandte sich mir zu und lächelte.

»Ich dachte, wir ziehen die Fika etwas vor, weil ich weiß, wie sehr du die Torte liebst.«

Mein Herz wurde vor Rührung butterweich. Wie sehr ich die Fika in Deutschland vermisst hatte — diese kleinen Kaffeepausen, die man mit Kollegen, Freunden oder der Familie verbrachte. Man trank starken Kaffee und aß dazu etwas Süßes. Meine Mutter und ich hatten versucht, die geliebte schwedische Tradition weiterhin zu zelebrieren, doch bei unserem neuen Alltag in Deutschland und ihren Arbeitszeiten als Köchin im Restaurant war das nicht möglich gewesen.

Mit knurrendem Magen setzte ich mich auf den Stuhl neben ihr, weil ich die Aussicht auf den See genießen wollte.

»Das ist lieb, danke, Edda. Einmal bin ich extra zu Ikea gefahren, nur um mir die tiefgekühlte Mandeltorte zu kaufen. Du weißt, ich habe kein Talent fürs Backen. Aber ich hatte solche Sehnsucht danach.«

»Dafür hast du das Kochtalent deiner Mutter geerbt.« Edda lud mir ein Stück Torte auf, während ich mir Kaffee eingoss.

Er war tiefschwarz und roch köstlich würzig. Ich schloss die Augen, als ich mir eine Gabel voll Torte in den Mund schob. Ich schmeckte Buttercreme, geröstete Mandeln und viele Erinnerungen.

»Allein dafür hat sich die Fahrt gelohnt«, murmelte ich und lächelte meine Tante an.

»Ich bin froh, dass du mein Angebot angenommen hast. Valentina ist schon ganz gespannt auf dich. Astrid kennst du ja bereits von deinen Besuchen.«

»Ich werde heute Nacht vor Aufregung bestimmt kein Auge zumachen.«

»Es gibt keinen Grund, nervös zu sein.« Edda legte eine Hand auf mein Bein. »Du schaffst das. Du bist doch keine Anfängerin mehr und wirst sehen, wie schnell du dich eingearbeitet hast. Wir machen es wie besprochen. Du begleitest uns drei im Wechsel bei den Hausbesuchen, und nach ein paar Tagen wirst du dann deine erste eigene Schwangere betreuen.«

»Weißt du schon, zu wem ich fahren werde?«

»Das erfährst du alles morgen früh bei der Teambesprechung.« Nervös drehte ich meine Kuchengabel zwischen den Fingern. »Ich habe drei Jahre nicht mehr als Hebamme gearbeitet. Das ist eine lange Zeit.«

»Nicht, wenn es eine Berufung ist. Und das ist es in deinem Fall, Alma. Ich werde nie vergessen, wie du mich schon als Kleinkind über meine Arbeit ausgefragt hast. Du wolltest alles über die Geburt wissen, hast dir hochkonzentriert Bilder in Büchern dazu angeschaut. Dich hat nichts abgeschreckt, du warst nur fasziniert.« Sie musterte mich voller Stolz, was mich wegsehen ließ. Es fühlte sich furchtbar an, meiner Tante nicht die Wahrheit zu sagen. Doch ich brachte es nicht über mich.

»Du bist so ernst.« Edda musterte mich und neigte den Kopf zur Seite. »Was beschäftigt dich?«

»Es geht mir gut, es ist nur ...«, ich stockte und atmete durch, »es war alles sehr aufregend in den letzten Tagen.«

Edda nickte, den Blick voller Verständnis.

»Der Abschied fiel dir sicher schwer, besonders von deinen Freundinnen und Freunden.«

»Ehrlich gesagt musste ich mich von niemandem verabschieden. In letzter Zeit habe ich mich von allen zurückgezogen.«

Falten bildeten sich auf Eddas Stirn. »Wieso hast du mir nie davon erzählt, wenn wir telefoniert haben? Ich hatte den Eindruck, dir geht es ganz gut. Auch wenn dir die Arbeit in der Augenarztpraxis keinen Spaß gemacht hat.«

»Ich wollte nicht, dass du dir Sorgen machst«, gestand ich kleinlaut. »Ich dachte, dass es mit dem neuen Job bergauf geht, aber es wurde eher schlimmer.«

Edda presste die Lippen zu einer dünnen Linie zusammen. »Kein Wunder. Die Arbeit hat dich nicht erfüllt.«

In meinem Magen zwickte es, und plötzlich lag mir der leckere Kuchen wie ein Stein im Magen. Als ich Edda von meiner Kündigung im Krankenhaus berichtet hatte, war sie zu Recht überrascht gewesen. Ich hatte die wechselnden Schichten und die Unterbesetzung als Begründung vorgeschoben, und Edda hatte es mir abgenommen.

»Du wirst sehen, dass es dir bald besser geht. Wie kann es einem in Schweden inmitten der Natur nicht gutgehen?«

Ihr überzeugtes Lächeln ließ keinerlei Zweifel zu, und ich wünschte mir von Herzen, dass sie recht behielt.

Pünktlich um acht Uhr am nächsten Morgen saß ich mit meinen zukünftigen Kolleginnen in einem der Praxisräume. Edda hatte mich kurz herumgeführt, aber es hatte sich seit meinem letzten Besuch auch hier nichts verändert. Es gab ein Büro, in dem wir uns jetzt befanden, dazu zwei weitere Räume, die für die Geburtsvorbereitungskurse genutzt wurden. Das waren dreitägige Crashkurse, die kurz vor dem errechneten Termin stattfanden.

Durch Edda wusste ich, wie stark sich die Begleitung einer Schwangerschaft in Schweden von der üblichen Vorgehensweise in Deutschland unterschied. Hier gab es nur zwei Untersuchungen, die den Schwangeren zugeteilte Hebammen im Krankenhaus durchführten — zu Beginn der Schwangerschaft und um die zwanzigste Woche herum. Zum Arzt ging eine Schwangere nur, wenn es Komplikationen gab. Somit lag alles in den Händen der Hebammen, oder Barnmorskas, wie man sie hier nannte.

»Guten Morgen zusammen.« Edda lächelte in unsere kleine

Runde, die außer uns beiden noch aus Astrid und Valentina bestand.

Astrid war in Eddas Alter und arbeitete schon seit vielen Jahren mit meiner Tante zusammen. Sie war eine sehr erfahrene Hebamme, die genau wie Edda gefühlt auf jede Frage eine Antwort hatte. Ihr ergrautes Haar trug sie kurz, und ihre Brille baumelte an einem Band um ihren Hals, da sie sie nur zum Lesen brauchte.

Valentina hatte dunkles Haar, das sie in einem straffen Dutt trug, braune warme Augen und eine quirlige Art, die sie mir bei der Begrüßung mit ihren argentinischen Wurzeln erklärte. Sie war genauso alt wie ich und hatte im Krankenhaus in Stockholm gearbeitet, bevor sie vergangenes Jahr zu ihrem Freund nach Nora gezogen war und in Eddas Praxis angefangen hatte. Ihr Lächeln war offen und herzlich, was mir die Anspannung nahm, mit der ich gestern ins Bett gegangen und heute Morgen aufgestanden war.

Nachdem ich mich vorgestellt hatte, fassten Astrid, Valentina und Edda ihre letzte Woche zusammen und besprachen, was in der kommenden anstehen würde. Danach teilte Edda mich für die Mitfahrten ein.

»Ab nächster Woche wirst du dann zusätzlich zu Elsa Hansen fahren. Sie ist im fünften Monat schwanger und hat schon einen fünfjährigen Sohn.« Ihre Miene wurde ernster, während sie weitersprach. »Leider ist sie seit Beginn der Schwangerschaft alleinerziehend. Ihr Mann Oskar hat sie verlassen und ist aus Nora weggezogen.«

Ich nickte betreten.

»Greift er ihr denn trotzdem noch unter die Arme?«

Edda schüttelte seufzend den Kopf. »So wie ich Elsa verstanden habe, hat er psychische Probleme und unterstützt sie nur noch finanziell, soweit es geht. Elsa arbeitet Vollzeit im Blumenladen in Nora. Sie ist eine starke Frau und tut alles dafür, dass es Fynn trotz des Verlustes seines Vaters gutgeht. Das führt nur leider dazu, dass sie zu wenig auf sich selbst achtet. Da ihre Eltern schon verstorben sind, hat sie sonst kaum Hilfe. Deshalb ist ihr Bruder vor ein paar Wochen zu ihr gezogen.«

»Das ist schön«, murmelte ich und musste zugeben, dass ich mich fragte, wieso Edda mir ausgerechnet diese Familie zugewiesen hatte.

»Ich kenne Elsa seit ihrer eigenen Geburt, und ich sehe die Besuche bei ihr auch als persönliche Unterstützung. Und da du noch ein wenig Praxiserfahrung brauchst, wirst du sie alle vier Wochen besuchen.«

Nach dem Meeting blieb ich den Rest des Tages bei Edda in der Praxis, wo sich einige Schwangere zur Erstkontrolle angemeldet hatten. Zum ersten Mal in meiner Arbeitslaufbahn durfte ich per Ultraschall die Gebärmuttergröße messen. Ich war ziemlich stolz, dass ich es auf Anhieb hinbekam.

Nach der zweiten Untersuchung machten Edda und ich eine Kaffeepause und setzten uns auf die zwei Stühle vor der Praxis. Der Himmel über Nora war bedeckt, aber es war dennoch so warm, dass ein dünner Pullover ausreichte.

»Nun frag mich schon, Alma«, begann Edda unvermittelt, nachdem wir eine Weile schweigend die Auffahrt hinuntergeblickt hatten. »Ich sehe dir doch an, dass dir seit dem Meeting etwas auf der Seele brennt.«

Ich linste zu ihr, ertappt, dass sie mich so leicht durchschaut hatte. »Es ist nur ... Warum ausgerechnet die Familie Hansen?«

»Wie meinst du das?«, hakte Edda nach, obwohl sie kein bisschen überrascht über meine Frage zu sein schien.

»Weil, na ja, es erinnert mich an Mama und mich.«

»Ich weiß.« Edda lächelte sanft. »Und deshalb bin ich mir sicher, dass du genau die richtige Hebamme für Elsa bist. Du verstehst Fynn und sie.«

Ich starrte meine Tante an, unschlüssig, was ich davon halten sollte.

»Du hast nie darüber gesprochen, aber ich weiß, dass es dich immer noch quält. Die Trennung und Andriks Betrug.«

Ihre Worte fühlten sich an wie tiefe Schnitte in meiner Haut. Es war ein Thema, das ich nur ertrug, weil ich es seit Jahren von mir wegschob. Genauso wie die unbeantworteten Fragen an meinen Vater und die Wut, die ich für ihn empfand.

»Du musst nicht darüber reden. Dazu möchte ich dich nicht zwingen. Aber ich weiß, dass du deinen eigenen Schmerz nutzen kannst, um anderen zu helfen.«

»Woher willst du das wissen?« Meine Stimme klang brüchig, und ich musste mich zusammenreißen, um den Emotionen nicht einfach freien Lauf zu lassen.

In Eddas Augen trat ein Kummer, den ich noch nie zuvor gesehen hatte. »Weil ich es aus eigener Erfahrung weiß, Alma.«

Sie schluckte und senkte den Blick in ihre Tasse. Zu meiner Enttäuschung führte sie ihre Antwort nicht weiter aus. Aber was auch immer sie damit gemeint hatte, es schien etwas sehr Persönliches zu sein, wenn sie es nicht mit mir teilen wollte. Und das war okay, weil ich wusste, dass manche Dinge zu schmerzhaft waren, um sie auszusprechen.

3

Das Haus der Hansens lag exakt acht Minuten Fahrzeit von Edda entfernt. Es war verrückt, dass man sie als direkte Nachbarn bezeichnete. Man begriff es erst, wenn man durch Schwedens Straßen fuhr. In Nora gab es davon nur eine einzige, und die holperte ich gerade mit meinem Auto entlang. Mächtige Kiefern salutierten am Straßenrand, und der Duft von Harz strömte in mein Auto, dessen Fenster ich trotz der kühlen Morgenluft geöffnet hatte. Während die Winter in Schweden kalt und hart waren, pendelte sich die Temperatur im Frühjahr auf maximal fünfzehn Grad ein. Nachdem ich jahrelang fast ausschließlich stickige Stadtluft eingeatmet hatte, bekam ich nicht genug von der naturdurchtränkten Luft.

Ich parkte in der gepflasterten Einfahrt, die zu dem einzigen Haus weit und breit führte. Es war genau wie das meiner Tante aus Holz erbaut, allerdings waren die Bretter blau gestrichen, statt in dem typischen Schwedenrot. Zwei liebevoll bepflanzte Beete mit bunten Frühlingsblumen lagen links und rechts davon.

Ich betrachtete das Haus für ein paar Sekunden durch das Seitenfenster, sammelte mich und stieg aus. Mein Herz schlug mir bis zum Hals, als ich meine Tasche aus dem Kofferraum holte, in der sich die wichtigsten Utensilien befanden, die eine Hebamme brauchte. Vor der Tür atmete ich noch einmal durch und drückte den Klingelknopf, über dem ein Messingschild mit der Aufschrift *Hansen* hing.

Beinahe im selben Moment wurde die Tür auch schon aufgerissen. Mein Blick fiel ins Leere, bevor ich ihn senkte und einen kleinen Jungen sah. Er hatte hellblondes kurzes Haar und musterte mich neugierig. Das musste Fynn sein.

»Hej«, begrüßte ich ihn und lächelte freundlich. »Ich bin Alma, die Hebamme.«

»Weiß ich«, kam es mit einer piepsigen Stimme zurück. Ein zögerliches Lächeln legte sich auf seinen Mund.

»Meine Mama hat ein Baby im Bauch.«

Ich nickte. »Und genau deshalb bin ich da.«

»Holst du das Baby jetzt aus ihr raus?«

»Oh nein, dafür ist es noch viel zu klein. Es muss noch ein paar Monate wachsen, bis es kräftig genug ist, um auf die Welt zu kommen.«

Enttäuschung machte sich auf seinem rundlichen Gesicht breit. Anscheinend konnte Fynn es kaum erwarten, sein Geschwisterchen kennenzulernen.

Eine hübsche junge Frau mit ebenso blonden Haaren wie Fynn trat zu uns. Ihre Wangen waren etwas gerötet, und unter ihrem Shirt zeichnete sich eine kleine Kugel ab.

»Hej Alma, ich bin Elsa. Schön, dass du da bist.«

Sie nahm Fynn bei der Hand und zog ihn sanft ein Stück zurück, so dass ich eintreten konnte.

»Danke, ich freue mich auch.«

Ich folgte den beiden in das etwas beengte Wohn- und Esszimmer. Es war gemütlich eingerichtet und ein wenig chaotisch. Überall lagen Kinderspielsachen herum. Kuscheltiere, kleine Autos und Bausteine.

Elsa deutete auf einen der Stühle, von dem sie hastig einen Haufen Kinderkleidung nahm.

»Entschuldige, ich war bis eben auf der Arbeit und habe es nicht mehr geschafft aufzuräumen.«

»Guck mal, ich bin ein Flugzeug«, krähte der kleine Fynn und sauste mit ausgebreiteten Armen durch den Raum. Dazu machte er Geräusche, als wäre er ein Düsenjet.

»Das ist doch nicht schlimm«, versicherte ich ihr und stellte meine Tasche auf dem Boden neben dem Stuhl ab. »Edda hat mir erzählt, dass du in dem Blumenladen in Nora arbeitest.«

Elsa warf einen Blick zu Fynn, der jetzt kein Flugzeug mehr war, sondern wie ein Känguru auf dem Sofa herumhopste und mich dabei beobachtete. Ich lächelte ihm zu, was ihn verlegen wegsehen ließ.

»Ja, genau. Ich mag meine Arbeit, aber die Schwangerschaft macht mir etwas zu schaffen. Ich fühle mich ständig müde und schlapp.« Nachdem wir uns gesetzt hatten, bot mir Elsa ein Glas Wasser an.

»Ist dein Eisenwert in Ordnung?«

Sie nickte. »Edda hat ihn letzten Monat kontrolliert.«

»Vielleicht ist es einfach der Stress«, mutmaßte ich. Elsa tat mir unendlich leid. Ich sah wieder zu dem kleinen Fynn, der ohne seinen Vater aufwachsen musste. Ich wusste zu gut, wie sich das anfühlte und wie stark die Trennung der eigenen Eltern eine Kinderwelt erschütterte.

»Zum Glück habe ich Liam. Ohne ihn wäre ich absolut aufgeschmissen.«

»Dein Bruder?«

»Ja. Er wohnt seit zwei Monaten bei uns und unterstützt mich.«

»Das ist nett von ihm.« Das war es. Was für ein toller Bruder musste er sein, dass er seine Koffer gepackt und zu seiner Schwester gezogen war, um ihr unter die Arme zu greifen.

»Seit er zurück in Nora ist, arbeitet er bei Älghorn, dem Outdoor-Store in der Stadt. Er bringt Fynn morgens zur Vorschule und holt ihn nachmittags wieder ab. Danach unternimmt er viel mit ihm. Fynn genießt die Zeit mit seinem Onkel sehr. Als er noch in Örebro gewohnt und Filialleiter eines Sportgeschäfts war, haben wir ihn nicht so oft zu Gesicht bekommen.« Ein liebevolles Lächeln umspielte ihre Lippen, als sie ihren kleinen Sohn betrachtete, der sich offensichtlich müde gehopst hatte und ein Buch ansah. »Die letzten Wochen waren nicht leicht für uns. Ohne Liam ...«

»Schwärmst du schon wieder von mir?«

Wie von der Tarantel gestochen sauste Fynn auf den Mann zu, der ins Wohnzimmer trat, und sprang mit Anlauf in seine Arme ... In seine *starken* Arme — der Bizeps zeichnete sich deutlich unter seinem Shirt ab. Er war kein Muskelprotz, schien aber irgendeine Art von Sport zu machen, der seine hochgewachsene Statur geformt hatte. Oder er hatte gute Gene. Die dunkelblonden Haare reichten ihm bis zum Kinn. Sie waren leicht gewellt und lagen unordentlich auf seinem Kopf, als wäre er eben noch mit den Fingern hindurchgefahren. Sein Teint ließ vermuten, dass er viel Zeit in der Sonne verbrachte.

Elsa schmunzelte. »Klar, ich mache den ganzen Tag nichts anderes, als meinen kleinen Bruder in den Himmel zu loben.«

»Wieso klein? Onkel Liam ist viel größer als du«, bemerkte Fynn, was Liam zum Grinsen brachte, wobei er eine Reihe gerader weißer Zähne entblößte.

Sein Blick sprang von Elsa zu mir, und einen Atemzug lang warfen mich seine hellgrauen Augen aus der Bahn. Dunkle dichte Brauen lagen darüber, die nun in die Höhe wanderten. Sein

Lächeln veränderte sich, wurde ... höflicher? Ich konnte es nicht genau einordnen.

»Alma, das ist mein Bruder Liam. Liam, das ist Alma, die neue Hebamme.«

»Ich habe das Auto vor dem Haus gesehen. Eine Hebamme, die extra aus Deutschland angereist kommt. Wow.«

»Lass deine Witze. Alma ist Eddas Nichte aus Deutschland. Sie ist Halbschwedin und gerade wieder hergezogen. Ich hatte dir von ihr erzählt.« Elsa blickte zu mir und seufzte. »Entschuldige, mein Bruder glaubt, er wäre unheimlich lustig.«

»Das bin ich auch«, verteidigte er sich prompt, und sein Grinsen wurde breiter. »Aber du verstehst keinen Spaß. Oder, Fynn? Stimmt doch.«

»Mama ist nicht lustig«, pflichtete ihm Fynn bei, was mich zum Kichern brachte.

Liam setzte Fynn ab und kam auf uns zu. Er streckte mir seine Hand hin, die groß und gebräunt war. Mit Verzögerung legte ich meine blasse Hand in seine. Erneut trafen sich unsere Blicke, als er sie mit angenehmem Druck umfasste. Ich spürte die Wärme seiner Haut und die rauen Stellen an der Handinnenseite. Ein Schauer rieselte meine Wirbelsäule herunter, als er mich schief anlächelte.

»Hej Alma. Ich bin Liam, der lustige Bruder dieser hormongeladenen Frau. Ich hoffe, du hältst sie aus.«

»Klar. Das ist mein Job«, gab ich zurück. Meine Stimme klang leiser, als ich beabsichtigt hatte. Ich spürte, wie mir das Blut langsam ins Gesicht stieg. Das passierte mir häufig, wenn ich nervös war. Und ja, dieser Typ machte mich nervös.

Ich zupfte am Kragen meines Shirts herum, das ausgerechnet einen weiten Rundhalsausschnitt hatte. Nicht optimal, um Hektikflecken zu verbergen, die ich ebenfalls in aufregenden

Situationen bekam. Mir wurde bewusst, dass der neue Job mich aus meiner Komfortzone holte, in der ich mich die letzten Jahre bewegt hatte. Während der Geburten im Kreißsaal war es sehr privat gewesen, aber bei den Schwangeren zu Hause zu sein, war eine andere Art der Intimität, die ich so noch nicht kannte. Die Familien ließen einen in ihr Leben, in ihr Zuhause. Es fühlte sich sehr besonders an, aber auch nach einer Herausforderung.

»Hallo?!«, beschwerte sich Elsa. »So schlimm bin ich gar nicht. Und außerdem ist das ganz normal. Aber ihr Männer versteht das natürlich nicht.«

»Ja, klar.« Liam lachte und klopfte Fynn auf die schmale Schulter. »Dann lassen die unwissenden Männer des Hauses euch mal alleine. Hey Kumpel, wie wäre es mit einer kleinen Bootstour?«

»Super!«, kam es postwendend von dem Jungen, der seinen Onkel offensichtlich vergötterte. Es war süß, ihn dabei zu beobachten, wie er einschlug und dann beide in Richtung Flur gingen. Fynn stimmte ein Lied über einen Kapitän an, als Liam sich noch einmal zu uns umdrehte.

»Hat mich gefreut, Alma.«

»Viel Spaß euch«, gab ich zurück und brachte ein halbwegs entspanntes Lächeln zustande. Wo hatte Liam gelernt, anderen solche Blicke zuzuwerfen? Das war wirklich gemein.

Nach zwanzig Minuten verabschiedete ich mich von Elsa, die ich bis zur Geburt alle vier Wochen sehen würde. Am Ende vielleicht sogar etwas häufiger, je nach dem, wie es ihr ging. Ich freute mich darauf, weil ich spürte, wie dankbar Elsa für den Beistand war. Edda war es ein Anliegen gewesen, sie in guten Händen zu wissen. Ich würde mir Mühe geben, sie für die Geburt und die Zeit danach zu stärken.

Als ich in mein Auto stieg und zurück zur Praxis fuhr, von wo aus ich Valentina zum nächsten Termin begleiten würde, blitzte immer wieder das Bild von Liam vor meinem geistigen Auge auf. Es war fast ein bisschen schade, dass ich ihn erst in vier Wochen wiedersehen würde.

4

Meine ersten Tage als Hebamme in Schweden verliefen aufregend — im positiven Sinn. Durch die Fahrten zu den Familien mit Valentina, Astrid und meiner Tante lernte ich unheimlich viel. Ich saugte alle Informationen, die ich während der Besuche mitbekam, wie ein Schwamm auf. Obwohl ich den Beruf der Hebamme gelernt und danach drei Jahre lang im Kreißsaal gearbeitet hatte, war mir vieles noch unbekannt, und ich fühlte mich in meinem neuen Job wie eine blutige Anfängerin. Aber das war nicht schlimm, weil mir die Arbeit Freude machte und ich dankbar für meine erfahrenen Kolleginnen war. Valentina und mich verband die Zeit als Hebammen im Krankenhaus, über die wir uns auf den Autofahrten bis zum nächsten Haus austauschten. Der Unterschied zwischen Schweden und Deutschland war auch hier gravierend, und ich musste feststellen, dass mir viele Dinge in den deutschen Geburtenstationen besser gefielen. Es war unvorstellbar für mich, dass schwedische Frauen ihre Kinder häufig ohne Hilfe im Auto oder auf dem Sofa zur Welt brachten, weil die wenigen Geburtshäuser überfüllt waren und sie notgedrungen abgewiesen wurden. Valentina interessierte sich vor allem für die Wassergeburten, die ich häufig begleitet hatte. Es fiel mir schwer, davon zu erzählen, ohne dass die dramatischen Bilder jener Nacht auftauchten. Aber irgendwie gelang es mir, sie auszublenden und von meinen positiven Erfahrungen zu berichten. Ich war erleichtert, dass mich weder Valentina noch Astrid über den Grund für meine Kündigung im Krankenhaus ausfragten und ich das Thema nicht wieder mit Lügen umschiffen musste.

Nach den ersten beiden ereignisreichen Wochen genoss ich den Samstagmorgen mit Edda auf der Terrasse. Satt von einem leckeren Frühstück hielten wir unsere Gesichter in die zarten Sonnenstrahlen, die sich ab und an durch die aufreißende Wolkendecke drängten.

Gegen Mittag fuhren wir in die Stadt, worauf ich mich freute, da ich seit meiner Ankunft in Nora noch nicht dort gewesen war.

Ich lächelte vor mich hin, während ich aus dem Fenster sah und die vorbeiziehenden sattgrünen Tannen betrachtete.

»Zwei Wochen schwedische Luft, und du wirkst schon vollkommen verändert«, sagte Edda und warf mir einen schnellen Seitenblick zu, während sie ihr Auto über die Straße lenkte. »Du lächelst endlich wieder mehr. Als du ankamst, habe ich dich mit dieser tiefen, nachdenklichen Falte auf der Stirn kaum wiedererkannt.«

»Ich fühle mich sehr wohl, Edda. Es ist, als ob ich nach Hause gekommen wäre.«

»Borta bra men hemma bäst.« Sie erwiderte mein Lächeln, das mir endlich wieder leichtfiel. Edda hatte recht, am schönsten war es doch zu Hause.

»Samstags ist in der Stadt immer mehr los. Zumindest für unsere Verhältnisse. Lächerlich im Gegensatz zur Frankfurter Innenstadt.«

Ich lachte. »Ich habe es immer, so gut es ging, vermieden, ins Zentrum zu fahren. Mir war es dort viel zu voll und laut.«

»Dafür kann es hier sehr still sein. In einer Großstadt ist immer was los. Viele Menschen lieben den Trubel«, gab Edda zu bedenken.

»Ja, bestimmt. Aber ich habe mich dort trotzdem einsam gefühlt, obwohl ich in einem Mehrfamilienhaus mit zehn Parteien gewohnt habe.«

Als wir im Stadtkern ankamen, parkte Edda auf einem großen Platz gleich neben der weißen Kirche unweit des Seeufers. Ende August fand hier einer der größten Märkte Schwedens statt, der Tre små gummor. Zu dem Ereignis kamen zehnmal so viele Menschen in die Stadt, wie sie Einwohner hatte, und etwa dreihundertfünfzig Markthändler verkauften ihre Waren. Neben dem Kirchturm gab es ein weiteres Gebäude, das zwischen den kleinen Häusern auf dem Marktplatz hervorstach. Der Göthlinska Gården — das zweihundert Jahre alte Bürgerhaus von Nora. Davor stand ein Springbrunnen, auf dessen Pfeilern zwei Statuen thronten — eine Frau und ein Mann.

»Wie friedlich es hier ist«, stellte ich fest, während wir durch die gepflasterten Straßen liefen, vorbei an einem Friseursalon mit nostalgischem Schild über dem Eingang, auf dem tatsächlich nur *Friseursalon* stand, kleinen Boutiquen und Cafés, die herrlich aussehenden Kuchen und Zimtschnecken in der Auslage anboten. In einem davon tranken wir am Nachmittag Kaffee und bestellten uns Mazarin, einen Kuchen aus mit Marzipan gefülltem Mürbeteig mit einer dicken Zitronengussschicht.

»Ich muss noch in den Supermarkt«, verkündete meine Tante, nachdem wir das Café wieder verlassen hatten. »Du kannst dich aber gerne noch ein wenig umsehen. Wir können uns in einer halben Stunde beim Auto treffen.«

Ich war einverstanden und lief weiter durch die Gassen in Richtung See. Das Smaskigt, ein Restaurant, in dem bodenständige schwedische Hausmannskost serviert wurde, befand sich auf einer weitläufigen Wiese direkt am Wasser und bot von seiner Terrasse aus einen wunderschönen Ausblick. Gerade als ich mich wieder auf den Rückweg machen wollte, fiel mir ein Gebäude ins Auge, das ich bislang nicht wahrgenommen hatte. *Älghorn* stand in grünen Buchstaben auf der Fassade, die mit dunklen Holzbrettern verkleidet war. Daneben hing ein Elchgeweih, passend zum Namen des Ladens. Das musste der Outdoor-Store sein, in dem Liam Hansen arbeitete, Elsas Bruder. Neugierig ging ich auf die Eingangstür zu, die geöffnet war und so einen Blick ins Innere gewährte. Der Laden war größer, als er von außen schien. Mehrere Regale zogen sich bis zu einer Ladentheke am Ende des Raumes. Eine Treppe führte in die zweite Etage. Ohne darüber nachzudenken, ging ich hinein. Ich war mir sicher, das Geschäft während meiner Zeit in Nora noch nie betreten zu haben. Warum auch? Ich war weder jemand, der gern Wandern ging und Funktionskleidung benötigte, noch angelte oder kletterte ich. Neben dem Gerücht, in Schweden würden alle nur Köttbullar essen, hielt sich das Klischee hartnäckig, Schweden würden nur Funktionskleidung tragen. Auch wenn es oft kälter war als in Deutschland, hatte ich in Frankfurt schon mehr Menschen in Jack-Wolfskin-Jacken und Trekkingschuhen gesehen als in Schweden.

In dem Geschäft roch es ledrig, und in den Regalen tummelten sich allerhand Dinge, die ich noch nie benutzt hatte. Kletterseile und Karabiner in gefühlt einhundert Ausführungen, Zelte, Rucksäcke, Helme, Angelequipment und Isomatten. Das Geschäft schien in Aktivitäten eingeteilt zu sein, was bei der riesigen Auswahl definitiv Sinn ergab.

»Hej, kann ich dir helfen?«

Ich zuckte zusammen und drehte mich zu der Person um, die mich angesprochen hatte. Obwohl ich damit hätte rechnen müssen, ihn hier anzutreffen, fühlte ich mich überrumpelt, als Liam plötzlich vor mir stand. Seine Haare waren nicht offen wie bei meinem Hausbesuch, sondern im Nacken zurückgebunden, was sein Gesicht kantiger wirken ließ. Er trug Jeans und ein tannengrünes T-Shirt, das etwas enger an der Brust anlag und mit dem Schriftzug des Ladens bedruckt war. Seine grauen Augen weiteten sich, als er mich unverhohlen musterte.

»Alma?«

Es schmeichelte mir, dass er mich sofort wiedererkannt und sich gleich an meinen Namen erinnert hatte. Was natürlich kein Grund war, irgendetwas Kindisches hineinzuinterpretieren.

»Das ist ja ein Zufall.«

»Ja, wow.« Ich räusperte mich und setzte ein wackliges Lächeln auf. Liam wusste anscheinend nicht, dass seine Schwester Elsa mir von seinem Job erzählt hatte. Ganz sicher würde ich es ihm nicht auf die Nase binden und damit zugeben, dass mich die Neugier hergetrieben hatte. Nur leider fühlte ich mich jetzt, wo Liam vor mir stand, etwas überfordert. Wie funktionierte noch mal Smalltalk? Alle Floskeln schienen sich mit Liams Auftauchen aus meinem Wortschatz verabschiedet zu haben.

»Wie war denn deine erste Zeit in Schweden?«

Dankbar, dass er die Konversation in Gang brachte, entspannte ich mich. »Gut. Ich fühle mich wohl und habe viel gelernt.«

»Das freut mich.« Sein Lächeln war aufrichtig und so warm, dass es mich gleich wieder aus der Bahn warf.

»Wie geht es deiner Schwester?«

Er seufzte und steckte die Hände in die Jeanstaschen. »Sie hat gestern wieder lange gearbeitet, um noch eine Bestellung für eine Hochzeit fertig zu bekommen, die heute stattfindet. Seitdem spürt sie so einen Druck im Bauch. Aber sie meinte, das wäre normal.«

»Hat sie zufällig erwähnt, wo genau sie diesen Druck spürt?« Liam zog die Brauen zusammen, als würde er nachdenken.

»Nein, ich glaube nicht.« Seine Miene wurde ernster. »Sag mir jetzt nicht, dass das nicht normal ist.«

»Keine Sorge. In einer Schwangerschaft kann es immer mal drücken und ziepen. Die Mutterbänder dehnen sich, um Platz für die wachsende Gebärmutter zu schaffen. Aber ich werde sie später vorsichtshalber anrufen und mich erkundigen.«

»Danke. Fynn ist bei einem Freund zum Spielen, solange ich arbeite, damit Elsa sich ausruhen kann. Ich hoffe, dass sie das auch tut.«

»Ich werde es herausfinden und petzen, falls sie sich nicht daran gehalten hat.«

Liams Sorge um seine Schwester war herzergreifend. Man spürte, wie wichtig sie ihm war. Es musste ein schönes Gefühl sein, eine so enge Bindung zu jemandem zu haben, den man von klein auf kannte. Ich dachte an meine Halbschwester Liv und fragte mich, ob Tante Edda ihr von meinem Umzug nach Schweden erzählt hatte ...

»Und du erkundest die Stadt?«

Liams Frage riss mich aus meinen Gedanken. »Ja, ich war ewig nicht mehr hier.«

»Wie lange ist es her?«

»Acht Jahre.«

»Okay, wow, das ist wirklich lange.«

Für ein paar Sekunden sahen wir uns einfach nur lächelnd an. Ich spürte, wie mir Wärme den Hals hinaufkroch. Alma, sag was, irgendetwas ...

»Und du arbeitest hier?«

Eine einfallsreiche Frage. Total überflüssig, wenn jemand ein Shirt trug, auf dem groß und breit der Name des Geschäfts stand. Doch Liam schien es nichts auszumachen, dass ich mich wie ein Trottel verhielt.

»Der Laden gehört meinem Kumpel Cai. Er hat ihn von seinem Vater übernommen und sein Sortiment erweitert. Früher gab es nur eine Etage, und alles war etwas kleiner. Aber es kommt gut an. Die Touristen gehen hier ein und aus.«

»Es gefällt mir. So eine große Auswahl an ... allem.«

Liam neigte den Kopf etwas zur Seite.

»Bist du denn auf der Suche nach etwas Bestimmtem? Vielleicht kann ich dir helfen.«

»Ähm ...« Ich schaute mich um und griff dann nach dem Erstbesten, was mir in dem Regal zwischen die Finger kam. Es war ein Buch. Sehr gut. Bücher konnte schließlich jeder gebrauchen.

»Ich glaube, ich habe es schon gefunden.«

Liam blickte mit gerunzelter Stirn auf meine Hände, in denen ich das Buch hielt.

»Survival, Orientierung und Erste Hilfe?«

Mein Atem stockte, und ich folgte seinem Blick auf das Cover.

»Äh, ja. Mir ist bewusstgeworden, dass ich absolut nichts über die Wälder weiß, obwohl ich Halbschwedin bin. Was, wenn ich mich mal verlaufe? Ich wäre aufgeschmissen.«

Liam schaute auf, und irgendetwas in seinem Blick verriet mir, dass er mir kein Wort glaubte. Ein kleines Schmunzeln bildete sich auf seinen Lippen.

»Das ist sehr vorausschauend.«

Mein Kopf drohte mittlerweile zu explodieren, und ich hatte es plötzlich sehr eilig, davonzukommen.

»Ich muss dann auch wieder los. Edda wartet sicher schon auf mich. Wenn sie fährt, muss ich nach Hause laufen.«

»Was mit dem Buch ja kein Problem mehr ist. Mit dem Wissen darin kommst du überall an.«

Obwohl seine Miene ernst blieb, glaubte ich, ein amüsiertes Funkeln in seinen Augen zu sehen.

Da Liam offensichtlich der einzige Mitarbeiter in dem Laden war, kassierte er das Buch auch noch ab. Ich vermied es, ihn länger anzusehen als nötig, verstaute das Buch, das ich niemals lesen würde, in meiner Tasche und sah zu, dass ich verschwand.

5

Am Montagnachmittag fuhr ich nach Feierabend bei den Hansens vorbei. Nachdem ich am Samstag Älghorn verlassen hatte, hatte ich gleich Elsa angerufen und in der Apotheke ein homöopathisches Pulver besorgt, das ich aus Deutschland kannte und das die Gebärmutter etwas beruhigen sollte.

An der Haustür empfing mich der kleine Fynn.

»Holst du heute das Baby aus meiner Mama raus?«

Ich verkniff mir ein Lachen. »Hallo Fynn. Nein, tut mir leid. Aber du kannst heute mal hören, wie das kleine Herz deines Geschwisterchens schlägt. Wie wäre das?«

»Das Baby hat ein Herz?« Seine Augen wurden groß vor Erstaunen.

»Na klar. Und es schlägt genauso kräftig wie deins. Nur schneller. Ich habe ein Gerät in meiner Tasche, damit kann man es hören.«

»Echt? Ein Zaubergerät?«

»So was in der Art.«

Fynn taxierte voller Ehrfurcht die schlichte Ledertasche, dann griff er nach meiner freien Hand.

»Komm, Alma.«

Als ich von dem Kleinen aufsah, blickte ich in zwei sturmgraue Augen, die sich in mein Gedächtnis eingebrannt hatten. Liam.

»Hej«, begrüßte er mich und schenkte mir dieses unverwechselbare schiefe Lächeln. »Danke, dass du noch vorbeikommst. Elsa meinte, du hättest eigentlich längst Feierabend.«

Er sah ins Wohnzimmer. Fynn war vorgelaufen und erzählte seiner Mama aufgeregt von meinem Vorschlag. Ungeduldig rief er meinen Namen.

»Ich glaube, da wartet jemand auf dich.«

Unsere Blicke verhedderten sich ineinander, und meine Beine fühlten sich plötzlich wie Pudding an. Staksig ging ich an ihm vorbei ins Wohnzimmer, wo Elsa mit Fynn auf dem Sofa saß. Sie wirkte abgeschlagen, und unter ihren Augen zeichneten sich dunkle Schatten ab.

»Du siehst müde aus«, stellte ich nach unserer Begrüßung fest. »Wie geht es dir?«

Elsa strich sich ein paar lose Strähnen aus der Stirn.

»Besser, aber ich fühle mich immer noch schlapp.«

»Und der Druck?«

»Unverändert. Abends ist es am stärksten.«

Während ich Elsa das Pulver und die Einnahme erklärte, war Fynn ganz zappelig und blickte immer wieder auf meine Tasche, als wäre darin ein verzaubertes Kaninchen versteckt.

Liam hatte sich derweil auf einen Stuhl am Esstisch niedergelassen und beobachtete uns. Es machte mich nervös, seinen Blick auf mir zu spüren. Auf eine positive Art.

»Hören wir jetzt das Herz?«, fragte Fynn zum wiederholten Mal, und als ich mich herunterbeugte und die Tasche öffnete, klatschte er in die kleinen Händchen.

Ich holte den Herzfrequenzmesser heraus und zeigte ihn Fynn. Dann setzte ich die Sonde an Elsas Bauch an und suchte nach der richtigen Position. Nach kurzer Zeit hörte man über den Lautsprecher ein Pochen. Es war niedlich, wie andächtig Fynn dem rhythmischen Klang des Babyherzchens lauschte, der ein wenig an das Geräusch des Hufschlags eines galoppierenden Pferdes erinnerte. Das pulsierende Geräusch drang in meine Ohrmuschel und verband sich mit dem Schlagen meines eigenen Herzens. Es war jedes Mal ein Wunder, dass in einem Bauch ein neues Leben heranwuchs. Ich blinzelte und sah zu Elsa, der Tränen in die Augen traten. Ich erkannte die Liebe und den Schmerz, den sie in diesem Moment empfand. Dieses Kind würde keinen Vater haben und genau wie Fynn irgendwann damit klarkommen müssen, dass sein Erzeuger sich kurzfristig für ein anderes Leben entschieden hatte. Es machte mich wütend und unendlich traurig.

»Mama, wieso weinst du?« Fynn fing mit seinem kleinen Zeigefinger eine Träne auf, die Elsa an der Wange herunterrollte.

Elsa nahm einen zittrigen Atemzug und lächelte ihren Sohn so gefasst wie möglich an. »Weil ich mich auf das Baby freue, Schatz. Und darauf, dass du ein ganz toller großer Bruder sein wirst.«

Fynn strahlte stolz und tippte auf den Bauch seiner Mutter. Dann beugte er sich hinunter.

»Ich bringe dir bei, wie man auf einen Baum klettert«, flüsterte er nahe an Elsas Bauchnabel, als befände sich dort eine Art Sprachrohr. »Und Onkel Liam spielt mit uns Fußball. Du darfst auch mal der Torwart sein.«

»Das ist sehr großzügig von dir, Fynn.« Liam hatte die Arme auf die Oberschenkel gestützt und die Hände gefaltet. Seine Knöchel waren weiß verfärbt und seine Armmuskeln angespannt. Er schluckte und begegnete meinem Blick. Man sah ihm an, wie nahe ihm Elsas Situation ging.

Ich stoppte die Aufzeichnung und richtete mich wieder an Fynn.

»Deinem Geschwisterchen geht es gut. Und ich bin mir sicher, dass es sich schon sehr auf dich freut. Wenn du viel mit dem Baby sprichst, erkennt es nach der Geburt gleich deine Stimme.«

Fynn nickte eifrig, immer noch dieses kindliche unbefangene Strahlen im Gesicht.

»Gehen wir jetzt Eis essen?« Fynn blickte zu Liam, der immer noch wie versteinert wirkte. Blinzelnd sah er zu seinem Neffen.

»Klar, habe ich ja versprochen.«

»Yeah!« Fynn rutschte vom Sofa und lief in den Flur, um sich seine Schuhe anzuziehen.

Ich packte das Gerät zurück in meine Tasche und lächelte Elsa sanft an, die sich weitere Tränen verbiss. Es zerriss mir das Herz, sie so zu sehen.

Fynn kam noch einmal zurückgelaufen, um seiner Mama einen Kuss zu geben. Gemeinsam mit Liam verließ er das Haus.

»Lass es raus«, flüsterte ich, nachdem die Tür ins Schloss gefallen und Ruhe im Wohnzimmer eingekehrt war. Ich legte meine Hand auf Elsas Oberarm und drückte ihn sacht.

Ihr gebrochener Blick huschte zu mir, bevor die Spannung aus ihrem Körper wich und sie den Kopf hängen ließ. Dann weinte sie und ließ all den Schmerz und die Trauer heraus. Es dauerte viele Minuten, bis sich ihre Atmung beruhigt hatte und ihr Körper nicht mehr von Schluchzern geschüttelt wurde.

»Fynn ist so tapfer«, kam es heiser von ihr. »Er hat es einfach akzeptiert, dass Oskar ausgezogen ist. Unsere Ehe lief schon länger nicht mehr gut, das hat Fynn zum Schluss leider oft mitbekommen. Eigentlich war es schon seit seiner Geburt schwierig. Oskar hatte phasenweise mit Depressionen zu kämpfen, die er aber nie ernst genommen hat. Ich glaube, dass er sich in die Arbeit geflüchtet hat, weil er gemerkt hat, dass er als Vater überfordert war. Ich habe gespürt, dass er sich in seiner Rolle unwohl fühlte, aber ich habe es ignoriert. Das war ein Fehler.«

»Es ist nicht deine Schuld, Elsa. Ihr habt euch gemeinsam für eine Familie entschieden.«

»Wir haben versucht, uns zusammenzuraufen, Lösungen zu finden. Dann wurde ich unerwartet wieder schwanger. Das war der Auslöser für unseren Streit. Oskar wollte das Kind nicht, und für mich kam eine Abtreibung nicht in Frage.« Elsas Unterlippe begann erneut zu beben. »Das Kind kann doch nichts dafür.«

Ich nickte betroffen, während ich Elsas Erzählung verarbeitete.

»Ich bin dankbar für dieses Baby, aber ich habe auch schreckliche Angst davor, mit zwei Kindern allein zu sein.«

»Du hast Liam«, erinnerte ich sie, woraufhin sie seufzte.

»Ja, und das ist auch unheimlich beruhigend. Aber Liam hat sein eigenes Leben und sollte hier nicht den Vaterersatz spielen müssen. Das kann ich nicht von ihm erwarten.«

»Das verstehe ich. Aber ich bin mir sicher, dass er das nicht macht, nur weil er sich verantwortlich fühlt. Er ist dein Bruder und will für dich da sein.«

»So war er schon immer.« Endlich lächelte Elsa wieder. Sie unterdrückte ein Gähnen, was ein Zeichen für mich war, aufzubrechen. »Danke, Alma«, sagte sie, als sie mich zur Tür brachte. »Ich weiß es zu schätzen, dass du für mich da bist. Und dann auch noch in deiner Freizeit.«

»Das mache ich wirklich gerne.« Es war nicht dahingesagt, ich meinte es ernst. Es war ein schönes Gefühl, wieder in einem Job zu arbeiten, der mich erfüllte und bei dem ich das Gefühl hatte, anderen helfen zu können. Es hatte mir gefehlt, was mir in meiner ersten Woche in Nora erst richtig bewusstgeworden war. Außerdem berührte mich Elsas Schicksal, und ich spürte eine Art Verbundenheit mit der Familie. Schließlich wusste ich, wie es sich anfühlte, verlassen zu werden. Ich bat Elsa darum, mich bis zu unserem nächsten Termin auf dem Laufenden zu halten, ob ihr das Pulver halft, und verabschiedete mich.

Auf dem Weg zu meinem Auto rannte mir Fynn entgegen. Liam lehnte mit vor der Brust verschränkten Armen an einer geöffneten Autotür. Sie gehörte zu einem schwarz glänzenden Volvo.

»Wolltet ihr nicht Eis essen gehen?«, fragte ich überrascht.

Liam zuckte mit den Schultern.

»Fynn wollte unbedingt, dass du mitkommst.«

»Was?« Überrumpelt schaute ich zu Fynn, der mit großen Kulleraugen zu mir aufsah. Seine winzige Stupsnase kräuselte sich.

»Quatsch. Onkel Liam hat das gesagt. Aber wenn du Eis magst, kannst du mitkommen. Magst du Eis?«

Ich starrte den Jungen an, wusste nicht, wie ich reagieren sollte. Mein Mund klappte auf, und ich bekam nicht mehr als ein »Ähm« heraus.

»Fynn«, ging Liam dazwischen und verdrehte grinsend die Augen. »Es war nicht unsere Abmachung, dass du mich verrätst.« Liam schien es nichts auszumachen, dass Fynn ihn mit seiner kindlichen Ehrlichkeit hatte auflaufen lassen. Er blieb vollkommen gelassen, während ich mal wieder rot anlief und damit den Tulpen in Elsas Vorgarten Konkurrenz machte. Gott, wieso war ich in Liams Gegenwart so schrecklich unsicher? Mir schossen tausend Fragen durch den Kopf, während ich über eine Antwort nachdachte. Vielleicht wollte Liam mir auf diese Weise einfach nur dafür danken, dass ich mich um seine Schwester kümmerte.

»Jeder mag doch Eis«, antwortete ich schließlich, was Fynn zum Strahlen brachte.

»Dann komm.« Entschlossen griff er nach meiner Hand. Seine war winzig, warm und ein bisschen klebrig.

»Warte mal.« Liam löste sich von seinem Auto und kam ein paar Schritte auf mich zu. »Willst du wirklich mit? Ich wollte dich nicht überrumpeln. Du musst nicht, wenn du ...«

»Ich komme gerne mit«, unterbrach ich ihn und war von der Bestimmtheit in meiner Stimme selbst überrascht.

»Okay, cool.« Liam lächelte mich an, und mir wurde schlagartig wärmer.

Während Liam Fynn in seinem Kindersitz anschnallte, verstaute ich meine Tasche im Kofferraum meines Wagens und stieg dann auf der Beifahrerseite in Liams Auto ein. Während der Fahrt in die Stadt schlug mein Herz viel zu schnell, und ich spielte vor Nervosität am Saum meiner weißen Bluse herum. Kein ideales Outfit — so wie ich mich kannte, würde garantiert ein Klecks Eis darauf landen. Aus dem Autoradio schallte ein schwedisches Kinderlied nach dem anderen. Einige kamen mir bekannt vor, und Liam erwischte mich dabei, wie ich die Lippen zum Text mitbewegte.

»Haben wir etwa den gleichen Musikgeschmack?« Er machte ein gespielt begeistertes Gesicht, was mich zum Lachen brachte.

»Ein bisschen ist wohl noch aus meiner Kindheit hängengeblieben. Texte von Kinderliedern vergisst man nicht.«

»Wo in Schweden bist du aufgewachsen?«

»In Örebro. Da hast du bis vor kurzem auch gewohnt, oder?«

Liam nickte nur knapp. »Ich habe in einem Sportgeschäft als Filialleiter gearbeitet. Aber ich bin froh, dass ich gekündigt habe.«

»Wieso?«

»Weil mich der Job ausgebrannt hat. Seit ich wieder in Nora lebe, geht es mir besser.« Seine angespannten Züge verrieten mir, dass mehr dahintersteckte. Ich bohrte aber nicht weiter nach, denn ich spürte, dass es ein unangenehmes Thema für ihn war.

»Früher war ich ziemlich häufig hier. Eigentlich immer in den Ferien.«

»Wirklich? Wieso sind wir uns nie begegnet?«

»Wer sagt, dass wir das nicht sind?«

Liam runzelte die Stirn. »Ich würde mich erinnern.«

Der Blick, den er mir zuwarf, verursachte ein Kribbeln, das hinter meinem Brustkorb begann und bis in meinen Bauch ausstrahlte.

6

Das NoraGlass, das es im Kafé Strandstugan gab, war hausgemacht und seit 1923 berühmt. Es gab nur drei Sorten — Vanille, Haselnuss und eine dritte Geschmacksrichtung, die jeden Tag wechselte. Aber das störte niemanden, weil dieses Eis einer Geschmacksexplosion auf der Zunge glich. Man bekam es im klassischen Hörnchen oder im Becher. Wie Liam und Fynn entschied ich mich für das Hörnchen, das an der Innenseite sogar mit Schokolade überzogen war.

Gemeinsam schlenderten wir Richtung Seeufer, wo es einen kleinen Spielplatz gab, auf dem Fynn sofort zur Rutsche sauste. Ein paar Mütter und Väter standen auf der gegenüberliegenden Seite des Platzes und behielten von dort aus ihre Kinder im Auge.

Liam und ich setzten uns auf eine Bank und sahen dabei zu, wie Fynn mit einem anderen Jungen ins Gespräch kam. Es faszinierte mich, wie schnell Kinder Freundschaften schlossen.

»Wie läuft es denn mit dem Buch?«

»Hm?« Ich leckte mir über die vom Eis kühlen Lippen und blickte zu Liam, der mit seinem längst fertig war und gegen die tiefstehende Sonne blinzelte. Jetzt glichen seine Augen flüssigem Silber.

»Das Buch, das dich beim nächsten Wandertrip durch Schwedens Wälder retten wird.«

Ich verschluckte mich beinahe an meinem Eis und räusperte mich mehrmals, um Zeit zu schinden.

»Ach, das Buch ... Tja, also ich habe noch gar nicht angefangen, es zu lesen«, gab ich so gelassen wie möglich zurück und hoffte, dass Liam mich nicht durchschaute. Wahrscheinlich würde ich mir nicht mal die Kapitelübersicht ansehen.

»Okay, halt mich auf dem Laufenden, wie es dir gefällt. Dann kann ich es anderen Kunden empfehlen.«

»Klar, mach ich.« Verdammt, ich würde also die nächsten Wochen ein langweiliges Sachbuch lesen müssen, um nicht aufzufliegen. Liam musterte mich eingehend, während sich ein Grinsen auf seinem Mund ausbreitete.

»Du wirst es nie lesen, oder?«

»Was?« Ertappt ließ ich mein Hörnchen sinken. »Wie ... wie kommst du darauf?«

»Ich kenne dich zwar noch nicht besonders gut, Alma, aber eine gute Schauspielerin bist du nicht.«

Meine Wangen fingen auf Kommando Feuer, und ich hoffte, es würde sich ein Abgrund unter mir auftun, in dem ich verschwinden konnte.

»Okay, du hast recht. Das war ... eine Kurzschlussreaktion.«

Das klang total bescheuert, aber ich wusste nicht, wie ich es Liam anders erklären sollte, außer indem ich zugab, dass mein Gehirn in seiner Gegenwart nicht richtig funktionierte. Es war mir selbst nicht geheuer, wie stark die Anziehungskraft war, die er auf mich ausübte. So etwas hatte ich noch nie erlebt, auch wenn die Vergleiche mit anderen Männern überschaubar waren. Meine letzte Beziehung lag vier Jahre zurück. Wir hatten an derselben Uni studiert. Nach seinem Abschluss war er nach Berlin gezogen und hatte sich vorher mit der Begründung von mir getrennt, dass er kein Typ für Fernbeziehungen sei. Im Nachhinein war ich ihm dankbar dafür, dass er uns den Krampf erspart hatte. Ich hatte ihn keinen Augenblick lang vermisst und war mir mittlerweile sicher, dass wir uns gemocht, aber nicht geliebt hatten.

Seit sich meine Eltern getrennt hatten, fiel es mir schwer, an die wahre Liebe zu glauben. Was nicht hieß, dass ich den romantischen Gedanken daran aufgegeben hatte. Ich war ein großer Fan von Liebesfilmen, deren Storys sich um den einen richtigen Partner drehten. Ich war nicht panisch auf der Suche nach meinem Gegenstück, aber es war auch nicht so, dass ich mir nicht jemanden an meiner Seite wünschte, mit dem ich mir eine Zukunft vorstellen konnte. Doch bisher war ich meinem Mr. Right noch nicht über den Weg gelaufen. Was mich nicht wundern sollte, wenn man bedachte, dass ich mich die letzten Jahre nach Feierabend Tag für Tag mit schlabbriger Jogginghose in meiner Wohnung verbarrikadiert und mich mit meinen Katern unterhalten hatte, statt unter Menschen zu gehen. Nicht gerade die beste Ausgangslage, um jemanden kennenzulernen.

»Eine Kurzschlussreaktion?« Liam lehnte sich auf der Bank zurück. Sein Blick war so eingehend, dass ich plötzlich nicht mehr wusste, wie man ein Eis aß. Deshalb ließ ich es einfach bleiben.

»Aber ich werde es trotzdem lesen.«

»Du kannst es zurückgeben. Das ist kein Problem.«

»Ich werde es lesen«, beharrte ich weiter, was Liam zum Lachen brachte. »Können wir jetzt das Thema wechseln, bevor es noch peinlicher für mich wird?«

»Hm. Na schön. Aber nur, wenn du mich und Fynn nächsten Samstag zum Wandern begleitest.«

Ich suchte in seinem Gesicht nach Hinweisen darauf, dass er mich auf den Arm nehmen wollte. Erst lud er mich zum Eisessen ein, und jetzt wollte er, dass ich mit ihm Wandern ging? Seine Frage hatte fast so geklungen, als wollte er mich um ein Date bitten, was natürlich Unsinn war, weil Fynn dabei sein würde. Und dennoch sprühte da dieses kleine Feuerwerk in mir.

»Dein schockierter Blick macht mir gerade keine große Hoffnung auf ein Ja«, bemerkte er schmunzelnd. »Bekomme ich jetzt einen Korb?«

»Ich frage mich nur, was Fynn wohl dazu sagt, wenn ich mitkomme. Vielleicht solltest du ihn erst mal fragen, ob er einverstanden ist.«

»Das geht schon in Ordnung. Er mag dich.«

»Ach ja?«

»Ja, ich kenne ihn, und wenn er dich nicht mögen würde, dann hätte er niemals zugestimmt, dass du mit uns Eis essen gehen kannst. Fynn kann da ziemlich hart sein.«

Ich zögerte noch einen Augenblick, bevor ich eine Entscheidung fällte. »Okay, dann begleite ich euch gerne. Aber beschwert euch nicht, wenn ich nicht mit euch mithalten kann. Ich bin in Frankfurt maximal zu meinem parkenden Auto auf der anderen Straßenseite gelaufen.«

Wieder lachte Liam, was sich in meinen Ohren wie Musik anhörte.

»Ich bin mir sicher, dass du mit einem Fünfjährigen mithalten kannst. Wir holen dich ab. Es geht allerdings schon früh los. Gegen sieben.«

Liams Gelassenheit und positive Ausstrahlung waren faszinierend, ich hätte ihn unentwegt anstarren können. Ich mochte seinen Humor und die lustige Art, wie er mich aus meinem Schneckenhaus lockte.

»Na schön«, gab ich mich geschlagen. »Auch wenn die Uhrzeit an einem Samstag an eine Zumutung grenzt.«

»Das war Fynns Wunsch. Am Morgen sind die Elche aktiver.«

»Ich wette, das machst du öfter, wandern und so was.«

»Wenn du mit *so was* Aktivitäten in der Natur meinst: Ja, kann man so sagen. Seit ich wieder in Nora lebe, habe ich wieder Zeit für das, was ich in meiner Jugend gerne gemacht habe. Fischen, Wandern, Klettern. In Örebro habe ich das alles vernachlässigt.«

Wie vorhin im Auto, als er über seinen früheren Job gesprochen hatte, erlosch der Glanz in seinen Augen, und er senkte den Blick. Kurz schien er abwesend und in Gedanken versunken zu sein. Als er wieder zu mir aufsah, wirkte sein Lächeln nicht mehr ganz so unbeschwert wie zuvor. »Was ist mit dir? Erzähl mir was über dich.«

»Was willst du denn wissen?« Mir wurde flau im Magen, weil ich damit rechnete, dass er mich über meine Vergangenheit ausfragen wollte — warum ich nach Deutschland ausgewandert und jetzt wieder zurück nach Schweden gekommen war. Themen, über die ich zu sprechen vermied.

»Keine Ahnung. Irgendwas ... Verrücktes.«

Verwirrt runzelte ich die Stirn. Damit hatte ich nicht gerechnet. »Etwas Verrücktes?«

»Jeder hat doch irgendeine seltsame Eigenart oder merkwürdige Dinge, die er tut. Sammelst du etwas? Seife vielleicht?«

»Wer macht denn so was?«

Liam verzog die Lippen, als fühlte er sich ertappt.

»Nein, oder? Du?« Ich wusste nicht, wie ich darauf reagieren sollte, und zögerte, bis Liams Miene sich zu einem Grinsen wandelte.

»Quatsch. Wer sammelt denn so was?«

Lachend über seinen Witz, schüttelte ich den Kopf.

»Okay, ich glaube, da gibt es etwas. Ich habe eine Pflanze von Deutschland nach Schweden mitgenommen. Auf dem Beifahrersitz. Ihr Name ist Wilma.«

»Hast du sie angeschnallt?«

»Äh, nein.«

»Dann ist es nicht verrückt. Menschen geben ihren Pflanzen ständig Namen.«

»Ach ja? Hm, was anderes fällt mir nicht ein.«

Liam schwieg nachdenklich, während er zu Fynn hinüberblickte, der mit seinem neuen Freund im Sandkasten hockte und einen Berg auftürmte.

»Hast du Tiere?«

»Zwei Kater. Die sind natürlich mit umgezogen.«

»Und wie heißen die?«

»Ben und Jerry. Wie das Eis«, antwortete ich und fand rein gar nichts seltsam daran. Ich mochte die Namen, weil sie süß klangen und zueinanderpassten.

Liam hingegen wirkte verwirrt. »Du hast deine Katzen nach einer Eismarke benannt?«

»Es sind Kater, keine Katzen«, korrigierte ich ihn mit einem Lächeln. »Und ja, ich liebe Eis von Ben & Jerry's. Es ist zwar nicht so gut wie das NoraGlass, aber auch sehr lecker.«

»Okay, das finde ich verrückt.«

»Verrückter, als seine Pflanze Wilma zu nennen?«

»Ja.«

»Du hast eine seltsame Definition von verrückt. Was ist mit dir?«

»Ich sammele Seifen«, antwortete Liam achselzuckend.

»Du hast eben gesagt, dass es nicht stimmt.«

»Es stimmt aber.«

»Liam.« Ich kicherte, denn ich konnte ihn nicht für voll nehmen. Es war lange her, dass ich mich so ausgelassen und albern gefühlt hatte. Ein wenig wie ein Teenager, der mit seinem Schwarm flirtete.

»Okay, ich habe sie früher mal gesammelt, als Kind. Ich war

süchtig nach dem Duft und habe sie immer wieder aus meinem Versteck im Schrank geholt, um daran zu riechen. Daher kommt bestimmt auch meine Waschmittelsucht. Frag mal Elsa, sie ist total genervt von meinem Waschpulververbrauch.«

»Du hast gewonnen, das ist echt verrückt.« Ich gab nicht zu, dass der intensive frische Duft, der von ihm ausging, mir schon bei unserer ersten Begegnung aufgefallen war.

Wir grinsten uns an wie zwei Kinder, die sich Witze erzählten. Es war seltsam, wie schnell mich Liam dazu gebracht hatte, mich zu entspannen. Er gab mir ein sicheres Gefühl, ganz so, als könnte mir in seiner Nähe rein gar nichts passieren.

7

»Liam Hansen geht mit dir Wandern?« Valentina machte große Augen. Ein Lächeln bildete sich auf ihren vollen Lippen, und ihre Augen funkelten vielsagend.

Die Morgensonne zwängte sich zwischen den Wolken hervor und tauchte die menschleere Straße in ein warmes Gelb. Nebel hing dicht über den Baumspitzen, die sich wie grüne Zwergenmützen aneinanderdrängten.

»Wie kam es denn dazu?« Sie stellte das Autoradio leiser, aus dem die Nachrichten drangen, von denen ich nur fetzenhafte Informationen mitbekommen hatte. Den ganzen Tag schon fiel es mir schwer, zwischen den Hausbesuchen nicht an Liam und den geplanten Wanderausflug zu denken. Bis zum Wochenende waren es noch ein paar Tage, und dennoch spürte ich seit Beginn der Woche ein aufgeregtes Ziehen in meiner Magengegend.

»Wir sind uns letzten Samstag bei Älghorn begegnet, und ich habe mich total blamiert.«

»Was ist passiert?«

Da Valentinas Neugier geweckt war, kam ich nicht drum herum, ihr von dem Survival-Buch, dem Eisessen in Nora und meinem peinlichen Geständnis zu erzählen, es niemals lesen zu werden. Obwohl ich immer eine Weile brauchte, um mit fremden Menschen warmzuwerden, machte es mir Valentina durch ihre offene und fröhliche Art leicht, draufloszureden. Ich plauderte gern mit ihr, aber noch lieber hörte ich ihr zu. Sie hatte zu jedem Thema etwas zu erzählen — meist kuriose Geschichten, die mich zum Lachen brachten. Sie war im Gegensatz zu mir nicht ruhig und bedacht, sondern impulsiv und hibbelig. Ihr Körper schien nie stillzuhalten. Wie jetzt gerade. Ihre Finger trommelten unentwegt auf dem Lenkrad herum. Bei unseren Hausbesuchen glänzte Valentina mit Tatendrang und hatte scheinbar keine Mühe, sich auf die unterschiedlichen Bedürfnisse der Familien einzustellen.

»Moment mal, ihr wart zusammen Eis essen?«

»Fynn, sein Neffe, war auch dabei«, betonte ich. »Er wollte sich bedanken, weil ich nach Feierabend noch vorbeigekommen bin.«

Sie grinste. »So was hat noch keine meiner Familien für mich gemacht. Ich bekomme höchstens mal ein Stück Kuchen angeboten, aber ich wurde noch nie zum Eisessen eingeladen.« In ihren Worten klang etwas mit, das ein Kribbeln in meinem Magen hervorrief. Ein »Das hat was zu bedeuten, Alma«.

»Wenn du möchtest, lade *ich* dich auf ein Eis ein.« Ich schmunzelte, ehe ich mir seufzend eine lose Haarsträhne hinter das Ohr schob. »Ich glaube, Liam ist einfach dankbar, dass sich jemand um Elsa kümmert und ein Auge auf sie hat.«

»Sie hat viel durchgemacht. Ich kenne die Familie nicht sehr gut, aber Edda hat immer mal wieder von ihnen erzählt. Dieser Typ hat echt Nerven, sich aus dem Staub zu machen und seine schwangere Frau und sein Kind sitzenzulassen.«

Schweigend starrte ich aus dem Seitenfenster. Das dunkle Grün der vorbeiziehenden Tannen hatte eine beruhigende Wirkung auf mich, und obwohl das Fenster wegen der kühlen Morgenluft geschlossen war, meinte ich, den Duft von Nadeln und Holz wahrzunehmen. Wenn mich jemand fragen würde, welchen Geruch ich mit Nora verband, war es der von Wäldern, die sich ins Unendliche erstreckten, und warmen Zimtschnecken.

»Trennungen sind nie schön, schon gar nicht in so einer Lebensphase. Aber manchmal ist es besser, wenn sich Wege früh genug trennen, bevor die Kinder mehr von den Problemen der Eltern mitbekommen.«

»Stimmt.« Ich spürte Valentinas prüfenden Blick auf mir. Wahrscheinlich hatte sie aus meinen Worten herausgehört, dass ich nicht nur die Hansens damit eingeschlossen hatte. Doch sie kommentierte es nicht, sondern legte ihr gewohnt sorgloses Lächeln auf.

»Na schön. Du hast also ein Date mit Liam Hansen.«

»Es ist kein Date.«

»Nenn es, wie du willst. Es ist auf jeden Fall süß von ihm.«

»Ja, schon. Aber es ist auch irgendwie ... seltsam.«

»Wieso?«

»Na ja, weil ich Elsas Hebamme bin.«

»Na und? Liam ist nicht der Vater, *das* wäre seltsam. Außerdem ist es ja nur eine nette Geste, mit der er dir danken will, wie du sagst.« Sie zwinkerte mir zu. »Oder gibt es schon einen anderen in deinem Leben?«

Ihre direkte Frage traf mich so unvorbereitet, dass ich nicht gleich antwortete.

Valentina runzelte die Stirn. »Entschuldige, das geht mich natürlich nichts an.«

»Nein, schon okay«, versicherte ich. »Es gibt keinen anderen. Und um ehrlich zu sein, habe ich schon seit einer gefühlten Ewigkeit niemanden mehr gedatet.«

»Dann wird es höchste Zeit.«

Wir passierten ein großes Werbeplakat, das an zwei Holzpfähle genagelt worden war. Darauf stand in verwaschener und nostalgisch wirkender Blockschrift:

20. Juni, Mittsommerfest am Norasjön, Restaurant Smaskigt

Ich lächelte angesichts der vielen Erinnerungen, die mir beim Anblick des Schildes durch den Kopf schossen. In Schweden galt die Zeit um die Sommersonnenwende als etwas Magisches. Eine ganze Woche lang zelebrierte man den Sommerbeginn mit Festen und Bräuchen, mit gutem Essen, Tanz und Gesang. Die Natur blühte auf, ebenso wie die Menschen. Der Sommer in Schweden war geprägt von Leichtigkeit und Geselligkeit, von gutem, traditionellem Essen, das man gemeinsam draußen in der Natur aß, von Ausgelassenheit, Musik und Tanz. Als Kind waren es für mich die besten Monate des Jahres gewesen. Ich hatte mich frei gefühlt. Etwas, das ich in Deutschland nie gespürt hatte. Die Jahreszeiten waren gekommen und gegangen, aber nie hatte ich diese Kraft und den Tatendrang verspürt, der sich nun langsam wieder in mir regte. Doch der schöne Gedanke an meinen Neustart warf einen Schatten, der unübersehbar war. Ich wusste, dass ich ihn nicht einfach ausradieren konnte, so sehr ich es mir auch wünschte.

»Warst du schon mal dort?«

Valentinas Stimme holte mich aus meinen Grübeleien zurück in ihren Kleinwagen, der mit seiner zitronengelben Farbe zu ihrem fröhlichen Gemüt und ihrem ausgefallenen Kleidungsstil passte.

»Hm?«

»Beim Mittsommerfest in Nora.«

»Schon oft. Für mich ist es mit Abstand das schönste Fest. Ich war in Stockholm und Örebro, aber mit dem in Nora kann keins mithalten. Meiner Meinung nach.«

»Wird der Sommeranfang auch in Deutschland gefeiert?«

Ich schüttelte den Kopf. »Nein. Aber dafür wird einmal im Jahr Fasching gefeiert. Die gelöste Stimmung hat mich immer ein wenig an Mittsommer erinnert, weil die Menschen lockerer und geselliger wurden.«

»Ist das dieser Brauch, bei dem man sich verkleidet, so wie in Amerika an Halloween?«, hakte Valentina nach.

»Ja, so in der Art.« Ich dachte an eine der wenigen Partys, zu denen ich während meiner Schulzeit gegangen war. »Ich war bisher nur auf einer einzigen Faschingsparty. Meine Mutter und ich lebten erst seit ein paar Wochen in Deutschland, und ich fühlte mich schrecklich verloren zwischen meinen Mitschülern. Erst hatte ich nicht zu der Feier gehen wollen, aber meine Mutter hat mich überredet und gemeint, dass ich sicher schnell Anschluss finden würde. Im Endeffekt war es die reinste Katastrophe.«

»Was ist passiert?«

»Meine Mutter hat mir versichert, dass man sich auf einer Faschingsparty verkleidet. Egal, wie alt man ist. Das habe ich natürlich beherzigt.«

Valentina grinste. »Als was bist du gegangen?«

Ich rümpfte die Nase und spürte immer noch die Hitze meiner Wangen, die in Flammen aufgegangen waren, als ich damals das Haus meiner Klassenkameradin betreten und mich alle angestarrt hatten, als wäre ich ein Alien.

»Ich war ein rosa Hase ... so ein billiges Kostüm aus dem Supermarkt.«

»Klingt doch lustig.«

»Ja, das fanden alle anderen auch. Weil ich nämlich die Einzige war, die sich verkleidet hatte. Ich habe erst später verstanden, dass es unter Jugendlichen in Deutschland eher peinlich ist, Fasching zu feiern, und wenn doch, dann geht man als sexy Krankenschwester oder Polizistin.«

»Seltsamer Brauch«, murmelte Valentina. »Dann ist mir Mittsommer lieber. Obwohl ich an mein erstes Fest auch keine guten Erinnerungen habe.« Sie verzog das Gesicht, als hätte sie in etwas Saures gebissen.

»Du hast das erste Mal Aquavit oder Wodka getrunken?«, mutmaßte ich. Beides waren Schnäpse, mit denen wohl jeder schwedische Jugendliche früher oder später seine ersten Erfahrungen in Sachen Alkohol machte.

Sie nickte. »Beides. Und davon zu viel. Per und ich gehen auch dieses Jahr auf jeden Fall zum Fest. Vielleicht hast du Lust mitzukommen? Jemand muss mich davon abhalten, wieder zu viel Aquavit zu trinken.« Sie schenkte mir ein Grinsen, das ich erwiderte.

»Ich weiß noch nicht. Ich war ewig nicht mehr feiern.«

»Kann man in Frankfurt nicht super weggehen? Da gibt es doch sicher viele Clubs und Bars.«

»Ja, schon. Aber man muss dafür seine Wohnung verlassen, und das habe ich nach Feierabend eher nicht getan.«

Sie warf mir einen verständnisvollen Blick zu. »Die Schichten im Krankenhaus machen einem zu schaffen. Das war einer der Gründe, weshalb ich in Stockholm gekündigt habe.«

Ich schluckte und wich ihrem musternden Blick aus. Noch kannte ich Valentina nicht gut genug, um einschätzen zu können, ob sie Menschen schnell durchschaute. Am schwersten fiel mir das Lügen vor meiner Tante Edda. In den letzten Wochen war ich oft kurz davor gewesen, ihr alles zu erzählen, doch die Angst vor den Konsequenzen hatte mich jedes Mal zurückgehalten. Ich fürchtete mich davor, dass sie in mir nicht mehr dieselbe sehen würde, weil sie schrecklich enttäuscht von mir wäre.

»Ist es schwer?«, fragte Valentina in die Stille hinein, die nur von dem Motorengeräusch und dem Rumpeln der Räder durchbrochen wurde, die sich über den unebenen Boden vorarbeiteten.

Fragend sah ich wieder zu ihr.

»Wieder hier zu sein, auf dem Land, im Nirgendwo?« Offensichtlich hatte sie mein Schweigen falsch gedeutet.

Ich schüttelte den Kopf. »Nein, im Gegenteil. Für mich ist Nora kein Nirgendwo. Es ist mein Zuhause. Mehr als Örebro. Frankfurt war eher so etwas wie eine Zwischenstation, glaube ich.«

Valentina schürzte nachdenklich die Lippen.

»Und wie ist es für dich? Was ist dein Resümee nach einem Jahr in Nora?« Ich lächelte und war froh, mit meiner Frage von mir ablenken zu können.

»Ich vermisse die Stadt, wenn ich ehrlich sein soll. Es ist so unfassbar still hier. Aber Per sorgt dafür, dass mir nicht langweilig wird. Wir unternehmen viel an den Wochenenden.«

»Wieso bist du zu ihm gezogen, wenn dir die Stadt besser gefällt?«

»Per hängt an dem Hof seiner Eltern und würde ohne die Arbeit dort eingehen. Er wäre mir zuliebe nach Stockholm gezogen, das weiß ich, aber da ich mich beruflich sowieso verändern wollte, passte es so für uns beide.«

»Edda ist bestimmt sehr froh, dich in ihrem Team zu haben. Du bringst frischen Wind rein.«

»Manchmal denke ich, dass ich ein wenig zu viel Energie habe und die Familien mit meinem Temperament überfordere. Ich muss lernen, den Menschen zuzuhören und nicht gleich mit der

Tür ins Haus zu fallen. So wie du. Du denkst erst nach, bevor du sprichst.«

Überrascht hob ich die Brauen, was sie erneut zum Lachen brachte. »Du strahlst Ruhe aus. Das ist ein Segen in unserem Job.«

»Manchmal wünschte ich, ich wäre ein bisschen mehr wie du«, gab ich zu.

»Laut und durchgeknallt?« Sie kicherte.

»Selbstbewusst und mutig«, verbesserte ich. »Nicht so still und zurückhaltend wie ich.« Charaktereigenschaften, die ich nicht von meiner Mutter geerbt hatte. Sie war das genaue Gegenteil von mir gewesen, eher wie Valentina — quirlig und ein bisschen chaotisch. Die Erkenntnis, dass ich meinem Vater mehr ähnelte, als mir lieb war, gefiel mir nicht. Es war nicht fair, dass man mit jemandem unwiderruflich verbunden war, dem man nie wieder in die Augen sehen wollte.

Kurz darauf erreichten wir die Familie Sjöberg. Das Baby war drei Wochen alt und kurz vor meiner Ankunft in Schweden geboren worden. Es war das erste Mal seit meiner Kündigung im Krankenhaus, dass ich ein neugeborenes Baby sah. Beim Anblick des schrumpeligen kleinen Wesens zog sich mein Herz zusammen. Dieses hilflose zuckersüße Baby wühlte Berge an Erinnerungen auf, an wunderschöne Geburten, die ich erleben durfte, aber auch an die schlimmste Nacht meines Lebens. Ich musste den Blick von dem Kind abwenden, um meine Emotionen unter Verschluss zu halten. Während Valentina den Nabel des Babys kontrollierte und in einer Tuchwaage das Gewicht überprüfte, unterhielt ich mich mit der Mutter über die Geburt. Ich war entsetzt, als sie mir berichtete, dass ihr Kind im Auto zur Welt gekommen war, weil die Klinik in Örebro keinen Platz im Kreißsaal mehr gehabt hatte und die nächste Klinik zu weit entfernt gewesen war. Sie und ihr Mann waren verständlicherweise überfordert gewesen, als klar gewesen war, dass sie es nicht mehr nur zu zweit aus dem Auto herausschaffen würden.

Auf der Rückfahrt zur Praxis erklärte mir Valentina, dass das keine Seltenheit war, und durch den Personalmangel in den Kliniken Eltern in ländlichen Gebieten ihre Babys häufig allein zur Welt bringen mussten. Das schockierte mich, brachte mich aber auf eine Idee, über die ich unbedingt mit Edda sprechen wollte.

8

In Eddas Gemüsebeeten wuchs alles, was das Herz begehrte. Neben Mohrrüben und Zwiebeln gab es Kartoffeln, Zucchini, Salat, Gurken, Sellerie, Paprika, Tomaten und unterschiedliche Kräuter. Dazu der Apfelbaum und ein üppiger Strauch, an dem schwarze und rote Johannisbeeren wuchsen.

Ich lächelte, während ich das erntete, was ich für die Suppe benötigte, die ich zum Abendessen zubereiten wollte. Bevor ich eine Karotte zu dem anderen Gemüse in den Korb legte, schnupperte ich an dem Möhrengrün, aus dem ich einen Smoothie mixen wollte. Das kannte Edda sicher noch nicht, und ich war gespannt, wie ihr die Mischung aus Möhrengrün, Äpfeln, Babyspinat und Orangensaft schmecken würde. Es war etwas vollkommen anderes, als Lebensmittel aus dem Supermarkt in den Einkaufswagen zu legen. Es fühlte sich ursprünglicher an. Ich bedauerte, dass ich während der letzten Jahre meine Leidenschaft für das Gärtnern und Kochen verloren hatte. Ein kleines Hochbeet auf dem Balkon wäre selbst in Frankfurt möglich gewesen, aber das Erlebte hatte mir einen Großteil meiner Lebensfreude geraubt.

Mein gedankenverlorener Blick verharrte auf dem Gemüse im Korb, während die letzten Sonnenstrahlen des Tages auf meine Wangen fielen. Die dritte Woche in Nora war wie im Flug vergangen. Ich hatte viel Zeit mit Valentina und Astrid verbracht und Edda in der Praxis bei Kontrollterminen und Kursen unterstützt. Es war eine gute Woche gewesen, weil ich mit jedem Tag in meinem neuen Leben spürte, dass ich selbstsicherer wurde und mich jeden Morgen mit einem Lächeln an die Arbeit machte. Es erschreckte mich, dass ich dieses Gefühl nicht mehr gewohnt war — das Gefühl, beruflich glücklich zu sein und diesen Funken Leidenschaft zu spüren, der mit der Zeit in mir verglüht war.

Mit dem gefüllten Korb lief ich über die Rasenfläche zurück ins Haus, wo Edda einen Topf und andere Kochutensilien aus den Schränken holte.

»Nichts da.« Ich stellte den Korb auf die Arbeitsplatte und richtete meinen strengen Blick auf Edda. »Du setzt dich jetzt und entspannst dich. Und ich koche. Das war unsere Abmachung.«

Edda seufzte mit einem Lächeln. »Ich bin es nicht gewohnt, nichts zu tun, Alma.«

»Dann gewöhn dich daran. Ich darf bei dir arbeiten und wohnen. Dass ich für dich koche, ist das Mindeste, das ich tun kann, um mich zu revanchieren.«

»Es gibt nichts, wofür du mir dankbar sein musst, Alma. Ich bin froh, dich in meinem Team zu haben. Und wenn du keine gute Hebamme wärst, hätte ich dir den Job nicht angeboten. Verwandtschaft hin oder her.« Sie lächelte, folgte meinem Befehl und setzte sich auf einen der Esszimmerstühle. Ein schwarzer Schatten huschte über den Wohnzimmerboden geradewegs auf Edda zu. Jerry miaute und schmiegte seinen Kopf an ihr Bein. Mit funkelnden Augen blickte er zu ihr auf, und Edda strich ihm liebevoll über den Kopf. Ich war froh, dass sich meine beiden Kater so gut eingelebt hatten. Auch wenn Ben es nach wie vor vorzog, den Großteil des Tages unter dem Sofa zu verbringen, taute auch er langsam auf. Erst gestern Abend hatte er ein paar Schritte in den Garten gewagt und Jerry neugierig dabei zugesehen, wie er über das Gras geschlichen war. Ich war mir sicher, dass auch Ben es irgendwann genießen würde, freien Zugang zur Natur zu haben.

Edda hob Jerry auf ihren Schoß, wo er es sich bequem machte und es mit geschlossenen Augen sichtlich genoss, sich von ihr streicheln zu lassen. Ich schnitt unterdessen das Gemüse in kleine Würfel und dünstete es mit etwas Öl in einem Topf an. Aus dem Kühlschrank holte ich das Glas mit Gemüsebrühe, die ich am Vortag vorbereitet hatte, und schüttete sie in einen großen Topf mit Wasser. Während Gemüse und Kartoffeln vor sich hin köchelten und einen frischwürzigen Duft in der Küche verbreiteten, schnitt ich ein Landbrot in fingerdicke Scheiben. Nach einigen Minuten bemerkte ich, dass mich Edda lächelnd beobachtete.

»Wenn du in der Küche hantierst, siehst du ihr noch ähnlicher.«

Ich hielt in meiner Arbeit inne und erwiderte ihr Lächeln. »Mama fand es immer beruhigend, zu kochen. Wenn sie Stress hatte, oder sich Gedanken um etwas machte, hat sie sich an den Herd gestellt.«

»Und meistens viel zu viel gekocht«, fügte Edda lachend hinzu. »Wir haben einmal eine ganze Woche lang Nudelauflauf gegessen.«

Ich drapierte die Brotscheiben auf einem hübschen petrolblauen Teller. Am Rand befanden sich kleine handgemalte Blütenblätter in Weiß.

»Selbst nach ihren Schichten im Restaurant war sie es nicht leid, am Herd zu stehen«, erinnerte ich mich und lächelte wehmütig.

Die Suppe dampfte noch, als ich uns zwei Teller damit befüllte und mich zu Edda an den Tisch setzte.

»Morgen früh fahre ich zu einem benachbarten Hofladen«, sagte sie und tauchte ihren Löffel in die Suppe. »Ich brauche Eier und ein paar andere Dinge. Möchtest du mich begleiten?«

In meinem Magen zog es, weil mich Eddas Aussage an etwas erinnerte, das ich für ein paar Minuten aus meinem Gedächtnis verdrängt hatte. Morgen war Samstag, und ich würde mich mit Liam und Fynn treffen.

»Morgen kann ich leider nicht. Ich ... gehe Wandern.«

»Du gehst Wandern? Alleine?«

»Nein.« Ich lachte nervös auf. »Mit Liam.«

»Liam Hansen?«, hakte sie nach. Ihre hellen Brauen hoben sich. Ich nickte abgehackt und rührte in meinem Suppenteller. »Er geht wohl regelmäßig mit Fynn Wandern und hat mich gefragt, ob ich mitmöchte.« Meine Wangen, die vom Kochen ohnehin schon warm waren, wurden noch heißer. »Ist das seltsam?«

»Dass du Wandern gehen willst?« Eddas Lippen kräuselten sich amüsiert.

»Dass ich mit Liam Hansen Wandern gehe.« Der Gedanke, dass meine Tante es unprofessionell finden könnte, wenn ich mit dem Bruder meiner mir zugeteilten Schwangeren privat Zeit verbrachte, verunsicherte mich. »Er hat es vorgeschlagen, und ich konnte nicht ablehnen.«

»Du musst dich nicht rechtfertigen, Alma. Liam ist ein netter Mann.« Sie lächelte, während sie den Blick auf Jerry richtete und ihn hinter den Ohren kraulte.

»Kennst du ihn eigentlich besser?« Sobald ich die Frage gestellt hatte, presste ich die Lippen zusammen. Wieso war mir das herausgerutscht? Damit würde ich Eddas Gedankenkarussell nur weiter anschubsen. Ich wollte nicht, dass sie falsche Schlüsse zog und wie Valentina mehr in unsere Verabredung hineininterpretierte, als da war.

»In Nora kennt jeder jeden«, sagte sie schmunzelnd. »Liam ist hier geboren und aufgewachsen. Er ist zwischen den anderen Kindern aufgefallen mit seinen längeren Haaren und diesem verschmitzten Grinsen. Er war immer im Wald unterwegs, hat geangelt und ist Klettern gegangen. Seine Mutter ist manchmal an ihm verzweifelt, weil er nur für das Nötigste nach Hause gekommen ist. Ein richtiger Naturbursche.«

Ich lächelte und konnte mir den jungen Liam bildlich vorstellen, wie er stundenlang durch die Wälder streifte und selbstbewusst irgendwelche Felsen emporkletterte.

Wir aßen eine Weile still vor uns hin, ließen die Blicke zur geöffneten Terrassentür hinaus in den Garten gleiten.

»Hast du denn überhaupt Wanderschuhe?«, fragte Edda irgendwann in die Stille hinein.

»Nein. Aber Sneaker. Das wird auch gehen. Fynn ist dabei, da werden wir bestimmt eine harmlose Strecke laufen.«

Beim Blick in Eddas skeptisch-amüsiertes Gesicht wurde mir flau im Magen. Aber ich verdrängte die Befürchtungen, die ich für den morgigen Tag hatte, und schob mir einen Löffel Suppe in den Mund.

In meinem Zimmer setzte ich mich mit vollem Magen auf mein Bett und sah aus dem kleinen Fenster hinaus auf den See, wo sich die untergehende Sonne auf der Wasseroberfläche spiegelte. Allein dieser Anblick bescherte mir eine wohlige Gänsehaut. In Frankfurt hatte ich in der Nähe eines Parks in einem abgelegeneren Stadtteil mit wenig Verkehr gewohnt. Und dennoch war der

Anblick des nicht enden wollenden Sees und der Waldlandschaft darum herum kein Vergleich zur Aussicht von meinem ehemaligen Balkon auf vereinzelte Birken und Hecken. Das hier war der Inbegriff von Freiheit, von Ruhe und Sorglosigkeit. Hinter meiner Brust schwoll etwas an, wurde schwer und warm. Ein Gefühl von gestilltem Heimweh durchströmte mich wie eine wärmende Umarmung, auf die ich so lange gewartet hatte. Für einen Moment bedauerte ich, dass ich nicht früher die Reißleine gezogen und zurück nach Schweden gekommen war. So viele Jahre Trübsalblasen wären mir erspart geblieben. Je länger ich darüber nachdachte, desto bewusster wurde mir, dass ich vor ein oder zwei Jahren nicht die Kraft dazu gehabt hätte, wieder als Hebamme zu arbeiten. Vielleicht hatte es einen Sinn, dass ich ausgerechnet jetzt erst hergekommen war. Ich lehnte mich in meinem Bett zurück und atmete aus. Mein Blick fiel auf das Fußende, wo das Buch lag, das ich bei Älghorn überstürzt gekauft hatte. Kurz entschlossen beugte ich mich vor und griff danach. Es kam mir albern vor, mir die Seiten genauer anzusehen. Da gab es Tipps für Prepper, um in der rauen Natur Dosen zu öffnen oder sich eine Hängematte zu bauen, Verhaltenstipps für Begegnungen mit Bären oder anderen Wildtieren, Sternenkunde, um ohne Kompass eine Route zu finden.

Nach einer Weile legte ich das Buch mit einem Seufzen zur Seite und wettete um meine beiden Arme, dass Liam alle Ratschläge und Kniffe aus diesem Buch kannte. Ich hoffte, dass sich die Sorge, mich bei unserer morgigen Wandertour zu blamieren als unnötig erweisen würde.

Nachdem ich mich bettfertig gemacht und unter die Decke geschlüpft war, stellte ich meinen Handywecker. Ich war zwar auch ohnehin eine Frühaufsteherin, aber an den Wochenenden kam es vor, dass ich länger schlief. Das durfte mir morgen auf keinen Fall passieren, weil Liam mich mit Fynn schon um sieben Uhr abholen würde.

Ich zog mir die Decke bis zum Kinn und atmete den vertrauten und nie vergessenen Duft von Eddas Waschmittel ein, das sie benutzte, seit ich das erste Mal in ihrem Haus übernachtet hatte. Unweigerlich führte mich der Geruch zurück zu Liam, der mir seine Waschmittelsucht offenbart hatte. Ich lächelte bei der Erinnerung an unser Geplänkel auf dem Spielplatz und schlief mit ihm als letzten Gedanken ein.

9

»Alma!« In einem Affenzahn rannte Fynn auf mich zu. Sein kleiner Körper steckte in einem tannengrünen Regenoverall. Dazu trug er farblich passende Wanderschuhe in Minigröße. In den Händen hielt er ein Fernglas.

»Guten Morgen, Fynn.« Ich lächelte und kam ihm über den Kiesweg ein Stück entgegen. »Du siehst super aus. Mit dir an meiner Seite werde ich mich bestimmt nicht verlaufen.«

Der Junge grinste stolz und hob sein kleines Fernglas, das extra für Kinder zu sein schien. »Damit können wir Elche gucken. Die sind jetzt schon wach.«

»Ich freue mich darauf«, schwindelte ich. Meine Lust auf eine Wanderung hielt sich nach wie vor in Grenzen, doch die Aussicht darauf, Liam wiederzusehen, hob meine Stimmung. Ich hoffte, dass meine Jeans die Wanderung überleben würde und wir nicht durchs Unterholz kraxeln würden. Ich zog den Zipper meiner Windjacke nach oben. Es war die einzige, die ich besaß und mit nach Schweden genommen hatte. Trotz der sommerlichen Temperaturen, die am Tag herrschten, war es um diese Uhrzeit in der Nähe des Sees und der Wälder klamm und nebelig. Über dem Wasser waberten Nebelschleier, was ich nur beiläufig bemerkte, weil mein Blick auf Liam geheftet war, der mit Abstand zu

Fynn die Auffahrt hinauflief. Seinen Wagen hatte er neben der Hebammenpraxis geparkt.

»Hej«, begrüßte ich ihn.

»Guten Morgen.«

Automatisch glitt mein Blick über ihn. Sein Haar trug er wie bei unserer zufälligen Begegnung bei Älghorn zusammengebunden, sein Gesicht war unrasiert, der Bart aber ein wenig in Form gebracht. Zu einem schwarzen, eng anliegenden Oberteil trug er eine graue Hose mit aufgesetzten Taschen an den Seiten.

»Und, bist du bereit?«

»So was von bereit.« Mein Tonfall sollte enthusiastisch klingen, überzeugte Liam aber offensichtlich nicht.

Er schmunzelte. »Ich hoffe, du hast dich noch ein bisschen vorbereitet und das Buch gründlich gelesen.«

»Falls uns ein Bär angreift, könnt ihr euch auf mich verlassen. Kapitel zwei war da sehr aufschlussreich. Ich weiß jetzt, wie wir uns verhalten müssen.«

»Ein Bär?« Fynn starrte erst mich und dann Liam mit großen Augen an. »Es gibt hier keine Bären. Oder, Onkel Liam?«

Liam lachte und strich Fynn liebevoll über das blonde Haar. »Nein, Kumpel. Alma hat nur Spaß gemacht.«

»Ist deine Tante schon wach?« Sein Blick glitt an mir vorbei zum Haus.

»Edda ist schon zum Hofladen gefahren«, sagte ich. Insgeheim war ich froh über diese Tatsache. Es wäre mir aus unerfindlichen Gründen unangenehm gewesen, wenn sich Liam und Edda begegnet wären.

»Ich kenne Edda, seit ich klein bin, aber ich war noch nie hier. Es ist ein schönes Haus. Die Praxis gefällt mir auch.« Ein warmes Lächeln breitete sich auf seinem Gesicht aus, als sein Blick wieder auf mich traf.

»Ich fühle mich hier sehr wohl. Es ist ruhig und friedlich.«

»Wie hast du in Deutschland gelebt? Auch ruhig und friedlich?«

»Außerhalb des Zentrums, in einem Mehrfamilienhaus. Dort war es zumindest etwas ruhiger als in der Stadtmitte. Und du?«

»Meine Wohnung lag mitten in der Stadt. Das war praktisch, weil ich zu Fuß zum Sportladen laufen konnte. Örebro ist bestimmt nicht wie Frankfurt, aber im Gegensatz zu Nora eine Weltmetropole.«

»Hey.« Fynn zupfte mit einem ungeduldigen Schnauben an Liams Hand. »Wann gehen wir endlich?«

»Schon gut, Kumpel. Es geht jetzt los.«

Ich griff nach meinem Rucksack, ebenfalls eine Leihgabe von Edda, die mir ans Herz gelegt hatte, eine Wegzehrung einzupacken. Wie eine fürsorgliche Mutter, deren Kind zu einem Wandertag aufbrach, hatte sie mir heute Morgen eine Dose mit noch warmen Zimtschnecken und eine Thermoskanne Tee bereitgestellt. Ich war gerührt gewesen und ein wenig beschämt, dass sie so früh gebacken hatte, um mir eine Freude zu machen.

Wir liefen zum Auto, Fynn rannte vor. Ich war beeindruckt, wie viel Energie der Knirps um diese Uhrzeit schon hatte. Ich hingegen spürte noch deutlich die unruhige Nacht in den Knochen. Zum ersten Mal, seit ich in Nora war, hatte ich schlecht geschlafen, weil ich aus einem kuriosen Traum hochgeschreckt war, in dem mich ein Bär angegriffen hatte und ich mit meiner Hebammentasche durch den Wald gerannt war.

»Dafür, dass du nicht wanderst, bist du gut ausgestattet«, bemerkte Liam. »Ein Wanderrucksack, Wanderschuhe und eine Funktionsjacke.«

»Fast alles von Edda«, gab ich zu. »Mein Kleiderschrank hat so was nicht zu bieten.«

»Bei Älghorn haben wir eine ziemlich gute Auswahl an Kleidung. Du kannst dich bei Gelegenheit ja mal bei uns umsehen.«

»Wow, dein Kumpel wäre stolz auf dich, dass du selbst in deiner Freizeit für den Laden Werbung machst.«

»Du darfst Cai gerne davon erzählen. Vielleicht lohnt es sich für mich.«

»Weil du dann eine Gehaltserhöhung bekommst?«

»Als ob man in Nora eine Gehaltserhöhung für gute Leistungen kriegt. Hier bekommt man ein Stück Kuchen oder wird bei der Familie zum Essen eingeladen.«

»Oder eine Freikarte für das alte Eisenbahnmuseum. Nichts gegen das Museum, aber es ist superlangweilig.«

»Ich war als Kind einmal mit meiner Schulklasse dort und bin fast eingeschlafen.«

Rückwärts fuhr er Eddas Auffahrt hinunter und bog auf die holprige Straße ein, die seinen Geländewagen wesentlich weniger ins Schaukeln brachte als meinen Kleinwagen. Ich musste mich dazu zwingen, ihn nicht anzustarren, während er über die Schulter zurücksah.

»Wohin fahren wir eigentlich?«, fragte ich.

»Nicht weit von hier ist ein guter Ausgangspunkt für eine Strecke, die Fynn und ich schon oft gelaufen sind.«

»Da gibt es eine Hütte«, schaltete sich Fynn ein. »Dort machen wir immer ein Picknick.«

Nach ein paar Minuten Fahrt lenkte Liam den Wagen mitten in den Wald. Wir drei wurden ordentlich durchgeschüttelt, während die Reifen über den unbefestigten Weg rumpelten, der immer tiefer ins Dickicht führte. Ich hoffte, dass das Auto keinen Schaden davon nahm und wir nicht liegen blieben.

Nachdem Liam mitten auf dem Weg gehalten hatte und wir

ausgestiegen waren, holte er einen Wanderrucksack aus dem Kofferraum, der ungefähr die Dimension eines Reisekoffers hatte. Es sah aus, als wollte er mehrere Nächte im Wald verbringen.

»Ich bin Wanderführer«, verkündete Fynn und rannte vor.

»Ein Wanderführer bleibt aber in der Nähe seiner Gruppe«, rief Liam ihm nach.

»Jaja«, kam es von Fynn zurück. Aus dem Unterholz angelte er sich einen Stock, der ungefähr so groß war wie er selbst. Mit entschlossenen Schritten marschierte er weiter und stimmte irgendein Lied an.

Liam schmunzelte, sein Blick schweifte zu mir. »Ich freue mich, dass du mitgekommen bist.«

»Warte ab, bis ich mir die ersten Blasen gelaufen habe und du mich tragen musst. Dann wirst du deine Meinung ändern.«

Liam lachte, was einen Vogel in den Bäumen aufscheuchte und hektisch davonflattern ließ.

Ich fühlte mich aufgeputscht in seiner Nähe, und die Aufregung ließ mein Herz immer noch schneller schlagen. Aber mit jedem Schritt durch den Wald entspannte ich mich und spürte die Ruhe und Gelassenheit, die Liam unentwegt ausstrahlte.

»Manchmal muss man über seinen Schatten springen. Ich habe mich lange nicht mehr getraut, etwas Neues auszuprobieren.«

»Wieso nicht?«

Ich zögerte, weil ich nicht wusste, wie ich es ihm erklären sollte, ohne den Kern des Problems anzusprechen.

»Mir fehlte die Energie. Nach Feierabend war ich nicht mehr zu gebrauchen.«

»Und deine Freunde?«

»Davon gab es nicht viele, zuletzt ... niemanden mehr.« Meine Stimme verlor an Stärke, und ein altbekanntes hohles Pochen setzte in meinem Inneren ein.«Nach dem Tod meiner Mutter kamen viele Dinge zusammen, die mir zu schaffen gemacht haben. Ich habe mich in meiner Wohnung verbarrikadiert und dachte, das wäre okay. Dabei habe ich mich vor der Welt versteckt.«

»Das tut mir leid.« Liam blickte zu mir, seine Worte klangen sanft. »Es ist schwer, wenn man seine Eltern früh verliert. Das wissen Elsa und ich aus eigener Erfahrung.«

Liam und ich tauschten einen Blick, und in seinen Augen lag derselbe Schmerz, der auch mir vertraut war.

Edda hatte einmal angeschnitten, dass Liams und Elsas Eltern ebenfalls früh verstorben waren. Somit wussten wir beide, was der jeweils andere durchgemacht hatte — und das verband uns auf eine traurige Weise.

Liam umfasste die Träger seines Rucksacks und richtete seinen Blick wieder geradeaus auf den Waldweg, wo Fynn einige Meter vor uns auf einen umgefallenen Baumstamm kletterte. »Mein bester Freund ist letztes Jahr gestorben. Deshalb habe ich mich so in die Arbeit gestürzt. Ich musste mich irgendwie ablenken, weil ich nicht damit klarkam, was passiert ist.« Er lachte bitter auf. »Hat natürlich nichts gebracht. Im Gegenteil.«

In meiner Kehle bildete sich ein dicker Kloß. Mitgefühl flutete mich, als Liam zu mir sah und traurig lächelte.

»So schlimm die Sache mit meiner Schwester gelaufen ist, manchmal bin ich dankbar dafür, dass sie mich hier gebraucht hat. Wer weiß, ob ich sonst aus der Tretmühle gekommen wäre.«

»Das tut mir schrecklich leid«, sagte ich ehrlich betroffen.

Liam schluckte und lächelte betrübt. »Es ist nie schön, wenn man Menschen verliert, die einem nahestehen. Vor allem nicht, wenn es plötzlich und unerwartet passiert.«

Ein paar Atemzüge lang schwiegen wir, während Fynn weiter

fröhlich sang und auf einen Baumstamm kletterte, der am Rand des Weges lag.

»So war das eigentlich nicht geplant«, durchbrach Liam schließlich die Stille. »Unsere Tour sollte Spaß machen und dich auf den Geschmack bringen, öfter Wandern zu gehen.«

»Ich fühle mich sehr wohl«, versicherte ich und lächelte.

»Liam! Alma!« Fynn stand wie erstarrt auf dem Baumstamm, das Fernglas vor den Augen. »Da ist ein Elch«, wisperte er aufgeregt. »Kommt schnell.«

Liam und ich beschleunigten unsere Schritte und liefen zu ihm.

»So ein Glück«, murmelte Liam, nachdem er einen Blick durch das kleine Fernglas geworfen hatte.

Ich stand mit etwas Abstand zu den beiden und musterte Liam lächelnd, der Fynn an den Hüften hielt, damit der kleine Kerl vor Aufregung nicht von dem Baum herunterfiel.

»Alma! Nicht Onkel Liam angucken. *Da* ist der Elch!«

Liams Blick schwenkte zu mir, und er erwischte mich dabei, wie ich ihn anstarrte. Er grinste, während ich rot anlief und eilig nach dem Elch Ausschau hielt. Aber der hatte uns bereits den Rücken zugewandt und verschwand zwischen den Bäumen.

»Jetzt ist er weg«, murmelte Fynn. »Und Alma hat ihn nicht gesehen.«

»Doch, habe ich«, versicherte ich und ignorierte Liams amüsiertes Gesicht. »Er war braun und groß, und ich habe ganz deutlich das Geweih erkannt.«

Fynn schien mir zu glauben, aber ich fühlte mich schlecht, weil ich gelogen hatte.

»Du hast gerade meinen Neffen angelogen«, flüsterte Liam mir zu, als wir weiterliefen. Er unterdrückte ein Grinsen, während ich schuldbewusst seufzte.

»Was hätte ich machen sollen? Zugeben, dass ich nur das Hinterteil vom Elch gesehen habe?«
»Besser nicht. Fynn würde nicht lockerlassen und so lange durch den Wald laufen, bis wir noch einen Elch finden.«
»Dein Neffe weiß genau, was er will.«
Liam seufzte theatralisch. »Er hat den Dickkopf seiner Mutter.«
»Und hat er auch etwas von seinem Onkel?«
»Die Liebe zur Natur vielleicht. Und ...«, er grinste schief, »den Charme.«
Ich lachte, während Fynn ein Lied über den Wald und Elche anstimmte, das ich nach der zehnten Wiederholung mitsingen konnte. Irgendwann brachen die ersten morgendlichen Sonnenstrahlen durch die Bäume, und die Temperatur stieg langsam an. Die Feuchtigkeit wich aus der Luft, und ich zog bei einem kurzen Halt meine Jacke aus und band sie um meine Hüften. Wir hatten den Trampelpfad verlassen und liefen mitten durch den Wald. Ich hatte längst die Orientierung verloren und fragte mich, wie sich Liam zurechtfand. Ein Baum glich dem anderen, und nirgends gab es Schilder oder Hinweise darauf, dass wir uns auf einer Wanderroute befanden. Liam und Fynn stampften jedoch so selbstbewusst und sicher über Wurzeln und umgestürzte Bäume, als würden sie den Weg auch im Schlaf kennen. Während sich Fynn mit seinen kurzen Beinen leichtfüßig fortbewegte, stakste ich wie ein ungelenker Storch hinterher. Meine Beine fühlten sich inzwischen an, als könnten sie mich nicht mehr lange tragen, und das Ziehen in den Wadenmuskeln wurde mit jedem Schritt stärker. Es war, als wollte mir mein Körper trotzig demonstrieren, wie sehr ich ihn durch meine jahrelange Faulheit vernachlässigt hatte.

»Und, ich habe nicht gelogen, oder? Die Strecke ist leicht zu gehen.«

Ich schaute auf und lächelte Liam gequält zu. In diesem Moment übersah ich eine Wurzel, blieb mit einer Schuhspitze hängen und fiel nach vorn. Mit einem festen Griff um meinen Arm, fing Liam meinen Sturz ab.

Keuchend richtete ich mich auf. »Danke.«

Er ließ meinen Arm los und grinste. »So leicht ist die Strecke wohl doch nicht.«

»Ich sagte ja, dass ich nur asphaltierte Straßen gewohnt bin.«

»Du schlägst dich gut.«

Skeptisch kniff ich die Augen zusammen und deutete mit dem Kopf auf Fynn, der mühelos vorauslief und dabei ein Kinderlied nach dem anderen trällerte. »Ein Fünfjähriger steckt mich in die Tasche. Das ist beschämend.«

Liam lachte und schüttelte den Kopf. »Beim nächsten Mal wird es dir bestimmt schon leichter fallen.«

Ich rückte meinen Rucksack auf meinen Rücken zurecht und setzte mich mit Liam in Bewegung.

»Beim nächsten Mal? Nach dieser Wanderung brauche ich mindestens ein halbes Jahr Pause.«

»Na schön. Dann überlege ich mir was anderes.«

Mein Herzschlag beschleunigte sich, weil Liam mich offensichtlich wiedertreffen wollte. Ich erschrak selbst darüber, dass ich mich nicht eine Sekunde lang fragen musste, ob ich das auch wollte.

Nach ein paar Minuten erreichten wir eine kleine Waldhütte, die inmitten der Tannen stand. Sie sah alt aus, und die Bretter waren zum Teil von Moos überzogen. Bei näherer Betrachtung machte ich eine aufwendige Schnitzerei über der Tür aus. Es war das Dalahäst, ein rot angemaltes Pferd mit Sattel und

Zaumzeug. Das geschnitzte Holzpferd hatte seinen Ursprung in der schwedischen Landschaft Dalarna. Ein vertrautes Gefühl flutete mich bei dem Anblick des Pferdes, das unendlich viele Kindheitserinnerungen an die Oberfläche spülte.

»Was ist das für eine Hütte?«

»Ich weiß es nicht.« Liam stellte seinen Rucksack ab und rieb sich den Nacken, während sein Blick über das Holzhaus schweifte. »Fynn und ich haben sie neulich erst entdeckt.«

Ich ging auf die Tür zu und drückte leicht dagegen. Sie war nicht verschlossen. Als ich eintrat, stieg mir der Geruch von feucht-warmem Holz in die Nase.

»Da ist nichts drin«, sagte Fynn und drängte sich an mir vorbei. »Aber hier ist was echt Cooles. Das haben Onkel Liam und ich entdeckt.« Er lief zu dem kleinen Fenster, dessen Glas stumpf und milchig war. »Hier, beim Fenster.«

Ich folgte Fynn und betrachtete das Fensterbrett, in das jemand einen Namen eingraviert hatte. »Yva, min lilla flicka. Jag älskar dig«, las ich vor. Wie von selbst streckte ich meine Hand aus und fuhr mit den Fingerspitzen über die geschwungenen Buchstaben. *Yva, mein kleines Mädchen. Ich liebe dich.*

»Alma?«

Ich blickte über die Schulter, als ich ein Knacken hörte und Liam plötzlich hinter mir stand. Erst jetzt fiel mir auf, dass Fynn nicht mehr da war.

»Klingt traurig, oder?«

Ich nickte und betrachtete die Buchstaben. »Yva, ein schöner Name.«

Es raschelte, als Liams Arm meine Jacke streifte. In meinem Nacken begann es zu kribbeln, und ich hielt den Atem an, als er dicht neben mich trat, sich vorbeugte und die eingravierten Buchstaben betrachtete. Sein Geruch nach frischer Wäsche und noch etwas anderem Wärmeren, überlagerte die holzige Note im Raum.

»Jemand scheint Yva sehr geliebt zu haben.«

Liams Blick traf auf meinen, und das Prickeln in meinem Nacken wurde stärker.

»Ja. Scheint so.« Meine Stimme klang heiser.

Wir zuckten zusammen, als Fynn von außen gegen die Fensterscheibe klopfte und seine Nase daran plattdrückte. »Ich habe Hunger!«, rief er.

Liam und ich lachten und verließen die Hütte. Das warme Gefühl, das unser Blickkontakt hinterlassen hatte, blieb jedoch noch lange bestehen und trug mich durch den restlichen Tag.

10

»Der Bauch ist größer geworden«, stellte ich beim Blick auf Elsa fest.

Lächelnd strich sie mit den Händen über ihre Bluse. Mittlerweile war Elsa im sechsten Monat und ich zum dritten Mal bei ihr.

»Er wächst schneller als bei Fynn. Es kommt mir zumindest so vor.«

Sie reichte mir eine Tasse Kaffee und setzte sich zu mir an den Esstisch, auf dem das gewohnte Chaos herrschte. Es war später Nachmittag, und Elsa war erst kurz vor meiner Ankunft von der Arbeit im Blumenladen nach Hause gekommen. Ihre Fingerkuppen waren noch grün von den Blumenstängeln.

»Das kann gut sein. Es ist deine zweite Schwangerschaft. Dein Körper weiß genau, was er zu tun hat und arbeitet vor.« Ich trank einen Schluck.

»Zum Glück hat der Druck nachgelassen. Ich spüre ihn nur noch ab und zu.«

»Das ist sehr gut. Du kannst das Pulver noch ein paar Tage weiter einnehmen und dann absetzen. Sollte es stärker werden, nimmst du es wieder ein. Dennoch solltest du es langsam angehen lassen.«

Elsa nickte. »Ich habe in letzter Zeit mehr auf mich geachtet und mich nach der Arbeit strikt ausgeruht. Fynn fand das natürlich blöd, weil ich nichts mit ihm unternehmen konnte, aber das hat Liam gut aufgefangen.«

Bei seinem Namen stolperte unweigerlich mein Herz. Seit unserer Wanderung vor einer Woche hatte ich ihn weder gesehen noch von ihm gehört. Der Tag im Wald war schön gewesen, und ich hatte seitdem oft an ihn gedacht. Sehr oft.

»Und wie geht es dir sonst?« Ich stellte die Frage sanfter. Das Thema um Oskar, Fynns Vater, war heikel, doch als Elsas Hebamme sah ich mich in der Pflicht, mich danach zu erkundigen. Eine Schwangerschaft bedeutete nicht nur eine körperliche Veränderung, sondern auch eine psychische. Wenn in dieser sensiblen Phase auch noch Schicksalsschläge oder andere einschneidende Dinge passierten, konnte das für eine Schwangere gravierende Auswirkungen haben. Jede Emotion übertrug sich auf das Ungeborene. Schon jetzt spürte es Liebe, Trauer, Wut, Nervosität, Angst und Ablehnung. Es war ein Wunder und zugleich eine große Verantwortung, weil es dadurch umso wichtiger war, dass man auf sich achtete. Im Frankfurter Klinikum hatte ich viele Schicksalsschläge miterlebt. Frauen waren allein zur Geburt gekommen. Manche hatten das Kind aus der Not zur Adoption freigegeben. Ich hatte Mütter erleben dürfen, die innerhalb von Minuten ihr sechstes Kind bekamen, andere lagen Stunden in den Wehen. Ich hatte Partner gesehen, die ihre Frauen unterstützt hatten, Hände gehalten und geweint hatten, als das Baby geboren war. Ich hatte sogar Männer erlebt, die vollkommen entspannt dagesessen und ein Menü von McDonalds verdrückt hatten, während ihre Frauen vor Schmerzen schrien, oder die vor Aufregung umgekippt waren und die Geburt verpasst hatten.

»Du meinst wegen Oskar?«, hakte Elsa nach.

Ich nickte.

Sie seufzte schwer, bevor sie den Blick auf ihre Beine senkte. »Neulich hat er angerufen und mit Fynn gesprochen. Er hat sich riesig gefreut und ihm tausend Fragen gestellt. Wo er wohnt und ... wann er nach Hause kommt.« Sie schluckte. »Egal, wie oft ich versuche, es ihm zu erklären. Er fragt ständig nach Oskar. Ich habe ihm noch mal erklärt, dass wir nicht mehr zusammenwohnen, weil wir uns nicht mehr so gut verstehen wie früher, aber wir beide ihn sehr liebhaben und wir immer für ihn da sind. Oskar hat versprochen, dass Fynn bald zu Besuch kommen kann. Ich hoffe, er meint es ernst und hat es nicht nur so dahingesagt.«

»Glaubst du ihm?«

Sie zuckte kraftlos mit den Schultern. »Er ist so sprunghaft. Mal kann er der Vater sein, den Fynn braucht, mal ist er mit sich alleine schon überfordert. Es ist schwer einzuschätzen. Aber ich hoffe, dass er weiterhin für Fynn da ist.«

Der Blick, den mir Elsa zuwarf, ließ keinen Zweifel daran, wie stark die Situation an ihren Kräften zehrte. »Ich kann den Gedanken an ihn kaum ertragen, weil ich dann unheimlich wütend werde. Aber das darf ich nicht, weil er nun mal Fynns Vater ist.«

»Und der Vater des Babys«, schob ich leise nach. Ich wünschte Elsa von Herzen, dass sie und Oskar einen guten Weg finden würden, weiterhin gemeinsam für die Kinder da zu sein. Aber ich verstand auch, dass Elsa zu enttäuscht war, um sich damit auseinanderzusetzen. Mir ging es bis heute so, wenn ich an meinen Vater dachte.

»Er ist krank, das sage ich mir immer wieder. Aber trotzdem tut es unfassbar weh.« Sie sah mich einen Augenblick lang unbewegt an. »Es ist schwer, doch ich versuche, mich so viel wie möglich abzulenken. Die Gedanken kommen trotzdem. Besonders abends, sobald ich im Bett liege. Je stiller es ist, desto lauter werden die Sorgen.«

»Worüber machst du dir Sorgen?«

»Über die Zukunft. Ich denke oft an die Geburt und alles, was danach kommt. Bald habe ich zwei Kinder und bin allein. Allein mit den Sorgen und Entscheidungen, die man doch normalerweise mit seinem Partner bespricht. Ich habe Angst, dass ich ihnen nicht das geben kann, was sie brauchen.«

Ich lächelte sanft und suchte ihren Blick. »Elsa, ich bin mir ganz sicher, dass du eine wunderbare Mutter für die beiden sein wirst. Und weißt du auch wieso?«

Sie schüttelte den Kopf.

»Weil du sie von ganzem Herzen liebst. Du bekommst das hin. Daran habe ich absolut keinen Zweifel.«

Elsa schluckte, in ihren Augen schillerten Tränen, die sie sich mit einem Schniefen wegwischte. »Ich hoffe, dass du recht hast.« Ein kleines Lächeln stahl sich zurück auf ihr Gesicht. »Gott, diese Hormone. Wenn das so weitergeht, trockne ich innerlich aus.«

Als sie sich wieder etwas gefangen hatte, verließen wir den Tisch und setzten uns auf das Sofa, wo ich die Herztöne des Babys überprüfte. Nachdem wir einen neuen Termin in vier Wochen vereinbart hatten, packte ich den Kalender und das Messgerät zurück in meine Tasche. Im Augenwinkel bemerkte ich Elsas Blick auf mir. Als ich aufsah, hatten sich zarte nachdenkliche Falten auf ihrer Stirn gebildet.

»Möchtest du noch etwas besprechen, bevor ich gehe?«, fragte ich und erhob mich vom Sofa.

Sie blinzelte, als wäre sie vor meinen Worten ganz in Gedanken vertieft gewesen.

»Oh, nein, alles klar.« Mit einem Schmunzeln auf den Lippen

fügte sie hinzu: »Ich musste nur an Fynns Worte denken. Was er über dich gesagt hat.«

»Er hat von mir gesprochen?«

»Er hat von dir *geschwärmt*«, verbesserte sie. »Seit der Wanderung ist er dein größter Fan.«

Ich lächelte und freute mich darüber, dass ich das Herz des Kleinen für mich gewonnen hatte. »Ich mag ihn auch sehr. Er ist ein toller Junge.«

»Er ist normalerweise nicht so leicht zu begeistern, weißt du? Das gilt übrigens auch für Liam.« Sie zwinkerte mir zu, und meine Wangen wurden wärmer.

Was wollte sie mir damit sagen? Dass Liam nicht jede Frau zum Eisessen oder Wandern einlud? Ich wich Elsas analytischem Blick aus, unter dem mir mit einem Mal ein wenig unbehaglich wurde.

»Ist das eigentlich in Ordnung für dich?«, sprach ich meine Gedanken schließlich aus.

»Was denn?«

»Dass ich mit Liam und Fynn Eis essen war ... und Wandern.«

Ihre Augen wurden groß, und kurz darauf drang ein helles Lachen aus ihrem Mund. »Ob es für mich in Ordnung ist? Ich finde es ganz wunderbar. Fynn hatte so viel Spaß, und Liam ...« Sie lächelte. »Nein, ich habe ganz bestimmt nichts dagegen, dass ihr euch gut versteht.«

Wieso hatte ich das Gefühl, dass etwas Bedeutungsschweres in ihren Worten mitschwang? Ich warf einen Blick durch den Flur, wo eine Treppe in die nächste Etage führte.

»Die beiden sind in der Stadt und kaufen Lebensmittel ein«, sagte sie, als hätte sie meine Gedanken gelesen.

»Dann grüß sie von mir, wenn sie zurück sind.« Ich gab mir große Mühe, gelassen zu klingen und mir die Enttäuschung nicht anmerken zu lassen. Seit Tagen hatte ich mich insgeheim auf die Begegnung mit ihm gefreut und mich gleichzeitig ermahnt, nicht zu viel in unseren intensiven Blickkontakt in der Hütte hineinzuinterpretieren.

Nachdem ich mich von Elsa verabschiedet hatte, stieg ich in meinen Wagen.

Gemächlich fuhr ich die sanft geschwungene Straße entlang und ließ durch das geöffnete Fenster die warme Nachmittagsluft herein. Durch die dichten Tannenkleider glitzerte das Wasser des Norasjön im Sonnenlicht. Der Sommer hatte bald seinen Höhepunkt erreicht. In den letzten vier Wochen hatte sich die Natur deutlich verändert. Was zu Beginn meiner Ankunft noch zart und zurückhaltend geblüht hatte, zeigte sich jetzt in voller Pracht. Die Wiesen waren sattgrün, übersät von wilden Blumen. Der sich schier endlos ziehende Wald duftete leicht süßlich, wie eine Mischung aus reifen Waldbeeren und sonnengewärmter Rinde. Irgendwo sah man immer einen Schmetterling fliegen, Käfer emsig krabbeln oder man hörte die Vögel zwitschern. Die Natur strotzte vor Kraft und Lebensfreude, was sich auch an den Menschen zeigte. Ihr Lächeln schien breiter, die Wangen rosiger. Die Winter in Schweden waren hart und lang. Kurze Tage und wenig Sonnenschein machten das Volk, das normalerweise für seine gute und gelassene Stimmung bekannt war, zu zurückgezogenen Menschen.

Nach dem ersten Monat in Schweden hatte ich das Gefühl, dass meine Seele aufgetaut war. Ich spürte die Veränderung in jeder Zelle. Dabei war mir in Deutschland gar nicht aufgefallen, dass ich innerlich zu einem Eisklotz gefroren war. Ich fragte mich, wann es passiert war. Als meine Mutter gestorben war, nach dem schrecklichen Ereignis in der Klinik oder lange vorher? In mir war bereits etwas zerbrochen, als sich meine Eltern getrennt hatten und wir ausgewandert waren. Mir war nicht bewusst gewesen, dass ich in den letzten Jahren regelrecht abgestumpft war. Erst jetzt spürte ich es, nahm die Veränderung in mir wahr, die Wunden, die verblieben waren, aber endlich zu heilen begannen. Es war beinahe wie eine Metamorphose, die in mir vonstattenging, seit ich in Nora lebte.

Beflügelt von diesen Gedanken, entschloss ich mich, meinem Impuls zu folgen und noch einen Abstecher in die Stadt zu machen, um ein paar Lebensmittel einzukaufen. Ich wollte Edda eine Freude machen und sie mit einem Abendessen überraschen. Vielleicht würde ich auch noch eine Flasche Wein besorgen, und wir könnten auf meinen ersten Monat in Schweden anstoßen.

Bis zum Stadtkern stellte ich das Radio an und drehte die Musik lauter als sonst auf. Es war ein schwedischer Popsong, der eingängig war und den ich schnell ein wenig mitsummen konnte. Schwedische Musik unterschied sich stark von den Charthits aus Amerika oder Deutschland. Sie klang immer angenehm und melodisch. Die Texte drehten sich um ähnliche Themen, wie Liebe und Freundschaft, aber in den Klängen lag auch immer ein Hauch schwedische Weite und Freiheit.

Nachdem ich auf dem Supermarktparkplatz des ICA geparkt und mit einem Stoffbeutel den Laden betreten hatte, wurde ich schnell fündig. ICA war neben einigen kleineren Geschäften und Delikatessläden der größte Supermarkt in Nora und lag etwas außerhalb des Stadtkerns. Hier bekam man alles, was man suchte, für Preise, die für schwedische Verhältnisse noch im Rahmen lagen.

Als ich alles zusammengesucht hatte und mit meiner Einkaufstasche zu den Kassen lief, hielt mich plötzlich jemand am Ärmel meines Pullovers fest. Als ich mich umdrehte, sah ich zwei himmelblaue Kulleraugen und ein breites Grinsen.

»Hab dich!«
»Fynn!« Überrascht lachte ich auf. Der Kleine ließ mich los und reckte seinen Arm in die Höhe, um mir den Schokoriegel zu zeigen, den er in der kleinen Hand hielt. »Onkel Liam hat mir den erlaubt. Aber ich muss ihn gleich direkt essen und darf es Mama nicht verraten.«
»Und auch niemandem sonst, du kleines Plappermaul.«
Mein Blick hob sich und traf auf den Mann, an den ich die letzten Tage ständig und unkontrolliert denken musste.
Liam schmunzelte und wuschelte Fynn durchs Haar. Neben ihm stand ein vollgeladener Einkaufswagen. Mir fiel als Erstes der Karton Waschmittel auf, was mich zum Lachen gebracht hätte, wäre ich wegen seines plötzlichen Auftauchens nicht so aufgeregt gewesen.
»Hej Alma.«
»Hej.« Ich lächelte wacklig. Im grellen Licht der Neonröhren strahlten seine Augen noch heller als sonst. Wie schon die letzten Male, überrollte mich seine Präsenz wie eine Lawine. Seit unserem kurzen Moment in der Hütte im Wald schien das Prickeln zwischen uns stärker zu sein.
»Das ist schon das zweite Mal, das wir uns in der Stadt begegnen. Langsam frage ich mich, ob das noch Zufall ist.«
»Wir leben in einer Kleinstadt. Hier läuft man sich zwangsläufig über den Weg, oder nicht?« Ich überspielte meine Verlegenheit mit einem gelassenen Lächeln, weil das Treffen bei Älghorn nicht ganz so zufällig gewesen war, wie er glaubte. Aber das musste Liam nicht wissen.
»Ich war gerade bei deiner Schwester. Sie hat mir erzählt, dass ihr in der Stadt seid.«
»Ah, und du hattest Sehnsucht und bist hergekommen?« Sein ungeniertes Grinsen sorgte für Bauchkribbeln.

Ich verdrehte die Augen, auch wenn ich zugeben musste, dass ich insgeheim gehofft hatte, auf die beiden zu stoßen. »Ich brauchte ein paar Dinge für das Abendessen.«

»Was gibt es denn?«, fragte Fynn neugierig.

»Etwas ganz Einfaches, Pytt i Panna.«

»Bäh.« Er zog die Nase kraus, worauf Liam mit einem rügenden Blick reagierte.

»Das mag ich nicht. Da ist Speck drin.«

»Schon okay«, sagte ich grinsend. »Ich mag es auch nicht mit Speck. Deshalb koche ich es ein bisschen anders.«

Fynns Blick hellte sich wieder auf. »Mit Fleischwurst?«

»Vegetarisch. Mit Tofu, Kartoffeln und roter Beete. Obendrauf kommt Spiegelei.«

Wieder verzog Fynn den Mund, als würde ihm meine Abwandlung des typischen skandinavischen Resteessens ebenso wenig gefallen wie die Version mit Speck.

»Also ich finde, das klingt sehr lecker. Pytt i Panna habe ich ewig nicht mehr gegessen.«

»Du kannst ja bei Alma mitessen. Oder?«

Fynns Vorschlag kam so unerwartet, dass ich Liam perplex anblinzelte. Er hingegen schien sich köstlich zu amüsieren.

»So wird das später nichts mit den Frauen, wenn du mit der Tür dermaßen ins Haus fällst, Kumpel.«

Der Kleine runzelte die Stirn. Offensichtlich überfordert mit Liams Spruch, widmete er sich wieder seinem Schokoriegel.

»Was ist das eigentlich für eine Sorte?«, fragte ich, während wir uns in einer der Schlangen an den Kassen einreihten.

»Der schmeckt nach Karamell und Schokolade. Und er knuspert ein bisschen, wenn man reinbeißt.«

»Hm. Klingt sehr lecker.«

»Mama erlaubt mir nur am Wochenende Süßes. Aber Onkel

Liam ist nicht so streng. Er hat für morgen noch einen eingepackt.«

Ich verbiss mir ein Lachen und linste zu Liam, der nicht wirklich schuldbewusst aussah.

Mit einem verflucht hübschen Lächeln legte er den Kopf schief. »Bitte verrat mich nicht bei Elsa.«

Ich gab mich gespielt abwägend. »Mal sehen. Aber es ist gut, dass ich jetzt ein Druckmittel habe.«

»Gegen mich?«

»Ich denke, das schadet nicht.«

Liams Lachen bescherte mir wildes Herzklopfen. Ich war dankbar, dass Fynn mich mit seiner kindlichen Leichtigkeit davon abhielt, Liam unentwegt anzustarren, während er die Waren auf das Band legte. Er hatte mir den Vortritt gelassen, aber ich hatte abgelehnt, weil ich ahnte, wie tollpatschig mich sein Blick in meinem Rücken machen würde.

»Tschüs Alma!«, rief mir Fynn zu, nachdem sie bezahlt hatten. Sofort nestelte er an der Riegelverpackung herum. Liam steckte den Geldbeutel zurück in die hintere Hosentasche seiner Jeans, auf die ich ein wenig zu lange schaute.

»Bis dann«, sagte er mit einem Lächeln. »Und lasst euch das Pytt i Panna gut schmecken.«

Mit zwei Tüten beladen, verließ er das Geschäft.

Ich schluckte die Enttäuschung herunter, die sich in mir breitmachte und nicht leugnen ließ. Ja, ich hatte auf mehr gehofft. Auf eine Aussicht, Liam wiederzusehen, vielleicht sogar auf eine Art Date ...

Mein Seufzen, das ich unwillkürlich ausstieß, ließ die Kassiererin mit hochgezogenen Brauen zu mir sehen. Ich setzte ein halbherziges Lächeln auf und reichte ihr meine Kreditkarte.

Zurück bei meinem Auto, stutzte ich, als ich etwas auf meiner Motorhaube entdeckte. Eilig lud ich meine Tasche auf den Beifahrersitz und nahm grinsend den Schokoriegel an mich, der genauso aussah wie der, den Liam Fynn gekauft hatte. Mein Herz machte einen Satz, als ich den gefalteten Zettel entdeckte, den Liam darum gewickelt hatte.

Ein kleiner Nachtisch für heute Abend. ;)
PS: Fynn weiß nichts davon. Er mag dich, aber Schokolade verteidigt er mit seinem Leben.

Seine Schrift war krakelig, als hätte er den Zettel in aller Eile geschrieben, damit Fynn ihn nicht erwischte, wie er seinen zweiten Riegel verschenkte.

Wieder hüpfte mein Herz, und ich lächelte breit vor mich hin, während ich seine Nachricht ein weiteres Mal las.

11

Mit einer Tasse herrlich duftendem Kaffee hielt ich mein Gesicht in die Sonnenstrahlen. Es war warm, weshalb ich mich für ein knielanges geblümtes Kleid entschieden hatte. In den Straßen von Nora herrschte reger Betrieb, was für einen Samstag normal war. Dennoch war es hier selbst am Wochenende nie zu voll oder hektisch. Die schwedische Gelassenheit und die ganz eigene beschauliche Stimmung des Ortes sorgten für ein gemächliches Lebenstempo. Es war ein starker Kontrast zu meinem Leben in Frankfurt, wo ich das Gefühl gehabt hatte, immer zu spät dran zu sein und hetzen zu müssen. Ich spürte jeden Tag mehr, dass sich die schwedische gelassene Mentalität in mir wieder durchsetzte und mich zur Ruhe kommen ließ. Plötzlich nahm ich wieder Kleinigkeiten wahr, wie die warmen Sonnenstrahlen auf meinen Wangen, die Gesichter der Menschen um mich herum, die hübschen filigranen Muster auf meiner Kaffeetasse, aus der ich trank. Die letzten drei Jahre hatte ich wie ferngesteuert gelebt, mich wie betäubt gefühlt und mich vor der Welt verkrochen. Jetzt erwachten meine Sinne allmählich wieder, wie aus einem Dornröschenschlaf, und ich lechzte geradezu danach, neue Eindrücke zu sammeln. Was für mich in Deutschland undenkbar gewesen war, fühlte sich jetzt wie eine Befreiung an. Niemals hätte ich mich in Frankfurt in ein

Café gesetzt und allein einen Kaffee getrunken. Diese Einsicht stimmte mich kurzzeitig traurig, weil ich begriff, dass ich viele Jahre meines Lebens verpasst hatte.

Jetzt schien die Zeit langsamer zu vergehen, als hätte der Tag mehr Stunden. Das war schön, aber bot auch Gelegenheit, um viel nachzudenken. Über eine Person, die sich seit unserer ersten Begegnung in meinen Kopf eingenistet hatte. Seit unserem Treffen im Supermarkt war wieder eine Woche vergangen. Sieben Tage, an denen ich täglich an Liam gedacht hatte. Manchmal nervte es mich, dass sich meine Gedanken derart um ihn drehten. Ich kannte ihn nicht mal richtig, und dennoch war da diese Vertrautheit und dieses Kribbeln zwischen uns, das sich nicht wegdiskutieren ließ. Die Frage, die sich mir stellte, war nur, ob ich mich in dieses Gefühl hineinsteigerte oder ob es Liam ebenso empfand. Dachte er auch an mich? Spürte er die Anziehung, wenn wir uns sahen?

Etwas Kaltes, Nasses, das mich am Nacken traf, ließ mich zusammenfahren. Erschrocken fuhr ich herum und verschüttete beinahe den Kaffee über mein Kleid. Hinter meinem Tisch stand der kleine Fynn, in den Händen eine quietschgrüne Wasserspritze in Form eines Drachen. Er stieß ein freches Lachen aus und rannte an mir vorbei zu dem Mann, der mir bis zu dem Wasserangriff im Kopf herumgespukt war. Ich stellte die Tasse ab und wischte fahrig über meinen Nacken, während Liam mit einem Grinsen zu mir schlenderte.

»Gib es endlich zu, Alma, du verfolgst mich«, sagte er, als er bei meinem Tisch angekommen war.

Fynn versteckte sich hinter seinem Onkel und lugte immer mal wieder an seinen Beinen vorbei.

»Oder du mich.« Unsere Blicke verhedderten sich ineinander, und mein Herz schlug spürbar schneller, was nichts mit dem

Überraschungsangriff zu tun hatte. Nein, es war Liam, der alles in mir in Aufruhr brachte.

»Gut gezielt, Fynn«, wandte ich mich an den kleinen Frechdachs und zwinkerte ihm zu.

Fynn trat aus seinem Versteck hervor und hob stolz den Plastikdrachen. »Hat Onkel Liam mir gekauft, cool, oder?«

»Sehr cool. Danke für die Abkühlung.«

»War Onkel Liams Idee.«

»Ach ja? War es das?«

Liam machte ein unschuldiges Gesicht und hob die Hände vor der Brust. »Das muss ein anderer Onkel Liam gewesen zu sein.«

Ich lachte, als Fynn seinen Onkel verständnislos ansah. »Man darf nicht lügen, Onkel Liam. Das sagt Mama mir immer.«

»Da hat sie absolut recht. Dieser andere Onkel muss wohl noch viel lernen.« Liam deutete auf das Geschäft, vor dem Regale mit Schuhen in verschiedenen Größen und Farben standen, Sandalen und leichte Sneaker, die zum Sommer passten. »Geh doch schon mal vor und leg dich auf die Lauer, bis Mama aus dem Geschäft kommt. Sie braucht bestimmt auch eine Abkühlung.«

Begeistert von Liams Vorschlag rannte Fynn davon. Liam sah ihm so lange nach, bis er den Laden erreicht hatte und sich hinter einem der Regale versteckte.

Ich lächelte über seine rührende Fürsorglichkeit. Fynn konnte sich glücklich schätzen, seinen Onkel in dieser schweren Phase bei sich zu haben. Es würde ihm erst später in seinem Leben klarwerden, wie wertvoll die enge Bindung zu ihm war. Liam fing Fynn auf und füllte die Lücke, die in seinem Leben so urplötzlich entstanden war.

»Ich hoffe, der Wasserangriff hat dein Kleid nicht ruiniert.« Liams Blick schwenkte auf den geblümten Stoff. Seine Miene veränderte sich, und ein sanftes Lächeln umspielte seine Lippen.

»Das wäre nämlich schade gewesen. Es steht dir sehr gut.«

In meiner Brust wurde es enger. Sein Kompliment war unerwartet gekommen, und ich war einen Augenblick lang damit überfordert. Wann hatte ich zum letzten Mal von einem Mann etwas so Nettes gehört? Ich erinnerte mich nicht.

»Willst du ... dich setzen?«, fragte ich.

»Wenn es okay ist, ja. Elsa braucht sicher noch eine Weile.« Fynn hockte immer noch hinter dem Regal und lauerte auf seine Mutter wie ein Löwe auf seine Beute.

»Seit über einer Stunde probiert sie Schuhe an. Fynn und ich sind irgendwann in den Spielzeugladen gegangen, weil es uns zu langweilig wurde.«

»Schuhe kaufen braucht eben seine Zeit. Das zelebriert man«, erwiderte ich schmunzelnd.

»Ich glaube, in Elsas Fall liegt es eher daran, dass ihre Füße nirgends reinpassen. Seit es wärmer geworden ist, sind sie total angeschwollen.«

Ich konnte nicht anders, als loszulachen. »Das ist normal. In einer Schwangerschaft lagert sich Wasser im Körper ein. Die Temperaturen tun ihr Übriges. Zum Glück kann sie offene Schuhe tragen.«

»Das hat sie auch gesagt.« Er musterte mich grinsend.

»Was ist?«, fragte ich und unterdrückte meine Nervosität, die unter seinem intensiven Blick wuchs.

»Ich muss dir was gestehen. Ich wusste, dass du hier bist. Wir waren bei deiner Tante zu Hause, weil wir ihr die Dose vorbeigebracht haben, in der die Zimtschnecken von unserer Wanderung eingepackt waren.«

»Deshalb seid ihr extra zu ihr gefahren? Das wäre nicht nötig gewesen.«

»Wir waren sowieso unterwegs. Und wenn ich ehrlich sein soll, habe ich darauf gehofft, dich zu sehen.«

Mein Atem stockte, und die Überraschung über seine Ehrlichkeit ließ sich nicht verbergen.

Liam lachte über meine Sprachlosigkeit. »Genauso hat deine Tante mich auch angesehen, als ich vor der Tür stand. Ich glaube, Elsa und sie haben durchschaut, dass ich nicht nur wegen der Plastikdose gekommen bin.«

»Davon gehe ich aus.« Meine Worte kamen leise, weil sich mein Hals trocken und rau anfühlte. Hatte ich gerade richtig gehört? Liam war unter einem Vorwand zu meiner Tante gefahren, um mich wiederzusehen? Ein kleines Feuerwerk sprühte in meinem Magen.

»Ich muss ziemlich enttäuscht geguckt haben, als Edda mir gesagt hat, dass du nicht da bist. Sie hat dann ganz beiläufig erwähnt, dass du in der Stadt unterwegs bist.«

»Verräterin. Dabei wollte ich endlich mal meine Ruhe haben.« Ich grinste und fühlte mich, als hätte ich einen tollen Preis bei einem Gewinnspiel gewonnen. Liam wollte mich sehen und hatte ebenso viel an mich gedacht wie ich an ihn. Das war immer noch keine Antwort auf die Frage, welche Absichten er hatte, aber es genügte, um mir ein gutes Gefühl zu geben und mein Interesse an ihm wachsen zu lassen.

Wir tauschten einen langen und intensiven Blick, der jäh von Fynn unterbrochen wurde.

»Hey«, begrüßte ihn Liam. »Und, hast du Mama erwischt?«

»Die ist immer noch im Geschäft. Ich war drin, und sie hat fast geweint.«

»Warum das denn?« Liam blickte besorgt zum Schuhladen.

»Mamas Füße passen in keine Schuhe. Sie sagt, dass sie jetzt barfuß gehen muss.«

Liam und ich tauschten einen amüsierten Blick.

»Na, dann kaufen wir ihr jetzt besser mal ein Eis und fahren nach Hause.«

»Bekomm ich auch Eis?«

»Natürlich, warum solltest du keins bekommen?«

Fynn blickte auf seine Füße, die in Sandalen steckten. Er wackelte mit den Zehen. »Weil meine Füße nicht aussehen wie die von einem Elefanten.«

Liam lachte los, laut und herzhaft. Er bekam sich kaum ein, was Fynn lustig fand und kicherte.

»Dann lasse ich sie besser nicht warten. Diese Schwangerschaft lässt sie regelmäßig zu Hulk werden.«

»Nimm es ihr nicht übel. Sie kann nichts dafür.« Ich spürte den Stich in der Brust, als Liam aufstand. Ich hätte noch Stunden mit ihm zusammensitzen und reden können.

»Was hast du heute noch vor?«, fragte er wieder an mich gewandt.

»Ich habe Edda versprochen, ihr später beim Lasieren des Holzstegs am See zu helfen.« Ich blinzelte gegen die Sonnenstrahlen und schirmte sie mit der Hand ab, während ich zu Liam aufsah, der nachzudenken schien.

»Bei der Hitze eine anstrengende Arbeit.«

»Ich habe Edda auch gesagt, dass ich das alleine schaffe. Aber na ja, so ist sie eben.«

Ich kann dir helfen, wenn du magst.«

»Du?« Verdutzt starrte ich ihn an.

»Ja, ich. Oder ich frage diesen anderen Onkel Liam, der Kinder dazu anstiftet, hübsche Frauen nass zu spritzen.«

Ich lachte. »Na schön. Dann sehen wir uns später. So gegen halb vier?«

Liam nickte. »Ich werde da sein.« Mit einem letzten Lächeln fasste er nach Fynns Hand und ging.

»Wie war es in der Stadt?« Edda stand in der Küche und bereitete sich einen Kaffee zu.

Ich versorgte Wilma unterdessen mit einem Schluck Wasser und strich sanft über eins ihrer großen Blätter. Es kam mir so vor, als glänzten sie mehr als früher. Sie sah gesund aus, als wäre sie in ihrer neuen Heimat ebenso aufgeblüht wie ich.

»Entspannt. Ich habe draußen vor dem Café gesessen.«

»Ah, wie schön.«

Ich schielte zu Edda und unterdrückte ein Schmunzeln. Natürlich wusste ich, worauf sie hinauswollte, hatte aber Spaß daran, sie ein wenig hinzuhalten.

»Und, hast du irgendjemanden getroffen?« Mit Unschuldsmiene blickte sie zu mir.

Ich hielt nicht länger durch und kicherte. »Wieso fragst du nicht gleich, ob mich Liam gefunden hat?«

Edda strich über ihr Kinn und lachte. »Ich wollte nicht neugierig sein.«

»Aber das bist du. Und du hast Liam verraten, wo ich bin.«

»Ich habe erwähnt, dass du in der Stadt bist. Ganz beiläufig.« Sie zwinkerte. Ihr Ausdruck veränderte sich. Das Lächeln wurde ein wenig breiter, und ihre Augen bekamen diesen wissenden Glanz, der mir die Röte ins Gesicht trieb.

»Apropos helfen. Ich habe Liam erzählt, was wir heute vorhaben, und er hat angeboten, mit mir den Steg zu streichen.« Ich gab mich entspannt, dabei wurde ich bei dem Gedanken, dass er in weniger als einer Stunde bei uns aufschlagen würde, ganz kribbelig. »Er wird gegen halb vier hier sein. Ich hoffe, das ist in Ordnung?«

»Das kommt mir sogar sehr gelegen. Ich bin nämlich noch nicht mit dem Papierkram für die Praxis fertig.« Sie nahm ihre Tasse in die Hand. »Du kannst etwas zu trinken mit zum Steg nehmen. Ich habe frischen Zitroneneistee gemacht. Der steht im Kühlschrank. Farbe und Pinsel liegen im Schuppen.« Sie lächelte mir noch einmal verschwörerisch zu, bevor sie über die Terrasse zur Praxis lief.

Ich überbrückte die Wartezeit, bis Liam eintraf, damit, in einer Kochzeitschrift herumzublättern. Ben gesellte sich zu mir und ließ sich den Nacken kraulen. Sein sanftes Schnurren beruhigte mich, und meine Aufregung flachte etwas ab. Um kurz nach drei ging ich in mein Zimmer, schlüpfte in ein graues Shirt und Shorts. Anschließend lief ich in den Garten, um Pinsel und Farbe aus dem Schuppen zu holen. Der kleine rot gestrichene Bretterverschlag stand neben dem Apfelbaum. Als Kind hatte ich oft darin gespielt und so getan, als wäre es mein eigenes kleines Häuschen. Edda hatte mir sogar einen winzigen Holztisch und einen Stuhl hineingestellt. Beides stand noch am selben Platz, zwischen Säcken mit Blumenerde und Gartengeräten, wie ich beim Betreten der Hütte feststellte. Weil ich den Pinsel nicht gleich fand, öffnete ich den leicht modrig riechenden Schrank über der Werkbank. Darin wurden Hammer, Zangen in verschiedenen Größen, Kästchen mit Nägeln und Schrauben aufbewahrt. Ich stutzte, als ich das kleine rote Holzpferd entdeckte, das auf einem der Regalbretter stand. Es war nichts Ungewöhnliches, in schwedischen Haushalten eins von den Dalapferden zu finden. Und dennoch überkam mich ein seltsames Gefühl, weil es mich an die liebevoll gebaute Spielhütte im Wald erinnerte — an den Namen, den jemand in das Holz geschnitzt hatte. Yva.

Motorengeräusche rissen mich aus meinen Gedanken. Hastig griff ich nach zwei Farbpinseln, die ich im Schrank fand, und verließ mit einem Eimer Holzlasur die Hütte.

12

Nachdem ich das Haus umrundet und freie Sicht auf die Einfahrt hatte, erblickte ich Liam, der gerade aus seinem Volvo stieg.

Edda stand in der Tür ihrer Hebammenpraxis und begrüßte ihn mit einem strahlenden Lächeln. Die beiden begannen, miteinander zu reden, und ich entschied mich dafür, rasch den Eistee und eine Kleinigkeit zu essen aus dem Haus zu holen. Mein Herz schlug plötzlich viel schneller. Ich freute mich darauf, mit Liam zum ersten Mal allein zu sein.

Im Haus packte ich Farbeimer, Getränke und Snacks in einen Korb und trug ihn hinaus auf die Terrasse. Im selben Moment kam auch Liam in den Garten.

»Hej«, begrüßte er mich. Er lächelte so warm wie die Sonnenstrahlen, die am mittlerweile wolkenlosen Himmel schienen. Hinter meiner Brust begann es zu prickeln.

»Deine Tante hat mich hinters Haus geschickt. Sie meinte, dass ich dich hier finden würde.« Sein Blick flog über den wilden Garten, das hohe Gras, die Obstbäume und Gemüsebeete.

»Wow. Das nenn ich mal einen Garten.« Auf seinem Gesicht zeichnete sich ehrliche Begeisterung ab. »Kein Wunder, dass du früher so gerne hier warst.«

Er kam auf mich zu und nahm mir den Korb ab. Unsere Hände

berührten sich, und Liam war mir plötzlich so nahe, dass ich seinen frischen Duft wahrnehmen konnte. Seine Haare lagen etwas wild auf dem Kopf, und ich verspürte den starken Drang, mit den Fingern hindurchzufahren und herauszufinden, ob sie sich so weich anfühlten, wie sie aussahen.

Einen Atemzug lang sahen wir uns in die Augen, und die Welt schien stillzustehen. Lächelnd wandte ich den Blick ab.

Wir durchquerten den Garten und liefen über den Trampelpfad zum Steg. Unter der großen Weide, die früher mit ihrem gebogenen Stamm und den tief hängenden Ästen mein liebster Kletterbaum gewesen war, stellte Liam den Korb ab.

»Nu kör vi«, sagte er und angelte nach den Pinseln.

»Ja, los geht's.« Mit einem entschlossenen Lächeln griff ich danach und folgte Liam zum Ende des Stegs, wo er den kleinen Farbeimer öffnete. Nebeneinander kniend, begannen wir, die Holzplanken mit der Lasur zu bestreichen. Unter uns glitzerte das Wasser des Sees im grellen Sonnenlicht, der seichte Wind ließ die Blätter der Weide beruhigend rauschen, begleitet von dem dumpfen Geräusch, wenn die Pärla, das alte Holzboot, gegen die Balken des Stegs stieß. Die Naturgeräusche waren wie eine sanfte Musik, die unsere Arbeit untermalte. Sie waren mir so vertraut wie das Wiegenlied, das mir meine Mutter jeden Abend als Kind vorgesungen hatte. *Sov du lilla vide ung* handelte davon, dass die Pflanzen im kalten langen Winter tief schlafen und auf den Frühling warten. Meine Mutter war keine begnadete Sängerin gewesen. Ihre Stimme war häufig weggebrochen, hatte kratzig und etwas schief geklungen. Aber genau das hatte die Liedzeilen so besonders für mich gemacht und sie fest in mein Gedächtnis eingebrannt. Ich hatte die innigen Momente mit ihr geliebt.

»An was denkst du?«, fragte mich Liam nach ein paar stillen

Pinselstrichen. Als ich aufsah, bemerkte ich, dass er das Streichen eingestellt hatte und mich aufmerksam beobachtete.

Ich atmete aus und strich einige feine Haarsträhnen zurück. »An meine Mutter. Seit ich hier bin, denke ich häufiger an sie. Es ist, als wäre sie ...« Ich zögerte, weil ich nach den richtigen Worten suchte.

»Als wäre sie dir hier näher?«

»Ja«, sagte ich. »Ja, genau. So fühlt es sich an.«

Liam senkte das Kinn. Ein sanftes Lächeln legte sich auf seine Lippen, während er auf den See hinausblickte. Seine Wangen waren von der warmen Sommersonne gerötet, die Haut an der Stirn glänzte leicht.

»Ich glaube, ich weiß, was du meinst. Mir geht es ganz ähnlich, seit ich wieder in Nora bin. Das ist diese Stille. Manchmal verfluche ich sie, weil sie einem zu viel Raum gibt, um nachzugrübeln.«

»Über deinen Freund?«, mutmaßte ich zögerlich.

Liam nickte, und sofort lag wieder dieser betroffene Ausdruck in seinen Augen, dieser Schmerz, den man erkannte, weil man ihn selbst in sich trug.

»Arvid und ich waren seit dem Studium befreundet. Wir haben in einer WG gelebt und eine tolle Zeit zusammen gehabt.«

»Das klingt sehr schön.«

»Ja, das war es auch.« Das nostalgische Lächeln, welches seinen Ausdruck erhellt hatte, verblasste sofort wieder. »Er hat Landwirtschaft studiert und wollte irgendwann einen Hof aufkaufen und was richtig Großes und Innovatives aufziehen. Und dann kam diese OP.«

»War er krank?«, fragte ich zögerlich.

Liams Kiefer verhärtete sich, ebenso wie der Zug um seinen Mund, als er den Kopf schüttelte. »Arvid war kerngesund. Er hatte sich beim Sport den Arm gebrochen. Es war ein etwas komplizierter Bruch, aber nichts, was nicht wieder in Ordnung gekommen wäre. Es war ein Routineeingriff. Aber ein paar Stunden nach der Operation ging es ihm plötzlich extrem schlecht.« Er schluckte hart, und ich bemerkte, wie fest er den Pinsel in seiner Hand hielt. Die Knöchel schimmerten weiß durch die Haut. Liams Schmerz, den er wegen seines Freundes empfand, war beinahe greifbar. Die Anspannung und Trauer in seiner Stimme ließen keinen Zweifel daran, wie wichtig er ihm gewesen war.

»Er ist an einer Blutvergiftung gestorben, weil dieser verdammte Arzt einen Tupfer in ihm vergessen hat. Kannst du dir das vorstellen? Sie haben ihn zugenäht und sich gewundert, weshalb er plötzlich abbaut. Als sie es dann rausgefunden haben, war es bereits zu spät.«

Mir wurde schlagartig eiskalt. So kalt wie Liams Blick, der nichts als Abneigung zeigte. Er presste die Lippen aufeinander, bis sie blutleer waren.

Meine Atmung ging schwer, als würde plötzlich ein Gewicht auf meinem Brustkorb liegen. Es war nicht nur wegen des Mitgefühls, das ich für Liams Freund empfand, sondern aus einem anderen Grund. Die Wut, mit der er über den Arzt sprach, traf mich tief. Und auch wenn ich den Fehler nicht begangen hatte, wenn ich nicht diejenige gewesen war, die den Tupfer vergessen hatte, fühlte ich mich in diesem Moment wegen meines eigenen Versagens angeklagt. Die Vorstellung, dass Liam auf mein Erlebnis ähnlich, wenn nicht sogar heftiger reagieren würde, machte mir schreckliche Angst. Ich wollte nicht, dass er mich mit dieser Kälte in den Augen ansah, die dem behandelnden Arzt galt. Ich wollte nicht, dass er mir meine Kompetenz ebenso absprach. Ihm die Wahrheit zu sagen, würde Konsequenzen für uns haben, dessen war ich mir in diesem Moment mehr als bewusst. Liam würde sich nicht mehr mit mir treffen wollen, weil er nichts mehr von mir hielt. Ich würde Elsa nicht wiedersehen, weil er mich nicht mehr in ihre Nähe lassen und Elsa sich nicht mehr gut aufgehoben fühlen würde. Edda würde es zwangsläufig erfahren und schrecklich enttäuscht von mir sein. Mein Neubeginn in Nora würde wie ein Kartenhaus zusammenbrechen. Nein, ich konnte Liam nichts davon erzählen. Niemals dürfte ich auch nur ein Wort darüber verlieren.

Sein Seufzen riss mich aus meinem Gedankenstrudel, und ich hatte Mühe, meine Panik zu verbergen.

»Entschuldige. Ich spreche nicht oft darüber. Das Ganze nimmt mich immer noch sehr mit. Es tut weh, nur daran zu denken.«

»Das ist verständlich«, stotterte ich. Hastig wich ich seinem Blick aus und starrte auf den See. Ich fühlte mich unbehaglich und angreifbar.

»Tut mir leid. Ich wollte die Stimmung mit dem Thema nicht runterziehen.« Liam suchte meinen Blick, und ich versuchte mich an einem Lächeln.

»Dafür musst du dich nicht entschuldigen. Danke, dass du mir davon erzählt hast.«

»Sicher?«

Ich nickte, und irgendwie schaffte ich es, dass Liam es mir abkaufte.

Wir strichen weiter, und eine Weile blieb die Stimmung zwischen uns nachdenklich. Doch es dauerte nicht lange, bis Liam die Anspannung mit seiner unbeschwerten Art wieder löste und mich zum Lachen brachte.

Ein dünner Schweißfilm lag auf meiner Haut, als wir nach einer guten Stunde eine Pause im Schatten der Weide einlegten. Wir tranken Eistee und aßen die Zimtschnecken, die ich am Vortag gebacken hatte.

»Die sind köstlich«, sagte er mit vollem Mund. »Also kannst du nicht nur gut kochen, sondern auch backen?«

Ich lachte auf. »Oh, nein. Die sind mir erst beim zweiten Anlauf gelungen. Backen ist leider keine Stärke von mir. Das ist Eddas Part.«

»Was kochst du am liebsten?« Ein paar Strähnen hingen ihm in die Stirn, und am liebsten hätte ich sie weggestrichen. Meine Wangen fühlten sich heiß an, was nicht nur an der Sonne lag. Das Oberteil klebte an meiner Haut, und auch auf Liams Shirt hatte sich in Brusthöhe ein Fleck gebildet.

»Jegliche Art von Eintöpfen. Und Aufläufe. Ich liebe es, so viele frische Zutaten wie möglich zusammenzubringen.«

»Hast du dir das Kochen selbst beigebracht?«

»Meine Mutter war Köchin. Ich hing schon als Kleinkind an ihrem Schürzenzipfel und habe sie bei jedem Handgriff beobachtet. Sie hat mir das meiste beigebracht.« Die Erinnerung brachte mich zum Lächeln. »Was ist mit dir? Kochst du gerne?«

»Ich?« Er schmunzelte und wischte mit dem Daumen über das Kondenswasser am Glas. »Fynn hält mich für einen begnadeten Koch, weil ich angeblich die besten Köttbullar in Sahnesoße zubereite. Er weiß allerdings nicht, dass es das einzige Gericht ist, das ich beherrsche, ohne die Küche in Brand zu setzen.«

»Das klingt doch gut. Ich liebe Köttbullar. Zumindest die vegetarische Variante.«

»So was gibt es?«

»Ja klar. Die Bällchen werden aus Linsen gemacht. Und ich sage dir, sie schmecken unglaublich gut.«

Liam zog zweifelnd die Brauen zusammen. Dann nickte er. »Na schön. Das probiere ich mal aus.«

»Wirklich?«

»Ja, warum nicht? Dann lade ich dich auf einen Teller von diesen Linsenbällchen ein, und du mich auf einen Eintopf, oder Pytt i Panna à la Alma, wie wäre das?«

Ich lächelte und griff nach seiner Hand, die er mir hinhielt.

»Abgemacht.« Seine Hand umschloss meine, und wieder spürte ich die rauen Stellen an der Innenfläche. Die Berührung fühlte sich warm und vertraut an, anders als bei unserem ersten Händedruck in Elsas Wohnzimmer, als ich Liam kennengelernt hatte. Sein Daumen strich über meine Haut, und das Lächeln, das auf seinen Lippen lag, wurde sanfter, der Blick eindringlicher.

Mein Puls raste, und mit einem Schlag war mir noch heißer als zuvor.

»Wir sollten weitermachen«, stammelte ich und rieb über meinen verschwitzten Nacken. »Bevor die Sonne untergeht und wir im Dunklen streichen müssen.«

»Oder wir kühlen uns erst ab. Ich halte die Hitze sonst keine Sekunde länger aus.«

Ehe ich mich versah, war Liam aufgesprungen und zog sich das Shirt über den Kopf.

Mein Kiefer klappte nach unten, und mein Blick glitt unkontrolliert über seinen Körper. Seinen gut gebauten Körper. Er hatte genau so eine kräftige Statur, wie ich vermutet hatte. Breite Schultern und muskulöse Beine, die mit Sicherheit vom Klettern kamen. Mein Mund wurde unweigerlich trocken.

»Vor uns liegt ein See, der um die achtzehn Grad warm ist. Wenn das keine perfekte Abkühlung ist, dann weiß ich auch nicht.« Sein jungenhaftes Grinsen riss mich aus meiner Starre.

»Du willst da jetzt reinspringen?«

»Warum nicht?« Im nächsten Moment hatte er seine Jeansshorts ausgezogen und stand nur noch in engen dunkelblauen Boxershorts vor mir.

»Kommst du mit?«

»Ähm. Nein, ich denke nicht. So warm ist mir gar nicht.«

»Dein Kopf ist rot wie eine Tomate, Alma.«

Ertappt schoss mir noch mehr Hitze ins Gesicht.

Liam lachte. »Schon okay. Dann genieße ich das Wasser eben alleine.« Im nächsten Moment lief er schon zum Steg, bis zu der Stelle, wo die feuchte Lasur in der Sonne glänzte. Mit einem gekonnten Kopfsprung tauchte er ins Wasser ein. Allein das Geräusch des spritzenden Wassers klang wie ein verführerischer Lockruf.

»Das tut gut«, rief Liam, nachdem er wieder aufgetaucht war. »Du verpasst was, Alma.«

Ich verdrehte die Augen und stand dann entschlossen auf. »Na schön. Ich komme.« Ich zögerte, schlüpfte dann aber eilig aus meinen Shorts und lief hinunter zum Steg. Die alte Alma hätte wohl nur den Kopf über mich geschüttelt, doch Liams Lebenslust war ansteckend und sorgte dafür, dass ich diese Freude auch spüren wollte — *wieder* spüren wollte.

Als ich zum Sprung ansetzte, traf ich auf Liams Blick. Mit ruhigen Paddelbewegungen hielt er sich über Wasser und beobachtete mich. Sein Blick glitt über meinen Körper, und plötzlich schien er ungewöhnlich sprachlos zu sein.

Ich gab mir einen Ruck und sprang beherzt ins Wasser. Die Kälte, die auf meine erhitzte Haut traf, überraschte mich. Abrupt zog sich mein Brustkorb zusammen, und ich tauchte prustend an die Oberfläche. Mit einem Keuchen öffnete ich die Augen. Liam war zu mir geschwommen und beobachtete mich grinsend.

»Das sind niemals achtzehn Grad«, keuchte ich.

»Du hast recht. Da muss ich mich geirrt haben.«

»Liam!« Mit einer Hand stieß ich einen Schwall Wasser in seine Richtung, was mir Liam gleich darauf heimzahlte. Das Spiel wiederholte sich so lange, bis ich die Flucht ergriff und versuchte, ihm im Wasser zu entkommen. Doch er holte mich schnell wieder ein.

»Frieden«, rief ich und hob eine Hand.

Liam lachte, verschonte mich vor weiteren Attacken und glitt schweigend neben mir her. Sein Haar war nass, Wassertropfen rannen an seinem Gesicht hinab. Mit dem Wald und dem strahlend blauen Himmel im Hintergrund wirkte Liams Anblick beinahe unnatürlich — wie gemalt. Mein Herz geriet ins Stolpern, und wieder einmal wurde mir bewusst, dass dieser Mann eine Wirkung auf mich hatte, der ich mich nicht entziehen konnte.

Nach ein paar Minuten gingen wir zurück an Land, was ohne die Leiter, die am Ende des gestrichenen Stegs befestigt war, eine Herausforderung darstellte. Ich schlug vor, zum Ufer zu schwimmen, doch Liam stemmte sich bereits mit Leichtigkeit aus dem Wasser.

Dann beugte er sich hinunter und reichte mir seine Hand. Zögerlich griff ich danach, auch wenn ich bezweifelte, dass es ihm gelingen würde, mir auf diese Weise aus dem See zu helfen. Mit festem Griff und einem beherzten Ruck zog er mich zu sich herauf. Strauchelnd versuchte ich, an der rutschigen Kante des Stegs Halt zu finden, als Liam mich an sich zog und ich gegen seine Brust prallte. Ich spürte seine Haut auf meiner, die sich kühl und warm zugleich anfühlte. Unsere Blicke trafen aufeinander, verhedderten sich zu einem Knoten, den ich nicht entwirren wollte. Ich spürte Liams Hand, die meine noch immer festhielt, meinte, seinen schnellen Herzschlag an meiner Brust zu spüren.

Doch dann machten meine Gedanken einen unfreiwilligen Sprung, der die knisternde Stimmung zunichtemachte. Ich dachte an Liams Freund, den folgenschweren Fehler des Arztes und wie erschüttert und wütend Liam gewesen war, als er mir davon erzählt hatte. Ich dachte daran, wie er mich sehen würde, wenn er wüsste, welches Geheimnis ich verbarg. Niemals würde er mich auf diese Art halten, wie er es jetzt gerade tat.

»Danke«, murmelte ich und löste unsere Verbindung, indem ich zurücktrat.

Liam wirkte einen Augenblick lang verwirrt. Er musterte mich, stellte aber keine Fragen. Selbst wenn er es merkwürdig gefunden haben sollte, schien es ihm nichts auszumachen. Seine Laune war ungetrübt, während wir uns anzogen und den restlichen Steg strichen.

Ich gab mich ebenso entspannt wie er, obwohl in mir drin ein Sturm aus unterschiedlichen Emotionen tobte.

13

»Das sieht sehr gut aus. Ich denke, der Rest Nabelschnur wird in den nächsten zwei Tagen abfallen.«
Valentina wickelte einen kleinen Mullverband um das Stück Nabelschnur und schloss die frische Windel des Babys, das friedlich auf dem Wickeltisch lag und die Untersuchung über sich ergehen ließ. Das zierliche Mädchen mit den süßen braunen Flaumhaaren war vor sieben Tagen zu Hause geboren worden. Nicht weil die Eltern es sich so ausgesucht hatten, sondern weil sie im Krankenhaus in Örebro abgelehnt worden waren. Die unfreiwillige Hausgeburt war zum Glück gut verlaufen, und dennoch hatte insbesondere der Vater des Babys furchtbare Angst um seine Frau und seine Tochter gehabt.

Umso wichtiger schien den Eltern auch eine engmaschige Nachbetreuung zu sein, die in Schweden eigentlich nicht zu den Kassenleistungen zählte. Umso größer war die Nachfrage danach, weshalb Edda die Nachsorge in ihr Angebot mit aufgenommen hatte. Ich fand es spannend, Familien auch über die Geburt hinaus weiter zu betreuen. Die Wochenbettzeit war eine sensible Phase, die das neue Leben, in das man hineingeworfen wurde, vollkommen veränderte. Die Hormone, der Milcheinschuss, Wochenfluss, dazu das Schlafdefizit — all das zehrte an den Kräften. Und auch wenn man in den Augen der Eltern die pure und bedingungslose Liebe für ihre Babys erkannte, spürte man ihre Sorge, der neuen Rolle nicht gerecht zu werden.

»Und das Stillen klappt weiterhin gut?«, fragte Valentina, an Agnes, die Mama des Babys, gewandt.

Sie trug eine weite Jogginghose und ein Shirt, auf dem sich einige Spuckflecken verteilt hatten. »Der Milcheinschuss war sehr schmerzhaft, aber seit heute geht es etwas besser.«

»Vor dem Stillen kannst du den Milchfluss mit Wärme unterstützen. Dusch warm oder benutze warme Wickel, danach kühlst du mit kalten Umschlägen. Die Milchmenge wird sich in den nächsten Tagen einspielen. Dein Körper muss sich erst einmal auf die kleine Maus einstellen und sich ihren Bedürfnissen anpassen.«

Agnes nickte und betrachtete mit einem müden Lächeln ihre Tochter. »Es ist ein Wunder«, flüsterte sie und tätschelte das kleine Füßchen. »Ein sehr anstrengendes Wunder.«

»Es klingt abgedroschen, aber ich verspreche dir, dass es mit jedem Tag leichter wird. Alles, was ihr jetzt an Liebe und Aufmerksamkeit investiert, zahlt sich später aus. Das ist doch ein schöner Gedanke, oder?« Valentina zeigte ein Strahlen, das keinen Raum für Zweifel ließ. »Ihr macht das prima, ehrlich. Ihr habt eine Geburt zu zweit gemeistert.«

Agnes blickte zu ihrem Mann, der sie aufmunternd anlächelte.

Mein Herz schmolz bei diesem Anblick wie Eis in der Sonne. Mir war klar, dass es nur ein Auszug aus ihrem Leben war, aber man spürte die Liebe, die diese beiden Menschen füreinander empfanden, und wie stark ihr Zusammenhalt war. Es musste sich schön anfühlen, mit jemandem derart verbunden zu sein. Zum ersten Mal seit langer Zeit fragte ich mich, ob ich eines Tages auch so jemanden finden und ob ich für einen anderen Menschen jemals so wichtig sein würde.

Nach vier weiteren Hausbesuchen fuhren wir zurück zur Praxis, wo Edda mit frischgebrühtem Kaffee auf uns wartete. Jeden Montagmorgen und Mittwochnachmittag stand eine Teamsitzung an, bei der wir uns über unsere Besuche austauschten.

»Die Olssons haben ihr Kind im Auto bekommen«, begann Astrid. »Es gab leider Komplikationen, und sie musste mit dem Rettungswagen abgeholt werden. Es ist zum Glück alles gut ausgegangen, und Baby und Mutter sind jetzt wohlauf.«

Sie nahm ihre Brille ab und runzelte sorgenvoll die Stirn. »Dennoch bereitet mir diese Entwicklung Kopfschmerzen. Das ist schon die zweite Autogeburt in diesem Monat.«

Edda nickte. »Es gibt genug Hebammen in den Krankenhäusern, nur leider arbeiten sie aufgrund des Personalmangels nicht in dem Bereich, in dem sie eigentlich eingesetzt werden sollten. Das ist der Nachteil daran, dass sie studierte Krankenschwestern sind. Sie sind überall einsetzbar.«

»Und wenn du doch mal darüber nachdenkst, Hausgeburten anzubieten?«, schlug Valentina vor. »Der Bedarf ist da. So kann das doch nicht weitergehen.«

»So gern ich es würde, Valentina, aber mir ist das Risiko zu hoch. Ihr wisst, wie weit die Kliniken entfernt liegen. Was, wenn es Komplikationen gibt wie bei den Olssons?«

»Der Großteil der Frauen möchte außerdem lieber im Krankenhaus entbinden. Da fühlen sie sich sicherer«, gab Astrid zu bedenken. »Haus- oder Autogeburten passieren unfreiwillig und aus der Not heraus.«

»Dann sollte man dafür sorgen, dass die Eltern auf diesen Ernstfall vorbereitet sind«, schaltete ich mich ein. Seitdem ich von dem Problem der Kliniken wusste, hatte sich eine Idee in meinem Kopf eingenistet. Ich war nicht sicher, wie meine neuen Kolleginnen darauf reagieren würden. Doch ich wollte es zumindest versuchen und ihnen meine Idee vorstellen.

»Und wie?«, fragte Edda. »Schwebt dir da etwas Konkretes vor?«

»Ich dachte an einen Kurs.«

»Einen Kurs?«

»Ja. Wir könnten werdenden Eltern beibringen, was zu tun ist, wenn ein Kind ungeplant zu Hause oder im Auto zur Welt kommt. Du bietest Vorbereitungskurse für die Geburt an, aber alles unter dem Aspekt, dass sie in Kliniken stattfindet. Was die Eltern hier auf dem Land brauchen, ist die Sicherheit, auch alleine zurechtzukommen und auf den Ernstfall vorbereitet zu sein.«

»Keine schlechte Idee«, meinte Valentina. »Ich bin mir sicher, dass viele Familien so einen Kurs besuchen würden.«

»Das glaube ich auch«, pflichtete Astrid ihr bei. »Wieso sind wir nicht schon eher daraufgekommen?«

Eddas gefurchte Stirn glättete sich. Sie lächelte und nickte dann. »Eine wirklich wunderbare Idee. So einen Kurs könnte ich mir sehr gut in der Praxis vorstellen.«

Meine Wangen wurden vor Aufregung ganz warm. Ich hatte ein wenig daran gezweifelt, ob mein Vorschlag Edda und meine Kolleginnen überzeugen würde. Ich arbeitete erst wenige Wochen als Hebamme in Schweden und hatte schwer einschätzen können, ob meine Idee tatsächlich Potenzial hatte.

»Bis wann könntest du so einen Kurs an den Start bringen?«

Ich stutzte und blickte in Eddas euphorisches Gesicht. »Ich soll den Kurs leiten?«

Edda lachte. »Natürlich. Es war schließlich deine Idee. Du hast eine Vision, also leb sie aus. Oder willst du nicht?«

»Doch, natürlich will ich!« Ich strahlte und spürte meinen schnellen Herzschlag. Die Vorstellung, einen eigenen Geburtsvorbereitungskurs zu leiten, war surreal. Es würde viel Arbeit bedeuten, den Kursinhalt zusammenzustellen, aber ich freute mich darauf und hätte am liebsten sofort damit begonnen.

»Bekommst du das bis zum neuen Jahr hin?«

Ich überschlug kurz. Das waren noch fünf Monate, was einen machbaren Zeitplan bedeutete. »Ich denke, das schaffe ich.«

Nach unserer Sitzung verabschiedeten sich Valentina und Astrid in den Feierabend. Edda und ich räumten die Kaffeetassen in die kleine Küche der Praxis. Edda spülte, ich trocknete ab. Eine Arbeitsaufteilung, die ich noch aus Kinder- und Jugendtagen kannte, wenn ich bei ihr zu Besuch gewesen war und nach Feierabend bei ihr in der Praxis vorbeigeschaut hatte.

»Danke, dass du mir die Chance gibst, Edda. Damit habe ich nicht gerechnet.«

Sie reichte mir eine Tasse, die ich mit dem Trockentuch entgegennahm. »Ich danke dir für diese Idee, Alma. Genau darauf hatte ich gehofft, als ich dich eingestellt habe. Du bringst frischen Wind in unser Team und siehst die Ecken, die geschliffen werden müssen.«

Stolz erfüllte mich bei den Worten meiner Tante. Es war lange her, dass ich mich wirklich wertgeschätzt gefühlt und den Wunsch verspürt hatte, etwas anzupacken und besser zu machen. Es rührte mich, dass Edda so sehr an mich glaubte. Gleichzeitig regte sich das schlechte Gewissen in mir. Die Gefühle, die mich auch am Steg mit Liam heimgesucht hatten, bauten sich in mir wie eine Welle auf.

»Es ist wichtig, sich auf Veränderungen einzulassen. Wenn man älter wird und schon viele Jahre in seinem Job arbeitet, verliert man manchmal den Blick dafür. Aber meine Devise lautet: Bleib offen für Altes, aber verschließe dich nicht vor Neuem.«

Ich lächelte, ohne Edda wirklich zugehört zu haben, und verbarg, wie stark ich gerade gegen die Wucht der Welle ankämpfte, die über mir zusammenschlug. Vielleicht lag es an der neuen Aufgabe, die sie wie selbstverständlich an mich übertragen hatte, und daran, wie sehr sie mir offenbar vertraute. Edda schätzte mich und zweifelte keine Sekunde an meiner Professionalität. Wie würde sie mich sehen, wenn die Wahrheit ans Licht käme?

In dieser Nacht fiel es mir schwer, in den Schlaf zu finden. Die aufregende Nachricht und die unterdrückten dunklen Gedanken meiner Vergangenheit hielten mich wach.

Ich wälzte mich so lange im Bett herum, bis ich es nicht mehr aushielt und aufstand. Nachdem ich eine dünne Strickjacke übergezogen hatte, schlich ich die Treppe hinunter. Im Wohnzimmer brannten wie immer zwei kleine Lampen, die ein warmes Licht spendeten. Wenn man durch Schwedens abgelegene Straßen fuhr, war es nicht unüblich, dass die ganze Nacht Lichter im Haus brannten. Eine Alleinlage in unmittelbarer Waldnähe brachte nicht nur friedliche Stille und Idylle mit sich, sondern auch Dunkelheit. Die Lichter in den Häusern vertrieben sie ein wenig.

Ben und Jerry lagen zusammengerollt in ihrem Korb und schielten schläfrig mit einem Auge zu mir auf. So leise, wie es ging, öffnete ich die Terrassentür und trat auf das Holz. Es war noch warm vom Tag, weshalb ich mich kurzerhand auf den Boden setzte, den Blick in den Sternenhimmel gerichtet.

Dunkelheit umhüllte mich, während ich die Nachtluft einatmete. Sie roch nach Wald und Sommerblumen. Der Mond schien in schmaler Sichelform, als wäre er das Lächeln des Himmels. Es war so still um mich herum, dass ich nichts außer meinem gleichmäßigen Atem hörte. Meine Gedanken schweiften zurück nach Frankfurt, wo ich mich nachts, wenn ich nicht hatte schlafen können, auf meinen winzigen Balkon gesetzt und nach der Ruhe gesucht hatte, die es hier im Überfluss gab. Bis zu diesem Augenblick hatte ich keine Sekunde lang den Stadtlärm vermisst oder die Stimmen der Nachbarn, die auf den Hausfluren Tag und Nacht zu hören gewesen waren. Doch in diesem Moment wünschte ich mir die alte Geräuschkulisse herbei, nur damit sie meine lauten Gedanken überlagerten. Denn mit der Stille kamen auch die Ängste, Sorgen und Gewissensbisse zurück, die ich bisher erfolgreich verdrängt hatte. Der Zauber meines Neuanfangs verflüchtigte sich mit jedem Tag, und ich spürte, dass ich meine Probleme durch den Umzug nicht abgehängt hatte.

Ich zuckte zusammen, als ich etwas Weiches an meiner nackten Wade fühlte und kurz darauf Jerry zu mir aufblickte. Ich hob ihn auf meinen Schoß und streichelte sein seidiges Fell. Er streckte sich auf meinen Oberschenkeln aus und schnurrte zufrieden. Das gleichmäßige und vertraute Geräusch gab mir Halt, doch die Tränen ließen sich nicht mehr unterdrücken. Ich wischte mit der freien Hand über meine Wangen und schaute erneut zum Sternenhimmel hinauf. Je länger ich hinsah, desto mehr Sterne entdeckte ich.

»Geht es ihr gut, Mama?«, hörte ich mich fragen. »Sag ihr, dass es mir leidtut, ja? So unendlich leid.«

Ich weinte einsame Tränen, die niemals jemand sehen würde. Außer Jerry, der meinen Kummer zu spüren schien und sich enger an mich schmiegte. Ich war dankbar für seine bedingungslose Liebe. Tieren war es egal, ob man Fehler begangen hatte. Sie liebten einen, selbst wenn man es vielleicht nicht verdient hatte.

Und während ich mitten in der Nacht dasaß und alles hinterfragte, kehrte zum ersten Mal, seit ich zurück in Nora war, diese eine Frage zurück. Hatte ich es überhaupt verdient, glücklich zu sein?

Jerry mauzte empört, als ich ihn auf dem Boden absetzte und mich aufrappelte. Ich folgte ihm zurück ins Haus, wo ich die Lichter in der Küche einschaltete und Pfannen und Töpfe aus den Schränken holte. Die halbe Nacht lang schnitt, briet und kochte ich, versank gedanklich in den Töpfen, um die Traurigkeit auszublenden. Irgendwann fiel ich nach Kochdunst riechend todmüde ins Bett und schlief endlich ein.

Als mein Wecker klingelte, hatte ich das Gefühl, nur wenige Minuten geschlafen zu haben. Meine Glieder fühlten sich trotz einer heißen Dusche steif an, während ich in die untere Etage lief und in der Küche auf Edda stieß, die zwischen Auflaufformen und Schüsseln stand. Ich hatte darauf geachtet, die Küche ordentlich zu hinterlassen, aber alle Spuren der nächtlichen Kochaktion hatte ich nicht vertuschen können.

»Guten Morgen.«

»Hej.« Beschämt räusperte ich mich und trat näher. »Ich... Das war...«

Edda lächelte und schüttelte sacht den Kopf. »Du musst nichts erklären, Alma. Das ist schon in Ordnung.« Sie deutete auf eine der Schüsseln. »Das sieht alles sehr lecker aus. Ich freue mich auf das Abendessen.« Dann goss sie mir Kaffee in eine Tasse und reichte sie mir. »Ich muss heute etwas früher los. Wir sehen uns später.«

»Okay.« Ich war dankbar, dass meine Tante nicht in der Wunde bohrte und Fragen stellte. Ich hätte ohnehin nicht gewusst, wie ich ihr die vergangene Nacht hätte erklären sollen, ohne sie anzulügen.

Edda musterte mich ein letztes Mal, bevor sie die Küche verließ. »Weißt du, Alma, wenn die Gedanken kreisen, braucht jeder

Mensch etwas, das den Geist zur Ruhe bringt. Bei mir ist es die Gartenarbeit, die mich immer wieder erdet.«

Sie lächelte und ließ mich dann allein. Ich stand noch eine Weile verloren in der Küche, betrachtete die gefüllten Schüsseln, mit denen man eine Großfamilie hätte versorgen können. Nach der Nacht fühlte ich mich verkatert. Mein Kopf dröhnte, und mein Mund war trocken vom vielen Weinen. Ich war mir sehr sicher, dass Edda meine fleckigen Wangen und verquollenen Augen bemerkt hatte. Ich trank meinen Kaffee und goss mir gleich eine zweite Tasse ein in der Hoffnung, dass mich die dunkle Flüssigkeit irgendwie durch den Tag bringen würde.

Als ich später meine Tasche packte und einen Blick auf mein Smartphone warf, bemerkte ich einen verpassten Anruf von einer unbekannten Nummer, der bereits gestern Abend eingegangen war, und den Hinweis, dass zwei Nachrichten auf meiner Mailbox hinterlassen wurden. Ich konnte mich nicht daran erinnern, wann mir jemand das letzte Mal eine Nachricht auf meine Mailbox gesprochen hatte. Ich startete sie und legte das Smartphone an mein Ohr.

»Hej Alma.« Liam räusperte sich. »Ich habe Elsa nach deiner Nummer gefragt, was total peinlich war, weil ich dich längst selbst hätte fragen können. Aber ich bin da irgendwie noch altmodisch und mag diese Schreiberei nicht. Na ja, wie auch immer. Tut jetzt auch eigentlich nichts zur Sache. Ich hoffe jedenfalls, dass das für dich okay ist. Wegen der Nummer, meine ich.« Wieder räusperte er sich, und ich musste unweigerlich lächeln. »Weshalb ich versucht habe, dich anzurufen ...« Ein Piepton erklang, und die Nachricht brach ab.

Schnell startete ich die nächste.

»Wieso kann man nur so kurz etwas auf die Mailbox sprechen?«, beschwerte er sich und seufzte. »Um zum Punkt zu kommen, ich wollte dich fragen, ob du morgen Nachmittag mit Fynn und mir in der Stadt Eis essen willst. Er hat nach dir gefragt. Und ... ich würde dich auch gerne wiedersehen.« Ich hörte das Lächeln in seiner Stimme, und mein Herz sprang auf. »Schreib mir oder ruf an. Was auch immer du willst. Gott, diese Nachrichten sind furchtbar.« Er lachte, und ich stellte mir vor, wie er sich durchs Haar fuhr. »Ich weiß nicht, ob du das hier heute noch hörst, aber ich wünsche dir eine gute Nacht, Alma. Träum was Schönes.«

14

»Hej Alma!« Fynns Mund war umrahmt von Schokoladeneis, was sein Grinsen noch süßer machte, als es sowieso schon war.

»Das Eis sieht lecker aus. Genauso eins wollte ich mir auch gerade holen.«

»Liam kauft dir bestimmt eins«, gab er zurück. Bevor ich reagieren konnte, wirbelte er herum und lief zu seinem Onkel, der noch an der Theke des NoraGlass stand. »Alma ist da, und sie will auch ein Eis.«

Liams Blick schwenkte zu uns, und er schenkte mir das schönste und breiteste Lächeln, das ich jemals gesehen hatte.

Bilder und Szenen von unserem spontanen Bad im See tauchten blitzartig auf, die mir mittlerweile beinahe surreal vorkamen. Der Tag war wunderschön gewesen und hatte einer Filmszene geglichen, die ich in Gedanken immer wieder zurückspulte, um sie mir mit einem verträumten Lächeln noch einmal anzusehen. Nach seiner Nachricht, die ich am Morgen abgehört hatte, hatte ich ihm gleich geschrieben, dass ich sehr gern mit ihnen Eis essen würde und gleich nach der Arbeit in die Stadt fahren würde.

»Hej«, begrüßte ich ihn. »Tut mir leid, ich bin spät dran. Der letzte Hausbesuch hat etwas länger gedauert.«

»Kein Problem. Ich konnte Fynn nur nicht mehr länger hinhalten und musste ihm schon ein Eis kaufen.« Er deutete auf die Auslage.

»Welche Sorte gibt es heute?«

»Schokolade, Vanille und Haselnuss.«

»Haselnuss«, entschied ich mich.

Nachdem er bezahlt hatte und zu uns gestoßen war, reichte er mir das Hörnchen.

»Und jetzt zum Spielplatz«, bestimmte Fynn. Er griff nach Liams Hand und zog daran.

»Immer langsam, Kumpel. Wir haben keine Eile.«

»Ich will aber schnell zu der Schaukel. Sonst ist da ein anderes Kind.«

»Dann warten wir eben, bis es fertig geschaukelt hat.«

»Nein«, motzte der Kleine und stiefelte los.

Liam sah ihm seufzend nach. »Wir machen besser, was er sagt. Er hatte heute schon mal einen Tobsuchtsanfall.« Wir folgten Fynn die Straße hinunter zum Spielplatz und aßen dabei unser Eis.

»Was war denn los?«

»Heute Morgen wollte er mit Badehose in die Vorschule, weil ihm so heiß war. Er hat gebrüllt und geschrien, als ich versucht habe, ihm zu erklären, dass man nicht in Badehose in die Schule geht. Als ich ihn abgeholt habe, hat er mich immer noch ignoriert.«

Ich verkniff mir ein Lachen und versuchte, Mitgefühl für Liam aufzubringen, der tatsächlich etwas gerädert wirkte.

»Elsa meint, ich sei nicht streng genug mit ihm. Aber wie kann man dem Kleinen böse sein?« Sein Blick folgte seinem Neffen.

Beim Spielplatz angekommen, nahmen wir wie bei unserem letzten Treffen auf einer der Bänke Platz.

Fynn saß bereits auf seiner Lieblingsschaukel, die zum Glück noch frei gewesen war. In einer Hand hielt er das Eis, mit der anderen umfasste er die Kette. Er schwang nur leicht hin und her und beobachtete dabei zwei ältere Jungs, die sich die Rutsche herunterjagten.

Liam stellte die Einkaufstasche ab, die er hergetragen hatte. Daraus ragten die Blätter einer kleinen Topfpflanze hervor, die mir bekannt vorkam.

»Du hast eine Pflanze gekauft?«, fragte ich.

»Wir waren eben bei Elsa im Blumenladen. Sie hat gerade Regale neu eingeräumt und Fynn erklärt, dass das eine Mini-Yuccapalme ist. Und dann dachte ich gleich an dich, oder eher gesagt an Wilma.« Liam grinste und holte den Topf heraus.

»Wie süß«, stieß ich beim Anblick der Pflanze aus. »Die sieht ja wirklich aus wie Wilma. Nur in Klein.«

»Ich dachte, Wilma freut sich vielleicht über ein Mini-Me und ein wenig Gesellschaft. Sie ist schließlich neu in Schweden.«

Ich blinzelte und starrte erst die Palme und dann Liam an. »Die ist für mich?«

»So war es zumindest geplant.«

»Das ist ... Danke«, stammelte ich. Ein Lächeln breitete sich auf meinem Gesicht aus. Es war vielleicht nur eine Pflanze, aber mir bedeutete Liams Geste unheimlich viel.

»Jetzt müssen wir nur noch einen Namen für sie aussuchen.«

»Ich wette, du hast dir schon längst einen überlegt. Also raus damit.«

»Liam.«

Ich lachte. »Oh nein.«

»Wieso nicht?« Er machte eine gespielt gekränkte Miene. »Gefällt dir mein Name etwa nicht?«

»Weil ich mich dann zu Hause von dir beobachtet fühlen

würde. Und denk mal an Eddas Blick, wenn ich die Pflanze mit deinem Namen anspreche.«

»Du sprichst mit deinen Pflanzen? Das wird ja immer schlimmer. Erst gibst du deinen Katern Namen von einer Eismarke, und dann redest du auch noch mit Pflanzen.« Er grinste, als ich ihn anfunkelte und dann doch kichern musste. Seine alberne Art brachte mich zwangsläufig zum Lachen, und ich erwischte mich dabei, wie ich mir vorstellte, Liam öfter um mich zu haben. Beim Aufwachen und Frühstücken zum Beispiel. Ich stellte mir vor, wie ausgelassen es wäre und wie er mich ständig zum Lachen bringen würde. Es war ein schöner Gedanke, der ein warmes Gefühl in meinem Körper hinterließ. Doch ich hielt nicht lange an der Tagträumerei fest. Es war albern, dass ich mir Szenarien ausmalte, die weit entfernt von der Realität waren. Liam und ich mochten uns, und ganz offensichtlich suchte er meine Nähe. Doch es wäre voreilig, sich deshalb in etwas hineinzusteigern.

»Okay, schon gut. Also auf keinen Fall Liam?«

»Auf gar keinen Fall«, antwortete ich entschieden.

»Hm.« Er fuhr sich durchs Haar, und ich entdeckte eine frisch aussehende Schürfwunde an seinem Unterarm.

»Autsch, was ist da passiert?«, fragte ich.

Liam folgte meinem Blick auf seinen Arm.

»Ach, nur ein Kratzer. Seit ich wieder in Nora lebe, gehe ich mit Cai klettern. Zumindest dann, wenn er Zeit hat. Er ist mit dem Elchpark und Älghorn eingespannt.«

»Moment, deinem Freund gehört der Elchpark?«

Als Kind hatte ich mit meiner Mutter und Edda den Park besucht. Auch wenn es in schwedischen Wäldern reichlich wilde Elche gab, bekam man sie doch eher selten zu Gesicht. Außer man wanderte am frühen Morgen durch die tiefsten Wälder, so wie Fynn, Liam und ich es getan hatten.

Liam nickte. »Sein Vater hat ihm das Älghorn und den Park vermacht. Eigentlich wollte er mit mir nach Örebro kommen und dort studieren. Aber dann ist sein Vater gestorben, und seine Pläne haben sich geändert.«

»Was ist mit seiner Mutter?«

»Sie ist nach dem Tod ihres Mannes weggezogen. Das Verhältnis zwischen ihr und Cai ist leider nicht besonders gut. Mehr weiß ich aber auch nicht. Er spricht nicht gerne darüber.«

»Der Laden, der Park ... Ganz schön viel Verantwortung für eine Person«, überlegte ich. »Wie schafft er das alles?«

»Er hat noch eine Angestellte im Park, die sich um den Souvenirshop kümmert, und einen Guide für die Touristen. Cai bekommt das ganz gut hin.«

»Ich kann mich kaum noch an meinen Besuch erinnern. Es ist zu lange her.«

»Wenn du möchtest, kannst du beim nächsten Mal mitkommen. Fynn war zwar schon gefühlt hundertmal dort, aber er will trotzdem immer wieder die Elche füttern.«

»Das wäre schön.« Ich deutete auf seine Verletzung. »Und es ist normal, sich solche Wunden beim Klettern zu holen?«

»Nein, das passiert nur selten und wenn man ein wenig ... übermütig ist.«

»Übermütig?«

»Ich dachte, ich bin noch so gut wie früher. Cai hat dagegen gewettet.«

»Lass mich raten, er hat gewonnen?«

Grinsend zuckte er mit einer Schulter. »Aber es hat trotzdem Spaß gemacht. Ich habe das Klettern in der Natur vermisst.« Liam musterte mich. »Bist du schon mal geklettert?«

»Gott, nein.«

»Gott, nein?« Er lachte. »Was soll das denn bedeuten? Klettern macht Spaß. Ehrlich. Früher zu unserer Schulzeit sind Cai und ich täglich an einem geheimen Ort im Wald Klettern gegangen. Bis es dunkel wurde und wir die Hand nicht mehr vor Augen sehen konnten. Daher habe ich auch die.« Er öffnete seine Handflächen und zeigte mir die Schwielen an den Innenseiten. Die, die ich bereits gefühlt hatte, als wir uns berührt hatten.

»Und wo ist dieser geheimnisvolle Ort, an dem ihr klettert?«

»Ich kann ihn dir zeigen, wenn du willst. Am Wochenende? Und dann bringe ich dir bei, wie man klettert.«

Ich stockte und leckte an meinem Eis, um Zeit zu schinden. Mein innerer Freudenjubel über seine Einladung verstummte augenblicklich. Allein bei dem Gedanken daran, in schwindelerregender Höhe an einem Felsen zu hängen, geriet ich in Panik.

»Ich denke nicht, dass ich gut in so was bin.«

»Du könntest es versuchen. Ich helfe dir.«

Sein Lächeln war bezaubernd und ließ mich automatisch nicken, obwohl ich eigentlich nicht zustimmen wollte. Alma und Klettern war schlimmer als Alma und Wandern. Ich war mir sicher, dass ich mich hochgradig blamieren würde. Doch es war zu spät, um zurückzurudern, ohne das Gesicht zu verlieren. Ich stand zu meinen Zusagen und wollte Liam nicht den Eindruck vermitteln, zu feige zu sein und den Schwanz einzuziehen. Ich würde es durchziehen, egal, wie dämlich ich mich anstellen würde.

Nach einer kurzen Strecke quer durch den Wald blitzten graue Felsen durch das Dickicht.

»Wir sind jetzt da«, verkündete Liam. Leichtfüßig wie bei unserer ersten Wanderung stapfte er durch den Wald, während ich aus allen Löchern pfiff und mich fragte, wie um Himmels willen ich gleich irgendwo hochklettern sollte.

Die trockenen Zweige knackten unter jedem meiner Schritte. Ich gab mir Mühe, mir meine Erschöpfung nicht ansehen zu lassen. Liam war eine echte Sportskanone, und das hier schien ihm zu meinem Unverständnis viel Spaß zu machen.

»Da soll ich also rauf?« Ich legte den Kopf in den Nacken und betrachtete die Felswand, die sich vor mir aufbaute und sich einige Meter in den Wald hineinzog.

»Im besten Fall, ja.« Liam stellte den Rucksack ab, den er durch den Wald hergetragen hatte. Es war noch früh — zu früh für einen Sonntagmorgen, an dem ich eigentlich mit Edda am Frühstückstisch sitzen und gemütlich Kaffee trinken würde. Meine Tante hatte nicht schlecht gestaunt, dass ich mit Liam zum Klettern verabredet war. Zweimal hatte sie nachgefragt, ob sie mich richtig verstanden hätte und ob ich wirklich klettern gesagt hatte. Trotz der Aussicht auf einen anstrengenden Morgen hatte ich mich wahnsinnig auf Liam gefreut. Auf der Autofahrt, die nur wenige Minuten gedauert hatte, weil wir den Rest zu Fuß hatten laufen müssen, war die Stimmung zwischen uns ausgelassen gewesen. Liam hatte von seiner Kindheit erzählt, wie naturverbunden und frei er in Nora aufgewachsen war und wie klar ihm mittlerweile geworden war, dass er in Örebro nicht ganz er selbst hatte sein können. Auch wenn ich nicht wie er in Nora geboren und groß geworden war, wusste ich, was er damit meinte. Denn auch ich hatte ähnliche Gefühle. Zurück in dieser Kleinstadt zu sein, vermittelte mir den Eindruck, als wäre ich zuvor jahrelang gerannt. Hier in Nora kam ich endlich zur Ruhe und wurde zwangsläufig entschleunigt.

Liam öffnete den Rucksack und kramte darin herum. Kurz glomm in mir die Hoffnung auf, dass er mich auf den Arm genommen und statt Kletterutensilien, Proviant für ein Picknick eingepackt hatte. Doch die Chance darauf, mich vor dem Klettern zu drücken, zerschlug sich, als er Gurte und Seile in verschiedenen Farben aus dem Rucksack zerrte.

Er grinste. »Du guckst, als würdest du gleich zur Guillotine geführt werden.«

»So fühlt es sich auch an«, murmelte ich und betrachtete die Seile skeptisch.

»Komm, ich lege dir die Gurte an.«

Zögerlich ging ich zu ihm.

»Das ist der Haltegurt. Da musst du wie in eine Hose reinsteigen.«

Das war einfacher gesagt als getan. Liam hielt mir die Öffnungen des Gurtes hin, doch ich ahnte, dass ich das Gleichgewicht verlieren würde, sobald ich ein Bein dorthinein manövrierte.

»Halt dich an meinen Schultern fest, dann müsste es gehen.«

Ich tat, was er sagte. Mit der Hand auf seine Schulter gestützt stieg ich in die Schlaufen. Dabei kam ich Liam so nahe, dass mein Bauch seinen Kopf streifte und ich mich für einen Augenblick lang kraftvoller an ihm festhielt, als nötig gewesen wäre.

Liam blickte zu mir auf, und wir sahen uns einen Herzschlag lang intensiv an.

»Okay, jetzt stelle ich den Gurt ein«, verkündete er. Seine Stimme klang mit einem Mal heiserer, aber vielleicht bildete ich mir das nur ein.

Ich bewegte mich kaum, nahm jede kleinste Berührung wahr, während Liam die Gurtlängen über die Schieber einstellte. Zum Schluss streifte er mir die größeren Schlaufen über die Schultern, die wie eine Art Hosenträger aussahen. Dabei stand er dicht vor mir. Sein Atem kitzelte an meinem Scheitel, und ich roch seinen intensiven frischen Duft.

»Fertig.« Er lächelte mich an. Kurz streifte sein Blick meinen Mund, bevor er wieder einen Schritt von mir wegtrat. In meinem Magen knisterte es. Doch das schöne Gefühl verpuffte, als mir klarwurde, was mir nun bevorstand.

»Dann mal rauf mit dir.«

»Das klingt, als wäre es ein Klacks.«

Liam schmunzelte und bedeutete mir, ihm zur Felswand zu folgen.

»Du suchst dir einen guten Startpunkt. Der hier zum Beispiel.« Er umfasste einen Vorsprung. »Konzentrier dich immer nur auf den nächsten Schritt. Schau nicht vor oder zurück.«

»Das sagt Edda auch immer«, murmelte ich. »Lebe den Moment und so.«

Liam lachte und machte sich daran, Seile an mir zu befestigen. Wenige Minuten später hing ich an der Felswand. Meine Muskulatur zitterte vor Anstrengung, was das Festhalten erschwerte. Die Gurte der Ausrüstung kniffen in meine Oberschenkel, und ich konnte den Gedanken nicht verdrängen, dass Liam genau unter mir stand und mich mit einem Seil sicherte. Ich wollte mir lieber nicht vorstellen, wie amüsant mein Anblick sein musste.

»Du machst das gut. Weiter so.«

»Du klingst wie mein alter Sportlehrer, der mir nicht ehrlich sagen durfte, dass ich unsportlich bin.«

»Der Typ hat keine Ahnung. Du bist nicht unsportlich.«

»Ja, na klar.« Ich streckte die Hand aus und krallte mich im nächstgelegenen Felsspalt fest. Mit einem Ächzen zog ich mich weiter nach oben. Blinzelnd blickte ich den Felsen hinauf, den Liam für unsere Klettertour ausgewählt hatte. Angeblich entsprach die Felswand dem niedrigsten Schwierigkeitsgrad, was mich beim Anblick der grauen Steinwand, die sich inmitten des Waldes erstreckte, nur milde hatte lächeln lassen. Ich fragte mich, wie der mittlere oder schwierigste Grad aussah, den Liam normalerweise erkletterte.

»Ich habe Angst, dass ich abrutsche.«

»Ich halte dich, Alma«, versicherte er mir. »Und selbst wenn du fällst, du bist keine zwei Meter über dem Boden.« Ich hörte das Schmunzeln in seiner Stimme.

»Es kommt mir höher vor.«

»Versuch, mehr mit den Beinen zu arbeiten. Sonst machen deine Arme gleich schlapp.«

»Die haben längst schlappgemacht.« Obwohl ich aufgeben wollte, riss ich mich zusammen und blickte mich nach dem nächsten Spalt um, an dem ich mich hochziehen konnte.

»Sehr gut«, kommentierte Liam, nachdem ich einen weiteren Schritt nach oben geschafft hatte. »Langsam bekommst du ein Gefühl dafür.«

Ich musste über seinen niedlichen Versuch, mich zu motivieren, beinahe lachen. Doch das hätte mir vermutlich noch mehr Kraft geraubt. Deshalb biss ich die Zähne aufeinander und arbeitete mich weiter vor. Mir stand der Schweiß auf der Stirn, was mir wirklich selten passierte.

Plötzlich rutschte mein Fuß ab, den ich gegen den Felsen gestützt hatte, und ich rauschte nach unten. Mit einem Ruck spannte sich das Seil, und ich baumelte wie ein nasser Sack in der Luft. Als ich nach unten schaute, stellte ich beschämt fest, dass ich tatsächlich nicht weit gekommen war. Langsam ließ mich Liam zurück auf den Boden. Meine Beine fühlten sich instabil an, und meine Armmuskulatur brannte.

»Das war nicht schlecht für den Anfang. Dein nächster Versuch wird besser«, sagte Liam. Lächelnd kam er auf mich zu.

»Mein nächster Versuch?« Ich lachte leicht verzweifelt auf und schüttelte meine Hände aus. »Da bekommt mich niemand noch mal hoch.« Ich musterte ihn. »Ich finde, jetzt bist du an der Reihe. Zeig mal, was du so draufhast.«

Liam schmunzelte. »Na schön.« Er ging zur Felswand und griff nach einem Vorsprung.

»Moment mal, was ist mit dem Gurt und dem Seil.«

Er blickte über die Schulter. »Für die Wand brauch ich nichts.« Er lachte, als er meine verdutzte Miene sah.

Mit offenem Mund schaute ich dabei zu, wie Liam wendig und rasch den Felsen erklomm. Bevor ich realisierte, wie schnell er gewesen war, machte er sich bereits auf den Rückweg und sprang den letzten Meter zurück auf den Waldboden.

»Was war das denn jetzt?«, fragte ich.

»Speedklettern. Da geht es nur um Zeit.«

»Jetzt komme ich mir noch mehr wie eine Loserin vor, das ist dir klar, oder?«

Liam kam zu mir. Sein Atem ging schneller, was der einzige Hinweis darauf war, dass er mal eben eine Felswand hochgeklettert war.

»Du wolltest, dass ich klettere. Nicht ich.« Er lächelte und deutete auf seinen Rucksack.

»Hast du Hunger? Ich habe Kaffee dabei und belegte Brote.«

»Ich auch«, gab ich grinsend zurück.

»Hey, das hier war meine Einladung«, beschwerte er sich. »Ich sorge für die Verpflegung.«

»Es sind frische Choklatballs. Aber ich kann sie gerne unangetastet wieder mit nach Hause nehmen.«

Liams Grinsen wurde breiter. »Ich habe nichts gesagt.«

Er öffnete den riesigen Rucksack und holte eine Decke heraus, die er zwischen zwei Kiefern ausbreitete. Die Sonne malte hübsche Lichtpunkte auf den Waldboden, und in den Wipfeln rauschte sanft der Wind. Vögel sangen unterschiedliche

Melodien, und das warme Holz der Baumstämme um uns herum knackte in unregelmäßigen Abständen. Es war eine friedliche Stimmung, die Liam und mich umgab, während wir Kaffee tranken und in unsere Brote bissen. Die Wärme der Sonnenstrahlen lockerte nach und nach meine Muskulatur, und unsere Gespräche flossen leicht vor sich hin. Ich fühlte mich wohl, und auch Liam schien sichtlich zufrieden zu sein. Er lächelte unentwegt und bescherte mir mit intensiven Blicken regelmäßige Gänsehautmomente.

»Also, was schlägst du als Nächstes vor?«

»Was meinst du?«, fragte ich kauend.

»Unser nächstes Date. Was würdest du gerne machen?«

Bei dem Wort Date zog es vor Aufregung in meiner Magengegend. »Ich weiß nicht. Vielleicht lieber etwas, wo man nicht so ... sportlich sein muss. Irgendwas Gemütliches?«

Er schmunzelte. »Okay. Ich glaube, dann habe ich eine gute Idee.«

15

»Wir gehen Angeln?«
Ich starrte auf die Angelrute, die Liam von der Ladefläche seines Wagens zog.

Er nickte und lächelte zufrieden. »Du wolltest ein entspanntes Date, ohne sportlichen Einsatz. Was bietet sich da besser an als Angeln?«

»Stimmt«, murmelte ich und beobachtete schockiert, wie er nach einem Eimer griff. Ich hatte mir die vergangenen Stunden alles Mögliche ausgemalt, was sich Liam für unsere Verabredung überlegt haben könnte. Meine Vermutungen waren zwischen einem Kinobesuch und einem Abendessen geschwankt. Aber niemals hätte ich damit gerechnet.

Ich schluckte und gab mir Mühe, mir mein Entsetzen nicht ansehen zu lassen. Nach unserem gestrigen Kletterdate hatte ich ehrlicherweise gehofft, dass wir heute etwas unternehmen würden, das einem Date näher kommen würde.

In Liams Welt schien Angeln offensichtlich in diese Kategorie zu fallen.

»Das Boot steht da vorn.« Er stellte die Angel und die beiden Gefäße darin ab und schob es ein Stück ins Wasser.

»Wem gehört es?«, fragte ich und musterte das splittrig aussehende Holz.

»Mir.« Er grinste. »Und davor meinem Vater.« Er klopfte gegen den Bootsbauch. »Es ist etwas in die Jahre gekommen, aber es hält sich wacker.«

»Du weißt schon, dass das wenig beruhigend klingt.«

Liam lächelte mich an und streckte mir seine Hand entgegen. »Es bräuchte nur mal einen neuen Anstrich, Alma. Kein Grund zur Panik.«

Ich ergriff seine Hand und stieg mit wackligen Beinen in das schaukelnde Boot. Dabei stöhnte ich wie eine alte Frau.

»Ist der Muskelkater vom Klettern so schlimm?« Liam musterte mich und gab sich Mühe, aufrichtig besorgt auszusehen.

»Schon gut. Lach ruhig. Edda hat sich auch nicht zurückgehalten, als ich versucht habe, meine Tasse Kaffee beim Frühstück anzuheben.«

»Es tut mir ehrlich leid. Das hätte ich mir denken können. Wir hätten uns warm machen müssen.« Jetzt wirkte Liam doch betroffen.

»Es ist nur Muskelkater«, sagte ich und lächelte. »Und irgendwie hat es ja auch Spaß gemacht. Zumindest dabei zuzusehen, wie du kletterst, und das Picknick war auch nicht schlecht.«

Die Nachmittagssonne glitzerte auf dem Norasjön, während Liam mir gegenübersaß und paddelte. Der Geruch von Algen, der noch am Ufer dominiert hatte, war verflogen. Stattdessen umwehte ein warmer Wind meine Nase, und ich begann, mich etwas zu entspannen und den ersten Schreck über den Ausflug zu verdauen. Vielleicht würde es doch romantischer werden, als ich dachte.

Irgendwann legte Liam die Ruder im Boot ab und machte sich an der Angel zu schaffen. Er griff nach der kleinen Plastikdose, die im Eimer lag, und öffnete den Deckel. Mit zwei Fingern fischte er einen Wurm heraus, der sich zwischen vielen anderen schlängelte. Mit angehaltenem Atem beobachtete ich, wie er nach dem Angelhaken fasste und den Wurm daran ansetzte.

»Der arme Wurm«, stieß ich aus.

Liam verharrte in seiner Bewegung. Irritiert sah er zu mir. »Was?«

»Du kannst ihn doch nicht einfach aufspießen.«

»Wie soll ich ihn denn sonst an den Haken bekommen?« Er lachte. »Er wird nicht darauf liegen bleiben.«

Ich hielt eine Hand vor die Augen und schüttelte den Kopf. »Das kann ich nicht mit ansehen.«

»Wie willst du einen Fisch angeln, wenn dir der Wurm schon leidtut?«

»Ich will ihn ja gar nicht angeln.« Ich lugte zwischen meinen Fingern hindurch. »Wir können hier einfach sitzen und ... die Aussicht genießen.«

»Aber das Angeln gehört doch zu unserem Date. Wir fangen einen Fisch, den wir später über dem Lagerfeuer grillen.«

Langsam ließ ich die Hand sinken. »Das war dein Plan für heute?«

Liams Grinsen verlor sich. »Na ja, ich dachte, das ist romantisch?«

Ich konnte nicht anders, als zu schmunzeln. »Ich glaube, wir haben zwei unterschiedliche Definitionen von romantisch.«

»Na schön.« Zu meiner Erleichterung legte Liam den Wurm zurück in die Dose und schloss sie. »Du willst also einfach hier sitzen und ...«

»Die Aussicht genießen, richtig. Wenn man mal ehrlich ist, macht man beim Angeln den Großteil der Zeit nichts anderes, oder?«

»Da hast du nicht unrecht. Es ist sogar ein bisschen wie Meditation. Man ist mit sich und der Natur alleine.«

»Und mit einem Haufen Würmer.« Mein Blick glitt zur Dose. Liam schüttelte lachend den Kopf. »Okay, schon verstanden. Keine Würmer an Haken und kein Fisch.«

»Tut mir leid.«

»Nein, schon gut. Ich schätze, ich bin einfach nicht gut in so was.«

»In was?«

»In Dates.«

»Mir gefallen unsere Dates.«

»Ach ja? Also willst du noch mal Klettern gehen oder Wandern?«

Mein Schweigen war Antwort genug, was Liam zum Lachen brachte.

»Es tut mir leid, Alma. Ich hätte merken sollen, dass das nicht dein Ding ist. Ich bin wohl doch etwas aus der Übung.«

Ich wurde hellhörig. »In Sachen Dates?«

Er nickte. »Meine letzte Beziehung ist fast zwei Jahre her. Danach gab es vereinzelt mal ein paar Verabredungen, aber nichts Ernstes. Und na ja, dann ist das mit Arvid passiert, und ich habe mich in die Arbeit gestürzt.«

»Und mein letztes Date liegt mindestens zwei Jahre zurück.«

»Also sind wir beide aus der Übung?«, fasste er zusammen.

»Sieht ganz danach aus.«

Wir lächelten uns an, bevor Liam wieder die Paddel an sich nahm und wir weiter ziellos über das Wasser schipperten.

»Und ausgerechnet bei dir versaue ich es und schleppe dich zum Angeln.«

»Du zeigst mir, was du in deiner Freizeit gerne machst. Das ist ... süß.«

»Süß?« Er warf mir einen zweifelnden Blick zu.

»Du lässt mich an deinem Leben teilhaben. Ich weiß das

wirklich zu schätzen, auch wenn ich mir eingestehen muss, dass ich mit dir nicht mithalten kann.«

»Wir müssen nicht die gleichen Hobbys haben, um uns gut zu verstehen. Es gibt so viele andere Dinge, die man unternehmen kann. Was machst du gerne in deiner freien Zeit?«

»Kochen«, antwortete ich prompt. »Das ist meine Art der Meditation. Meine Mutter hat es mir beigebracht. Für mich ist es ein Hobby, das ich wieder für mich entdeckt habe, seit ich zurück bin.«

»Zurück in Nora«, ergänzte Liam sanft lächelnd. »Ich bin ziemlich dankbar, dass dich deine Berufung hergebracht hat. Nicht nur, weil du Elsa unterstützt, sondern auch weil ich jetzt mit dir hier bin.« Seine Worte klangen so warm wie eine Umarmung, die ich dringend gebraucht hatte, auch wenn mir das erst in diesem Moment bewusstwurde.

»Auch wenn du wegen mir heute keinen Fisch angeln wirst?«, fragte ich.

»Auch dann. So entsetzt, wie du den Wurm angesehen hast, werde ich wohl nie mehr Lebendköder benutzen können.«

»Tut mir leid.«

Er schmunzelte. »Nein, das muss es nicht. Es ist ... liebenswert. Fynn sieht auch immer weg, wenn ich den Wurm befestige.«

»Der Kleine wird mir immer sympathischer«, sagte ich lachend.

Liam musterte mich, während die tief stehende Sonne uns und unser kleines Boot mit ihrem goldenen Licht umhüllte. Die ganze Szene wirkte magisch, beinahe wie im Film, und sein intensiver Blick, mit dem er mich fast andächtig musterte, sorgte für Bauchkribbeln.

»Wie schaffst du das, Alma?«

»Was?«

»Dass ich ständig alles richtig machen will, wenn du in meiner Nähe bist?« Liams Stimme klang plötzlich rauer und bereitete mir eine Gänsehaut.

»Ist das so?«

Statt einer Antwort strich sein Blick über mein Gesicht, langsam und unendlich sanft, als wäre es eine hauchzarte Berührung, die ich meinte, spüren zu können.

»Hansen, hej!«, durchbrach eine Stimme den Moment. Unsere Blicke sprangen zu dem hohen Gras, das in Ufernähe aus dem Wasser wuchs. Dazwischen tauchte ein anderes Ruderboot auf, in dem ein älterer Mann mit dichtem grauem Bart saß. In einer Hand hielt er eine Angelrute, mit der anderen winkte er uns zu.

»Gustav.« Liam grüßte zurück und seufzte, als sich der Mann unserem Boot näherte. »Na prima,« murmelte er und warf mir einen unglücklichen Blick zu. »Ausgerechnet Gustav.«

»Was ist mit ihm?«, fragte ich.

Liam rutschte zurück und vergrößerte dadurch den Abstand zwischen uns, was ich mit Bedauern registrierte.

»Lehn dich zurück und stell dich auf ein langes Gespräch über das Angeln ein.«

Ich lachte und merkte an, dass es so schlimm sicher nicht werden würde.

»Liam, lange nicht gesehen hier draußen.«

»Ist normalerweise auch nicht meine Zeit«, antwortete er.

»Ah, ich sehe schon den Grund dafür.« Mit einem neugierigen Funkeln in den Augen musterte mich der Mann und nickte mir zu. »Du bist in netter Begleitung unterwegs. Guten Tag, die Dame.«

»Das ist Alma, Edda Bloms Nichte«, erklärte Liam.

Gustav nickte. »Ah, ich hörte davon. Du arbeitest als Hebamme bei ihr?«

»Ja, seit ein paar Wochen.«

»Schön, schön.« Er lächelte verhalten und schien nachdenklich. »Edda ist sicher froh über deine Gesellschaft. Sie lebt ja schon lange alleine. Hat sie sich bestimmt anders vorgestellt. Tja, das Leben ist nicht immer fair.«

Ehe ich auf die seltsame Aussage des Mannes eingehen konnte, wechselte er das Thema und begann, wie von Liam vermutet, über den aktuellen Fischbestand und seine neue Angelrute zu sprechen. Meine Gedanken drifteten jedoch schnell ab und kreisten um Edda. Wieso meinte Gustav, dass das Leben nicht immer fair sei?

Es dämmerte bereits, als sich Gustav endlich verabschiedete und Liam dem alten Mann argwöhnisch nachsah.

»Ich hätte bei meiner Planung berücksichtigen müssen, dass wir hier nicht ungestört sind.«

»Immerhin hat er mich eine nette Begleitung genannt.«

»Täusch dich nicht. Er wirkt unschuldig, aber morgen weiß ganz Nora davon, dass ich mit einer Frau Angeln war. Trotz der Distanz zu den Nachbarn spricht sich hier so was wie ein Lauffeuer herum.«

»Stell dir vor, er hätte mitbekommen, dass du den Wurm nicht an der Angel befestigt hast.«

»Ich wäre zum Gespött der Leute geworden.« Liam grinste und nickte in Richtung Ufer. »Wir sollten zurück, bevor es dunkel wird.« Er nahm die Paddel auf. »Beim nächsten Mal suchen wir uns einen Ort, an dem uns garantiert niemand stört.«

»Und wann wird das sein?«

»Sag du es mir.« Er lächelte. »Ich hoffe sehr bald.«

»Nächste Woche ist das Mittsommerfest in Nora. Wirst du hingehen?«

»Klar. Wer in Nora lässt sich das entgehen?«

»Dann sehen wir uns dort. Ich gehe mit meiner Kollegin Valentina hin. Und Edda kommt natürlich auch.«

»Das ist aber kein Ersatz für ein richtiges Date, oder?«

Ich schmunzelte. »Nein.«

»Gut. Weil ich für das nächste Mal schon eine Idee habe. Und ich schwöre dir, dass es nichts mit Sport oder Würmern zu tun hat.«

Ich lächelte. »Ich freue mich schon darauf.«

16

Schon Wochen vor dem Mittsommer spürte man die veränderte Stimmung der Menschen in Nora. Viele schienen offener und fröhlicher zu sein. In der sommerlichen Luft lag eine Art Leichtigkeit, die ansteckend war. Überall in der Stadt wurde über das Fest gesprochen, wurden Besorgungen gemacht und Rezepte ausgetauscht, die sich nur leicht von den traditionellen unterschieden. In dem kleinen Blumenladen, in dem Elsa arbeitete, fertigte sie mit anderen eifrigen Mitarbeitern Unmengen Blumenkränze an, die zu Mittsommer dazugehörten wie der geschmückte Baum, der Majstång, der an diesem Tag aufgestellt wurde. Ich erinnerte mich noch genau daran, wie ich als Kind den Zauber dieser Tage geliebt hatte. Rückblickend verstand ich, weshalb Mama und ich die meisten Sommer allein zu Tante Edda gefahren waren. Ich hatte es nie hinterfragt, sondern mich einfach auf das Fest gefreut. Es war immer gleich abgelaufen. Morgens hatten wir im Garten gefrühstückt, dann Wiesenblumen zu Kränzen geflochten, um uns danach fertigzumachen und in die Stadt zu fahren. Genau wie die letzten Jahre fand das Fest auf der großen Wiese an der Seepromenade in Nora statt, die zu dem Restaurant Smaskigt gehörte. Aufregung machte sich in mir breit, je näher der Nachmittag rückte, was Edda mit ihrer aufmerksamen Art nicht entging. Ich war gerade erst aus Noras

Stadtmitte zurückgekehrt, wo mir Elsa die Blumen für unsere Kränze verkauft hatte.

Edda und ich setzten uns mit einem Stück Mandeltorte an den Esstisch, vor uns die farblich sortierten frischen Wiesenblumen und Gräser, die mir Elsa empfohlen hatte. Weil ich ewig keinen Blumenkranz mehr gebunden hatte, zeigte mir Edda die einzelnen Schritte noch einmal in aller Ruhe.

»Zuerst nimmst du dir zwei Blumen mit festem, langem Stiel«, begann sie. »Eine Dritte legst du quer darüber und wickelst den Stiel um die anderen. So verlängerst du den Kranz, bis du den richtigen Kopfumfang erreicht hast. Am besten wechselst du Gräser und Blumen ab, dann wirkt der Kranz üppiger.«

Ich beobachtete Edda bei der Arbeit noch eine Weile, bis ich mich sicher genug fühlte, es selbst auszuprobieren.

In konzentrierter Stille arbeiteten wir vor uns hin. Die Terrassentür stand weit geöffnet, so dass eine sommerliche Brise hereinwehte. Ben und Jerry rekelten sich auf dem warmen Holz des Terrassenbodens, und aus Eddas nostalgischem Küchenradio klang leise schwedische Musik.

»Geht es dir gut?«, erkundigte sie sich irgendwann. »Du wirkst nachdenklich.«

»Ich bin nur etwas aufgeregt.«

»Wegen des Mittsommerfestes?«

»Ich weiß, es ist albern. Aber seit dem letzten Fest ist so viel geschehen. So viele Jahre sind vergangen. Ich freue mich darauf, aber es ist auch ... ein komisches Gefühl.«

Edda musterte mich einen Augenblick lang, dann legte sie ihren Kranz auf der Tischplatte ab. »Du hast recht. Es ist viel geschehen, und alles hat sich verändert. Das letzte Mittsommerfest haben wir zusammen gefeiert, als Svenja noch lebte.« Sie lächelte traurig. »Seit ihrem Tod ist Mittsommer auch für mich nicht mehr dasselbe.«

Ich schluckte, weil mir bewusstwurde, dass ich nie wirklich darüber nachgedacht hatte, dass durch den Umzug nach Deutschland und den späteren Tod meiner Mutter auch in Eddas Leben eine Leere entstanden war. Sie hatte keine anderen Verwandten, zu denen sie Kontakt hielt. Selbst zu Andrik nicht. Sie hatte nur mich und Liv.

»Ihr standet euch sehr nahe«, sagte ich leise.

Edda nickte. »Svenja war wie eine Schwester für mich und eine beste Freundin. Eure Besuche waren mir heilig, und plötzlich seid ihr nicht mehr gekommen.«

»Darüber habe ich nie nachgedacht«, gab ich zu.

»Das musstest du auch nicht. Denn du hattest deine eigenen Probleme zu bewältigen.« Sie lächelte warm. »Aber ich bin dankbar, dass ich dich habe, und Liv. Ihr seid für mich wie meine ...« Sie zögerte. »Wie meine eigenen Töchter.«

Edda schürzte die Lippen und brach unseren Blickkontakt ab, doch ich hatte den Schmerz, der plötzlich in ihren Augen gelegen hatte, erkannt.

»Ich bin sehr dankbar für unsere gemeinsame Zeit. Es waren wunderbare Jahre. Aber weißt du, es ist unheimlich wichtig, nicht nur in Erinnerungen zu schwelgen. Was vergangen ist, ist vergangen, und das Leben fordert einen täglich dazu auf, neue Erinnerungen zu schaffen.«

Mein Blick schwenkte zu den Bilderrahmen über dem Kamin und blieb an dem Foto von Edda und Liv hängen.

»Weiß sie, dass ich bei dir wohne?«

»Wer?« Edda blickte wieder zu mir auf.

»Liv.« Allein ihren Namen auszusprechen, zog an meinem Herzen, ließ Erinnerungen hochkochen, die ich seit meiner

Jugend verdrängt hatte. Wie dieser eine Tag, an dem sich mein Vater von mir verabschieden wollte, bevor er uns verließ. Ich hatte ihm nicht in die Augen sehen können, so sehr hatte ich ihn verachtet.

»Natürlich weiß sie es.«

»Kommt sie dich bald noch mal besuchen?«

»Vielleicht. Anfang September, wenn die Touristen weniger werden und sie Urlaub hat. Im Moment hat sie besonders an den Wochenenden viel zu tun.« Eddas Blick verweilte auf mir. »Sie wird dann ein paar Wochen Urlaub in Nora machen.« Das wird bestimmt schön.

Ein weiterer fester Stich jagte durch mein Herz. Ich wollte nicht schlecht über Liv denken, weil sie nicht Andrik war, sondern seine Tochter. Und dennoch fiel es mir schwer, meine Emotionen zu zügeln.

»Sie freut sich darauf, dich kennenzulernen, Alma. Ich bin mir sicher, dass ihr euch gut verstehen werdet.«

»Ich weiß nicht, ob ich das will«, platzte es aus mir heraus. Meine Brust wurde enger.

»Das wird schwierig, denn sie wird bei uns wohnen. So wie jedes Jahr.«

Ich schwieg, weil ich nicht wusste, was ich dazu sagen sollte, was ich fühlen sollte. Natürlich ließ Edda Liv bei ihr wohnen. Das war selbstverständlich. Es spielte keine Rolle, ob ich hier lebte oder nicht. Liv war weiterhin in Eddas Haus willkommen. Es war unfair, dass ich das Bedürfnis verspürte, Edda darum zu bitten, sie nicht einzuladen. Ich verband mit Liv einen Teil meiner Familie, mit dem ich nichts mehr zu tun haben wollte. Mein Vater existierte in meiner Welt nicht mehr, und sie gehörte nun mal unweigerlich zu ihm. Es tat mir leid, dass ich Liv in diese schmutzige Schublade steckte, ohne jemals ein einziges Wort mit ihr gesprochen zu haben.

Edda seufzte. »Liv gehört zur Familie. Sie ist ein Teil von mir, genauso wie du es bist. Und Alma, sie ist auch ein Teil von dir.« Ich schluckte und wich ihrem Blick aus. Mir fehlten die richtigen Worte, und ich war mir nicht sicher, ob ich sie jemals finden würde.

»So, und nun sollten wir uns langsam fertig machen, um nicht zu spät zur Feier zu kommen. In der Stadt wird einiges los sein.« Edda suchte meinen Blick und lächelte versöhnlich. »Ich freue mich schon auf das Fest.«

»Ich mich auch«, sagte ich und erwiderte ihr Lächeln. »Valentina hat mir eben eine Nachricht geschickt und angeboten, uns mitzunehmen.«

»Fahr du gerne mit ihr mit. Ihr jungen Leute wollt sicher länger bleiben.« Sie zwinkerte mir zu, als wäre ich ein Teenager, der sich auf eine Partynacht freute.

»Ich bin achtundzwanzig Jahre alt. Die wilden Zeiten sind vorbei, Edda.« Wenn es diese wilden Zeiten überhaupt gegeben hatte. Ich war noch nie ein Typ für den großen Trubel, zu laute Musik und zu viel Alkohol gewesen. Vielleicht war das der Grund, weshalb meine Jugend eher unaufgeregt verlaufen war.

»Ach was, du bist jung Alma. Es ist besser, zu genießen und zu bereuen, als zu bereuen, dass man nicht genossen hat. Fahr mit Valentina mit.« Sie griff nach einer übrig gebliebenen Margerite und betrachtete sie. Plötzlich wirkte sie abwesend und mit den Gedanken weit entfernt. »Ich werde nachkommen. Ich habe noch eine Kleinigkeit zu erledigen.«

Einen kurzen Augenblick blieb ich ratlos stehen, während sich die Vermutung in mir verstärkte, dass mir Edda etwas verschwieg.

Valentinas Freund Per parkte auf dem Parkplatz gleich neben dem Bahnhofsmuseum von Nora. Er wirkte nett und aufgeschlossen, aber ruhiger und etwas bedachter als Valentina. Die gesamte Fahrt über plapperte sie unentwegt, wofür ich dankbar war. Ich war aufgeregter, als ich sein wollte, hauptsächlich deshalb, weil ich Liam wiedersehen würde.

»Ich weiß, ich sage das jetzt zum dritten Mal, aber du siehst so hübsch aus, Alma. Wie eine schwedische Waldfee.«

Ich lächelte sie an und berührte den Blumenkranz, den ich in mein Haar eingeflochten hatte. »Du siehst auch sehr schön aus.«

»Hm«, brummte Per zustimmend und zog sie an sich, nachdem er seinen monströsen Geländewagen abgeschlossen hatte, dessen Karosserie voller Schlammspritzer war. »Das finde ich auch.«

Valentina strich über ihr dottergelbes luftiges Kleid, das ihr bis zu den Knien reichte und ihrer zierlichen Figur schmeichelte. In ihren schwarzen Haaren, die sie leicht gelockt trug, steckten einzelne pinke Blüten, statt des traditionellen Kranzes.

»Es tut gut, sich noch mal aufzubrezeln. Ich habe Per seit Monaten nur in seinen Arbeitshosen gesehen.« Sie zupfte am Kragen seines beigen Leinenhemdes herum.

»Ich arbeite auf einem Hof und baue Kartoffeln an, was soll ich sonst tragen? Einen Anzug?«

»Jaja, schon klar. Aber ich kann diese karierten Holzfällerhemden nicht mehr sehen.«

»Was hast du gegen die Hemden? Die sind praktisch. Im Winter halten sie warm, und im Sommer krempelt man die Ärmel hoch.«

Valentina verdrehte die Augen und sah zu mir. »Siehst du, was ich meine? Meine Abuelita würde sich wegen dieser schrecklichen Hemden aufregen. Sie ist in ihrem argentinischen Dorf eine echte Stilikone.«

»In Schweden definiert man sich nun mal nicht über seine Klamotten. Understatement ist das Zauberwort.« Per zwinkerte ihr zu.

»Understatement«, zischte Valentina, als wäre es ein Schimpfwort. »Wenn du glaubst, dass du meine argentinischen Gene aus mir herausbekommst, muss ich dich enttäuschen.«

»Will ich doch gar nicht.«

Valentinas Schmollen schmolz zu einem Lächeln, als Per ihr einen versöhnlichen Kuss auf die Wange gab.

Die beiden schienen eine sehr spezielle Beziehung zu haben, was mich zum Schmunzeln brachte. Ich vermutete, dass bei ihnen zu Hause häufig die Fetzen flogen, sie sich aber ebenso schnell wieder versöhnten.

Wir liefen am Museum und Busbahnhof vorbei und bogen in Richtung der Seepromenade ab. Am hellblauen Himmel hingen weiße Wolken tief über dem riesigen Seeteppich, der von dunkelgrünen Waldflächen umrandet wurde. Es wirkte, als wäre man in einem Gemälde gelandet. Kleine Boote in unterschiedlichen Farben ruhten an den Anlegestellen, Enten liefen schnatternd am Ufer entlang und schienen keine Scheu vor den vielen Menschen zu haben, die sich hier tummelten. Die beschauliche Promenade, die normalerweise ein Ort der Stille war, stellte heute das genaue Gegenteil dar. An Fahnenmasten wehten schwedische Flaggen, und die Bewohner der Holzhäuser, die an der Promenade standen, hatten ihre Gartenzäune mit Wimpeln in Blau und Gelb geschmückt. Hinter dem Wasserpavillon, dem beliebten Ort, an dem Touristen Fotos schossen, lag das Restaurant Smaskigt. Das Holzgebäude mit dem typischen roten Anstrich stand auf einer weitläufigen Wiese, auf der an Mittsommer lange Tischreihen Platz für die vielen Besucher boten. Es war bereits einiges los. Kinder in sommerlicher Kleidung und mit Blumenkränzen auf dem Kopf sprangen um den Majstång herum, der in der Mitte der Wiese aufgestellt worden war. Einige Männer und Frauen trugen traditionelle Trachten, eine dreiköpfige Band mit Akkordeon, Geige und Schellenring sorgte auf einer provisorischen kleinen Bühne für die musikalische Untermalung. Mittsommer hieß neben gemeinsamem Essen auch Tanz und Musik. Es wurden traditionelle heitere Lieder gespielt, und eine Musikrichtung, die sich Dansband nannte, irgendetwas zwischen Popmusik und Country.

Ich sog die Atmosphäre in mich auf, die pure Lebensfreude ausstrahlte.

»Wunderschön«, sprach Valentina das aus, was ich dachte. Strahlend sah sie sich um. »Etwas beschaulicher als die Mittsommerfeste, die ich aus Stockholm kenne, aber vielleicht gerade deshalb so atmosphärisch.«

»Wollt ihr was essen? Ich habe riesigen Hunger«, verkündete Per und nickte in Richtung Restaurant, wo das Buffet aufgebaut war.

Ich wollte gerade zustimmen, als ein kleiner blonder Junge, der über die Wiese geradewegs auf mich zugeflitzt kam, meine Aufmerksamkeit auf sich zog. Mein Blick glitt ein paar Meter hinter ihn, zu dem Mann, der ihm mit einem Lächeln folgte. Urplötzlich beschleunigte sich mein Herzschlag. Liam sah zum Niederknien aus. Er trug ein weißes Leinenhemd, das locker über seine beige Stoffhose fiel. Sein Haar hatte er zu einem Zopf gebunden, was mir, je öfter ich es an ihm sah, immer besser gefiel.

»Ich komme gleich nach«, sagte ich.

Valentina folgte meinem Blick. Erkenntnis machte sich auf

ihrem Gesicht breit. Sie grinste. »Klar, kein Problem. Wir sehen uns später sicher noch mal. Und wenn nicht, dann ist das auch total okay.« Ehe ich darauf etwas antworten konnte, schnappte sie sich Pers Hand und zog ihn quer über die Wiese.

»Hej Alma«, rief Fynn und hopste aufgeregt vor mir herum. In einer Hand hielt er eine kleine blauweiße Fahne.

»Hej Fynn. Du bist ja richtig schick heute.« Ich betrachtete sein hellblaues Hemd und die niedlichen Hosenträger, die er zu einer kurzen Stoffhose trug.

In dem Moment erreichte auch Liam uns.

»Hej«, begrüßte er mich. Sein Blick schweifte über mich. »Wow. Du siehst ...«

»Wie eine Feenprinzessin aus«, vervollständigte Fynn. »Eine Blumenfeenprinzessin.«

»Das ist ein tolles Kompliment, Fynn. Dankeschön.« Ich lächelte dem Jungen zu.

»Kann ich zu Mama?« Er zeigte auf eine der Bänke, die vor den langen Tischreihen standen. Dort entdeckte ich zwischen ein paar anderen Frauen Elsa. Sie trug ein hellrosa Kleid und das lange blonde Haar offen, was ich selten an ihr gesehen hatte. Die Hände lagen schützend auf ihrem Bauch.

Ich lächelte bei ihrem Anblick und bewunderte ihre Stärke. Liam hatte angedeutet, dass sie sich nicht sicher gewesen war, ob sie heute zum Fest kommen sollte. Laut seiner Erklärung hauptsächlich deshalb, weil sie seit der Trennung nur ungern unter Leute ging. Anscheinend hatte sie sich aber doch umentschieden. Sie lächelte mir zu, als Fynn zu ihr gerannt kam und auf Liam und mich zeigte.

In dem Moment verstummte die Musik, und die Gespräche wurden nach und nach eingestellt. Der Bürgermeister von Nora betrat die Festwiese. Eines der Bandmitglieder überreichte ihm das Mikrophon, und er hielt die obligatorische feierliche Mittsommer-Ansprache, in der er alle Gäste willkommen hieß und etwas über das kleine Städtchen und seine Geschichte erzählte. Liam und ich liefen zur Terrasse des Restaurants, von wo aus wir einen guten Blick auf die Wiese hatten. Zwischen den vielen Menschen machte ich Edda aus, die den Worten des Bürgermeisters folgte. Valentina und Per saßen auf einer der Bänke und ließen sich ihr Essen schmecken.

Nach der Ansprache gingen Liam und ich zum Buffet, welches im Innenbereich aufgebaut worden war. Es ließ keine Wünsche offen und bestand aus den typischen Gerichten, die ein Mittsommerfest ausmachten. Es gab Kartoffeln, Sahnesoße mit Dill, eingelegten Hering, Käse, Knäckebröd, Smörgåstårta — eine herzhafte Torte aus Polarbrot mit unterschiedlichen Füllungen. Als Nachtisch gab es frische Erdbeeren in allen Variationen. Verarbeitet in leckeren Torten oder in kleinen Gläschen mit Sahne serviert. Dazu tranken wir Birnen-Cider aus der Dose und stießen mit Fynn und Elsa an, die bei der Auswahl ohne Alkohol auf Flädersaft zurückgriffen.

Irgendwann gesellte sich auch Edda zu uns und unterhielt sich mit Liam und Elsa. Wir aßen, tranken und genossen die ausgelassene Stimmung, die auf der Festwiese herrschte.

Als die Sonne langsam unterging, verabschiedete sich Edda und kurz darauf auch Elsa von uns.

Fynn quengelte, weil er nicht gehen wollte, rieb sich gleichzeitig aber die müden Augen. Liam bot an, sie zu fahren, doch Elsa lehnte ab und betonte, dass sie zurechtkommen würde und er sich einen netten Abend machen sollte.

»Hat sie mir gerade zugezwinkert, als sie uns einen netten Abend gewünscht hat?«, fragte Liam und sah seiner Schwester und seinem Neffen nach.

Die Wiese hatte sich deutlich geleert, und nur noch vereinzelte Kinder rannten umher.

Ich kicherte. »Ja, hat sie.«

Liam stöhnte, was mich noch mehr zum Lachen brachte.

»Wie schön, dass sie doch mitgekommen ist.«

»Fynn hat sie überredet. Aber ich glaube, es war eine gute Entscheidung. Sie wirkte entspannt.«

»Ich kann verstehen, dass sie Bedenken hatte, zum Fest zu gehen. Die Menschen können sehr unsensibel sein. Auch wenn die meisten es sicher nicht böse meinen, wenn sie einen auf bestimmte Themen ansprechen.«

»Klingt, als würdest du aus Erfahrung sprechen.«

»Ich bin mit zwölf Jahren von Schweden nach Deutschland gezogen. Dreimal darfst du raten, wie neugierig alle waren, weshalb ich in Frankfurt lebte. In meiner Klasse wurde spekuliert. Aber ich wollte nicht darüber reden, weil ich verdrängen wollte, dass mein Vater alles zerstört hatte.«

»Es tut mir leid, dass du deine Jugend so verbringen musstest. Das hast du nicht verdient.«

»Ich war lange Zeit sehr wütend. Auf meinen Vater und meine Mutter.« Ich lachte bitter auf. »Eigentlich auf die ganze Welt. Aber Mama hat mir immer wieder erklärt, wie wichtig es für sie war, zurück nach Deutschland zu gehen, weil sie Schweden unweigerlich mit meinem Vater verband. Sie hatte ihr Leben für ihn aufgegeben, Freunde und Familie zurückgelassen. Zwar hat sie Schweden geliebt, aber dennoch fühlte sie sich nach der Trennung im Stich gelassen und einsam. In Deutschland lebten ihre langjährigen Freunde und damals noch ihre eigene Mutter — meine Oma. Sie brauchte sie, um das Geschehene zu verkraften.«

»Irgendwie verständlich«, murmelte Liam. Wir schwiegen

einen Augenblick, als eine Bedienung des Smaskigt zu uns kam, das Tablett voll mit kleinen Glasfläschchen.

»Eine Runde Aquavit?«, fragte sie. »Geht aufs Haus.«

Liam nahm sich zwei kleine Flaschen. »Danke.« Lächelnd reichte er mir eine davon. »Stoßen wir an?«

»Aber nur die eine Flasche«, sagte ich, weil ich wusste, wie wenig hochprozentigen Alkohol ich vertrug.

»Klar. Nur die eine«, wiederholte Liam und zwinkerte, als wüsste er, dass es dabei nicht bleiben würde.

Wir schraubten den Deckel ab und stießen grinsend an.

Der dritte schwedische Snaps schmeckte weniger stark, was ich wohl meinen inzwischen benebelten Sinnen zu verdanken hatte. Mein Vorhaben, es bei einem Fläschchen zu belassen, war im Laufe des Abends irgendwie in Vergessenheit geraten. Unsere Gespräche hatten zu leichteren Themen gewechselt, und wir schauten amüsiert dabei zu, wie auf der Festwiese zu Musik aus der Anlage getanzt und gesungen wurde.

»Gehen wir ein Stück?«, schlug Liam irgendwann vor und nickte in Richtung Promenade, deren Reling mit Lichterketten geschmückt war, die sie in ein sanftes Licht tauchten.

»Gerne.«

Ich legte mir meine dünne Strickjacke über die Schultern und schlenderte mit Liam zum See. Trotz des schwachen Lichts konnte man den See nur als dunkle Fläche wahrnehmen, darüber funkelten am klaren Nachthimmel unzählige Sterne. Der Trubel des Festes hatte sich etwas gelegt, und je weiter wir gingen, desto leiser wurden die Stimmen und die Musik. Wir liefen so dicht nebeneinander, dass sich unsere Arme immer wieder streiften und kleine angenehme Schauer über meine Haut rieselten.

»Und, wie fühlt sich es an, wieder Mittsommer zu feiern?«

»Wunderbar«, platzte es aus mir heraus. »Ich habe es vermisst.«

»Was genau?«

»Die ganze Atmosphäre. Die Stimmung, das Essen.«

»Den Schnaps«, fügte er hinzu.

Ich kicherte. »Nichts ist wie Mittsommer.«

»Da gebe ich dir recht.« Liam steckte die Hände in die Hosentaschen und atmete durch. Sein Blick ging zum Sternenhimmel. »Und wie ist es für dich? Du hast die letzten Jahre auch kein Mittsommer gefeiert, oder?«

»Als Arvid noch lebte, schon. Tagsüber haben wir unsere Familien besucht, abends haben wir in Örebro gefeiert. Und das nicht zu knapp.« Er lächelte, als sähe er die Erinnerungen vor sich. »Als er vergangenes Jahr gestorben ist, bin ich nicht mal nach Nora gefahren, weil ich Überstunden geschoben habe. An Mittsommer.« Er lachte verächtlich. »Ich habe sinnlos im Lager Kartons gerückt, nur um irgendwas zu tun zu haben. Ich weiß nicht wieso, aber ich konnte keine Familienidylle ertragen und habe mich monatelang nur sporadisch bei Elsa gemeldet. Das tut mir im Nachhinein wahnsinnig leid. Vor allem für Fynn. Ich habe nur an mich gedacht.« Seine Gesichtszüge wirkten in dem sanften Licht weicher, und ich spürte das Verlangen, über seine Wange zu streichen und seine Haut unter meinen Handflächen zu spüren.

»Jetzt bist du da«, sagte ich sanft.

»Ja. Zum Glück.« Er betrachtete mich mit einem Lächeln. »Unvorstellbar, dass mir entgangen wäre, wie hübsch du heute aussiehst.«

Ich lächelte mit glühenden Wangen und fühlte mich von dem Hochprozentigen und Liams Nähe aufgekratzt.

Wir schlenderten weiter, bis wir den Pavillon erreichten, der für den heutigen Anlass beleuchtet wurde. Lichterketten fielen wie Regentropfen vom Dach des kleinen Gebäudes.

»Das sieht wunderschön aus«, sagte ich.

»Wollen wir rein?«, fragte Liam.

»Das fragst du noch? Natürlich.« Übermütig griff ich nach seiner Hand. Der Alkohol machte mich lockerer, weshalb es mir leichtfiel, mit Liam unbefangener umzugehen.

»Wow.« Mit großen Augen sah ich mich um, als wir unter dem Dach des Pavillons standen und von dem warmen Licht umhüllt wurden.

»Auch wenn ich kein großer Romantiker bin, muss ich zugeben, dass es echt schön aussieht.«

Ich lachte und knuffte ihn in die Seite. »Na also, ich kitzle schon noch den Rosenkavalier aus dir heraus.« Wir hielten uns immer noch an der Hand, was sich unheimlich schön und vertraut anfühlte. Umso größer war meine Enttäuschung, als Liam mich losließ und sein Handy aus der Hose zog. Gerade als ich einen Schritt zum Geländer machen wollte, um auf den See hinauszublicken, fasste er mich wieder an der Hand. Überrascht blickte ich über die Schulter.

»Nicht abhauen«, sagte er leise. In dem Moment nahm ich die leise Musik wahr, ein instrumentales Stück, das aus seinem Handy klang. Sacht zog er mich zu sich zurück, so nahe, dass ich unmittelbar vor ihm stand. Wie gebannt starrte ich ihn an, mein Atem stockte, und ich wagte nicht, mich zu bewegen.

»Alma Larsson, schenkst du mir diesen Tanz?« Seine Lippen formten ein schiefes Lächeln.

»Du willst tanzen? Hier?« Ich blickte mich um. »Das ist...« Ich suchte nach den richtigen Worten.

»Zu romantisch?« Seine Stirn wellte sich.

»Nein«, gab ich schnell zurück. »Nein, es ist ... perfekt.«

Mein Herz schwoll an, als sich seine Hand zwischen meine Schulterblätter legte und er dicht an mich herantrat. An meiner Wange spürte ich seinen Atem, der nach Minze und einem Hauch Alkohol roch. Meine linke Hand wanderte zu seiner Brust, wo ich sie ablegte und deutlich seinen Herzschlag spürte.

»Ich bin kein besonders guter Tänzer«, murmelte er, das Kinn an meiner Schläfe. Seine Nähe war einnehmend, und ich fühlte mich wie in einem Kokon, aus dem ich niemals ausbrechen wollte. Wie konnte sich jemand so gut anfühlen?

»Ich auch nicht«, gab ich zu. »Zum Glück sind wir alleine. Uns sieht also niemand.«

Sein lautloses Lachen vibrierte unter meiner Handfläche.

Dann begann er, sich im langsamen Rhythmus der Musik zu bewegen. Ich ließ mich mitnehmen, dicht an ihn geschmiegt. Es fühlte sich an, als tanzten wir auf Wolken. Ich vergaß alles um mich herum, und all meine Sinne waren auf Liam ausgerichtet.

»Das ist ein perfektes Date«, flüsterte ich. Ich hob den Kopf, bis sich unsere Blicke trafen. »Ganz nach meinem Geschmack.«

»Ich merke es mir. Beim nächsten Mal fischen wir in der Nacht, und ich zünde ein paar Kerzen an.«

Ich kicherte, was aber schnell wieder abebbte, als Liams Blick über mein Gesicht strich und zu meinem Mund glitt.

Mein Herzschlag beschleunigte sich, meine Hand krallte sich in sein Hemd.

Liam beugte sich zu mir herunter, so nahe, dass unser abgehackter Atem aufeinanderstieß. Mit flatternden Lidern schloss ich die Augen, wartete auf den Moment, in dem sich unsere Lippen berühren würden.

»Ihhh, die knutschen«, schrie plötzlich eine helle Kinderstimme hinter uns.

Liam und ich fuhren zeitgleich zusammen und blickten zu den

zwei kleinen Jungs, die uns von der Promenade aus beobachteten, sich jedoch im nächsten Augenblick eilig davonstahlen. Kurz darauf kam eine Gruppe Jugendlicher lachend und sichtlich angetrunken auf den Pavillon zugelaufen.

Die Blase, die Liam und mich umschlossen hatte, zerplatzte mit einem lauten Knall, und ich kam unsanft wieder in der Realität an. Nachdem wir uns voneinander gelöst hatten, schaltete Liam mit einem bedauernden Lächeln die Musik aus.

Der Zauber erlosch, zumindest für diesen Moment.

17

»Also habt ihr euch geküsst?«
»Nein, also so halb. Es war sozusagen ein Fast-Kuss.«
»Ein Fast-Kuss?« Valentina drehte eine Haarsträhne um ihren Zeigefinger. Wir saßen auf den Stühlen, die vor der Praxis standen, und machten gemeinsam Mittagspause in der Sonne. Edda und Astrid waren noch unterwegs, was Valentina natürlich ausnutzte, um mich über das Wochenende auszufragen. Auf der Rückfahrt vom Mittsommerfest hatte sie sich damit zurückgehalten, wahrscheinlich weil Per und ein gemeinsamer Freund der beiden dabei gewesen waren.

»Wir haben im Wasserpavillon getanzt und wurden dann gestört. Sonst wäre es passiert.«

Valentina seufzte. »Wow. Das muss unheimlich romantisch gewesen sein. Liam und du, tanzend unter dem Pavillon auf dem Wasser. Wie im Film.«

Ein verträumtes Lächeln schlich sich auf meine Lippen. Die Erinnerung an den gestrigen Abend war noch präsent. Den gesamten Morgen über war ich gedanklich immer wieder abgedriftet, zurück in Liams Arme ...

Ich biss in eins der Sandwiches, die ich Valentina und mir im Haus zubereitet hatte.

»Und wie geht es jetzt mit euch weiter? Wann seht ihr euch wieder?«

Ich schaute sie an, die Augen wegen der Sonnenstrahlen leicht zusammengekniffen.

»Ich weiß es nicht. Wir haben bisher nichts ausgemacht.«

»Hm.« Valentina runzelte die Stirn und nahm noch einen Bissen von ihrem Sandwich. »Besuch ihn ich doch bei Älghorn. Darüber würde er sich bestimmt freuen.«

»Da störe ich ihn sicher nur.«

»Quatsch. Ich wette, er freut sich.«

»Und wenn nicht?«

»Hallo? Wo ist denn dein Selbstbewusstsein? Liam ist verrückt nach dir. Er war mit dir Klettern und Angeln, und er hat mit dir getanzt, obwohl er es nicht kann.« Sie schmunzelte. »Auch wenn ich mir sicher bin, dass niemand so schlecht tanzt wie Per. So habe ich ihn übrigens auch kennengelernt. Tanzend und ziemlich betrunken auf einer Party in Stockholm, als wir beide dort studiert haben.«

Ich kicherte. »Offensichtlich hat er dich mit seinen Tanz-Moves beeindruckt.«

»Jeder auf dieser Party hat ihn ausgelacht, aber ihm hat das nichts ausgemacht. Er nimmt sich selbst aber auch nicht so ernst, und genau das ist es, was ich so an ihm mag. Ich fand es trotzdem gemein und habe kurzerhand mit ihm getanzt.« Valentinas Lächeln wurde weicher. »So kam eins zum anderen.«

»Das ist eine süße Geschichte.«

»Aber nicht so romantisch wie eure.«

»Noch sind wir kein Paar«, erinnerte ich sie. »Und vielleicht werden wir das auch nie sein. Mal sehen, was passiert.«

»Ich gehe davon aus, dass du mich auf dem Laufenden hältst?«

Ich grinste. »Ich gehe davon aus, dass du mir keine andere Wahl lässt.«

Nach Feierabend half ich Edda bei der Gartenarbeit. Eins der Beete musste von Unkraut befreit und der Johannisbeerstrauch dringend abgeerntet werden. Die Äste bogen sich bereits unter der Last der reifen Früchte.

»Wie war dein Arbeitstag?«, erkundigte sich Edda, die mit einer Schürze um die Hüften neben mir kniete.

»Gut. Wir waren noch mal bei den Olssens und bei den Engströms aus Lund. Die mit den Zwillingen.«

Edda nickte. »Elina war zum Vorgespräch in der Praxis. Sie hat große Angst, dass sie nicht rechtzeitig ins Krankenhaus kommt.«

»Ja, das hat sie heute auch noch mal angesprochen. Valentina hat ihr dann von meinem Kurs erzählt, der im neuen Jahr starten soll. Sie war ganz begeistert und meinte, dass sie auf jeden Fall daran teilgenommen hätte, wäre ihr Entbindungstermin später.« Stolz flammte in mir auf, weil Elinas Reaktion so positiv ausgefallen war. Ich feilte jede freie Minute an meinem Konzept und hoffte, dass sich die Arbeit lohnen und im neuen Jahr zahlreiche werdende Eltern den Kurs buchen würden.

»Wie kommst du mit der Planung voran?«

»Ganz gut. Ich arbeite noch das grobe Konzept aus, bevor ich in die Details gehe. Ich habe so viele Ideen, aber ich muss auch an die Kosten denken. Es soll schließlich für jede Familie bezahlbar sein.«

»Ich bin mir sicher, dass es großartig wird.« Edda lächelte zuversichtlich. »Sieh nur, was du in den letzten Wochen erreicht hast, Alma. Du bist nach Schweden gezogen, hast einen neuen

Job angefangen und arbeitest an einem Geburtsvorbereitungskurs.«

Ich dachte darüber nach, ließ mir ihre Worte auf der Zunge zergehen, weil mir klarwurde, wie glücklich ich mich schätzen konnte, dieses Leben zu führen.

»Vermisst du etwas?«

Eddas Frage riss mich aus meinen Gedanken. »Aus Deutschland?«

Sie schüttelte den Kopf. »Nein. Aus deinem alten Job im Kreißsaal. Du hast es so sehr geliebt, die Geburten mitzuerleben.«

Ein tonnenschwerer Stein landete in meinem Magen, zermalmte die schönen Gefühle unter sich, die sich darin ausgebreitet hatten. Edda hatte ins Schwarze getroffen, denn obwohl ich meinen neuen Job liebte, erwischte ich mich dabei, wie ich in manchen Momenten an die Nachtdienste dachte, an diese ganz besondere Atmosphäre, die im Kreißsaal herrschte, wenn sich ein Baby auf den Weg machte.

»Dafür habe ich jetzt endlich geregelte Arbeitszeiten und kann mich stärker auf meine eigentliche Arbeit konzentrieren als auf den löchrigen Dienstplan. Du weißt ja, wie unterbesetzt wir meistens waren.« Ich lächelte und hoffte, dass es meine Tante überzeugte. »Ich bin sehr glücklich so, wie es jetzt ist.«

Ich lenkte das Thema auf meinen Kurs zurück und stellte Edda ein paar Fragen, auf die sie sich zum Glück einließ.

»Ich fahre gleich noch mal in die Stadt«, verkündete ich, nachdem wir alle Beete von Unkraut befreit und die Johannisbeeren abgeerntet hatten. Obwohl es mittlerweile spät geworden war, würde es noch viele Stunden dauern, bis die Sonne unterging. Die langen Tage des schwedischen Sommers hatten mir schon immer gefallen.

»Heute noch? Was hast du denn vor?« Wir klopften uns die Blumenerde von den Hosenbeinen und gingen ins Haus.

»Ich brauche noch ein paar Dinge aus dem Supermarkt. Ben und Jerry brauchen neues Futter. Und ich möchte nach Wanderschuhen sehen. Ich weiß, du hast mir deine angeboten. Aber ich glaube, ich hätte gerne eigene. Irgendwas Leichteres.«

Edda stellte die Schüssel mit den Beeren in der Spüle ab und begann, sie abzuwaschen. »Da wirst du bestimmt etwas im Schuhgeschäft finden. Die führen auch Wanderschuhe, soweit ich weiß.«

Ich räusperte mich. »Ich dachte eher an Älghorn. Ich glaube, da ist die Auswahl größer.«

»Älghorn?« Edda musterte mich über ihre Schulter, bevor sie schmunzelte und sich wieder den Johannisbeeren widmete. »Verstehe.«

Ich wandte mich zum Gehen, als Edda den Kopf hob. »Ach, Alma?«

»Ja?«

»Grüß Liam von mir, ja?« Sie zwinkerte, was mich rot werden ließ. Natürlich hatte mich meine Tante durchschaut.

Ich starrte auf die grüne Schrift des Ladens und betrachtete das Elchgeweih. Zögernd trat ich von einem Fuß auf den anderen. Wie damals, als ich aus Neugier in den Laden gegangen und mich wegen des Survival-Buches bis auf die Knochen blamiert hatte. Seitdem waren Liam und ich uns nähergekommen. Wir hatten Dates gehabt und uns fast geküsst. Es gab also keinerlei Gründe dafür, das Geschäft nicht selbstbewusst zu betreten und offensiv nach ihm zu suchen. Zudem brauchte ich Wanderschuhe, auch wenn Eddas geliehenes Paar vorerst ausgereicht hätte. Wahrscheinlich hatte sie deshalb den wahren Grund für meinen Besuch bei Älghorn durchschaut.

Ein paar vereinzelte Kunden liefen durch die Regalreihen, zwei kleine Kinder bestaunten den lebensgroßen Papp-Elch, der im Eingangsbereich aufgestellt worden war. Er konnte noch nicht lange dort stehen, zumindest hatte ich ihn bei meinem ersten Besuch nicht registriert, was bei der Größe eigentlich unmöglich gewesen wäre. Während ich mich nach Liam umsah, schlenderte ich durch den Laden. Im Kassenbereich herrschte ein Chaos aus Kisten. Zwischen ihnen machte ich einen Mann aus. Er hatte eine ähnliche Statur wie Liam, braunes Haar, das am Oberkopf etwas länger war als an den Seiten und sich ganz leicht lockte. Da er ein grünes Älghorn-Shirt trug und außer Liam niemand anderes hier arbeitete, tippte ich darauf, dass es Cai sein musste, Liams Freund, dem dieser Laden und der Elchpark gehörte. Er bemerkte mein Starren und blickte von einem der geöffneten Kartons auf.

»Kann ich dir helfen?«, fragte er. Er klang nicht besonders freundlich.

»Hej. Ich, ähm, wollte zu Liam. Ist er da?«

»Liam?« Cai musterte mich nachdenklich. Er hatte dunkle ausdrucksstarke Augen und ein markantes hübsches Gesicht, das mit einem Lächeln sicher noch etwas schöner gewesen wäre. Doch Cais Miene blieb ausdruckslos.

»Ich bin Alma«, erklärte ich schnell. »Eine ... Freundin.«

»Alma«, wiederholte er. »Die Hebamme von Elsa?«

Ich nickte. Es sollte mich nicht überraschen, dass Liam seinem Freund von mir erzählt hatte. Bei dem Gedanken, dass Cai ebenso viele Details von unseren Dates kannte wie Valentina, fingen meine Wangen Feuer. Ich hoffte, dass an dem verbreiteten

Klischee etwas dran war und Männer nicht so viel quatschten wie Frauen.

»Und du bist Cai? Liam hat mir von dir erzählt.«

»Hat er das?«

»Ja.« Seine distanzierte Art verunsicherte mich unweigerlich. Dieser muffelige Typ war Liams Freund? Die beiden passten auf den ersten Blick so gar nicht zusammen. Cai schien das genaue Gegenteil von ihm zu sein. Während Liam offen und freundlich war, bestach Cai mit einer fast schon gleichgültigen Art. Aber ich ließ mich nicht unterkriegen und versuchte weiter, das Eis zwischen uns zu brechen. Die meisten Schweden waren, was Fremde anbelangte, anfangs eher zurückhaltend. Besonders auf dem Land, wo die meisten abgeschieden lebten, war diese distanzierte Art nicht unüblich. »Er hat erwähnt, dass dir neben Älghorn auch der Elchpark gehört. Früher war ich oft mit meiner Tante dort.« Ich lachte. »Aber das ist viele Jahre her. Liam meinte, dass ich ihn und Fynn beim nächsten Mal begleiten kann.«

»Klar. Die beiden kommen oft an den Wochenenden, um Elche zu füttern.«

»Ja, ich weiß.« Mein Lächeln prallte an ihm ab. »Na ja, dann ... mach's gut. Vielleicht sehen wir uns bald mal wieder.«

»Wolltest du nicht zu Liam?« Cai furchte die Stirn.

»Ja. Eigentlich schon.«

»Er ist oben und berät einen Kunden.«

»Ich wollte nur hallo sagen. Ist nicht wichtig.«

»Er wird dir dankbar sein, wenn du hochgehst.«

»Wieso?«

Ein winziges Schmunzeln zupfte an seinen Lippen, was die Härte aus seinem Gesicht nahm. »Manche Kunden sind anstrengend. Gustav ist einer von ihnen.«

Ich erinnerte mich an unseren Bootsausflug und den Mann,

der uns auf dem Wasser begegnet war. Mein Blick flog die Treppe hinauf zur zweiten Etage, wo Angelruten in unterschiedlichen Größen und Farben aufgereiht waren.

»Du kannst auch auf ihn warten. Aber das kann dann dauern.«
»Ich soll die beiden unterbrechen?«
»Anders wird es nicht funktionieren.«
»Na schön. Dann ... gehe ich mal.«

Er nickte und widmete sich wieder den Kartons. Etwas ratlos über Cais Verhalten lief ich die breite Treppe in die zweite Etage hinauf. Ich fragte mich, wie jemand wie Cai ein Geschäft führen konnte, in dem man täglich mit Kunden zu tun hatte.

Ich lief durch den Mittelgang, vorbei an den Angelruten, die wie Wachen aufgereiht standen. Aus der hinteren Ecke nahm ich eine dunkle Stimme wahr, die irgendetwas über Fischerverhalten und Forellen sagte. Zwischendurch vernahm ich ein müde klingendes »Aha« und »Hm«, was eindeutig von Liam kam.

Ich pirschte mich an das Regal heran, hinter dem die beiden Männer standen. Noch hatte mich niemand bemerkt, und ich war weiterhin unschlüssig, ob ich nicht wieder zurückgehen und warten sollte, bis Gustav verschwunden war. Ich lugte zwischen den Regalen hindurch und erkannte Liam, der dem alten Herrn gegenüberstand. Er hatte die Arme vor der Brust verschränkt und unterdrückte gerade ein Gähnen, während Gustav unentwegt auf ihn einredete. Ich verkniff mir ein Lachen und zog mich wieder zurück. Mein Blick wanderte über die Regalbretter. Angewidert verzog ich das Gesicht, als ich die Dose mit Mehlwürmern und anderen Insekten entdeckte.

Kurzerhand holte ich mein Smartphone aus meiner Handtasche, legte es ans Ohr und sprach mit lauter Stimme: »Ich habe keine Ahnung, ob sie diese Köder haben. Hier gibt es zu viel Auswahl.«

Sofort verstummte Gustav, was mich anspornte weiterzusprechen. Willkürlich las ich vor, was auf den Schildchen unter den Ködern stand. »Hier gibt es Mini-Wobbler, Blinker, Bienenmaden, Mistwürmer.« Ich schüttelte mich. »Tauwürmer ...«
»Ich glaube, eine Kundin braucht Hilfe, Gustav. Entschuldige, wir sehen uns.«

Nachdem Gustav an meinem Regal vorbeigelaufen war und einen neugierigen Blick in meine Richtung geworfen hatte, erschien Liam. Breit grinsend lehnte er sich mit der Schulter gegen das Regal und verschränkte die Arme vor der Brust.

»Ich glaube, ich nehme einfach die Kunstköder«, sagte ich grinsend in das Smartphone, was Liam zum Lachen brachte. Ich ließ es sinken und steckte es mit einem zerknirschten Lächeln zurück in meine Tasche. »Zu meiner Verteidigung, das war Cais Idee, nicht meine.«

»Er hat vorgeschlagen, dass du ein Telefonat vorspielen und Köderarten aufzählen sollst?«

»Nein. Aber er meinte, dass ich Gustav unterbrechen soll, weil du sonst bis morgen früh hier oben stehst.«

»Danke dafür. Denn du hast mich davor gerettet, im Stehen einzuschlafen.«

»Ich habe ein schlechtes Gewissen, weil ich einen alten Mann verjagt habe, der sich gerne mit dir unterhält.«

»Gustav unterhält sich nicht nur gerne mit *mir*, sondern mit jedem, der ihm über den Weg läuft. Glaub mir, der alte Mann ist nicht einsam.« Sein Lächeln wurde wärmer, während er sich abstieß und auf mich zukam. »Auch wenn ich ernsthaft enttäuscht bin, dass du mich davon abgehalten hast, mir weiter langweilige Angelstatistiken anzuhören.«

»Da kann ich leider nicht mithalten. Aber ich kenne andere Statistiken. Wie viele Babys täglich geboren werden zum Beispiel.«

»Wie viele?«

»Auf der ganzen Welt sind es 144 Babys pro Minute.«

»Wow. Deine Statistiken gefallen mir besser.«

Einen Atemzug lang sahen wir uns schweigend an. Mein Herz rumpelte in meiner Brust.

»Du hast also Cai kennengelernt?«

Ich nickte und versuchte, mir nicht anmerken zu lassen, wie ... überrascht ich über ihn war.

Liam schien mich jedoch zu durchschauen, denn er grinste amüsiert. »Lass mich raten, er war nicht besonders freundlich?«

Ich zuckte mit den Schultern.

»Mach dir nichts draus. Das hat nichts mit dir zu tun. So ist er einfach. Wenn man ihn etwas besser kennenlernt, ist er wirklich in Ordnung.«

»Wenn du das sagst.« Ich war nicht überzeugt, jedoch vorerst beruhigt, dass Cai offensichtlich zu jedem derart distanziert war.

»Und du wolltest mich hier besuchen kommen, oder was verschafft mir die Ehre?«

»Nein, also ja, auch. Aber ich brauche dringend Wanderschuhe.«

Liam hob die Brauen. »Du? Hast du etwa Blut geleckt? Schlummert in dir doch eine Abenteurerin? Wir können es auch noch mal mit dem Klettern versuchen.«

»Bloß nicht. Ich habe immer noch überall blaue Flecken und Muskelkater in den Armen. Edda hat mich ausgelacht, weil ich heute bei der Gartenarbeit nur gejammert habe.«

»Davon habe ich bei unserem Tanz nichts gemerkt.« Sein Lächeln wurde sanfter, und in meinem Magen begann es heftig zu kribbeln. Das Mittsommerfest lag noch keine achtundvierzig Stunden zurück, und ich hatte Sehnsucht nach Liam verspürt. So große, dass ich jetzt im Laden stand und Wanderschuhe kaufen wollte.

»Gartenarbeit ist was anderes als Tanzen«, verteidigte ich mich schwach. »Und ich hatte Alkohol getrunken. Der hat den Schmerz überlagert.«

Liam lachte, und ich musterte ihn lächelnd. Sein Anblick machte etwas mit mir. Ich liebte es, wenn sich die kleinen Fältchen um seine blauen Augen bildeten und er vollkommen gelöst wirkte.

Wenig später liefen wir die Treppe hinunter, vorbei an der Eingangstür und der Kasse, wo Cai immer noch zwischen den Kartons stand und den Inhalt überprüfte.

»Wie ich sehe, wurdest du gerettet«, murmelte er und schmunzelte Liam zu.

»Er kann also auch lächeln?«, flüsterte ich.

»Ich sagte doch, dass er in Ordnung ist. Du wirst schon warm mit ihm werden. Keine Sorge.«

Obwohl Liam den Satz dahingesagt hatte, interpretierte ich etwas hinein, das bei mir für Herzklopfen sorgte. Für Liam war also klar, dass Cai und ich öfter aufeinandertreffen würden, dass Liam und ich uns weiterhin sehen würden — dass er mich weiterhin sehen *wollte*.

»So, da wären wir.« Liam hielt vor der großen Fensterfront des Ladens, die eine wunderschöne Sicht über den See bot. Vor dem Fenster standen mehrere abgeschnittene Baumstämme, auf denen die Schuhe drapiert worden waren.

»An was hast du gedacht?«

»Ähm.« Ich starrte auf die vielen verschiedenen Schuhpaare in Erd- und Grüntönen, Schwarz und Grau. Manche waren knöchelhoch, andere glichen eher Sneakern.

»Sie sollen bequem sein.« Überfordert blickte ich zu Liam, der sich ein Schmunzeln verbiss.

»Bequem also, okay. Eine wichtige Eigenschaft für einen Schuh.«

»Ich habe keine Ahnung, welche Eigenschaft ein Wanderschuh haben sollte. Mach dich nicht lustig.«

»Das würde ich niemals tun.« Sein Grinsen strafte seine Worte Lügen. Unbeirrt fuhr ich fort. »Wie gesagt, sie sollten bequem sein. Und ich möchte nicht solche schweren Klötze, die sich wie Gewichte an den Füßen anfühlen.«

Liams Blick glitt über die Schuhe. »Das sind drastische Einschränkungen, denn eigentlich haben wir nur unbequeme und tonnenschwere Schuhe da.«

»Gehst du mit all deinen Kunden so um?«, fragte ich lachend. »Das wird dein Chef bestimmt nicht toll finden.«

»Du hast Cai kennengelernt. Glaubst du, dass er mit seiner Art an meinen außerordentlichen Beratungsqualitäten herummäkeln darf?«

»Eher nicht«, gab ich zu.

Die nächsten Minuten probierte ich verschiedene Schuhe an, die Liam in der richtigen Größe aus dem Lager herausgesucht hatte. Trotz seiner Flachserei hatte er mir ausschließlich Modelle ausgesucht, die meinen Wünschen entsprachen, was mir die Wahl nicht leichter machte. Schließlich entschied ich mich für moosgrüne Trekkingturnschuhe.

»Vielen Dank für die professionelle Beratung«, sagte ich, als wir Richtung Kasse liefen. Cai war verschwunden und der Paketstapel deutlich geschrumpft.

»Brauchst du denn noch irgendwas, wobei ich dir helfen kann? Wir haben heute eine frische Lieferung mit Wanderführern reinbekommen. Mit dem anderen bist du doch sicher schon durch.«

Ich schnaubte. »Wie lange willst du mir das eigentlich noch vorhalten?«

»Mal sehen.« Er grinste schief. »Ich würde dir auf jeden Fall empfehlen, die Schuhe einzulaufen, bevor du sie für eine längere Wanderung benutzt. Zum Beispiel bei einer Tour durch den Elchpark am Sonntagvormittag mit Fynn und mir?«

Sein Lächeln war charmant und selbstbewusst. Eine Mischung, die ich als unheimlich anziehend empfand.

Ich nahm die Papiertüte an mich, in die Liam den Schuhkarton gesteckt hatte, und setzte ein Pokerface auf. Einfach nur, um ihn ein wenig zu ärgern.

»Ich würde mich wirklich sehr freuen. Und Fynn bestimmt auch«, schob er prompt nach.

Mit einem Schmunzeln nickte ich. »Dann sehen wir uns am Sonntag.«

Ich drehte mich um und verließ den Laden, begleitet von Liams Lachen.

18

Der Elchpark lag nach einer viertelstündigen Fahrt an weiten Feldern und Wiesen vorbei am Waldrand. Liam parkte auf einem Schotterparkplatz neben einem alten Bauernhaus — Cais Elternhaus. Nach dem Auszug seiner Mutter hatte Cai es renoviert und lebte fortan allein darin. Ich betrachtete das alte Haus, das mindestens doppelt so groß war wie Eddas. »Ziemlich groß für eine Person«, stellte ich fest, als wir ausgestiegen waren und ich an dem Gebäude emporsah. Fynn war bereits zum Eingang des Parks vorgerannt.

»Stimmt. Aber es liegt direkt neben den Elchgehegen. Das bietet sich für ihn an.«

»Wie schafft er das nur? Ich weiß, er hat Angestellte. Aber Cai arbeitet die ganze Woche bei Älghorn, und nebenher kümmert er sich um einen Elchpark. Diese Doppelbelastung muss anstrengend sein.«

»Der Park ist Cais Ausgleich zur Arbeit im Laden. Er ist es gewohnt, draußen zu sein und immer irgendwas zu tun zu haben. Einmal hat er mich in Örebro besucht, als ich noch Filialleiter war. Er fand es schrecklich in der Stadt, weil es ihm viel zu laut und voll war. Ihm fehlte die Natur.«

»Wollte er nicht eigentlich mit dir in Örebro studieren?« Ich erinnerte mich daran, dass Liam mir davon erzählt hatte, wie

Cais Pläne nach dem Tod seines Vaters durchkreuzt worden waren.

»Ja, aber mittlerweile bin ich mir sicher, dass es so besser für ihn gekommen ist. Für Cai war immer klar, dass er irgendwann den Park und das Geschäft übernimmt. Auch wenn es letztlich früher so gekommen ist als geplant.«

»Ich stelle es mir ganz schön einsam vor, alleine in so einem großen Haus zu leben. Ein wenig mehr Gesellschaft würde ihm bestimmt guttun«, rutschte es mir heraus. Schuldbewusst blickte ich zu Liam. »Entschuldige. So gut kenne ich ihn noch nicht.«

»Schon in Ordnung. Ich glaube auch, dass er sich hier draußen manchmal einsam fühlt. Das würde der Dickkopf nur niemals zugeben. Er ist ein typischer Schwede und beschwert sich nicht.«

Der Kies knarzte unter meinen neuen Wanderschuhen, als wir zum Eingang des Parks liefen, der aus einem Holztor und einem großen Schild bestand, auf dem eine Elchfamilie abgebildet war. Liam drückte das Tor auf und ließ Fynn und mich als Erstes hindurchgehen.

Vor uns erstreckte sich ein eingezäuntes Areal aus Wiesen und Wäldern, dazwischen schlängelte sich ein plattgetretener Pfad.

»Hej«, begrüßte uns Cai. In abgetragener Jeans und einem braunen Shirt, auf dem das Logo seines Parks abgebildet war, kam er auf uns zugelaufen. Er rückte die Basecap zurecht, auf der das Logo nur noch zu erahnen war, weil die Sonne die grüne Farbe ausgeblichen hatte. Als sich unsere Blicke trafen, nickte er mir zu, und ich erahnte tatsächlich ein winziges Lächeln. »Hej Alma.«

»Hej.« Ich überspielte meine Überraschung über seine freundliche Begrüßung und schielte zu Liam.

»Ich habe Cai einen Einlauf verpasst, weil er im Laden so unhöflich zu dir war«, raunte er mir zu, während Cai sich mit Fynn unterhielt.

»Du hast mich verpetzt?«

»Was denn? Dem Kerl kann ein Tritt in den Hintern nicht schaden.« Liam zwinkerte mir zu.

»Wo ist Malo?«, fragte Fynn.

»Ruf ihn doch mal. Oder pfeif, kannst du pfeifen?«

»Klar« Fynn spitzte die Lippen und deutete einen tonlosen Pfiff an.

Cai lachte und übernahm das Pfeifen für den Knirps. In dem Moment stürmte ein weiß-brauner wuscheliger Hund aus dem Souvenirshop. Er war nur kniehoch und ähnelte einem tapsigen Teddybären.

»Der ist ja niedlich.« Ich kniete mich zu dem kleinen Hund hinunter, der an meiner Jeans schnupperte und sich dann zutraulich streicheln ließ.

Fynn hockte sich neben mich und kraulte das weiche Fell im Nacken des Hundes. »Das ist Malo. Er kommt aus Spanien.«

»Aus Spanien?« Überrascht blickte ich zu Cai auf.

Er kratzte sich im Nacken. »Ich wollte nie einen Hund. Aber ein Freund von mir arbeitet beim Tierschutz. Er brauchte dringend eine Unterkunft für den Kerl.« Sein Blick glitt zu dem Hund, der aufgeregt um seine Beine tippelte.

»Gehört ein Hund nicht zu einem Hof dazu? Da gibt es doch sicher ein ungeschriebenes Gesetz«, sagte ich schmunzelnd und richtete mich wieder auf.

»Ein Wachhund vielleicht. Aber das ist Malo nicht. Er kann keiner Fliege was zuleide tun. Hier im Nirgendwo braucht man außerdem keinen Wachhund. Mehr als Elchkacke und ein paar bedruckte Tassen als Souvenir gibt es bei mir nicht zu holen.«

»Was ist mit dem Baby?«, fragte Fynn, der aufgesprungen war und jetzt an Cais Shirt zupfte. »Ist es schon da?«

»Ja. Es ist vor einer Woche geboren worden.« In Cais Stimme schwang Stolz mit. »Ein strammer Schaufler.«

»Es ist ein Junge?«, fragte Fynn mit großen Augen. »Wie heißt er?«

»Er hat noch keinen Namen.«

»Dann überlege ich mir einen.«

Cai schmunzelte. »Na dann habe ich eine Sorge weniger. Mir fällt nämlich einfach nichts ein.«

Cai wandte sich ab und reichte uns aus einer großen Holzkiste Birkenzweige und rohe Kartoffeln.

»Das lieben die Elche«, erklärte mir Liam und trat neben mich. Malo folgte Cai, als er uns bis zur ersten Futterstation begleitete. Dort fuhr ein Mitarbeiter des Parks mit dem Quad vor, der die Futterraufen mit Kartoffeln und Ästen befüllte.

»Das ist Hugo, der Guide. Er führt Touristengruppen durch den Park und hilft bei den Fütterungen. Es gibt zwei Futterstationen, wo man die Elche gut beobachten kann. Diese und eine weitere am Ende des Rundweges am Waldrand. Irgendeiner lässt sich eigentlich immer blicken. Jetzt im Sommer ist es manchmal etwas schwieriger, weil der Wald so dicht bewachsen ist.«

»Ich will Alma alles über die Elche erzählen«, meldete sich Fynn zu Wort. »Bitte.«

Cai grinste. »Na klar. Entschuldige Fynn, da hätte ich selbst drauf kommen müssen. Du kennst den Park mittlerweile so gut wie ich.«

»Liam kennt sich auch ganz gut aus«, fügte der Kleine wohlwollend hinzu und tätschelte Liams Arm, was uns alle zum Lachen brachte.

Cai zog seine Cap ab und setzte sie Fynn auf den Kopf. Sie rutschte über die Augen, weil sie viel zu groß war, aber das schien Fynn nichts auszumachen.

»Dann bist du heute der Guide und erzählst ihnen alles, was du über die Elche weißt. Okay?«

Fynn nickte eifrig und lächelte stolz.

Ich beobachtete, wie Cai und Liam einen Blick tauschten. Es wirkte wie eine aufmunternde Geste, in Bezug auf Fynn und die Familiensituation. Es freute mich, dass Liam einen so guten Freund an seiner Seite wusste.

Kurz darauf verabschiedete sich Cai von uns, weil er zurück zum Eingang musste. Es hatten sich für heute zwei große Reisegruppen angekündigt, die jeden Moment ankommen würden. Einen Augenblick lang sah ich Cai nach und fragte mich, was hinter seiner distanzierten Fassade steckte. Er hatte sich heute bemüht, freundlicher zu mir zu sein, was ich ihm hoch anrechnete und was für ihn sprach. Er war unheimlich liebevoll mit Fynn umgegangen und war Liam ein guter Freund. Mehr brauchte ich nicht zu wissen, um Cai zu mögen. Liam hatte recht gehabt. Er war ein guter Kerl, wenn auch auf eine etwas eigenwillige Art.

Mit unseren Ästen und den Äpfeln beladen, liefen wir weiter, weil sich an der ersten Futterstation kein Elch zeigte. Die Sonne schien warm und angenehm vom Himmel und versteckte sich nur ab und an hinter einer vereinzelten Wolke.

»Da haben wir letztes Mal die Elche baden gesehen«, berichtete Fynn und deutete auf ein nahegelegenes Wasserloch. »Elche können total gut schwimmen und tauchen. Ganz tief, oder Onkel Liam?«

Er nickte. »Sechs Meter tief.«

»Diese großen Tiere? Das kann man sich nicht vorstellen«, gab ich zu.

Wir erreichten die zweite Futterstation, wo tatsächlich ganz in unserer Nähe eine Elchfamilie zusammenstand. Zwischen den Stämmen der Tannen, auf einer kleinen Lichtung, erkannte man in der Entfernung zwei Elchkühe, einen Bullen und einen kleinen Elch. Unbewegt standen sie da, die langen Beine leicht angewinkelt, die Köpfe in unsere Richtung gedreht, als wollten sie davonrennen. Elche waren sehr scheue Tiere, die die Nähe der Menschen mieden. Doch sie rührten sich nicht von der Stelle.

»Da ist das Baby«, quietschte Fynn und deutete zwischen die Bäume. »Wie süß.«

»Der Kleine sieht aus, als hätte er eine riesige Nase. Wie in dem Märchen *Zwergnase*.«

»Ist das ein deutsches Märchen? Das kenne ich nicht.«

»Ich auch nicht«, sagte Fynn. »Aber der Name ist cool. Er ist klein wie ein Zwerg und hat eine große Nase.«

»Dann kannst du den Namen Cai gleich vorschlagen, wenn wir zurück sind.«

Als Fynn mit einem Birkenzweig wedelte, näherte sich einer der ausgewachsenen Elche langsam. Ein weiterer folgte ihm. Andächtig und mit angehaltenem Atem beobachtete ich, wie die Elche an den Zweigen knabberten und zutraulicher wurden.

»Trau dich ruhig ran«, sprach mir Liam gut zu, als ich mich ebenfalls den Elchen näherte und Fynn mir fachmännisch zeigte, wie ich den Tieren die Äpfel unter das Maul halten sollte. Die weiche Haut ihrer Lippen kitzelte an der Handinnenfläche. Da ich mich an meine Parkbesuche als Kind nicht mehr erinnerte, fühlte es sich an, als würde ich es zum ersten Mal tun.

Am Ende des Rundwegs hielten wir noch am Ziegengehege und an der Kaninchenwiese.

Während ich mit Fynn die Kaninchen zu zählen versuchte, besorgte Liam uns im Souvenirshop einen Kaffee. Wir setzten uns an eine Tischgruppe aus Holz, die idyllisch unter einem blühenden Apfelbaum stand.

»Er wirkt sehr glücklich«, stellte ich mit Blick auf Fynn fest, der emsig die kleinen Ziegen mit abgerupften Grashalmen fütterte.

Liam nickte. »Er liebt den Park. Hier scheint er alles zu vergessen, was in den letzten Monaten passiert ist.« Ein nachdenklicher Ausdruck legte sich über seine Züge. »Manchmal glaube ich, dass er es nicht versteht.«

»Was nicht versteht?«

»Dass Oskar nicht zurückkommen wird. Ich konnte den Kerl nie wirklich ausstehen. Er war mit allem überfordert. Vor allem mit Fynn. Wenn ich in Nora zu Besuch war, musste ich mich jedes Mal zusammenreißen, ihm nicht meine Meinung zu sagen. Elsa war viel alleine mit Fynn und der ganzen Verantwortung.«

Ich dachte über seine Worte nach. »Aber denkst du dann nicht auch, dass es so, wie es gekommen ist, besser für Elsa und Fynn ist?«

»Ich hätte mir gewünscht, Oskar ändert sich und begreift, was für ein Glück er mit seiner Familie hat.«

»Wahrscheinlich hat er sich das auch gewünscht, es aber nicht geschafft. Ich bin keine Psychologin, aber Depressionen sind eine schlimme Sache.«

»Ja, ich weiß. Trotzdem ist es nicht fair.«

»Das sind Trennungen nie, sobald Kinder im Spiel sind, oder? Jetzt ist Fynn noch klein. Er begreift vieles nicht. Das kann auch ein Vorteil sein.« Ich lächelte schwach. »Ich war zwölf, als sich meine Eltern getrennt haben. Mir war das ganze Ausmaß bewusst, und manchmal hätte ich mir gewünscht, nicht alles zu begreifen.«

Liam beobachtete seinen Neffen, während ich weitersprach.

»Fynn wird seinen Weg gehen. Er hat euch. Dich und Elsa und Cai.«

»Cai mag ihn sehr.«

»Ja, das merkt man.« Ich lächelte zaghaft. »Es tut mir übrigens leid, dass ich so vorschnell über ihn geurteilt habe. Er ist wirklich in Ordnung.«

»Deshalb brauchst du dich nicht schlecht zu fühlen. Cai ist eben ... speziell.« Er schmunzelte. »Aber er ist für mich da, seit ich wieder zurück in Nora bin.«

»Hattet ihr keinen Kontakt, als du in Örebro gewohnt hast?«

»Wenig. Aber das hat unserer Freundschaft keinen Abbruch getan. Wir kennen uns seit unserer Kindheit. Ich glaube, so ein Band zerreißt nicht so schnell, egal, wie viele Kilometer zwischen einem liegen.« Er trank einen Schluck Kaffee aus der Tasse.

»Die Freundschaft zu Arvid war anders als die zu Cai. Arvid und ich haben uns erst im Studium kennengelernt, ab da aber jede freie Minute zusammen verbracht. Wir haben uns eine Wohnung geteilt, gemeinsam gelernt, gefeiert ...« Er lächelte. »Es war eine tolle Zeit. Cai ist eher wie ein Bruder für mich. Er kannte meine Eltern und ist bei uns ein und aus gegangen, als wäre es sein zweites Zuhause.«

Liam seufzte. »Er war für mich da, als erst mein Vater und später auch meine Mutter gestorben ist. Bei meinem Vater lag kein halbes Jahr zwischen der Krebsdiagnose und seinem Tod. Bei meiner Mutter hat es sich gezogen. Sie hatte Parkinson und lebte bis zum Schluss im Heim.«

»Das klingt nach einer sehr schweren Zeit.«

»Elsa und ich waren erst Anfang zwanzig und mit der Situation überfordert. Aber dann hat sie Oskar kennengelernt. Die beiden sind in unser Elternhaus gezogen. Ich habe weiter in Örebro gewohnt, und tja ... den Rest der Geschichte kennst du.« Er musterte mich.

»Wie war das bei dir, als deine Mama gestorben ist? Wer war für dich da, wenn du keinen Kontakt zu deinem Vater hattest?«

»Edda«, antwortete ich. »Sie ist nach Frankfurt gekommen und hat ein paar Wochen bei mir gewohnt, bis es mir besser ging. Sie war immer für mich da, eigentlich seit ich denken kann. Auch wenn sich unser Kontakt in den letzten Jahren auf das Telefonieren beschränkt hat.«

Obwohl ich die Gespräche mit Liam genoss, war ich dankbar, als Fynn kurz darauf angelaufen kam und verkündete, dass er dringend aufs Klo müsse. Nicht weil ich nicht gern mit ihm über tiefgründige Themen sprach, sondern weil ich Angst davor hatte, dass unser Gespräch in eine Richtung laufen würde, die ich vermeiden wollte.

Während Fynn und Liam auf der Toilette waren, brachte ich unsere Tassen zurück in den Souvenirshop. Dort gab es alles, was das Touristenherz begehrte. Tassen mit dem Logo des Parks, Plüschelche, Schlüsselanhänger mit der schwedischen Flagge, Feuerzeuge in Elchform.

»Hej«, begrüßte mich eine junge Frau mit rotblondem Haar, die mit ihren Sommersprossen auf der Nase noch jünger wirkte, als sie womöglich war. Ich schätzte sie auf Anfang zwanzig. »Kann ich dir helfen?«

»Ich wollte die Tassen zurückbringen. Danke für den Kaffee, er war sehr gut.«

»Ah, du musst Alma sein.«

Ich nickte, überrascht darüber, dass die Frau meinen Namen kannte. »Ich bin Milla. Cai hat erzählt, dass du mit Liam und Fynn in den Park kommst. Wie hat es dir gefallen?«

»Sehr gut. Ich war als Kind schon mal hier, aber daran erinnere ich mich nicht mehr.«

»Du hast viele Jahre in Deutschland gelebt, oder? Das hat Cai erwähnt. Aber mehr habe ich nicht aus ihm rausbekommen. Er redet nicht viel.« Sie lachte und nahm die Tassen entgegen. »Oh doch, eins hat er noch erwähnt. Er sagte, dass du Hebamme bist und in der Praxis Magkänsla arbeitest. Total spannend. Ich wollte auch mal Hebamme werden, bin dann aber doch wie meine Eltern und meine Schwester Erzieherin geworden.«

»Du bist Erzieherin? Etwa hier im Kindergarten in Nora?«

»Leider bisher nur als Springerin, wenn jemand ausfällt. Deshalb bin ich zum Großteil hier im Shop. Aber ich hoffe, dass ich irgendwann voll in meinem Beruf arbeiten kann. Auch wenn ich die Arbeit wirklich mag. Cai ist echt ... nett. Zumindest wenn man ihn etwas länger kennt.«

Ich musterte die junge Frau und meinte, ein verträumtes Lächeln auf ihren Lippen erkennen zu können, als sie Cai erwähnte.

Wenig später holten mich Fynn und Liam im Shop ab, und ich verabschiedete mich von Milla.

Fynn gähnte minütlich auf der Rückbank und war nach kurzer Zeit eingeschlafen.

»Elsa wird mich umbringen, weil ich ihn nicht wach gehalten habe. Wenn er mittags schläft, kommt er abends kaum zur Ruhe.«

Liam warf mir einen Seitenblick zu. »Und? Was machen deine Füße?«

»Meine Füße?« Ich blickte auf meine Schuhe — die neuen moosgrünen Wanderschuhe von Älghorn.

»Denen geht es prima. Keine Blasen, und nichts drückt.«

»Da scheinst du eine sehr kompetente Beratung bekommen zu haben.« Er warf einen Blick auf den Rücksitz, wo Fynn zusammengesunken schlummerte. Cais Cap war ihm tief ins Gesicht gerutscht, und er schnarchte ganz leise.

»Es war schön, dass du mit warst. Ich gehe gerne mit Fynn in den Park, aber mit dir war es etwas Besonderes. Ich bin gerne in deiner Nähe. Sehr gerne.«

Mein Herz schlug einen Salto, als er mich anlächelte und ich die Bedeutung seiner Worte verstand.

»Ich auch in deiner«, erwiderte ich.

Wir lächelten uns an, und wieder war da dieses innige Gefühl zwischen uns, das kaum aushaltbare Knistern. Je mehr ich Liam kennenlernte, desto stärker fühlte ich mich zu ihm hingezogen, und ich war ehrlich betrübt, als wir vor Eddas Haus ankamen und die Zeit mit ihm schon wieder vorbei war.

Ich hätte Liam zum Abschied gern in den Arm genommen, ihn nahe bei mir gespürt, da weitergemacht, wo wir bei unserem Tanz im Pavillon gestört worden waren. Aber Fynn schlief auf dem Rücksitz, und Edda könnte jeden Moment aus dem Haus kommen. Kein perfekter Moment für unseren ersten Kuss, den ich mir so sehnlichst herbeiwünschte.

»Danke fürs Herbringen. Und bitte richte Fynn aus, dass er der perfekte Guide war. Von ihm habe ich viel über Elche gelernt.«

»Das wird ihn freuen zu hören.«

Ich öffnete die Autotür und war im Begriff auszusteigen, als Liam meinen Arm berührte und mich aufhielt.

»Alma?«

»Ja?«

»Wie sähe dein perfektes Date aus?«

»Mein perfektes Date?« Irritiert blickte ich ihn an.

»Na ja, nach dem Klettern und dem Angeln würde ich gerne etwas mit dir unternehmen, das du dir wünschst.«

»Ich bin sehr gerne mit dir Klettern und Angeln gegangen«, versicherte ich ihm. Auch wenn seine Naturdates nicht ganz das gewesen waren, was meiner Vorstellung entsprach, hatte ich jede Minute an seiner Seite genossen.

Liam blickt mich abwartend an, und ich ahnte, dass er nicht lockerlassen würde.

»Vielleicht ein Abendessen in einem netten Restaurant?«

Liam nickte nachdenklich. Dann erhellte ein Strahlen sein Gesicht. »Ich glaube, da habe ich eine gute Adresse. Was hältst du von heute Abend? Ich hole dich gegen sieben ab?«

»Das klingt toll.« Ich lächelte, obwohl ich vor Vorfreude am liebsten laut gequietscht hätte.

Liam hielt in einer Parkbucht, die zu einem roten Schwedenhaus gehörte. Auf einem Schild, das auf einem rostigen Fahrrad befestigt war, stand BAGERIET. Daneben ein Pfeil, der am Haus vorbei in den Garten zeigte.

»Christian kommt ursprünglich aus Bayern. Er ist vor ein paar Jahren mit seiner Familie nach Schweden ausgewandert. Er backt auf Bestellung Brote und Brötchen. Und diese ...« Liam überlegte. »Brezeln?«

»Ah, typisch bayrische Backware«, sagte ich.

Er nickte lächelnd. »Sehr lecker. Abends kann man bei ihm reservieren und seine selbstgemachte Pizza essen. Cai und ich waren früher öfter hier.«

Liam und ich stiegen aus und liefen den Weg bis zu einer kleinen Holzhütte entlang, die in einem weitläufigen Garten stand. Durch die Bäume blitzte das Wasser des Sees.

»Es ist ein echter Geheimtipp. Viele kommen sogar aus Stockholm her.«

Wir stiegen die zwei Stufen zur Tür hinauf, die in diesem Moment aufgedrückt wurde. Ein Mann mit Lederschürze und einem freundlichen Lächeln begrüßte uns.

»Hej Christian.«

»Liam, schön, dich mal wieder zu sehen. Es ist lange her.«

Sein Blick schwenkte zu mir. »Und diesmal mit weiblicher Begleitung.«

»Das ist Alma«, stellte mich Liam vor. »Sie ist vor ein paar Wochen von Deutschland wieder nach Schweden gezogen.«

»Ah, wo hast du in Deutschland gelebt?«

»In Frankfurt«, antwortete ich.

Christian trat einen Schritt zurück und wies uns an, einzutreten. Beeindruckt sah ich mich in der Holzhütte um, die erfüllt war von dem Duft nach frisch Gebackenem. Die Decke war vertäfelt. Die Bohlen an den Wänden in einem warmen Mintgrün. Ein einzelner Tisch mit Sitzbank und Stühlen stand gleich neben dem Eingang. In der Mitte teilte eine Theke mit einer massiven Holzplatte den Essbereich von der Küche. Darüber hingen zwei Lampenschirme, die ein warmes und gemütliches Licht spendeten. Die Küche bestand aus Holzschränken, einem dunkelroten Kühlschrank und einem kleinen Pizzaofen. An den Wänden hingen alte Sägen, antik aussehende Bilderrahmen mit Landschaftsgemälden, Kerzenleuchter und eine Schiefertafel, auf der die Preisliste für Brote und Brötchen stand. Die Einrichtung wirkte urig und heimelig mit einer ganz eigenen, individuellen Note.

Christian stellte sich hinter die Theke und nahm unsere Bestellung auf. Wir konnten den Belag für die Pizza frei zusammenstellen, und ich entschied mich für eine bunte Gemüseauswahl. Liam entschied sich für Schinken.

Während Christian den Teig knetete und zu Pizzafladen formte, nahmen Liam und ich an dem Holztisch Platz. Neben einem Wasserkrug, in dem Zitronenscheiben schwammen, standen Gläser und Teller bereit. Aus einem Radio klang angenehme Musik, die mich an Indie Pop erinnerte.

»Es ist toll hier. Richtig gemütlich«, sagte ich lächelnd. »Ich verstehe, dass es ein Geheimtipp ist.«

»Also liege ich mit dieser Date-Idee nicht so daneben wie die letzten Male?«

»Mir hat jedes unserer Dates gefallen. Wie oft soll ich das noch sagen?«

Liam grinste, als glaubte er mir kein Wort.

»Ich verbringe gerne Zeit mit dir, Liam. Und da ist es mir egal, was wir machen. Obwohl ich zugeben muss, dass ein Abendessen angenehmer ist, als sich an einen Felsen zu klammern und sich Tage danach kaum bewegen zu können.«

»Oder Würmer auf Haken zu spießen.«

Wir lächelten uns an, und für ein paar Sekunden vergaß ich, dass Christian im selben Raum war. Ich spürte meinen schneller werdenden Herzschlag, meine kribbelnden Finger, die sich nach Liams Hand ausstrecken wollten.

»War Elsa sauer, dass Fynn eingeschlafen ist?«, erkundigte ich mich. »Hoffentlich schläft er trotzdem gut ein.«

»Ich bin gar nicht dazu gekommen, es ihr zu beichten, weil Fynn sie mit der Info überfallen hat, dass Cai den Baby-Elch Zwergnase nennen wird. Er ist mächtig stolz darauf, weil es sein Vorschlag war.«

»Es kann nicht jeder von sich behaupten, einem Elch einen Namen gegeben zu haben.«

»Stimmt. Apropos. Bist du eigentlich mit der Namenssuche weitergekommen? Für Wilmas Mini-Me.«

»Nein. Aber ich bin immer noch gegen Liam, falls du darauf hinauswillst. Und ich musste ihr einen anderen Platz zuteilen. Sie steht nicht mehr neben Wilma.«

»Haben die beiden sich nicht vertragen?« Er grinste.

»Meine Kater haben ständig versucht, sie anzunagen. Deshalb steht sie jetzt in meinem Zimmer auf der Fensterbank.«

»Ein Grund mehr, sie Liam zu nennen.«

»Das würde dir so passen. Außerdem, wer sagt, dass sie ein Junge ist?«

»Na gut. Dann habe ich einen anderen Vorschlag. Wie wäre es mit Lola? Meine Eltern wollten mich so nennen, weil sie dachten, ich würde ein Mädchen werden. Und auch wenn es nicht mein Name ist, hat er trotzdem etwas mit mir zu tun.« Sein Grinsen war breit und gewinnend.

»Na schön, dann heißt sie ab jetzt eben Lola.« Ich musterte ihn mit einem Schmunzeln. »Ich finde, du wärst eine hinreißende Lola geworden.«

»Meine Mutter war sich sicher, dass ich ein Mädchen werde. Sie hat deshalb keine neue Babykleidung gekauft, und ich habe die ersten Wochen rosa Strampler von Elsa getragen.«

»Ich bin mir sicher, dass du sehr süß damit aussahst. Und wer sagt, dass Jungs kein Rosa tragen dürfen?«

»Heute vielleicht. Vor einunddreißig Jahren war das noch ein bisschen anders, vor allem in einer Kleinstadt. Ich habe meine Haare schon immer etwas länger getragen, und in den Köpfen der Nachbarn hatte sich der rosa Baby-Look eingebrannt. Es hat bis zur Grundschule gedauert, bis auch der letzte Bewohner von Nora kapiert hat, dass Elsa einen kleinen Bruder und keine Schwester hat.«

»Du Ärmster«, kicherte ich. »Ich hoffe, du hattest abgesehen davon eine schöne Kindheit.«

»Die hatte ich, keine Sorge. Ich war viel draußen, mit meinem Vater Fischen und Wandern. Elsa meint, ich sei von klein auf ein Naturbursche gewesen. Ich musste immer irgendwo hochklettern oder herumrennen. Im Haus wurde es mir schnell zu langweilig.«

»Klingt ein bisschen wie Fynn.«

»Ja, da hast du recht. Der Kleine hält es auch nicht lange im Haus aus.«

»Wieso hast du dann so viele Jahre in der Stadt gelebt, wenn es dich eigentlich in die Natur zieht?«

»Ich glaube, dass ich mal was anderes sehen wollte als die Holzhäuser in Nora. Ich wollte was Neues erleben und unter Gleichgesinnten sein. Nora ist eine beschauliche Kleinstadt, in der nicht viel passiert. Es war wichtig für mich, meine Erfahrungen außerhalb meiner Heimat zu sammeln. Es hat nur leider etwas zu lange gedauert, bis ich bemerkt habe, dass in meinem Leben einiges gehörig schiefläuft.«

»Aber du hast dich wiedergefunden.«

»Ja. Versteh mich nicht falsch, ich wäre zu jeder Zeit für Elsa und Fynn nach Nora zurückgekommen, selbst wenn mein Leben in Örebro mich erfüllt hätte. Die beiden sind alles, was mir von meiner Familie geblieben ist. Für sie würde ich um die ganze Welt reisen. Aber wenn Oskar sich nicht von meiner Schwester getrennt hätte ...«

»Wärst du vielleicht nicht so schnell zurückgekehrt?«, vollendete ich für ihn.

»Ich weiß nicht, ob ich es weggeschafft hätte. Einfach so.«

Liams Worte brachten mich zum Nachdenken. Wäre ich ohne das Erlebte in Frankfurt jetzt in Nora? Hätte ich den Mut gehabt, mein Leben aufzugeben, all meine Sachen zusammenzupacken und zu meiner Tante zu ziehen? Hätte ich ohne die verheerende Nacht vor drei Jahren erkannt, was es brauchte, um mein Leben wieder lebenswert zu machen? Ich hatte meine Arbeit in der Klinik geliebt, und dennoch verstand ich erst jetzt, wie viel glücklicher ich sein konnte, wie sehr ich auf Sparflamme gelebt hatte, wie sehr ich Schweden vermisst hatte.

Zum ersten Mal spürte ich ganz deutlich diesen Funken

Hoffnung in mir aufglimmen. Ein Lichtblick, dass sich alles doch irgendwie zum Guten wenden würde.

»Ich hatte Oskar neulich am Telefon und war total überfordert. Ich wusste nicht, was ich sagen sollte. Wir haben uns zuletzt vor über einem Jahr gesehen. Er wollte mit Elsa sprechen, aber sie nicht mit ihm. Ich habe mich dann überwunden und letzten Endes lange mit ihm telefoniert.«

»Und wie war das für dich?«

»Es fällt mir immer noch schwer, ihn zu verstehen, weil ich finde, dass er eine andere Lösung hätte finden müssen, als Hals über Kopf abzuhauen. Aber ich rechne es ihm hoch an, dass er mir alles offen und ehrlich erzählt hat. Von seinen Depressionen und der Therapie, die er macht. Er arbeitet nur ein paar Stunden in der Woche, weil ihm die Energie für mehr fehlt. Aber er meinte, dass er an sich arbeitet und für seine Kinder da sein will. Er tut mir auf der einen Seite leid, aber auf der anderen sehe ich meine Schwester und Fynn und ...« Er seufzte. »Er war noch nie der Vater, der er hätte sein müssen. Er hat früher kaum etwas mit Fynn unternommen und hat sich in die Arbeit geflüchtet. Manchmal, wenn es Probleme gab, ist er einfach ins Auto gestiegen und stundenlang durch die Gegend gefahren. Das habe ich alles erst im Nachhinein von Elsa erfahren. Ich glaube, sie wollte es lange Zeit nicht wahrhaben.«

»Ich wünsche Fynn, dass sein Vater dennoch für ihn da ist und dass er ihn später, wenn er älter wird und die Hintergründe begreift, nicht für die Trennung verurteilt.«

»Du sprichst aus Erfahrung«, stellte er fest.

»Mein Vater hat meine Mutter betrogen. Immer wieder. Das habe ich auch erst später erfahren. Du kannst dir vorstellen, was ich ab dem Zeitpunkt von ihm gehalten habe.«

»Das muss hart für dich gewesen sein. Hast du noch mal Kontakt zu ihm gehabt, seit ihr nach Deutschland gezogen seid?«

Ich schüttelte den Kopf und spürte, dass sich bei dem Thema mein Magen zusammenzog. »Die erste Zeit hat er versucht, mich anzurufen. Er hat mir Nachrichten geschickt, die ich nie gelesen habe. Irgendwann hat er aufgegeben, worüber ich froh war. Ich war furchtbar enttäuscht von ihm. Später kam dann heraus, dass bei einer seiner Affären ein Kind entstanden ist.«

»Wow.« Liam blies Luft durch die Backen. »Ich will mir gar nicht vorstellen, wie das für dich gewesen sein muss.«

»Edda und Liv haben inzwischen engen Kontakt. Edda hat auch erst nach der Trennung meiner Eltern von ihr erfahren.«

»Willst du sie auch kennenlernen? Irgendwann?«

»Ich weiß nicht, ob ich das kann«, gab ich zu. »Sie besucht Edda jedes Jahr. Sie arbeitet als Touristenführerin in Stockholm.« Ich seufzte. »Keine Ahnung, wie das funktionieren soll, wenn sie bei Edda Urlaub macht.«

»Vielleicht läuft es besser, als du denkst, und ihr versteht euch auf Anhieb.«

»Ja, vielleicht.« Ich erwiderte Liams optimistisches Lächeln und hoffte, dass er recht behalten und sich alles zum Guten wenden würde.

Inzwischen hatte sich ein köstlicher Duft von Käse und Gewürzen in der kleinen Hütte verteilt. Als Christian den Steinofen öffnete, kam ihm ein Schwall Dampf entgegen. Keine fünf Minuten später stellte er zwei rechteckige Pizzen auf Holzbrettchen vor uns ab. Sie sahen köstlich aus. Und als ich einen ersten Bissen probierte, bestätigte sich der Eindruck.

Während wir uns die Pizza schmecken ließen, erzählte uns Christian von seinen Beweggründen für die Auswanderung und was ihm und seiner Familie an Schweden gefiel.

»Schweden war lange Zeit unser Urlaubsziel, bis wir beschlossen haben, hier zu leben. Die Schweden sind ein sehr weltoffenes Volk. Sie urteilen nicht und lassen andere leben und sein, wie sie sind. Das gefällt mir. Niemand protzt hier oder fühlt sich wie etwas Besseres. Angeber sind nicht gerne gesehen. Das passt nicht zum schwedischen Naturell.«

Ich nickte kauend. »Das kann ich nur bestätigen. Ich habe gerne in Deutschland gelebt, aber mir fehlte diese Offenheit und Entspanntheit, mit der ich groß geworden bin.«

»Und was ist an den Schweden nicht so toll?«, wollte Liam wissen.

»Ich glaube, dass die meisten nicht gern diskutieren«, sagte ich spontan. »Über Politik zum Beispiel oder andere kontroverse Themen. Generell werden Gespräche vermieden, die zu Streit führen könnten. Eigentlich eine gute Sache, aber manchmal fehlt einem der Gesprächspartner für den Austausch über solche Themen. In Deutschland habe ich das anders erlebt.«

Liam schmunzelte. »Hm. Jetzt wo du es sagst, kann ich dir nicht widersprechen. Ich hasse Streit und Diskussionen, außer es geht ums Wetter oder Eishockey.«

»Ist eigentlich auch besser so.« Christian nickte. »Der Schwede bleibt positiv und optimistisch. Lagom eben. Oder wie man in meiner alten Heimat Bayern sagt: Passt schon.«

Irgendwann verabschiedeten wir uns von Christian. Ich versprach, bald noch einmal mit Edda vorbeizukommen, um Brot und Brötchen zu kaufen. Ich liebte Schweden, aber es gab doch eine Sache, die ich aus Deutschland vermisste. Das Brot und all die leckeren Brötchen von den unzähligen Bäckereien.

Die Fahrt zurück nach Nora kam mir unendlich lang und doch zu kurz vor. Ich hätte noch Stunden mit Liam durch die dunkle Nacht und die einsamen Straßen fahren können. Es war so leicht und angenehm, mich mit ihm zu unterhalten. Und doch aufregend und prickelnd. Obwohl ich nur Wasser getrunken hatte, fühlte ich mich aufgekratzt. Ich drehte die Musik auf, als ich den eingängigen Pop-Hit erkannte, der im Radio gespielt wurde. Liam schien ihn ebenfalls zu kennen, denn er grinste und begann dann, ziemlich schräg mitzusingen. Ich lachte und stimmte mit ein, ohne mir Gedanken darüber zu machen, dass ich eine miserable Sängerin war. Als Liam selbst vor den hohen Tönen nicht haltmachte, liefen mir vor Lachen Tränen über die Wangen. Ich fühlte mich unheimlich wohl und vergaß auf dieser Fahrt all meine Probleme und Sorgen.

Als der letzte Ton des Songs verklungen war und ein langsamerer folgte, tastete Liam nach meiner Hand. Im Halbdunklen warf er mir einen Blick zu, als wollte er sich vergewissern, ob es okay für mich war.

Ich lächelte und legte meine Hand in seine. Das Herz schlug mir bis zum Hals, und in meinem Magen flatterte es übermütig.

Vor Eddas Praxis angekommen, blickten wir beide zum Haus hinauf, wo nur noch das Außenlicht brannte.

Ehe ich mich für den schönen Abend bedanken konnte, war Liam ausgestiegen und umrundete den Wagen. Er öffnete meine Tür und hielt mir seine Hand hin, um mir aus dem Auto zu helfen.

»Das macht man doch so bei einem perfekten Date, oder?« Er grinste breit.

»Gib zu, du hast dich in einen Ratgeber eingelesen.«

»So wie du dich in das Survival-Buch? Ein bisschen Gentleman steckt tatsächlich auch von Natur aus in mir.«

Liam blickte zu mir hinunter, und wieder war da dieser

Moment, in dem ich nur noch ihn sah. Es war stockdunkel, doch das Licht seiner eingeschalten Scheinwerfer reichte aus, um in seinen Augen dieselbe Sehnsucht zu erkennen, die ich fühlte. Sein Blick sprang zu meinen Lippen. Er schluckte und sah mir dann wieder in die Augen.

»Es war ein wunderschöner Abend, Liam. Danke.« Meine Worte klangen heiser und dünn.

»Das fand ich auch.« Er trat dichter an mich heran. Ich spürte seine Hände, die sich sacht um meine Taille schlossen. Wie damals auf dem Mittsommerfest, als wir getanzt hatten, legte ich meine Handflächen an seine Brust.

Ein warmer Schauer rutschte über die Wirbelsäule bis zu meinem Steiß, als Liam auch die letzten verbliebenen Zentimeter zwischen uns schloss. Ich krallte mich in den weichen Stoff seines Shirts und hob das Kinn. Jede Faser meines Körpers hatte nur noch den einen dringlichen Wunsch — endlich diesen Mann zu küssen. Endlich seine Lippen auf meinen zu spüren. Liam löste eine Hand und strich mir unendlich vorsichtig über die Wange. Sein schiefes Lächeln war das Letzte, was ich sah, bevor er den Kopf senkte und mich küsste.

19

»Bald kommt das Baby! Mama sagt, nur noch drei Tage.« »Du meinst drei Monate.« Ich lächelte Fynn an, der mir mit Überschwang die Tür geöffnet hatte. »Ein wenig länger musst du dich leider noch gedulden, Fynn.«

Fynn zog einen Schmollmund. »Wieso dauert es so lange, bis ein Baby fertig ist?«

»Fertig?« Elsa, die im Flur erschien, lachte laut. »Das klingt nach einer Tiefkühlpizza oder einem Braten im Ofen.« Sie strich Fynn liebevoll über den Kopf.

»Wollen wir uns nach draußen setzen?«, fragte sie. »Hier drin ist es unerträglich warm. Dieser Sommer und die Kugel hier machen mich fertig.« Sie deutete auf ihren Babybauch, der sich unter ihrem luftigen Kleid deutlich abzeichnete.

Fynn und ich folgten Elsa durch die Küche, wo eine Tür hinaus in den Garten führte. Die große Wiese war kurz geschnitten, und der Geruch nach gemähtem Gras stieg mir in die Nase. An einer Gartentischgruppe aus Holz, die unter einem Sonnenschirm stand, nahmen wir Platz. Eine große Karaffe mit einer sprudelnden Flüssigkeit und Orangenscheiben stand auf dem Tisch.

»Limonade«, antwortete Elsa auf meine unausgesprochene Frage. »Die haben Fynn und Liam heute selbst gemacht.«

Liam. Ich hatte seinen Wagen in der Einfahrt stehen sehen, ihn aber noch nirgends entdeckt. Mein Puls beschleunigte sich, als ich an das Gefühl seiner Lippen auf meinen dachte, an diesen atemberaubenden Kuss, den er mir vor seinem Wagen gegeben hatte. Ich war mir sicher, dass ich noch nie so geküsst worden war.

»Alma?« Elsa runzelte die Stirn.

Blinzelnd vertrieb ich meinen Tagtraum und räusperte mich.

»Ja, ich nehme gerne ein Glas davon, danke.«

»Guck mal, Alma. Ich bin ein Affe!«

Mein Blick folgte Fynn, der durch den Garten flitzte und einen Baum ansteuerte. Er hatte dicke, knorrige Äste, die so tief hingen, dass er sich als Kletterbaum geradezu anbot. Ich lachte, als er kreischende Affengeräusche von sich gab und sich an einem Ast herunterhängen ließ.

»Fynn liebt den Sommer und möchte am liebsten jeden Tag zum See fahren und schwimmen. Zum Glück übernimmt das Liam, und ich kann im Schatten sitzen bleiben.« Sie lächelte matt. »Es hat auch seine Vorteile, im Sommer schwanger zu sein. Man kann weite Kleidung tragen.« Sie schaute auf ihre nackten und ziemlich geschwollenen Füße. »Dafür pass ich jetzt in keine Schuhe mehr rein. Diese Wassereinlagerungen machen mir zu schaffen.«

»Daran kann man leider nichts ändern. Versuche, die Beine oft hochzulegen. Nach der Geburt verschwinden die Einlagerungen schnell wieder.«

Elsa nickte und blickte dann an mir vorbei.

»Liam, du bist schon zurück?«

Unsere Blicke trafen sich. Er lächelte, und ich lächelte zurück, während es in meinem Magen aufgeregt zog. Liams Shirt war an der Brust durchgeschwitzt, sein Haar straff zurückgebunden. Die Sommersonne hatte seine Haut im Gesicht und an den Armen dunkler werden lassen, was ihm gut stand und seine hellen Augen noch besser zur Geltung brachte. Es war das erste Mal seit unserem Kuss, dass wir uns wiedersahen, und neben der Freude spürte ich Unsicherheit in mir aufsteigen. Ich wusste plötzlich nicht mehr, wie ich mich ihm gegenüber verhalten sollte. Ein Impuls drängte mich dazu, aufzuspringen und ihn zu umarmen, doch mein Verstand hielt mich davon ab. Das hier war mein Job, und Liam und ich waren kein Paar. Wir waren ... Meine Gedanken gerieten ins Stocken, weil ich keine Ahnung hatte, in welche Kategorie unsere Beziehung im Moment passte. Spielte das überhaupt eine Rolle? Ich hatte nach unserem wunderschönen Date noch lange wach gelegen und darüber nachgedacht, was dieser Kuss für uns bedeutete. Was er *mir* bedeutete. Irgendwann hatte ich mich entschieden, nicht so viel zu grübeln und die Zeit mit Liam zu genießen, ohne Zukunftspläne zu schmieden. Doch das war schwerer als gedacht, weshalb ich mich hier und jetzt — mit Liam und seiner Schwester — vollkommen überfordert fühlte. Dieses Gefühl wurde dadurch verstärkt, dass ich keine Ahnung hatte, was Elsa über uns wusste und wie offen Liam mit ihr über sein Privatleben sprach. Ihrem Grinsen nach zu urteilen, war sie eingeweiht, oder sie zählte eins und eins zusammen.

»Hej Alma«, begrüßte mich Liam.

»Sieht nach Anstrengung aus«, lenkte ich ab und blickte auf sein durchgeschwitztes Hemd, das ohne Vorwarnung pikante Bilder heraufbeschwor, die alles andere als jugendfrei waren. Ich stellte mir vor, wie ich Liam das Shirt über den Kopf zog, seine glatte Haut darunter berührte, ihn küsste ...

»Ich war mit Cai Klettern«, erklärte er und schlenderte zu uns an den Tisch.

Ich verjagte die Bilder und nahm mein Glas Limonade in die Hand. »Bei dieser Hitze?«

Liam schnappte sich Elsas Glas und trank es in einem Zug leer. Die verdrehte die Augen. »Cai und Liam gehen bei jedem Wetter Klettern. So waren sie früher schon. Egal, ob es in Strömen geregnet hat oder es eiskalt und gefroren war.«

»So was nennt man abenteuerlustig«, erwiderte Liam nüchtern.

»Oder lebensmüde. Wehe, du nimmst Fynn mal mit zu diesen Felsen.«

Liams Blick ging zu seinem Neffen, der geschickt von einem Ast zum anderen kletterte. »Er hätte bestimmt Spaß daran.«

»Vergiss es«, erwiderte Elsa in strengem Ton und boxte ihren Bruder in die Seite.

»Du weißt genau, dass ich auf Fynn aufpasse wie auf ein rohes Ei.«

»Ja. Trotzdem kein Klettern.«

»Na schön.« Liam lächelte und zuckte mit den Schultern. »Dann nehme ich beim nächsten Mal eben wieder Alma mit.«

Sein Kommentar traf mich so überraschend, dass ich mich beinahe an meinem Getränk verschluckte.

Elsa musterte erst mich, dann Liam. Erkenntnis machte sich auf ihrem Gesicht breit. »Ihr wart zusammen Klettern?«

»Liam ist geklettert. In meinem Fall kann man das nicht so nennen«, erklärte ich schnell. Obwohl Elsa betont hatte, dass sie sich für Liam und mich freute, war es mir unangenehm, während meiner Arbeitszeit über unsere Dates zu sprechen. Offensichtlich hatte sie nichts davon gewusst. Wie würde Elsa erst gucken, wenn sie von dem Kuss erfahren würde?

»Sie hat sich gut geschlagen für ihr erstes Mal«, korrigierte Liam gleich. »Besser als beim Angeln. Dank Alma habe ich jetzt Mitleid mit Würmern und Maden.« Liam lachte, und ich bemerkte, wie Elsa uns ein wenig überrascht beobachtete.

»Ich wusste nicht, dass ihr zusammen Klettern und Angeln wart. Ich dachte, du wärst alleine losgezogen.« Mit gehobenen Brauen taxierte sie Liam.

»Und ich wusste nicht, dass ich dir immer alles erzählen muss. Falls du was verpasst hast — ich bin ein erwachsener Mann.« Er zwinkerte ihr zu. Dann sah er wieder zu mir. »Du musst wissen, Elsa ist unheimlich neugierig. Früher hat sie mich mit Süßigkeiten erpresst, um irgendwelche Geheimnisse zu erfahren.«

»Du warst eben leicht zu manipulieren«, gab Elsa ohne einen Funken Reue zurück. »Auf die Tour haben ich jedenfalls so ziemlich alles aus Liam rausgequetscht, was ich wissen wollte. Was Mama und Papa mir zum Geburtstag schenken zum Beispiel.«

»Dabei ist es aber nicht geblieben. Später wollte sie alles über die Mädchen wissen, mit denen ich mich getroffen habe.«

»Hey. Ich habe dir immer gute Tipps gegeben, wie du sie beeindrucken kannst.«

Liam lachte und murmelte: »Wenn du meinst.«

Es war amüsant, die beiden zu beobachten. Ich hatte mir oft einen Bruder und eine Schwester gewünscht. Besonders zu der Zeit, als Mama ihre Diagnose bekommen hatte und später gestorben war. Wie tröstend wäre es gewesen, wenn ich damit nicht allein gewesen wäre. Zum Glück hatte sich meine Mutter frühzeitig um alle Formalitäten gekümmert. Sie hatte sogar ihre Bestattung geplant, um mich damit nicht zu belasten. Und dennoch gab es nach ihrem Tod unheimlich viel zu erledigen, was mich vom Trauern abgehalten hatte.

Bei einem schnellen Blick auf meine Uhr wurde mir bewusst, wie schnell die Zeit vergangen war. In einer Viertelstunde musste ich zurück in der Praxis sein und mit Astrid zum nächsten Hausbesuch fahren.

»Ich will nicht drängeln, aber ich muss gleich los und würde gerne noch die Herztöne abhören, bevor ich fahre. Ich muss zurück zur Praxis.«

Elsa nickte. »Ja, das wäre mir auch lieb, aber dafür gehen wir besser ins Haus. Bei Fynns Affengeschrei versteht man ja sein eigenes Wort nicht.«

»Ich gehe rüber zu ihm«, erklärte Liam. Kurz zögerte er und blickte mich an. Es wirkte, als wollte er noch etwas sagen. Doch er schloss den Mund wieder und lief zu Fynn.

Eine Viertelstunde später verließ ich das Haus wieder. Ich blickte noch einmal zur Haustür in der Hoffnung, Liam würde herauslaufen, um mich vor der Abfahrt abzufangen. Ich hatte mich noch von ihm verabschieden wollen, aber bei einem Blick in den Garten hatte ich feststellen müssen, dass die beiden nicht mehr da waren. Enttäuschung über unsere Begegnung machte sich in mir breit, was lächerlich war. Was hatte ich erwartet? Dass er mich vor Elsa und Fynn urplötzlich küsste? Ich fühlte mich seltsam verwirrt.

Gedankenverloren verstaute ich meine Tasche im Kofferraum, öffnete die Fahrertür und war im Begriff einzusteigen, als Liam meinen Namen rief.

»Alma, warte.« Über die leere Straße kam er zu mir gejoggt. Mit einem Lächeln, das unbehaglich wirkte, blieb er vor mir stehen. Mit einer Hand fuhr er sich über den Nacken.

»Entschuldige, ich wollte mich noch von dir verabschieden. Fynn und ich waren im Schuppen, sein Laufrad reparieren.«

»Schon okay.« Ich lächelte, aber es fiel mir schwerer, als ich dachte.

»Ist ... alles okay zwischen uns?«

»Wieso fragst du?«

»Ich weiß nicht. Ich hatte den Eindruck, dass es dir unangenehm war, als ich von unserem Date erzählt habe.« Er musterte mich abschätzend. »Ich hätte dich fragen müssen, ob du das mit uns ...«

»Ich habe nichts dagegen, Liam«, unterbrach ich ihn. »Für mich sind unsere Dates und der Kuss nichts, was ein Geheimnis bleiben muss. Hast du das wirklich geglaubt?«

Liam senkte den Arm. Sein Lächeln wirkte erleichtert. »Eben schon, ja. Ich will nichts machen, was du nicht auch willst, Alma. Und vor allem will ich nicht, dass dir irgendwas zu schnell geht.«

»Mir geht nichts zu schnell. Alles ist ... perfekt.«

Liam war näher gekommen. »Du hast also nichts dagegen, dass ich dich jetzt küsse?«

Ich schüttelte den Kopf, neigte ihn lächelnd zur Seite, als Liam seine Hand an meine Wange legte. Mein Herz klopfte wie wild, obwohl ich reglos dastand.

Liam lehnte die Stirn gegen meine, während sein Daumen über meine Wange strich, sanft und rau zugleich.

»Du hast ab sofort meine offizielle Erlaubnis, mich immer und überall zu küssen, Liam Hansen«, wisperte ich. Langsam hob ich das Kinn, bis unsere Lippen sich berührten. Unser Kuss schmeckte nach Sommer und Limonade, und am liebsten hätte ich dafür gesorgt, dass er niemals endete, wären da nicht mein Job und Astrid gewesen, die auf mich wartete.

»Ich muss jetzt leider los.«

Liam seufzte, strich noch ein letztes Mal über meine Kinnlinie und ließ mich dann los. »Wann sehen wir uns wieder? Wir brauchen ein neues Date.«

»Schlag was vor. Du weißt ja, solange es nichts mit Fischen und Felsen zu tun hat, bin ich dabei.« Lächelnd stieg ich in mein Auto.

Liam schürzte nachdenklich die Lippen und stützte sich in den Rahmen meines geöffneten Fensters.

»Wie wäre es mit Kino?«
»Wo bitte gibt es hier ein Kino? Das Nächste ist, soweit ich weiß, über eine Stunde entfernt.«
»Nicht diese Art von Kino.« Er grinste geheimnisvoll. »Aber es wird dir bestimmt gefallen.«
»Gibt es dort Popcorn?«
»Und wenn nicht?«
»Dann sehe ich mich leider dazu gezwungen abzulehnen. Kino ohne Popcorn ist wie Kanelbullar ohne Zimt.«
»Du kommst nur mit, wenn es Popcorn gibt?« Er legte seine Hand aufs Herz, als wäre er dort von etwas getroffen worden. »Gepuffter Mais ist dir also wichtiger als ich?«
»Es ist gepuffter Mais in Butter geschwenkt. Das ist ein sehr entscheidender Unterschied.«
»Na schön. Es gibt Popcorn. Allerdings müssen wir noch ein bisschen damit warten. Ich fahre morgen für ein paar Tage nach Örebro.«
»Was hast du denn vor?«
»Am Sonntag ist Arvids Todestag. Ich wollte eigentlich nur an diesem Tag nach Örebro fahren, aber gestern hat mich sein Bruder angerufen und gefragt, ob ich nicht ein paar Tage bei ihm bleiben will. Er und Arvid hatten ein enges Verhältnis, und wir haben oft zu dritt was unternommen.« Er seufzte schwer, während sein Blick ins Leere ging. »Unglaublich, dass es schon ein Jahr her ist. Es fühlt sich an, als wären erst Wochen vergangen.«

Die Schmetterlinge, die bis eben in meinem Bauch herumgeschwirrt waren, verwandelten sich in schwere Steine. Eine bedrückende Stille breitete sich zwischen uns aus. Die Hitze, die in meinem Auto herrschte, schien noch drückender zu werden.

Als Liam mich wieder ansah, lächelte er mitgenommen. »Manchmal frage ich mich, wann es besser wird. Es tut immer noch so verdammt weh. Ich habe mal im Internet was über die Phasen der Trauer gelesen. Bei engen Bezugspersonen dauert die Phase normalerweise bis zu drei Jahren.« Er lachte bitter auf. »Aber was ist schon normal?«

Ich nickte. »Es vergeht kein Tag, an dem ich nicht an meine Mutter denke. Der Verlust schmerzt, aber man lernt, damit zu leben. Man erträgt es.«

»Also stimmt der Spruch gar nicht, dass die Zeit alle Wunden heilt?

»Sie heilt nicht, aber sie macht es erträglicher. Wie eine Wunde, die zu Beginn stark schmerzt, wenn sie noch frisch und offen ist. Irgendwann legt sich eine neue Hautschicht darüber, aber meistens bleibt eine Narbe zurück. Je nach dem, wie fest man sie berührt, schmerzt es auch nach Jahren. Es bleibt eine empfindliche Stelle. Für immer.«

Liam nickte nachdenklich. »Genau so fühlt es sich an. Wie ein wunder Punkt.«

»Es wird dir bestimmt guttun, an diesem Tag mit Menschen zusammen zu sein, die genauso fühlen wie du.« Ich berührte seine Hand und drückte sie behutsam.

Liam erwiderte mein Lächeln und betrachtete dann unsere Hände. Sein Daumen strich dabei über meinen Handrücken.

»Ich werde dich vermissen. Auch wenn es nur eine Woche ist.«

Liam bückte sich durch das Fenster und küsste mich ein letztes Mal, bevor wir uns verabschiedeten und ich davonfuhr.

Edda und ich räumten gerade den Tisch im Garten ab, an dem wir zuvor zu Abend gegessen hatten, als wir Motorengeräusche hörten. Die Dunkelheit wurde von dem Licht der Scheinwerfer durchbrochen, das bis in den Garten fiel.

»Wer könnte das denn sein?« Edda stellte den leeren Teller wieder zurück auf den Tisch. Sie lief über die Wiese bis zur Hausecke.

»Das ist ja eine Überraschung«, hörte ich sie sagen. Dann war sie verschwunden. Ich machte mir keine weiteren Gedanken, räumte das Geschirr zusammen und trug es in die Küche. Kurz darauf kehrte Edda durch die Terrassentür zurück.

»Und, wer war es? Ein verirrter Urlauber?«

Edda schmunzelte geheimnisvoll.

»Nicht ganz.«

Plötzlich trat jemand hinter sie, mit dem ich niemals gerechnet hätte.

»Liam! Was machst du denn hier?«

»Ich dachte, ich besuche dich noch mal, bevor ich morgen früh nach Örebro fahre.« Er schenkte mir ein Lächeln, das ich ebenso strahlend erwiderte. »Ich hoffe, du hast noch Hunger auf Nachtisch.« Er hob seine Hand, in der er einen Eisbecher hielt.

»Ben & Jerry's?«, stieß ich aus.

Ich fing Eddas verwirrten Blick auf. »Es gibt ein Eis, das wie deine Kater heißt? So ein Zufall.«

»Kein Zufall«, klärte ich sie lachend auf. »Ich habe sie bewusst nach dem Eis benannt.«

»Wirklich?« Sie setzte sich auf das Sofa.

Sogleich sprang Jerry auf das Polster und legte sich neben meine Tante. Er vergötterte sie und hatte sie in den letzten drei Monaten in sein Katerherz geschlossen. »Deine Kater heißen wie eine Eismarke?«

Liam grinste. »Siehst du, Alma, ich hab ja gesagt, dass es verrückt ist.«

»Ich verstehe nicht, was ihr habt. Die Namen passen zu ihnen.«

Liams Blick sprang von dem scheuen Ben, der Liam misstrauisch aus einer Zimmerecke beobachtete, zu Jerry, der sich von Edda den Bauch kraulen ließ. »Du hast recht, sie passen zu ihnen.«

Eine unangenehme Stille entstand, weil ich immer noch von Liams Überraschungsbesuch überrumpelt war. Was sollte ich jetzt tun? Mit Liam hoch in mein Zimmer gehen? Nein. Das kam nicht in Frage. Ich war schließlich eine erwachsene Frau und kein Teenager mehr. Hierzubleiben war ebenso keine Option. Liam war extra hergekommen, um mich vor seiner Abreise noch einmal zu sehen und nicht, um mit meiner Tante und zwei verfressenen Katern den Abend zu verbringen.

»Wollen wir vielleicht runter an den See?«, schlug Liam vor, und ich stieß beinahe ein erleichtertes Stöhnen aus.

20

Mit zwei Löffeln und einer brennenden Öllampe, die auf der Terrasse stand, machten wir uns auf den kurzen Weg hinunter zum Steg.

»Ich fasse es nicht, dass du hergekommen bist und extra das Eis besorgt hast.« Lächelnd musterte ich Liams Profil, während mein Herz vor Glück anschwoll.

»Ich habe alle Supermärkte in der Umgebung abgeklappert, bis ich eins von den Dingern gefunden habe. Offensichtlich teilen nur wenige deine Leidenschaft für dieses Eis.«

»Weil sie es noch nicht probiert haben.«

Am Steg angekommen, stellte er die Laterne mit der flackernden Kerze ab, und wir setzten uns auf das Holz, das noch warm von der nordischen Sonne war. Der See lag wie ein dunkler Teppich vor uns.

Liam öffnete den Eisbecher und reichte mir einen Löffel.

»Du probierst zuerst«, bestimmte ich.

»Na gut.« Liam öffnete den Becher und tauchte den Löffel in die Eiscreme. »Ich muss schließlich wissen, ob deine Euphorie für dieses Zeug berechtigt ist.«

»Du wirst es nicht bereuen. Das Zeug macht süchtig.«

Liam schob sich den vollen Löffel in den Mund.

Mein Blick blieb einen Moment lang an seinen Lippen hängen. Gespannt wartete ich auf eine Reaktion. »Und?«

Er kniff die Augen zusammen und neigte den Kopf von links nach rechts, als wäre er sich seiner Meinung nicht sicher. »Ganz gut.«

»Ganz gut?« Ich keuchte. »Da sind Brownie-Stücke drin.«

Liam schmunzelte und übergab mir den Eisbecher. »Ja, schon gut. Es schmeckt toll. Ich kann deine Obsession verstehen. Aber an das NoraGlass kommt es trotzdem nicht ran.«

Abwechselnd löffelten wir das Eis, das mich unerwartet nostalgisch machte.

»In Frankfurt haben meine Mutter und ich jeden Freitag nach Feierabend Fastfood und dieses Eis besorgt. Es war unsere Lieblingssorte.«

»Ihr hattet ein sehr enges Verhältnis, oder?«

»Ja.« Ich ließ den Löffel durch die Eismasse gleiten. »Nach der Trennung und unserem Umzug hatten wir nur noch uns. Wir haben die schwere Zeit gemeinsam gemeistert. Und als sie krank wurde, war ich immer an ihrer Seite. Ihr hat das nicht gepasst, denn sie wollte, dass ich mein Leben weiterlebe, ausgehe und mich mit Freunden treffe. Aber das konnte ich nicht. Ich hatte Angst, sie alleine zu lassen. Zumindest zuletzt, als sie immer schwächer wurde. Für mich war es selbstverständlich, für sie da zu sein. Ich wusste, dass ihr nicht mehr viel Zeit blieb. Und die wollte ich mit ihr nutzen.« Ich lächelte traurig, als ich an die letzten Wochen mit meiner Mutter im Hospiz dachte, daran, wie ich viel zu viel von dem überteuerten Eis gekauft hatte und wir all ihre Lieblingsfilme geschaut hatten, die ich vorher nie mit ihr hatte angucken wollen.

»Meine Mutter liebte schwedische Krimis. Ich fand sie furchtbar. Als wir beide erfahren hatten, dass der Krebs im ganzen

Körper gestreut hatte und es keine Heilungschancen mehr gab, haben wir eine Liste geschrieben, mit all den Dingen, die sie noch machen möchte. Darunter war der Punkt, ihre Lieblingsfilme anzusehen.«

»Was stand noch darauf?«

»Sie wollte noch mal nach Schweden. Zu Edda an den Norasjön und nachts baden gehen.« Ein Kloß hatte sich in meinem Hals gebildet. »Das hat sie leider nicht mehr geschafft.« Mein Blick ging zum klaren Nachthimmel, wo Millionen Sterne leuchteten. »Ich weiß, es klingt verrückt, aber ich spüre sie hier stärker als in Deutschland.«

Liam hatte den Kopf in den Nacken gelegt und sah ebenfalls in den Himmel. »Das klingt nicht verrückt. Wenn du es fühlst, ist es richtig.« Er drehte den Kopf, und unsere Blicke begegneten sich. »Das Herz lügt nicht, sagt man doch, oder?«

»Nein, das tut es nicht.« Als wir uns wieder ansahen, spürte ich meines ganz deutlich in der Brust schlagen.

»Willst du es für sie machen?«, fragte Liam.

»Was?«

»Nachts im See baden.«

Mit großen Augen starrte ich ihn an, dann schwenkte mein Blick auf das schwarze Wasser.

»Es ist dunkel.«

»Und?«

»Das ist unheimlich.«

»Es ist derselbe See wie bei Tag. Ich komme mit. Wenn du möchtest.« Liams Lächeln wurde breiter, als ich kurzerhand den Eisbecher beiseitestellte und aufstand.

Ich wusste nicht, woher diese plötzliche Entschlossenheit kam. Das war eigentlich so gar nicht ich. Liam steckte mich mit seiner abenteuerlustigen Art an, und es gefiel mir, dass er in mir etwas zum Leben erweckte, von dem ich nicht gewusst hatte, dass es in mir schlummerte.

Liam folgte mir zum Rand des Stegs und fasste nach meiner Hand.

»Auf drei«, sagte ich und atmete entschlossen ein. »Eins, zwei, drei.« Kreischend sprangen wir ins Wasser. Wobei eigentlich nur ich diejenige war, die schrie, bevor ich ins Wasser eintauchte. Kühler als erwartet, umschloss es mich, und ich ließ Liams Hand los. Mehrere Sekunden tauchte ich mit dem Kopf unter und kam prustend zurück an die Oberfläche.

»Alles okay?« Liam war direkt neben mir. Durch die Dunkelheit war er nur schemenhaft zu erkennen. Ich hörte seinen schnellen Atem und wie gelöst er klang.

»Ja«, keuchte ich. Ich lachte auf und konnte nicht glauben, was ich gerade tat. Ich machte ein paar kräftige Schwimmzüge durch das Wasser.

Liam folgte mir. Eine Weile schwiegen wir, ließen die Dunkelheit und die Stille auf uns wirken.

Ich legte den Kopf in den Nacken und lächelte, als ich mir vorstellte, wie meine Mutter auf uns herabsah. »Es ist toll, Mama«, wisperte ich und schloss einen Moment lang die Augen. Als ich sie wieder öffnete, bemerkte ich, dass Liam mich lächelnd beobachtete. Meine Augen hatten sich inzwischen an die Dunkelheit gewöhnt, und der Mond war hinter einer Wolke hervorgekommen. Sein Licht legte einen silbernen Schimmer auf Liams Gesicht und ließ ihn beinahe mystisch wirken. Schweigend begann er, mich mit ruhigen Schwimmzügen zu umkreisen, während ich mich auf der Stelle mit ihm drehte.

»Hast du das schon mal gemacht? Nachts im See schwimmen?«, fragte ich.

»Klar, schon oft.«

»Wirklich?«
»Es ist schon lange her.«
»Lass mich raten. Du und Cai?«
»Genau.«
»Ihr beiden hattet eine wilde Jugend.«
»Ja, die hatten wir. Wir haben unsere Jugend in vollen Zügen genossen.«

Ich seufzte. »Erwachsensein ist ein Spielverderber.«

»Meistens schon. Aber man kann sich dagegensetzen, indem man ab und zu unerwachsene Sachen macht. Zum Beispiel nachts in einen See springen.«

Liam kam auf mich zu, bis wir dicht voreinander schwammen.

»Du zitterst ja«, bemerkte er und blickte lange und intensiv auf meinen Mund, was ein Ziehen in meinem Unterleib auslöste und mich die Kälte einen Moment lang vergessen ließ.

»Die Erwachsene in mir sagt mir gerade sehr deutlich, dass ich raus sollte, bevor ich mir noch eine Lungenentzündung hole.«

»Dann hören wir besser auf die weise Alma«, sagte Liam lächelnd.

Gemeinsam schwammen wir zurück zum Steg, wo Liam mir wie bei unserem letzten spontanen Bad im See aus dem Wasser half.

Mit der Öllampe liefen wir zu der Weide am Ufer. »Warte hier, ich habe eine Decke im Auto.«

Ich setzte mich auf die Wiese und schlang die Arme um meinen Körper. Obwohl ich ein wenig fror, fühlte ich mich glücklich und beseelt. Es war, als wären all die trüben Gedanken, die mich ständig quälten, für den Augenblick fortgewaschen worden. Ich erlaubte mir, diesen Zustand festzuhalten und einfach den Moment zu genießen.

Als Liam zurückkehrte, legte er mir eine Decke über die

Schulter. Mit Hilfe der Öllampe und dem trockenen Holz, das er in der Umgebung gesammelt hatte, entzündete er in beachtlicher Geschwindigkeit ein kleines Lagerfeuer.

»Darf ich?«, fragte er im Schein der kleinen Flammen, die mit jeder Minute höher wurden. Er deutete neben mich.

»Klar.« Mein Herz schlug schneller, als Liam unter die Decke schlüpfte und wir dicht nebeneinandersaßen.

Eine Weile starrten wir in das Feuer, lauschten dem Knacken des Holzes, das darin verbrannte. Nach und nach kroch die Wärme meine nackten Zehen hinauf und breitete sich in meinem Körper aus. Vielleicht war es aber auch Liams Nähe, die mich nicht mehr frieren ließ.

»Du hast Gänsehaut«, stellte Liam fest und rieb sanft über meinen Unterarm, an dem sich die feinen Härchen aufgestellt hatten. Ich ließ ihn in dem Glauben, obwohl ich längst nicht mehr fror.

Liam rückte noch näher an mich heran und schlang einen Arm um mich. »So besser?«

»Viel besser.« Unsere Blicke trafen sich. Begehren lag in seinen Augen, spiegelten meine eigenen Gefühle wider, die ich in diesem Moment empfand. Sein Blick strich über mein Gesicht, hinunter zu meinen Lippen. Langsam beugte er sich zu mir herüber, bis sein Mund weich und warm auf meinen traf. Mit geschlossenen Augen ließ ich mich fallen, spürte intensiv, wie sich unsere Lippen aufeinander bewegten, hörte das leise Brummen, das aus seiner Brust drang.

Ich wusste nicht, wie viel Zeit vergangen war, als wir uns wieder voneinander lösten. Lächelnd blickten wir uns an.

»Ich wusste, dass der Trick mit der Decke funktioniert. Eigentlich habe ich noch eine zweite im Auto.«

Ich lachte und lehnte mich an ihn. Ich war so glücklich, dass ich glaubte, mein Herz würde zerspringen. Passierte das hier gerade wirklich? Alles schien surreal. Dieser klare Nachthimmel, der See, Liam, der mich im Arm hielt und vor Sekunden geküsst hatte. Wie konnte es sein, dass sich mein Leben in den letzten Wochen so zum Guten verändert hatte? Ich erkannte mich selbst kaum wieder, weil von der Alma, die sich in ihrer kleinen Frankfurter Wohnung jeden Abend in den Schlaf geweint hatte, nichts mehr übrig war. Es war, als hätte ich zu mir zurückgefunden und auf meinem Weg zu mir diesen wunderbaren Mann getroffen.

»Woran denkst du?«, fragte Liam leise. Seine Hand strich über meinen Oberarm.

»Daran, dass ich glücklich bin.« Ich blickte zu ihm auf. »Und wie dankbar ich dafür bin, wie alles gekommen ist.«

»Wie sähe dein Leben jetzt aus, wenn du nicht nach Schweden gezogen wärst?«

Ich schnaubte. »Ich würde mit Ben und Jerry auf dem Sofa hocken und mir Liebesfilme ansehen, die mich zum Weinen bringen.«

»Klingt deprimierend.«

»Ich war auch deprimiert. Zumindest zuletzt. Je mehr ich mich von der Außenwelt abgeschottet habe, desto ängstlicher und unsicherer wurde ich.«

»Du hast dein Zuhause verlassen, deinen Job gekündigt, um ein neues Leben zu beginnen. Das finde ich sehr mutig.« Er sah zu mir. »Und ich bin froh, dass du deinem Herzen gefolgt und nach Nora gekommen bist.«

»Und ich bin froh, dass du hier bist. Auch wenn der Grund dafür ein anderer sein sollte.«

Er blickte seufzend in den Sternenhimmel. Die Wolken hatten sich aufgelöst. Unzählige Sterne glitzerten wie Diamanten.

»Manchmal würde ich gerne in die Zukunft sehen können«,

sagte er, den Blick auf den Himmel geheftet. »Nur kurz, um zu wissen, ob ... alles gut wird. Mit Fynn und Elsa.«

»Zweifelst du daran?«

»Eigentlich nicht. Aber manchmal habe ich Angst davor, dass ich mich täusche. Früher war das nie so. Ich war schon immer ein Optimist. Aber mit den Jahren und den Erlebnissen hat sich das geändert. Seit Arvids OP vertraue ich den Menschen und dem Leben nicht mehr uneingeschränkt.«

Eine Weile schwiegen wir, ließen unsere eigenen unterschiedlichen Gedanken in den Nachthimmel steigen.

»Wann fährst du morgen los?«, fragte ich irgendwann in die Stille hinein.

»Gleich nachdem ich Fynn in die Vorschule gebracht habe.« Liam seufzte und schlang seine Arme ein wenig fester um mich. »Ich weiß, es sind nur ein paar Tage, aber ich werde dich vermissen.«

»Wir können zwischendurch telefonieren, wenn du möchtest.«

»Solange nicht deine Mailbox rangeht, unbedingt.« Er grinste, und ich erinnerte mich an die unbeholfene Nachricht, die er mir hinterlassen hatte.

»Die Arbeit wird mich ablenken. Ich habe auch noch jede Menge für den Kurs zu erledigen.«

»Was für ein Kurs?«, fragte er.

»Ich hatte eine Idee für werdende Eltern, um sie auf eine Autogeburt vorzubereiten.«

»Eine Autogeburt?« Liam wirkte verwirrt. »So was passiert?«

»Leider ja. In letzter Zeit sogar sehr häufig. In den Kliniken herrscht Personalmangel. Die Geburtenstationen sind häufig unterbesetzt und andere Kliniken viel zu weit entfernt.«

»Dann ist deine Idee mehr als sinnvoll.«

Ich nickte. »Im Januar soll der Kurs starten, und ich darf ihn leiten. Das macht mich ziemlich nervös.«

»Ich bin mir sicher, dass du das hinbekommst. Du bist eine tolle Hebamme.« Er schmunzelte. »Auch wenn ich noch nicht viele kennengelernt habe. Genau genommen nur dich. Aber ich sehe, wie du mit Elsa umgehst. Sie schätzt dich sehr und vertraut dir. Das sagt alles.«

Etwas in meinem Inneren hinderte mich daran, mich über seine lieben Worte zu freuen. Es war das hässliche Gefühl der Schuld und des schlechten Gewissens, das ich seit meinem Sprung ins Wasser von mir geschoben hatte. Es tat weh, zu begreifen, dass es an mir klebte und sich nicht, vielleicht nie mehr, abwaschen ließ.

Wenn ich das alles hier nicht verlieren wollte, meinen Job, Eddas Vertrauen und Liam, dann dürfte niemals jemand davon erfahren.

21

„Ich bekomme nächste Woche eine Holzlieferung. Dann geht es wieder mit dem Brennholz-Hacken los, um für den Winter gewappnet zu sein."
»Jetzt schon? Der September hat gerade erst begonnen.«
Edda lachte. »Du hast zu lange in Deutschland gelebt, Alma. Der Winter in Schweden ist lang und kalt. Da kann man gar nicht früh genug mit den Vorbereitungen beginnen.« Ihr Blick ging durch die Terrassenfenster nach draußen. »Sieh dir die Äpfel an. In drei Wochen sind sie reif.«
Ich legte das Messer, mit dem ich die letzten geernteten Tomaten für den Salat geschnitten hatte, auf dem Holzbrett ab und betrachtete die beiden Obstbäume, deren Äste sich unter der Last der Äpfel bereits bogen. Es war später Nachmittag und dunkler als die letzten Tage. Graue Wolken drängten sich am Himmel und verdeckten die Sonne, die merklich an Kraft verloren hatte. Noch blühte die Natur, und die Blätter der Laubbäume hingen dicht in den Ästen. Doch es würde nicht mehr lange dauern, bis der erste kühle Herbstwind sie herunterpusten würde.
»Dieses Jahr sind es wieder sehr viele Äpfel. Wir werden einiges zu tun haben.«
»Was machst du mit ihnen?«

»Apfelsaft, Apfelkuchen, Gelee und Apfelmus. Meistens ist es so viel, dass ich etwas an Valentina, Astrid und die Nachbarn verschenke. Vielleicht hast du noch weitere Ideen, was man mit ihnen anstellen kann. Es gibt sicher tolle Rezepte.

»Hm, bestimmt.«

Einige Minuten lang blieb es still in der kleinen Küche.

»Was bedrückt dich, Alma? Du wirkst schon den ganzen Tag nachdenklich.«

»Es ist nichts.«

»Ich kenne dich, seit du ein Baby bist. Also mach deiner Tante nichts vor. Oder soll ich raten?« Sie musterte mich. »Du vermisst Liam.«

Ich seufzte als Antwort und verbarg nicht, dass sie ins Schwarze getroffen hatte. Es kam mir albern vor, dass ich mich so sehr nach ihm sehnte. Seit seinem spontanen Auftauchen und unserem nächtlichen Bad im See waren keine drei Tage vergangen, und erst gestern Abend hatten wir telefoniert. Und doch dachte ich ständig an ihn — an seine Küsse, seine Umarmungen, sein Lachen.

»Jemanden zu vermissen, ist ein gutes Zeichen, weißt du?«

»Ein gutes Zeichen wofür?«

»Das muss ich dir nicht erklären. Das sagt dir dein Herz«, antwortete sie lächelnd und knetete weiter den Teig.

Wir arbeiteten nebeneinander, bis das erste Brot im Ofen gebacken wurde und sich ein köstlicher Duft im Raum ausbreitete. Nachdem wir die Küche aufgeräumt und den Abwasch erledigt hatten, klingelte es an der Tür.

»Erwartest du noch jemanden?«, fragte ich. Doch Edda hatte mir bereits den Rücken zugewandt und lief zur Haustür.

Während sie jemanden freudig begrüßte, öffnete ich die Klappe des Ofens und überprüfte die Brote. Heiße Luft kam mir schwallartig entgegen, und ich machte einen Schritt zurück, um mir nicht die Nase zu verbrennen.

Als ich im Augenwinkel eine Bewegung wahrnahm, drehte ich den Kopf und schaute geradewegs in tiefblaue Augen, die mir so bekannt vorkamen, dass ich sekundenlang nicht wegsehen konnte.

»Hej Alma«, begrüßte mich die junge Frau. Sie lächelte strahlend, was ihre Augen noch mehr zum Leuchten brachte. Ihr braunes langes Haar hing ihr in dichten Wellen über die Schultern. In ihren eng anliegenden Jeans und der schicken Bluse wirkte sie wie aus einem Modekatalog. Hinter ihr stand Edda, neben ihr ein schwarzer Rollkoffer. »Ich bin Liv.«

Liv. Ich schluckte, immer noch sprachlos und außerstande, mich wie ein normaler Mensch zu verhalten. Das war Liv. Diese wunderschöne Frau mit derselben Augenfarbe wie ich — den Augen meines Vaters — war meine Halbschwester. Automatisiert glitt mein Blick zu Edda, die mich beobachtete. Sie lächelte, wenn auch zaghaft, was mich plötzlich furchtbar wütend machte. Wieso hatte sie mich nicht vorgewarnt und mich stattdessen in diese unangenehme Situation gebracht? Edda hatte schon vor Monaten angekündigt, dass Liv sie im September besuchen kommen würde. Aber offensichtlich hatte ich es verdrängt oder nicht wahrhaben wollen. Vielleicht waren meine Gedanken in letzter Zeit aber auch stetig nur um ein und dieselbe Person gekreist...

»Ich habe Alma nicht verraten, dass du heute kommst, Liv«, erklärte sie und legte eine Hand auf ihre Schulter.

Auf Livs Stirn erschienen feine Falten. »Verstehe. Na dann... Überraschung!« Ehe ich mich versah, kam sie auf mich zu und umarmte mich. Ich war so überrumpelt, dass ich ins Schwanken geriet, doch Liv hielt mich fest. Sie hatte ungefähr meine Größe, wirkte aber sportlicher. Ihr Parfüm, das in ihren Haaren hing, stieg mir in die Nase. Es erinnerte mich an Rosenwasser und Lilien.

»Wie schön, dass wir uns endlich mal kennenlernen. Du glaubst ja nicht, wie oft ich mir meine erste Begegnung mit dir ausgemalt habe. Mit meiner Halbschwester.«

Als sie sich von mir löste, starrte ich sie mit großen Augen an. Meine Gefühle taumelten zwischen dem Impuls, davonzulaufen und in Tränen auszubrechen. Livs Präsenz überrollte mich wie eine Lawine, der ich mich hilflos ausgeliefert fühlte.

»Alma?« Edda tauschte einen Blick mit Liv, bevor sie auf mich zutrat. »Geht es dir gut?«

Ich schloss die Hände zu Fäusten und schwieg. Nein, mir ging es nicht gut. Ich war überfordert und fühlte mich überrumpelt. Ich wusste nicht, was ich sagen, geschweige denn was ich in diesem Moment denken sollte.

Eddas zerknirschter Blick ging erneut zu Liv, deren Lächeln mittlerweile verblasst war. Ich konnte sie nicht länger ansehen, nicht länger in ihre Augen blicken.

»Soll ich ... lieber wieder gehen?« Sie klang verunsichert, und tief in meinem Inneren tat sie mir schrecklich leid. Ich wusste, dass ich eine Szene machte, aber ich hatte die Kontrolle über meine Emotionen verloren.

»Nein, dass musst du nicht. Ich gehe.« Ich hielt es keinen Augenblick länger in diesem Haus aus. Zusammenhangslose Bilder blitzen vor meinem geistigen Auge auf. Von meinem Vater, wie er mich auf der Schaukel in unserem Garten anschubste und so tat, als würde er von meinen Füßen getroffen. Wie er im Wohnzimmer ein Eishockeyspiel ansah und mir auf seinem Schoß die Spielregeln erklärte. Wie er mir mit seinen verlogenen Augen erklären wollte, weshalb Mama und er sich trennten, dabei aber die Hälfte ausließ, um sich in ein besseres Licht zu stellen. Mir wurde übel, als ich daran dachte, wie viel meine Mutter monatelang geweint hatte und wie stark ich für sie gewesen war, obwohl ich es selbst kaum ertragen hatte. Es war, als würde die Narbe, die über die Jahre verheilt war, erneut mit Gewalt aufgerissen werden. Wegen dieser Frau, die vor mir stand und die auf unumstößliche Weise mit mir verbunden war.

Ohne Edda und Liv anzusehen, lief ich an ihnen vorbei, krallte im Flur nach meinem Schlüssel und flüchtete mich in mein Auto.

Als ich wendete und auf die Straße einbog, rannen die ersten Tränen meine Wangen hinab. Ungehemmt ließ ich sie laufen. Ich hatte kein Ziel, ich wollte nur in Bewegung bleiben, Edda und Liv hinter mir lassen, mit ihnen die belastenden Gedanken und Erinnerungen. Irgendwann schaltete ich das Radio ein, ließ mich von schwedischem Pop berieseln. Als Omar Rudberg in seinem Song *Dum* von Verlust sang, zog sich mein Brustkorb zusammen. Ich verstand, dass er eine alte Liebe meinte, die ihn nicht zurückhaben wollte und die er für immer verloren zu haben schien. Ich fühlte den Schmerz in seiner Stimme, auch wenn es in meinem Fall nicht um eine Liebe ging, sondern um eine Familie, die ich verloren hatte. Mit tränenverhangenem Blick bog ich um eine Kurve, wo ein riesiger Geländewagen mitten auf der Fahrbahn stand. Vor Schreck trat ich so fest auf die Bremse, dass mein Wagen einen kräftigen Ruck nach vorn machte.

Keuchend umklammerte ich das Lenkrad und starrte auf den Mann, der hinter dem Geländewagen hervorkam. In der einen Hand eine Motorsäge. Erst jetzt bemerkte ich den Baumstamm, der die komplette Straße versperrte.

Ich kniff die Augen zusammen, während der Typ auf mich zulief und ich erkannte, wer er war. Hastig wischte ich mir die Tränen von den Wangen und ließ das Fenster hinunter.

»Alma?« Cai beugte sich hinunter, um durch mein offenes Seitenfenster zu schauen.

»Cai. Hej.« Ich bemühte mich um ein Lächeln. »Was ist denn hier passiert?«

»Ein Baum ist umgestürzt.« Er musterte mein Gesicht, das mit Sicherheit fleckig vom Weinen war. Aber so, wie ich den wortkargen Kerl einschätzte, würde er mich nicht auf meinen Zustand ansprechen.

»Arbeitest du etwa auch noch bei der Feuerwehr?«

Cai runzelte die Stirn. »Wieso Feuerwehr?«

»Holt man die nicht, wenn ein Baum irgendwo rumliegt?«

»In Frankfurt vielleicht.« Cai schnaubte. »Aber hier ganz bestimmt nicht. Das erledigt man selbst. Kann allerdings 'ne Weile dauern. Also egal, wo du hinmusst, hier kommst du die nächste Stunde nicht weiter.«

»Kein Problem. Ich ... muss nirgends hin. Ich drehe einfach wieder um.«

Cai blickte mich an, als hätte ich den Verstand verloren. »Okay.«

»Na dann. Viel Spaß noch.« Ich drehte den Schlüssel, und mein Auto sprang an.

Viel Spaß noch? Als ich in die entgegengesetzte Richtung davonfuhr, sah ich im Rückspiegel, wie Cai den Kopf über mich schüttelte. Ich hoffte, dass er Liam nichts von diesem peinlichen Aussetzer erzählen würde.

Keine fünfzehn Minuten später stand ich wieder vor dem Haus meiner Tante. Unschlüssig, ob ich hineingehen sollte, saß ich hinter dem Steuer und starrte auf die Haustür. Langsam wurde es ungemütlich in meinem Auto. Es war mittlerweile dunkel geworden und die Temperatur deutlich gesunken. Ich wusste, dass ich durch meine Flucht etwas hinauszögerte, das unvermeidlich war. Liv würde nicht plötzlich verschwinden, und ich könnte nicht die nächsten Nächte im Auto schlafen. Deshalb nahm ich einen Atemzug und stieg aus dem Wagen.

Als ich die Haustür hinter mir schloss, zog ich Mantel und Schuhe aus und ging in die Küche. Edda saß immer noch am Tisch, den Blick gedankenverloren aus dem Terrassenfenster gerichtet. Mit einem Räuspern machte ich auf mich aufmerksam.

»Alma.« Edda seufzte, und ihre Schultern verloren sichtlich an Spannung.

»Hej.« Ich schluckte und knetete meine Finger. »Wo ist Liv?«

»Oben. Sie wollte früh schlafen gehen.«

Ich nickte und haderte einen Moment lang mit den richtigen Worten — den richtigen Fragen.

»Wieso hast du mir nicht gesagt, dass sie kommt?«

Edda musterte mich, bevor sie die Lider senkte und auf einen Stuhl deutete. »Setz dich zu mir, ja?«

Ich kam ihrer Bitte nach und nahm ihr gegenüber Platz.

»Du wusstest, dass Liv mich besuchen kommen wird. Kurz nachdem du in Nora angekommen bist, haben wir darüber gesprochen.«

»Und deshalb muss ich damit rechnen, dass sie plötzlich vor mir steht? Du hättest mir einfach sagen können, dass sie heute ankommt.«

»Du hast recht. Es war ein Fehler«, gab sie zu. »Ich dachte, dass es so leichter für dich ist und du dir im Vorfeld nicht so viele Gedanke machst. Dafür entschuldige ich mich bei dir. Dennoch hast du Liv mit deiner Reaktion vor den Kopf gestoßen.«

Ich seufzte. »Ja, ich weiß.«

»Ich verstehe deinen Schmerz. Und doch musst du akzeptieren, dass Liv zu unserer Familie gehört.« Edda nahm meine Hand. Sie fühlte sich vertraut und tröstlich an. »Eigentlich geht es hier doch gar nicht um Liv, sondern um deinen Vater. Das wissen wir beide.«

Ich presste die Lippen aufeinander und nickte. »Es tut immer noch so wahnsinnig weh. Ich will das alles nicht fühlen. Ich bin längst erwachsen und müsste darüber hinweg sein.«

»Nein. Das musst du nicht, und das kannst du auch nicht. Du hast die Trennung nie aufgearbeitet.«

»Das heißt, ich werde bis an mein Lebensende diese Wut auf ihn haben? Das will ich nicht.«

»Dann lass es.«

Ich schnaubte. »Und wie?«

Edda lächelte einfühlsam. »In dem man verzeiht, Alma. Was vergangen ist, ist vergangen. Blick nach vorn und lass los, was hinter dir liegt.«

»Ich weiß nicht, ob ich das so einfach kann. Er hat sich nicht mal gemeldet, als Mama gestorben ist. Das kann ich ihm nicht verzeihen. Wieso bist du nicht wütend auf ihn? Er ist dein Bruder und hat dich auch im Stich gelassen.«

»Dein Vater hat viel falsch gemacht, aber weißt du, Alma, er ist kein Monster. Deine Mutter hätte keinen Mann geheiratet, der schlecht ist. Und du hast ihn sehr geliebt, und das tust du noch immer. Trotz allem. Weil er nun mal dein Vater ist und du viele schöne Erinnerungen mit ihm gesammelt hast. Ich habe gelernt, dass es mir nur schadet, im Groll der Vergangenheit festzustecken. Dafür ist das Leben zu wertvoll. Ich habe damit abgeschlossen, nicht in einem Gespräch mit ihm oder einem Brief. Ich bin in meinen Gedanken zu ihm gegangen und habe ihm verziehen.« Sie drückte meine Hand. »Du musst heilen, Alma. Erst dann kannst du dich wieder ganz der Zukunft öffnen und mit der Vergangenheit abschließen. Du hast es verdient, glücklich zu sein.«

Ich schluckte und wandte den Blick von Edda ab. Es war leichter gesagt als getan, doch tief in mir wusste ich, dass Edda recht hatte und ich die Sache endlich hinter mir lassen musste.

22

Am Morgen wurde ich von dem Rauschen der Dusche geweckt. Das Bad lag gleich neben meinem Zimmer, daneben ein freier Raum, den Liv bezogen hatte. Als ich am vergangenen Abend hochgeschlichen war, hatte ich kurz mit mir gerungen, bei ihr zu klopfen und das Gespräch mit ihr zu suchen. Doch ich hatte gekniffen, weil ich die letzten aufwühlenden Stunden erst einmal hatte verarbeiten müssen.

Ich schmunzelte, als ich Liv durch die dünne Wand ein Lied summen hörte. Es stimmte mich ein wenig hoffnungsvoll, dass sie mir meine Reaktion vom Vortag nicht übel nahm.

Ich wartete, bis das Bad frei war, und lief kurze Zeit später angespannt die Treppe hinunter.

»Guten Morgen«, sagte ich, als ich zögerlich die Küche betrat.

Edda und Liv saßen bereits am Esstisch. Beide eine Tasse in den Händen, vor ihnen ein gedeckter Frühstückstisch.

Liv trug einen honigfarbenen Pullover, ihr Haar glänzte, und sie wirkte wie das blühende Leben. Doch ich erkannte auf den ersten Blick die Unsicherheit in ihren Augen. Die Holzdielen knarrten unter meinen Füßen, als ich auf beide zuging.

»Guten Morgen.« Edda lächelte mir zu. »Wie hast du geschlafen?«

»Ganz gut.« Hatte ich nicht. Und ich wusste, dass man mir die unruhige Nacht ansah. Unter meinen Augen lagen verräterische Schatten.

Ich setzte mich auf den Platz gegenüber von Liv, die mich schweigend beobachtete.

Während ich mir Kaffee eingoss, überlegte ich fieberhaft, was ich zu ihr sagen sollte.

Edda räusperte sich und durchbrach die unangenehme Stille. »Entschuldigt mich, ich muss kurz in den Garten.« Sie stand auf und ging durch die Terrassentür hinaus. Mir war klar, dass sie sich bewusst zurückzog. Das erhöhte meinen Druck noch mehr, die Sache von gestern irgendwie zu klären.

Liv sah Edda nach, dann landete ihr Blick wieder auf mir. Fragend. Erwartungsvoll.

»Liv ...« begann ich schließlich, »ich ... möchte mich wegen gestern bei dir entschuldigen. Das war total unhöflich von mir.«

Sie verzog keine Miene, während sich ihr Blick in meinen bohrte. »Ja, das war es.« Angesichts ihrer Ehrlichkeit wurde mir noch unbehaglicher zumute.

»Ich wusste nicht, dass du kommst. Ich war total überrumpelt. Es hatte nichts direkt mit dir zu tun.« Ich ärgerte mich über mein Gestammel. Die halbe Nacht hatte ich wach gelegen und mir zurechtgelegt, was ich zu ihr sagen könnte. Und jetzt brachte ich keinen glatten Satz heraus.

Livs ernste Miene löste sich auf, und ein Lächeln zupfte an ihren Lippen. »Schon gut. Ich kann es irgendwie verstehen.«

»Wirklich?«

»Ja, klar. Ich hatte auch Bammel vor unserem ersten Treffen.«

»Es ging nicht um dich, ich hoffe, das weißt du.«

Sie nickte. »Schwamm drüber, okay?«

Ich war überrascht über diese schnelle Wendung. Allem Anschein nach hatte ich ganz umsonst gegrübelt, denn für Liv schien die ganze Sache mit meiner Entschuldigung erledigt zu sein.

»Na dann starten wir noch einmal von vorne. Und dieses Mal falle ich nicht gleich mit der Tür ins Haus. Daran muss ich wohl arbeiten.« Mit einem Strahlen streckte sie mir die Hand entgegen. »Hej Alma. Ich bin Liv.«

Lächelnd ergriff ich ihre Hand. »Hej Liv.« Steine der Erleichterung fielen mir von den Schultern. Wir blickten uns an, und obwohl mich ihre Augen nach wie vor an meinen Vater erinnerten, fühlte ich mich auf seltsame Weise mit ihr verbunden. Vielleicht war es das Wissen, dass sie ebenfalls von ihrem leiblichen Vater im Stich gelassen worden war, vielleicht war es aber auch ihre lebensfrohe Art, die sie ausstrahlte und mit der sie mich in den Bann zog.

»Wie lange bleibst du denn?«

Livs Blick flog über die Einmachgläser und das selbstgebackene Brot, das vom Vorabend übrig geblieben war.

»Ein paar Wochen. Danach fahre ich nach Örebro und besuche meine Eltern.« Ihr Blick sprang kurz zu mir. »Meinen Stiefvater«, korrigierte sie schnell. »Nach der Sommersaison ist dieser Urlaub dringend nötig. Ich liebe meinen Job und die vielen verschiedenen Menschen und Sprachen. Aber wenn man wochenlang täglich Gruppen durch Stockholm geführt und immer dieselben Worte an denselben Orten gesagt hat, sehnt man sich nach einer Auszeit. Nora und Tante Edda sind mein Zufluchtsort geworden.«

»Das kann ich gut verstehen. Mir ging es immer ähnlich.«

»Und jetzt wohnst du hier.«

»Ich kann es selbst immer noch nicht glauben, aber ja, Nora ist meine neue Heimat.«

»Wow. Das ist ein großer Schritt. Du kommst doch auch aus

einer Großstadt, oder? Es ist schön hier, idyllisch und so. Aber für immer hier leben?« Sie verzog skeptisch den Mund. »Das wäre nichts für mich. Es ist so verdammt ruhig.«

Ich lachte und war gleichzeitig über die Vertrautheit verwundert, mit der Liv und ich uns unterhielten. Es fühlte sich weniger seltsam an, als ich befürchtet hatte, eigentlich gefiel es mir sogar, weil Liv so sorglos erschien. Als wäre das Verbundstück zwischen uns keine große Sache.

Sie griff nach einem der Einmachgläser und seufzte verzückt. »Eddas Marmelade. Wie sehr ich sie vermisst habe. Dafür würde ich vielleicht auch herziehen.« Sie lachte.

»Nur wegen meiner Marmelade?« Mit einem Lächeln kehrte Edda aus dem Garten zurück und stieg aus den Gummistiefeln, die, seit ich denken konnte, neben der Terrassentür standen. Die nasse Regenjacke hängte sie über einen Stuhl.

»Wegen dir natürlich auch. Deine Marmelade ist einfach die beste.«

»Bei deinem letzten Besuch habe ich dir drei Gläser mitgegeben. Sind sie schon wieder leer?«

Liv nahm sich eine Brotscheibe und bestrich sie fingerdick mit Butter, darauf verteilte sie eine ebenso dicke Schicht Himbeermarmelade. »Ich verstehe es auch nicht.« Sie biss in ihr Brot und stöhnte genüsslich. Ihr Blick traf auf meinen, was mir ein wenig peinlich war. Ich konnte nicht aufhören, sie anzustarren, während langsam eine Erkenntnis in mein Bewusstsein sickerte. Ich hatte eine Schwester. Es fühlte sich seltsam an. Eine Mischung aus Unglauben und Euphorie und einer Prise Angst, weil das alles so verwirrend neu war.

Liv kräuselte die Nase. »Lass mich raten, du kannst nicht fassen, dass wir uns gegenübersitzen?«

»Ja«, gab ich zurück. »Es fühlt sich unwirklich an.«

»Ich bin mir sicher, dass wir uns gut verstehen werden. Zwischen uns sind eindeutige positive Schwingungen.«

»Positive Schwingungen?«

Sie nickte mit vollem Mund. »Ich habe keine Sekunde daran gezweifelt, dass ich dich mögen würde. Meine Intuition täuscht mich selten. Trotzdem war ich aufgeregt, dich kennenzulernen.«

Ich schämte mich dafür, dass ich Liv derart negativ gegenübergetreten war, während sie aufgeschlossen und positiv an die Sache ranging. Doch es war noch nicht zu spät, um mich neu zu positionieren. Ich wollte es versuchen, für Liv, für Edda und für mich.

Der Arbeitstag verlief ohne besondere Ereignisse, und meine Gedanken schweiften während der Autofahrten mit Astrid immer wieder zu Liv und unserem Gespräch am Frühstückstisch ab. Als ich nachmittags zurückkehrte, saß Liv auf dem Sofa, die Beine über einer Lehne baumelnd und blätterte in einer Zeitschrift. Ich traute meinen Augen nicht, als ich Ben, meinen scheuen Kater, neben ihr entdeckte, der sich vertrauensvoll streicheln ließ. In dem Moment sah Liv zu mir auf und strahlte. »Hej Alma. Und, wie war dein Tag?«

»Gut.« Ich ging auf sie zu und blieb vor dem Sofa stehen. Ben schaute kurz zu mir auf, nur um sich dann wieder an Livs Bein zu schmiegen. »Ich fasse es nicht«, murmelte ich und grinste. »Wie hast du das geschafft?«

»Was denn?« Liv folgte meinem Blick auf Ben.

»Er ist normalerweise nicht gleich so zutraulich.«

»Nicht? Also wir haben uns auf Anhieb verstanden. Jerry lag bis eben auch hier. Ich glaube, er ist drüben beim Katzenklo.« Sie lächelte und strich über Bens Fell. »Du hast zwei ganz niedliche Kater.«

Sie setzte sich auf und legte die Zeitschrift auf den Tisch vor dem Sofa. »Und, was hast du jetzt noch vor?«

»Nichts Besonderes. Ich wollte noch ein wenig an einem Kurs arbeiten, den ich für das neue Jahr plane.«

Liv sah enttäuscht aus, auch wenn sie versuchte, es sich nicht anmerken zu lassen. »Ach so, schade. Ich wollte dich nämlich eigentlich fragen, ob du mit mir in die Stadt fahren willst. Aber vielleicht klappt es ein andermal.«

Innerlich schüttelte ich mich kräftig durch. Was war los mit mir? Ich hatte erst vor wenigen Stunden meine Halbschwester kennengelernt, die nett zu sein schien und offensichtlich Zeit mit mir verbringen wollte. Und ich gab ihr eine Abfuhr.

»Der Kurs kann warten. Ich würde gerne mitkommen.«

Sie schenkte mir ein Lächeln, das ich erwiderte.

Ich war aufgeregt, als ich auf der Beifahrerseite ihres Kleinwagens saß und Liv auf die Landstraße einbog.

Sie schien deutlich entspannter zu sein und stellte mir Fragen zu meinem Leben in Frankfurt. »Ich war noch nie in Deutschland. Aber eine ehemalige Studienkollegin von mir hat ein paar Jahre in Berlin als Tourguide gearbeitet. Sie meinte, dass die Deutschen ... etwas verkrampft sind.« Flüchtig sah sie zu mir. »Es gibt da so einen Spruch. Irgendwas mit Lachen im Keller, oder so?«

Unweigerlich musste ich schmunzeln. »Damit hat sie nicht ganz unrecht. Auch wenn es natürlich Unterschiede gibt, je nach dem, in welcher Region man lebt. Dafür sind Deutsche sehr offene Menschen und nicht so zurückhaltend wie die Schweden. Das habe ich damals nach meinem Umzug sehr zu spüren bekommen. In der Schule sind alle gleich auf mich zugegangen, während ich mich am liebsten eingeigelt hätte.«

»Du hast echt einiges mitgemacht, oder? Wenn ich mir vorstelle, ich hätte meine Heimat verlassen müssen...« Sie schüttelte den Kopf. »Ich bewundere dich dafür.«

Ich runzelte die Stirn, überrascht über ihre Aussage. »Du bewunderst mich?«

Sie nickte. »Ich weiß von Edda, wie schwer die letzten Jahre für dich waren. Aber du hast dich durchgebissen. Und jetzt bist du zurück und arbeitest wieder in deinem Traumjob. Ich finde das unheimlich stark.«

»Danke«, murmelte ich, überfordert von ihren Worten, die ich niemals von ihr erwartet hätte. Liv bewunderte mich? Das erfüllte mich zunächst mit Stolz, bis mir bewusstwurde, dass meine Halbschwester ein falsches Bild von mir hatte. Ich war nicht die toughe Frau, für die sie mich hielt. Im Gegenteil.

Im Stadtzentrum parkte Liv auf dem Parkplatz, und wir liefen an den bunten Fassaden der Holzhäuser vorbei. Die Temperatur war deutlich gesunken, nur noch Hartgesottene saßen jetzt noch vor den Cafés an den Tischen.

Liv und ich steuerten eine Konditorei an, die so klein war, dass der Platz nur für zwei Tische und die Ladentheke reichte. Hier bekam man neben Torten und süßem Gebäck auch belegte Brote mit Lachs oder Käse, die gern zur Mittagszeit gegessen wurden. Neben der nostalgischen Kasse war eine kleine Kaffeebar aufgebaut, an der man sich bedienen konnte.

Liv und ich bestellten beide ein Stück Mandeltorte und füllten zwei große Tassen mit schwarzem Kaffee, um uns damit an den Tisch am Fenster zu setzen.

»Ich weiß nicht, woran es liegt, aber der Kaffee in Nora schmeckt mit Abstand am besten«, stellte Liv nach ihrem ersten Schluck fest.
»Ist der Kaffee in Stockholm nicht gut?«
»Doch. Aber der hier schmeckt nach ... Ruhe und Gemütlichkeit.« Sie lachte. »Ich weiß, das klingt komisch.«
»Nein, finde ich nicht. Ich weiß genau, was du meinst. Für mich ist Nora genau das. Ruhig und gemütlich. Es wird einem erst richtig bewusst, wie entschleunigt das Leben hier ist, wenn man woanders gelebt hat.«
»Und du vermisst Frankfurt kein bisschen?«
»Nein. Ich glaube, dass die Großstadt nie mein Ding war.«
»Oh, meins schon. Ich liebe Stockholm. Den Trubel und die vielen Menschen. Es ist immer was los.«
»Hektik, Straßenlärm, volle Geschäfte.« Ich lachte. »Mir ist seit meinem Umzug nach Nora klargeworden, wie sehr ich die Ruhe und die Natur vermisst habe. Ich war so oft mit meiner Mutter hier, und es war jedes Mal so, als wären wir in einer anderen Welt.«
Sie musterte mich. »Edda hat mir ein bisschen von deiner Mama erzählt. Ihr standet euch sehr nahe, oder?«
»Ja«, antwortete ich schlicht. Wie jedes Mal, wenn es um sie ging, spürte ich ein sehnsüchtiges Ziehen in der Herzgegend.
»Sie fände es bestimmt toll, dass du wieder hier bist.«
»Das glaube ich auch.« Ich lächelte. »Und du? Wie ist dein Verhältnis zu deiner Mutter und deinem Stiefvater?«
»Gut. Sie wohnen in Örebro. Ich besuche sie, sooft ich kann.«
Liv schob mit der Kuchengabel ein paar Krümel auf ihrem Teller zusammen. Sie schielte zu mir auf und schluckte. »Zu ihm habe ich übrigens keinen Kontakt.«
Sie musste nicht aussprechen, um wen es ging. Ich erkannte

es an ihrem Blick, der sich verdunkelte, und der Enttäuschung in ihren Augen, die ich selbst so oft spürte. Mein Brustkorb verengte sich.

»Warum nicht?«, hörte ich mich fragen. Häufig hatte ich mich dabei erwischt, wie ich mir die Beziehung zwischen Liv und meinem Vater vorstellte. Ich hatte mich gefragt, ob Andrik sie regelmäßig sah, ob er ihr zum Geburtstag gratulierte, ihr Nachrichten schrieb, oder sie mit einem Spitznamen ansprach. Ich wusste nichts über ihre Beziehung, weil ich all die Jahre Livs Existenz und die meines Vaters verleugnet hatte. Und jetzt war der Tag gekommen, an dem sich die Lücke schloss, die mir stärker denn je bewusstwurde.

»Andrik kenne ich eigentlich nur von Fotos. Meine Mutter und er haben sich auf einer Fortbildung kennengelernt und begonnen, sich sporadisch zu treffen. Dann wurde sie ungeplant mit mir schwanger, und er war total panisch. Zu dem Zeitpunkt ist dann auch rausgekommen, dass er ein Doppelleben führt.« Sie machte eine Pause, um durchzuatmen. »Als ich vier war, hat Mama meinen Stiefvater kennengelernt. Mit ihm lebt sie nach wie vor zusammen. Für mich ist er mein Papa, und er betrachtet mich genauso als seine Tochter. Irgendwann hat meine Mutter Edda erwähnt, Andriks Schwester, von der er damals immer mal wieder gesprochen hatte. Ich war neugierig, habe sie ausfindig gemacht, und tja ... jetzt komme ich jedes Jahr her.«

Ich versuchte, alles, was Liv mir gerade erzählt hatte, zu sortieren, mit dem abzugleichen, was derweil in meinem Leben geschehen war. Ich wusste nicht, wie ich mich fühlen sollte. Ich hatte Mitleid mit Liv, weil sie ein ähnliches Päckchen zu tragen hatte wie ich und ihren — unseren — leiblichen Vater nicht einmal kennengelernt hatte. Ich freute mich für sie, dass sie in Edda zumindest eine liebevolle Tante gefunden hatte. Aber ich war auch unendlich wütend auf den Mann, der zwei Frauen hintergangen und mit ihren Kindern sitzen gelassen hatte.

»Er sollte sich dafür schämen«, brachte ich hervor und schüttelte den Kopf. »Irgendwann wird er es bereuen.«

»Ja, wahrscheinlich.« Sie schnaufte. »Aber sieh mal, wohin uns das ganze Schlamassel geführt hat. Ich bin froh, dass wir uns gefunden haben. Du glaubst nicht, wie oft ich mir eine Schwester oder einen Bruder gewünscht habe.«

Ich ließ mich von ihrem Lächeln anstecken und stellte mir vor, wie es gewesen wäre, mit Liv aufzuwachsen. Sie war so anders als ich. Quirlig, impulsiv und voller Energie. Aber ich hatte heute auch hinter ihre fröhliche Fassade geblickt und ihre nachdenkliche, grüblerische Seite kennengelernt.

»Lebst du eigentlich alleine in Stockholm?«, fragte ich irgendwann.

»Gott, nein. Alleine zu leben, das wäre nichts für mich. Viel zu langweilig. Ich habe zwei Mitbewohnerinnen. Sie studieren noch und sind eine ganze Ecke jünger als ich, aber das macht nichts.«

Livs Blick ging an mir vorbei zur Glasfront, vor der wir saßen. Sie schmunzelte.

»Kennst du den Kleinen?«

Ich blickte neben mich und lachte laut, als ich Fynn erkannte, der seine Nase gegen die Scheibe drückte.

»Das ist Fynn. Der Sohn einer Schwangeren, die ich betreue.« Ich winkte Fynn zu, der davonrannte und einen feuchten Abdruck auf der Scheibe hinterließ.

Kurz darauf schwang die Tür auf, und er kam ins Café gestürmt. »Alma«, begrüßte er mich stürmisch. Kurz lugte er zu Liv, beachtete sie aber nicht weiter.

»Hej Fynn. Na, mit wem bist du denn unterwegs? Mit deiner Mama?«

Der Kleine schüttelte den Kopf. »Mit Cai. Mama muss arbeiten.«

In dem Moment betrat Cai die Konditorei und blickte sich suchend um.

»Hier ist er«, rief ich ihm zu und deutete auf Fynn.

Cai schnaubte erleichtert und kam zu unserem Tisch.

»Du kannst nicht einfach weglaufen, Kumpel«, brummte er und zupfte an Fynns strohblondem Haar.

»Aber ich habe Alma gesehen und wollte zu ihr.«

Cai nickte mir zu und lächelte leicht. »Hej Alma.« Sein Blick sprang zu Liv, die ihn mit sichtlichem Interesse musterte. Cai war ein hübscher Kerl, der auffiel, wenn er einen Raum betrat. Nur an seiner Höflichkeit haperte es, wie er mal wieder unter Beweis stellte, als er Livs offenes Lächeln gnadenlos an sich abprallen ließ.

»Das ist meine Halbschwester Liv. Liv, das ist Cai. Ihm gehört der Outdoorladen in Nora und der Elchpark.«

»Der Elchpark? Wow. Da war ich als Kind ein paarmal.«

»Hm«, brummte er nur, was Liv sichtlich irritierte. »Wir müssen dann mal los. Elsa wartet schon auf uns.«

»Wir waren Eis essen, weil Mama noch arbeiten muss«, erklärte Fynn. »Und am Wochenende nimmt mich Cai mit zu Zwergnase.«

»Zwergnase?«, fragte Liv.

»Ein Baby-Elch«, erklärte ich. »Fynn hat ihn Zwergnase getauft.«

»So, los Kumpel.« Cai nahm Fynns Hand und versuchte, ihn sanft zum Gehen zu bewegen, aber der Kleine ließ sich nicht beirren und redete weiter.

»Bald habe ich Geburtstag. Dann werde ich schon sechs.«

»Wow, das wusste ich gar nicht«, sagte ich. »Feierst du eine Party?«

»Na klar. Mit meinen Freunden. Du kannst auch kommen, wenn du willst.«

»Du lädst mich zu deiner Geburtstagsfeier ein?«

Fynn nickte. »Cai kommt auch. Aber du musst ein Geschenk mitbringen.«

Ich lachte. »Das bekomme ich hin. Ich freue mich darauf.«

Wieder zog Cai an Fynns Hand. Seine Mundwinkel zuckten leicht. »Okay, Fynn, jetzt müssen wir aber wirklich los.«

»Na gut«, gab er gelangweilt zurück. Sein Blick klebte an dem Keks, der auf meiner Untertasse lag.

Schmunzelnd nahm ich ihn in die Hand und reichte ihn Fynn.

Sofort stopfte er ihn sich in den Mund und nuschelte ein: »Danke, Alma.«

»Dann grüßt Elsa von mir«, verabschiedete ich mich von den beiden.

Liv sah ihnen durch die Fensterscheibe nach. Auf ihrer Stirn hatte sich eine Falte gebildet.

»Was war das denn für ein unhöflicher Kerl?«

»Fynn?«, fragte ich amüsiert, weil ich natürlich wusste, auf wen sie anspielte.

»Dieser Cai. Der hat kaum die Zähne auseinanderbekommen. Da bringt sein gutes Aussehen auch nichts.«

»Ja, er ist ... speziell. Aber laut Liam hat er ein gutes Herz.«

»Liam?« Liv griff nach ihrem Löffel und rührte in der Tasse herum, in die sie kurz zuvor Unmengen an Zucker gekippt hatte.

Meine Wangen wurden warm, als ich nickte. »Liam ist der Bruder von Elsa, Fynns Mutter. Ich habe ihn bei den Hausbesuchen kennengelernt.«

»Also seid ihr zusammen?«

»Wir sind kein Paar. Es ist alles noch sehr frisch.«
»Du wirkst auf jeden Fall ganz schön verknallt.«
Ihre Worte trieben noch mehr Hitze in meine Wangen.

Liv grinste, woraufhin ich mich hinter meiner bauchigen Tasse versteckte. Wenn meine Halbschwester eines war, dann sehr ehrlich.

»Das ist süß.« Sie seufzte und drehte wieder den Löffel in der Tasse.

»Was ist mit dir? Hast du jemanden in Stockholm?«

Livs Lächeln verblasste. Sie schluckte und wirkte plötzlich unbehaglich. »Nein. Also. Nicht mehr. Ich habe mich getrennt.«

»Das tut mir leid.«

»Nein, das muss es nicht. Mir geht es ohne ihn gut.« Sie klang nervös — es war eindeutig nicht Livs Lieblingsthema.

Deshalb bohrte ich nicht weiter nach und wechselte das Thema zu etwas Unverfänglicherem.

Die nächste Stunde plauderten wir miteinander, als hätten wir nie etwas anderes getan. Ich fühlte mich wohl mit Liv, und obwohl ich noch vor Stunden davon überzeugt gewesen war, dass ich meine Halbschwester nicht kennenlernen wollte, war ich Edda jetzt dankbar dafür, dass sie mich ins kalte Wasser geworfen hatte.

23

Die nächsten Tage vergingen rasend schnell. Nach Feierabend brütete ich über dem Laptop und feilte an dem Kurs. Die tägliche Fika mit Edda und Liv hatte sich zu einer festen Routine entwickelt, ebenso wie die Spaziergänge und das gemeinsame Kochen am Abend. Dabei zog sich Edda meistens jedoch irgendwann zurück und gab vor, etwas Wichtiges zu tun zu haben. Ich ahnte, dass sie Liv und mir Zeit zu zweit geben wollte und uns deshalb allein ließ. Sie sprach es nie aus, aber ich erkannte an ihrem Lächeln, wie froh sie darüber war, dass Liv und ich uns gut verstanden.

»Hej«, begrüßte mich Liam am Samstagabend.

»Hej.« Den gesamten Tag hatte ich mich auf seinen Anruf gefreut und mich nach dem Abendessen eilig von Liv und meiner Tante verabschiedet, um mich in mein Zimmer zurückzuziehen. Übermorgen war es endlich so weit, und Liam würde zurück nach Nora kommen. Die letzten Tage waren mir wie Wochen vorgekommen, und ich konnte es kaum erwarten, ihn wiederzusehen.

»Wie geht es dir?«, fragte er. Es tat gut, seine Stimme zu hören, auch wenn er erschöpft klang.

»Gut. Und dir?«

»Auch gut. So einigermaßen zumindest.« Er unterdrückte ein

Gähnen. »Wir waren bis eben bei Arvids Eltern. Sie haben mich zum Essen eingeladen, und wir haben viel über Arvid geredet.«

»Morgen ist sein Todestag, oder?«

»Ja«, antwortete er gedrückt. Ich hörte eine Bettdecke rascheln und stellte mir vor, wie er auf dem Schlafsofa von Arvids Bruder lag. »Ich bin ehrlich gesagt froh, wenn der Tag morgen vorbei ist. Es tut gut, hier zu sein und irgendwie auch nicht. Seine Eltern heute weinen zu sehen, hat mir den Rest gegeben.«

Schweigen legte sich in die Leitung, denn ich wusste nicht, was ich erwidern sollte. Die Leichtigkeit, mit der wir uns in den vergangenen Tagen ausgetauscht hatten, war einer Schwere gewichen, die kaum auszuhalten war. Das Thema war belastend, nicht nur, weil Liam diesen schrecklichen Verlust erlitten hatte, sondern weil es mich jedes Mal unweigerlich an das erinnerte, was ich Liam verschwieg.

»Lass uns lieber über was anderes reden, okay? Ich brauche ein bisschen Ablenkung«, sagte er schließlich zu meiner Erleichterung. Was hast du morgen geplant?«

»Ich gehe mit Liv zu einem Loppis.«

»Sehr schwedisch«, sagte Liam, und ich hörte das Lächeln in seiner Stimme.

»Valentina und Per verkaufen alten Hausrat in der Scheune. Sie hat uns eingeladen.«

»Uns?«

»Liv und mich.«

»Ihr versteht euch richtig gut, oder?« Ich hatte am Tag nach Livs Ankunft Liam ausführlich von ihrem Auftauchen und meiner Überreaktion erzählt. Er hatte gelacht, als ich ihm von der fluchtartigen Autofahrt, dem umgestürzten Baum und Cai berichtet hatte, der mich nach meiner seltsamen Reaktion wahrscheinlich für eine Irre hielt.

»Manchmal kann ich es immer noch nicht fassen, dass sie meine Halbschwester ist. Wir tasten uns noch aneinander heran, aber ich habe es mir ... schwieriger vorgestellt.«

»Sie bleibt zum Glück noch ein paar Wochen, und ihr könnt euch noch besser kennenlernen« sagte Liam. »Ich freue mich für dich, Alma.«

»Wenn du willst, lernst du sie bald kennen. Wir könnten im Smaskigt etwas trinken gehen.«

»Unbedingt. Aber zuerst möchte ich dich ganz für mich alleine. Es steht noch ein Date aus, oder hast du das vergessen?«

»Wie könnte ich das vergessen? Ich freue mich schon die ganze Woche auf das leckere Popcorn.«

Liam lachte, und ich versuchte, aus ihm herauszubekommen, in welches Kino er mich einladen wollte. Irgendwann gab ich auf, weil er sich als ein harter Brocken in Sachen Überraschungen entpuppte. Ich schlug vor, dass wir vor dem Kinoabend noch etwas zusammen essen könnten und ich gerne das versprochene Pytt i Panna für ihn kochen würde.

Als unsere Zungen vom Reden schwer wurden, verabschiedeten wir uns voneinander. Liams sanftes »Träum was Schönes, Alma« hallte noch lange in meinen Ohren nach, während ich in einen tiefen Schlaf glitt.

Der Hof von Valentinas Freund Per war weitläufig mit großen Scheunen und angrenzenden Kartoffelfeldern, die zu dieser Jahreszeit noch in voller Blüte standen und bald geerntet würden. Das war laut Valentina die Hochsaison, in der Per viel zu tun haben würde.

Sie hatte mir auf unseren Fahrten einiges über seinen Hof

und die Arbeit, die dieser mit sich brachte, berichtet, und wie wenig sie sich selbst mit dem Anbau von Kartoffeln auskannte. Durch Zufall war herausgekommen, dass Cai die Kartoffeln für die Elche bei ihm kaufte und Per dadurch gut kannte — was in einer Kleinstadt wie Nora keine große Überraschung war. Hier kannte man sich und profitierte voneinander.

»Ich liebe Loppisar«, sagte Liv und beobachtete ein Paar, das einen alten Lampenschirm zu ihrem Auto trug. »Das ist zum Beispiel etwas, das ich in Stockholm vermisse. Da gibt es nur ein paar Antiquitätenläden. Gibt es so was in Deutschland?«

»Es gibt Flohmärkte auf öffentlichen Plätzen, wo jeder etwas verkaufen kann. Natürlich alles offiziell angemeldet. Wie sich das in Deutschland gehört.« Ich zwinkerte ihr zu. »Aber solche Scheunenverkäufe gibt es, glaube ich, nur in Schweden.«

Einige Gänse und Hühner wuselten vor dem Wohnhaus herum und störten sich wenig an den vielen Menschen, die in der Scheune ein und aus gingen. Liv zuckte zusammen, als ein Huhn an ihr vorbeilief und aufgeregt mit den Flügeln schlug.

»Alles okay?« Ich musterte sie schmunzelnd.

»Ich bin kein Fan von Hühnern«, gab sie zu. Erst jetzt bemerkte ich ihren beunruhigten Blick, mit dem sie die Hühner im Auge behielt.

»Du hast Angst vor Hühnern?«

»Wusstest du, dass Vögel die Nachkommen von Dinosauriern sind?«, überging sie meine Frage.

»Was?« Ich lachte. »Das habe ich noch nie gehört.«

»Aber es stimmt. Hühner sind genetisch mit dem Tyrannosaurus Rex verwandt. Sieh dir ihre Füße an.« Sie schluckte, als sie auf ein Huhn in unserer Nähe deutete. »Ich mag dieses Geflatter nicht. Das gilt übrigens für alle Vögel.« Sie blickte zu mir, und ich verkniff mir das Grinsen. »Jaja, lach ruhig. Ich finde es ja selbst albern, dass ich Panik vor ihnen habe.«

Mein amüsiertes Lächeln verlor sich, als mir etwas bewusst wurde. »Nein, das ist nicht albern. Entschuldige, dass ich gelacht habe. Eine Phobie sollte man immer ernst nehmen.«

»Eine Phobie würde ich es jetzt auch wieder nicht nennen, glaube ich.« Sie musterte mich. »Hast du eine?«

»Ich bin nicht gern in Krankenhäusern«, murmelte ich, während meine Gedanken abdrifteten.

»Echt? Wie kommt das denn? Du hast doch sogar in einem gearbeitet.« Noch während sie sprach, schien ihr etwas klarzuwerden. »Oh, verstehe. Wegen deiner Mutter?«

Ich schluckte und schwieg, was Liv offensichtlich als Zustimmung deutete. Sie ließ das Thema zum Glück wieder fallen, als wir die Scheune erreichten und durch die offenen Flügeltüren eintraten. Zahlreiche Tische reihten sich aneinander. Darauf wurden Kerzenleuchter, Vasen, Porzellangeschirr, Kisten mit alten Büchern und ausrangierten Elektrogeräten zum Verkauf angeboten. Am Eingang war ein Stehtisch platziert worden, darauf eine Kasse, in der das Geld für die Käufe hineingeworfen wurde, ohne dass es jemand kontrollierte. Hier auf dem Land vertraute man sich.

Liv und ich schlenderten durch die Reihen und besahen die alten Schätze aus gerahmten Bildern, kleinen Figuren und abgenutztem Kinderspielzeug, das mit Sicherheit mal Per gehört hatte. Am Wochenende einen Loppis zu besuchen, galt als netter Zeitvertreib, dem die Schweden gern nachgingen. Meistens machten die Verkäufer mit Schildern an der Landstraße auf einen Scheunenflohmarkt wie diesen aufmerksam, manchmal wurde sogar aus dem Kofferraum heraus verkauft. Da die Schweden sehr bescheiden waren und nichts von der Wegwerfgesellschaft und übermäßigem Konsum hielten, waren diese Flohmärkte wahre Fundgruben für charaktervolle Lieblingsstücke, denen man oft durch einen neuen Anstrich oder eine Reparatur ein zweites Leben schenkte. Mir gefiel diese Einstellung. Auf Loppisar kamen alle Gesellschaftsschichten zusammen. Denn selbst wenn man in Schweden als reich galt, zeigte man es nicht in seinem Äußeren. Menschen, die sich aufgrund ihres Vermögens oder des Berufs für etwas Besseres hielten, waren hier ebenso verpönt wie Gäste, die sich vor Betreten des Hauses nicht die Schuhe auszogen.

»Alma!« In einem langärmeligen Strickkleid und mit offenem Haar lief Valentina auf uns zu.

»Hej Valentina«, begrüßte ich meine Kollegin, die zwischen den Besuchern wie die Sonne erstrahlte. »Schön, dass ihr hier seid.« Sie wandte sich an Liv. »Und schön, dass wir uns mal kennenlernen. Ich habe dich ein paarmal gesehen, als ich in der Praxis war, aber nie Zeit gehabt, mich vorzustellen.«

»Freut mich auch.« Liv lächelte und blickte sich um. »Ein toller Loppis.«

»Danke. Es war ganz schön viel Arbeit, alles aufzustellen. Ich hatte totale Panik, dass niemand kommt. Aber Per hat nur gelacht und gemeint, dass ein Loppis immer gut besucht wird.«

»Das ist ihr Freund«, erklärte ich Liv.

»Wir können ihm hallo sagen, wenn ihr wollt. Er kümmert sich draußen um die Kartoffelwaffeln.«

»Kartoffelwaffeln? Ist das nicht etwas Norwegisches?«

»Pers Mutter ist Norwegerin«, erklärte Valentina. »Sie hat auch den Teig zubereitet. Sie und Pers Papa sind bei Nachbarn. Ihnen fällt es schwer, sich von den alten Dingen zu trennen. Obwohl das meiste nur ungenutzt herumstand. Per und ich wollen die obere Etage des Hauses ausbauen und unsere Wohnung renovieren. Ich wohne jetzt seit einem Jahr bei ihm und habe Lust auf ein bisschen Frische.«

»Das kann ich gut verstehen«, sagte ich. »Es ist jetzt auch dein Zuhause.«

»Auch wenn es sich immer noch komisch anfühlt.« Sie seufzte und strich über ihr weiches Strickkleid. »Kommt, wir holen euch eine Waffel.«

Liv und ich folgten Valentina durch die Scheune nach draußen. Nach einem kurzen Smalltalk mit Per aßen wir an einem Tisch unter einem Birnbaum unsere Waffeln. Sie schmeckten himmlisch und erinnerten mich ein wenig an die deutschen Reibekuchen.

»Hm, die sind gut«, befand Liv mit vollem Mund. Sie erstarrte, als zwei Hühner auf uns zuliefen und auf dem Boden nach heruntergefallenen Krümeln pickten.

Valentina warf Liv einen verwunderten Blick zu.

»Ich mag keine Hühner«, erkläre Liv und atmete durch, als das Huhn weiterlief. »Ich bin nicht für das Landleben gemacht.«

»Ja, das dachte ich auch immer. Und jetzt seht mich an.« Valentina lachte und machte eine Handbewegung, die den Hof einschloss. »Das ist seit einem Jahr mein Leben.«

»Du hast auch in Stockholm gelebt, oder?«, fragte Liv.

»Ja. Und zwar mittendrin.« Sie lachte auf, was ein wenig wehmütig klang.

»Vermisst du die Stadt nicht?«

»Doch, sehr sogar. Aber Per und ich wollten keine Fernbeziehung führen, und da er hier den Hof mit seinen Eltern führt, blieb mir keine Wahl.«

»Das würde ich niemals für einen Mann machen«, schoss es unwirsch aus Liv heraus. Dann schluckte sie. »Entschuldige«, murmelte sie. »So meinte ich das nicht.«

Valentina nahm es zum Glück gelassen. Sie lachte nur und schüttelte den Kopf. »Schon gut. Bevor ich Per kennengelernt habe, hätte ich wohl ähnlich reagiert, wenn mir jemand diese Story erzählt hätte. Per hat mich zu keinem Zeitpunkt unter Druck gesetzt. Es war meine Entscheidung herzuziehen. Meine Voraussetzung für den Umzug war nur, dass ich einen Job finde, der mir Spaß macht, und den habe ich zum Glück gefunden. Ich habe mein neues Leben hier wirklich lieben gelernt.«

Wir unterhielten uns noch eine Weile, bevor Valentina verkündete, dass sie in der Scheune nach dem Rechten sehen wollte.

Liv und ich blieben unter dem Baum sitzen und genossen die schwachen Sonnenstrahlen, die sich seit Herbstbeginn deutlich weniger zeigten und nur ab und zu durch die Wolkendecke brachen.

Danach schlenderten wir noch einmal an den Verkaufstischen vorbei. Valentina hatte zwischenzeitlich den Waffelstand übernommen und alle Hände voll zu tun. Kurzerhand entschlossen Liv und ich uns, ihr unter die Arme zu greifen. Während Liv Kaffee ausschenkte, backten Valentina und ich in altertümlichen Eisen Waffeln in Herzform.

Plötzlich stieß Valentina einen Schrei aus, der uns und die umstehenden Besucher zusammenschrecken ließ. Ich sah noch, wie Valentina ihren Finger unter dem schweren Eisendeckel des Waffeleisens herauszog. Sie stieß Flüche aus, und ihr Gesicht wurde puterrot.

»Valentina!«, rief Per, der sofort angerannt kam.

Ich hielt sie an den Schultern, während sie geschockt auf ihren Finger starrte. Binnen Sekunden wechselte das Rot in ihrem Gesicht zu einem ungesunden Grau. »Ich glaube, mir wird schlecht.«

Per begutachtete den Finger, der schrecklich rot aussah und

sich an der Fingerkuppe blau verfärbte. »Der könnte gebrochen sein«, sagte Per. Mit schnellen Schritten bugsierte er seine Freundin zur Bank unter dem Baum. »Ich hole Eiswürfel zum Kühlen. Dann fahren wir los.«

»Nein, du musst hierbleiben«, stammelte Valentina. »Die ganzen Leute ...«

»Das spielt jetzt keine Rolle.«

»Wir können sie ins Krankenhaus fahren«, schlug ich schnell vor. »Dann kannst du hier die Stellung halten.«

Valentina nickte. Sie bemühte sich, tapfer zu sein und vermied es, auf ihren angeschwollenen Finger zu sehen.

»Wirklich?« Per schien skeptisch zu sein. Doch Valentina überzeugte ihn. »Wir können jetzt nicht beide hier weg. Und es ist ja nur ... ein Finger.«

Per stimmte, wenn auch widerwillig, zu und brachte Valentina mit einem Beutel Eiswürfel und ihrer Handtasche zu meinem Auto.

Liv setzte sich zu ihr auf die Rückbank und hielt den Eisbeutel an ihren Finger, während ich auf schnellstem Weg nach Örebro fuhr. Ich verdrängte das ungute Gefühl in meinem Magen, das sich bei dem Gedanken, ein Krankenhaus zu betreten, in mir ausbreitete. Ich wusste, dass es ein surreales Gefühl war, das mich in seine Krallen nehmen wollte. Ich wusste auch, dass dieses Krankenhaus nichts mit dem Klinikum in Frankfurt zu tun hatte. Und dennoch verspürte ich beim Betreten des Empfangsbereiches, eine unbändige Übelkeit in mir aufsteigen. Es wurde noch schlimmer, als wir in die Notaufnahme geschickt wurden und mir auf dem Flur der typische Krankenhausgeruch von Desinfektionsmittel in die Nase stieg.

»Ist alles ok?«, flüsterte mir Liv zu.

»Ja, wieso?«

»Weil wir in einem Krankenhaus sind. Wegen deiner Phobie, meine ich.« Sie warf einen schnellen Blick zu Valentina, die abwesend auf ihren Finger starrte. »Willst du lieber draußen warten?«

»Es geht schon«, versicherte ich und bemühte mich um eine gefasste Miene.

»Okay. Wir müssen in die zweite Ebene«, sagte sie und drückte im Aufzug auf den entsprechenden Knopf.

Mein Blick flog durch den beengten Raum, und ich war froh, als der Fahrstuhl wieder zum Stehen kam und sich die Tür öffnete. Mein Körper gefror, als ich eine Schwangere erblickte, die einige Meter von uns entfernt mit ihrem Mann vor der Tür zum Kreißsaal stand. Er hielt ihre Hand, während sie sich sichtlich auf ihre Atmung konzentrieren musste.

»Der Kreißsaal? Das stimmt doch nicht. Wir müssen noch eine Etage nach oben«, hörte ich Liv sagen. Sie klang weit weg, und ihre Stimme wurde von dem Rauschen in meinen Ohren übertönt.

Als sich die Fahrstuhltür wieder schloss, bekam ich noch mit, wie sich die Tür zum Kreißsaal öffnete und eine Hebamme die beiden hereinließ. Während sich der Aufzug wieder in Bewegung setzte, sah ich mich selbst, wie ich vor drei Jahren die Tür des Kreißsaals geöffnet hatte, wie ich Anna und Phillip hereinbat. Sie waren aufgeregt und voller Vorfreude gewesen, dass sie schon bald ihr Baby in den Armen halten würden. Alles hatte so harmlos begonnen.

»Alma?« Liv berührte meinen Arm, aber ich war außerstande, mich zu bewegen. »Wir müssen aussteigen.«

Mechanisch setzte ich mich in Bewegung. Meine Knie fühlten sich seltsam weich an, und meine Fingerspitzen begannen zu kribbeln. Nur am Rande nahm ich wahr, wie Liv Valentina zur

Notaufnahme bugsierte und sie kurz darauf durch eine Tür verschwand. Mein Atem kam stoßweise, mein Herz schlug viel zu hart und schnell gegen meinen Brustkorb. Ich hatte das Gefühl, unter Wasser gedrückt zu werden und keine Luft zu bekommen. Tränen traten mir in die Augen, und ich spürte mit jeder Sekunde, wie ich die Kontrolle über mich selbst verlor.

»Alma.« Liv war wieder zu mir zurückgekehrt. Offensichtlich war ich auf halber Strecke stehen geblieben.

»Ganz ruhig, okay? Du musst atmen.«

Ich spürte, wie sie mich an den Armen packte und durch den Gang schob, bis zu einem Stuhl, auf den ich mich fallen ließ. »Konzentrier dich. Wir zählen jetzt gemeinsam. Ich fange an. Eins.« Sie suchte meinen Blick, den ich kaum auf ihr halten konnte. Mein Brustkorb zog sich immer weiter zusammen, und das Engegefühl verstärkte die Panik. Es war, als würden sich die weißen Wände auf mich zubewegen.

»Alma, zähl weiter. Eins.«

»Zwei«, brachte ich hervor.

»Drei«, sagte Liv und forderte mich erneut zum Weiterzählen auf.

Ich nahm wahr, dass jemand mit einem weißen Kittel und einer besorgten Stimme bei uns stehen blieb. Liv sagte etwas, das ich nicht verstand. Kurz darauf war die Person wieder verschwunden.

Nachdem ich bis zehn gezählt hatte, beruhigte sich meine Atmung endlich. Die Enge löste sich auf, und ich war wieder imstande, mich zu bewegen. Ich blickte zu Liv, die mich besorgt ansah.

»Besser?«

Ich nickte und wich ihrer Musterung aus. »Entschuldige, das war ...« Ich stockte, weil ich nicht wusste, wie ich das, was gerade geschehen war, erklären sollte. Ich kannte dieses Gefühl, auch wenn das letzte Mal Jahre zurücklag. Nur damals hatte mir niemand herausgeholfen, weil ich mich in einem Abstellraum verbarrikadiert und mir eingestanden hatte, dass ich nicht länger in einem Krankenhaus arbeiten konnte.

»Du hattest eine Panikattacke, Alma.« Liv sah mich eindringlich an. Fragend, sorgenvoll. »Ich hatte mal einen Touristen, dem das passiert ist. Danach habe ich mir ein wenig darüber angelesen, damit ich besser vorbereitet bin. Ich war damals keine große Hilfe.«

»Diesmal warst du es.« Ich versuchte, ihr ein Lächeln zu schenken, aber es fühlte sich wie eine Grimasse an.

»Passiert dir das öfter?«, fragte sie zögerlich.

»Nein. Das war erst das zweite Mal. Das andere Mal ist schon ein paar Jahre her.«

Einen Moment lang schien sie über meine Antwort nachzudenken. »Es liegt am Krankenhaus, oder?«

Wieder schwieg ich und senkte den Blick, was Liv als Zustimmung deutete.

»Möchtest du lieber draußen warten?«, schlug sie vor. »Ich glaube, es gibt einen kleinen Park auf dem Gelände. Da können wir ein bisschen spazieren gehen, bis Valentina fertig ist.«

Meine Beine fühlten sich immer noch wacklig an, als wir durch das Treppenhaus nach unten liefen und durch eine Hintertür in den angelegten kleinen Park gelangten. Zwischen Buchsbäumen, Bänken und einem Springbrunnen, hielten sich einige Patienten auf, die man schnell an ihren Hausschuhen und den blassen Gesichtern erkannte.

»Kannst du mir einen Gefallen tun?«, fragte ich Liv schließlich. »Sag Valentina bitte nichts davon. Sie soll sich nicht unnötig aufregen nach dem Schreck.«

»Okay.«

»Und ... Edda soll auch nichts erfahren.«

Liv beäugte mich skeptisch. »Vielleicht würde es dir guttun, mit ihr darüber zu sprechen.«

»Nein«, gab ich sofort zurück. »Du kennst sie doch. Sie würde sich nur unnötige Sorgen machen. Es wäre mir lieber, wenn das unter uns bleibt. Okay? Mir geht es wirklich gut, Liv. Das eben war ... eine Ausnahme. Ich habe alles im Griff.«

Sie musterte mich noch einen Augenblick abwägend, bevor sie nickte. »Okay, wie du meinst. Von mir erfährt es niemand.«

24

»Ihr könnt wirklich gerne mitessen«, versicherte ich. »Es ist genug für alle da.«

»Um euer Date zu crashen? Nein, nein.« Liv lachte auf. Sie schlüpfte in ihren Mantel und tauschte einen Blick mit Edda. Sie hatte Wort gehalten und nichts von meiner gestrigen Panikattacke im Krankenhaus erzählt. Valentinas Finger war zum Glück nicht gebrochen. In der Notaufnahme hatten sie eine Quetschung festgestellt und Valentina Schmerzmittel verabreicht. Es würde zwei Wochen dauern, bis das Hämatom an der Fingerkuppe abgeheilt war. Bis dahin würde sie den Finger schonen und zu Hause bleiben müssen, weshalb Edda, Astrid und ich kurzfristig den Plan umgeworfen hatten, um ihre Hausbesuche aufzufangen. Daher war ich heute allein zu den Familien gefahren und erst am frühen Abend zurückgekehrt. Eigentlich war ich todmüde, aber es kam nicht in Frage, die Verabredung mit Liam abzusagen. Ich freute mich seit einer Woche auf ihn und spürte schon den gesamten Tag ein aufgeregtes Ziehen in der Magengegend. Während des Kochens war wie von Zauberhand neue Energie in mir aufgeflammt, so dass ich in Windeseile die typische schwedische Hausmannskost zubereitet hatte. Im Haus duftete es nach geschmorten Zwiebeln und geräuchertem Tofu, den ich scharf angebraten und als Speckersatz für das Pytt i Panna genutzt hatte.

»Edda und ich machen uns einen netten Abend in der Stadt. Und Liam und du könnt machen, wonach auch immer euch ist.« Liv zwinkerte.

»Wir sind nur zum Essen hier«, betonte ich peinlich berührt. »Danach will Liam mit mir ins Kino gehen.«

»Hier gibt es ein Kino?«, fragte Liv irritiert.

Ich zuckte mit den Schultern. »Ich weiß es nicht. Es ist irgendein Geheimtipp.«

»Ich kann mir schon denken, was er meint.« Edda schmunzelte. »Falls du Decken brauchst — im Wohnzimmer in der großen Holzkiste findest du welche.«

»Decken?« Aber meine Frage traf ins Leere, weil Edda und Liv mir bereits den Rücken zugekehrt hatten und mir einen schönen Abend wünschten.

»Danke, euch auch«, murmelte ich. Ich schloss die Haustür und schaute auf die Uhr. Halb acht. Das Essen köchelte auf dem Herd, der Tisch war gedeckt. Ich hatte also noch Zeit, um zu duschen und mich umzuziehen.

Um Punkt acht Uhr klingelte es an der Tür.

In Jeans und einer blauen Bluse lief ich eilig die Treppe hinunter. Mit angehaltenem Atem öffnete ich die Tür. Mein Herz machte einen triumphierenden Hüpfer, als ich in Liams Gesicht blickte.

Er trug eine dicke karierte Jacke, die am Kragen mit einem flauschigen Teddystoff besetzt war, sein Haar fiel ihm wellig in die Stirn.

»Hej«, sagte ich und strahlte über das ganze Gesicht.

Liams Lächeln war mindestens so breit wie meins, als er auf mich zutrat und mich kurzerhand an sich zog. Wir küssten uns ungestüm und sehnsüchtig, als hätten wir Jahre darauf gewartet.

»Das war niemals nur eine Woche. Du darfst nie wieder irgendwohin fahren«, murmelte ich in einer Atempause.

Liam lachte lautlos und drückte mir einen letzten sanften Kuss auf die Lippen, bevor er sich von mir löste. »Oder du musst beim nächsten Mal mitkommen.« Seine Hand strich über meine Taille.

Nachdem er seine Jacke ausgezogen hatte, führte ich Liam durch den Flur in die Küche.

»Es riecht schon mal lecker.«

»Ich schneide schnell noch das Brot auf«, sagte ich und deutete zum Esstisch. »Du kannst dich schon setzen, wenn du möchtest.«

»Darf ich mich so lange umsehen?«

»Ja, natürlich.«

Die Schmetterlinge in meinem Bauch schlugen wild mit den Flügeln, während ich das Brot in Scheiben schnitt und Liam mit meinem Blick folgte. »Wo sind Ben und Jerry?«

»Wahrscheinlich haben sie sich irgendwo versteckt. Fremden gegenüber sind sie sehr misstrauisch.« Ich schmunzelte. »Außer in Livs Fall. Frag mich nicht, wie sie es geschafft hat, aber zu ihr waren sie gleich zutraulich.«

Vor der riesigen Yuccapalme blieb er stehen. »Ist das Wilma?« Liam blickte über die Schulter zu mir.

»Ja. Das ist sie.«

Er grinste. »Dieses riesige Etwas hast du auf der Beifahrerseite bis nach Schweden mitgenommen?« Liam beäugte die Pflanze.

»Ich nehme zurück, was ich damals gesagt habe. Das ist doch absolut verrückt.«

»Nicht so verrückt wie Seifen zu sammeln«, gab ich mit hochgezogenen Brauen zurück.

Liam grinste. »Ich hätte dir nicht davon erzählen dürfen.« Er steckte die Hände in seine Hosentaschen und schlenderte zum

Kamin hinüber. Ausgiebig betrachtete er die Fotos, die auf dem Sims standen.

»Bist du das?«

Ich legte die Brotscheiben in einen Korb und stellte ihn auf den Tisch. Dann ging ich zu ihm.

Liam schmunzelte, während er das Foto von mir als Kleinkind betrachtete, auf dem mir jemand ein Eis hinhielt, das ich voller Vorfreude anstarrte.

»Das ist ein Eis von NoraGlass. Wenn ich bei ihr zu Besuch war, sind wir am Wochenende in die Stadt gefahren, und ich durfte mir zwei Kugeln aussuchen. Es war eine schöne Zeit.« Ich deutete auf das andere Foto. »Das ist Edda mit meiner Mutter. Sie waren eng befreundet und haben sich schon regelmäßig getroffen, bevor es mich gab.«

»Du siehst ihr sehr ähnlich.«

»Ich weiß.« Ich seufzte, was Liam zum Anlass nahm, nach meiner Hand zu greifen und sie sanft zu drücken.

»Und wer ist das?« Sein Blick glitt zum letzten Bilderrahmen.

»Liv.« Ich lächelte bei ihrem Anblick. Vor ihrem Besuch hatte ich in der Frau auf dem Foto eine fremde Person gesehen, jemanden, den ich zwangsläufig mit meinem Vater verbunden hatte. Jetzt war es anders. Liv stand nicht länger für das Versagen meines Vaters. Ich sah sie als eigenständige Frau, die ich mit ihrer quirligen, liebevollen Art in den wenigen Tagen bereits ins Herz geschlossen hatte.

»Sie ist wirklich toll. Du musst sie unbedingt bald kennenlernen.«

Wenig später nahmen wir Platz und ließen uns das Essen schmecken.

»Das ist das beste Pytt i Panna, das ich jemals gegessen habe«, sagte Liam kauend.

»Besser als deine weltberühmten Köttbullar?«

Er grinste. »Davon musst du dich schon selbst überzeugen. Ich habe dir ja versprochen, dass ich sie für dich kochen werde.«

»Meine Mutter hat immer gesagt, dass ein Essen, das mit Liebe gekocht wird, niemals schlecht schmecken kann. Egal ob es etwas Simples ist oder ein aufwendiges Rezept.«

»Also steckt hier drin ganz viel Liebe?« Liam deutete mit dem Löffel auf seinen Teller.

»Kann schon sein.« Wir sahen uns einen Herzschlag lang lächelnd an.

Nachdem wir aufgegessen hatten, half Liam mir dabei, den Tisch abzuräumen. Im Flur half er mir in meinen Mantel, und wir küssten uns noch einmal lange und innig.

»Verrätst du mir jetzt, wo dieses ominöse Kino ist? Edda meinte, ich sollte eine Decke mitnehmen. Sie ahnt, wo wir hingehen.«

»Das hätte ich mir denken können. Jeder, der schon länger in Nora wohnt, kennt den Ort.« Er öffnete die Tür, und gemeinsam liefen wir nach draußen. Es war bereits dunkel, und kein Stern war zu sehen. »Und eine Decke habe ich im Auto.«

»Ich weiß. Schließlich hast du mir neulich am See die zweite vorenthalten.«

»Ich bereue es keine Sekunde und würde es immer wieder machen.«

Ich stutzte, als ich das Auto sah, das vor der Hebammenpraxis parkte.

»Ist das deins?« Es war ein Pick-up in einem Weinrot und mit einer großen offenen Ladefläche. Es war ein ähnliches Modell, wie auch Per und Cai fuhren.

»Den Volvo habe ich verkauft und gegen diesen getauscht. Hier auf dem Land braucht man einen Wagen, der robust ist und auf den man nicht aufpassen muss.« Als wir vor dem Auto standen, klopfte Liam auf die Motorhaube. »Er hat ein paar Macken und Beulen, aber sonst ist er gut in Schuss.«

»Er passt zu dir.«

»Weil er alt ist?«

»Und wegen der Beulen und Macken.«

Liam lachte. »Na, vielen Dank.«

Bevor ich einstieg, gab ich ihm einen versöhnlichen Kuss.

Nach einer knappen halben Stunde kamen wir an einer Scheune vorbei, die ich auf meinen Fahrten durch Nora nie bewusst wahrgenommen hatte. Mit ihrem roten Anstrich wirkte das Holzgebäude wie eine gewöhnliche Scheune, wie man sie überall in Schweden sah.

Liam bog ab und fuhr geradewegs auf die Scheune zu.

Vor dem großen verschlossenen Tor blieb er mit laufendem Motor stehen und stieg aus. Verwirrt beobachtete ich, wie er es öffnete. Das Licht des Autoscheinwerfers strahlte in das Innere der Scheune und offenbarte ... nichts. Bis auf ein paar einsame Heuballen und ein Traktorrad war sie vollkommen leer.

Als Liam wieder einstieg und hineinfuhr, wurde ich nur noch verwirrter. »Das ist ganz schön unheimlich«, sagte ich. »Wenn ich es nicht besser wüsste, würde ich genau jetzt Panik bekommen, dass du mich da drin um die Ecke bringen willst.«

»Wieso bist du so misstrauisch?«

»Keine Ahnung. Wieso fährst du mit mir in eine Scheune?«

Mit einem amüsierten Blick rangierte er den Wagen so, dass er mittig im Raum stand.

»Warte. Ich bin gleich wieder da.« Liam schaltete den Motor aus und stieg aus.

»Oh nein, du lässt mich jetzt ganz sicher nicht alleine. Es ist dunkel.«

»Gleich nicht mehr«, hörte ich ihn sagen, als er im hinteren Teil der Scheune verschwand.

Plötzlich erhellte ein Licht die Dunkelheit. Es knackte und ratterte, und kratzige, dumpf klingende Musik hallte durch den Raum. Ich blickte zurück über die Kopfstütze, wo ich eine riesige Leinwand entdeckte, über die in diesem Moment ein wackliger Schriftzug flimmerte. *Lagom — Genau jetzt mit dir.* Ich kannte den Film, zumindest den Titel, weil mir Edda irgendwann mal davon erzählt hatte.

Kurz darauf öffnete Liam meine Tür. »Und, glaubst du immer noch, dass ich dich in Stücke schneiden will?«

»Das hier ist ein Autokino?«

»Und wir sitzen in der ersten Reihe.« Liam lächelte. »Ich brauche allerdings noch zwei Minuten.«

Brav wartete ich, bis Liam zurück war, lauschte der Musik, die den Anfang des Films ankündigte.

»Okay, es kann losgehen.« Liam hielt mir die Hand hin und half mir aus der hohen Fahrerkabine heraus. Dann führte er mich um das Auto herum zur Ladefläche, deren Klappe er heruntergelassen hatte.

Beim Anblick, der sich mir bot, stockte mir der Atem. Eine Lichterkette schlängelte sich um die Ladefläche, die Liam durch unzählige Kissen und Decken in eine gemütliche Liegewiese verwandelt hatte.

»Liam ... das ist wunderwunderschön.« Jetzt ergaben die dicke Jacke und Eddas Kommentar zu den Decken auch Sinn.

»Ich war noch nie in einem Autokino.«

»Eigentlich ist es kein richtiges Autokino. Niemand weiß, wer das Equipment hier aufgebaut hat. Es steht jedenfalls schon einige Jahre hier rum.«

»Ich weiß gar nicht, was ich sagen soll.« Liams Überraschung hatte mir wortwörtlich die Sprache verschlagen. Ich war richtig gerührt über die Gedanken, die er sich gemacht hatte.

Wir kletterten auf die Ladefläche, wo mir Liam ein paar Kissen zurechtrückte und unsere Rücken auspolsterte.

»Geht es so?«

»Sehr gemütlich«, sagte ich und strahlte. Es war gut möglich, dass ich den Rest des Abends nicht mehr damit aufhören würde.

»Das ist so eine schöne Idee. Und wohl das Romantischste, was ich je erlebt habe. Du steigerst dich mit jedem Mal.«

»Das war noch nicht alles. Ein Ass habe ich noch im Ärmel.« Er drehte sich um und lehnte sich zurück. Dann zog er eine Tüte Popcorn hinter sich hervor. »Wie versprochen. Ist zwar nur Supermarkt-Popcorn, aber es kommt laut Fynn dem aus dem Kino am nächsten. Wir haben uns heute Mittag durch ein paar Sorten getestet.«

»Also ist es meine Schuld, wenn er heute Nacht Bauchschmerzen hat?«

»Du wolltest ja unbedingt Popcorn.« Er grinste schief. »Ich freue mich, wenn meine Überraschung gelungen ist.«

»So was hat noch nie jemand für mich gemacht, Liam. Danke.«

»So was habe ich auch noch nie für jemanden gemacht.«

Zeitgleich kamen wir uns näher. Liam ließ die Popcorntüte sinken und legte seine Hand an meine Wange. Unsere Nasenspitzen berührten sich leicht. Sie waren kühl von der niedrigen Temperatur, die in der Scheune herrschte, doch das war uns egal. Einige Minuten lang küssten wir uns im flimmernden Licht des Projektors und ignorierten die Tatsache, dass wir den Anfang des Films verpassten.

»Kennst du den Film?«, fragte mich Liam später. Er hatte uns zugedeckt und einen Arm über meine Schultern gelegt.

»Ich habe nur davon gehört. Und du?«

»Nur die ersten Minuten. Bevor ich zu dir gefahren bin, habe ich kontrolliert, ob alles funktioniert. Ich konnte selbst nicht so ganz glauben, dass es hier so was geben soll. Der alte Gustav hat mir irgendwann mal von der Scheune erzählt. Er redet zwar viel über das Angeln, aber manchmal sind auch interessante Infos dazwischen.«

»Und ich dachte, dass du in deiner wilden Jugend alle deine Dates hergebracht hast.«

»Alle meine Dates?« Er schmunzelte. »Die gab es nicht.«

»Und das soll ich dir glauben?«

»Die wilde Zeit kam erst später, als ich mit Arvid in Örebro studiert habe. Bis dahin habe ich die Wochenenden damit verbracht, mit Cai zu klettern und zu angeln, oder wir haben an meinem Auto rumgeschraubt. Ein uralter Volvo. Mein Vater hatte ihn einem befreundeten Landwirt günstig abgekauft. Ich habe mit Cai daran gebastelt, bis er genau so war, wie ich ihn haben wollte. Tiefergelegt, mit einem peinlich lauten Auspuff und einer Musikanlage, die halb Nora beschallt hat, wenn wir durch die Gegend gefahren sind.« Er schüttelte schmunzelnd den Kopf. »Mit maximal dreißig Stundenkilometern.«

»Ich glaube, das gibt es nur in Schweden. Kids, die mit fünfzehn Auto fahren dürfen.«

»Hier auf dem Land macht das schon Sinn. Die Entfernungen zu Freunden und Schule sind weit. Ich fand das immer super. Bis auf dieses gewöhnungsbedürftige Dreieck, das man an der Heckscheibe anbringen muss, um sich als Fahranfänger zu outen.«

»Ich wette, ich wäre von dir und deinem coolen Auto sehr beeindruckt gewesen.«

»Ja.« Er seufzte. »Ich war schon ein verdammt cooler Typ damals.«

»Das bist du immer noch.«

»Trotz meines Alters und der Beulen und Macken?«

Ich kuschelte mich an ihn, und wir versanken eine Weile in dem Film, der zwischendurch immer mal wieder stockte. Doch das tat der Stimmung keinen Abbruch. Dieses Date war das Schönste, das ich bisher mit einem Mann erlebt hatte.

»Ist dir noch warm genug?«, flüsterte Liam irgendwann. Ich spürte seine Lippen an meiner Schläfe. Seine Hand fuhr über meinen Arm. Der Jackenstoff knisterte unter seiner Berührung. Obwohl mir wohlig warm war, hatte ich das Bedürfnis, die Schichten Kleidung loszuwerden, um Liams Nähe ohne die störende Barriere zu spüren.

Ich nickte und drehte den Kopf, bis sich unsere Blicke trafen. Als wir uns erneut küssten, spürte ich sein Lächeln und wie es binnen Millisekunden verschwand. Seine Lippen waren warm und schmeckten verführerisch nach süßem Popcorn. Im Hintergrund sprachen die Schauspieler miteinander. Ich nahm die Stimmen war, ohne genau hinzuhören, denn all meine Sinne waren auf Liam gerichtet. Ich fühlte die kratzigen Bartstoppeln auf seiner Wange, als ich mit den Fingerspitzen darüberstrich, und roch seinen sauberen holzigen Duft, von dem ich wohl niemals genug bekommen würde. Der Kuss wurde drängender, sehnsüchtiger. Wunderschöne Schauer rieselten über meine Wirbelsäule bis in mein Rückgrat, als unsere Zungen sich fanden. Mir war schwindelig vor Glück, und für eine Weile schien die Zeit um uns herum stehenzubleiben.

25

»Du siehst sehr hübsch aus.« Liv biss in eine Mohrrübe, die sie gerade geschält hatte, und stützte sich mit den Unterarmen auf die Arbeitsplatte. Dabei musterte sie mich eingehend. »Wieder ein Date mit Liam?« Sie wackelte mit den Brauen. »Ihr zwei haltet es mittlerweile keine vierundzwanzig Stunden ohneeinander aus.«

»Unser letztes Date ist eine Woche her. Und außerdem hat Fynn heute Geburtstag.« Nervös zupfte ich an dem Saum des roten Strickkleides herum. Ich besaß es schon einige Jahre, hatte es aber kaum getragen. Das dunkle Rot war mir immer zu auffällig vorgekommen. Als ich es nach der Dusche aus dem Schrank gezogen hatte, erschien es mir jedoch genau das Richtige für den Anlass zu sein. Beim Blick in den Spiegel hatte ich mich gefragt, wieso ich es nicht öfter getragen hatte, weil es meine wenigen Kurven zur Geltung brachte. Bis ich zu der Erkenntnis gekommen war, dass es nicht an dem Kleid lag, sondern an mir. Ich spürte, dass in mir eine Art Knoten geplatzt war und ich innerlich aufgeblüht war. Ein Stück weit lag es an Liam, der mir deutlich zeigte, wie sehr er mich mochte, wie attraktiv und perfekt er mich fand. Doch den Hauptanteil machte etwas anderes aus. Es war das Gefühl, endlich angekommen zu sein

— in Nora und bei mir selbst. Es fühlte sich nach etwas sehr Bedeutsamem für mein Leben an, und es erfüllte mich mit Stolz.

»Wieso bist du so nervös?«

»Alle werden dort sein. Auch Freunde und Familie der Hansens.«

»Und? Es ist doch schön, wenn er dich vorstellt. Das zeigt, wie ernst es ihm mit dir ist.«

»Ja, schon. Aber ich bin deshalb total nervös.« Ich ging zum Kühlschrank und holte den großen Topf mit der Suppe heraus, die ich für die hungrigen Gäste gekocht hatte, um Elsa ein wenig zu entlasten.

»Hast du auch ein Geschenk für Fynn?«

Ich nickte. »Ein Schnitzmesser. Ich hoffe, das gefällt ihm. Es ist extra für Kinder. Cai hat es mir bei Älghorn empfohlen.«

»Cai?« Sie rümpfte die Nase. »Dieser muffelige Typ, den wir im Café getroffen haben?«

»Er ist ein guter Kerl. Auch wenn er auf den ersten Blick nicht so wirkt.«

Sie zuckte mit den Schultern. »Mir kann es egal sein. Mein Fall ist er nicht.«

»Dafür hast du ihn aber ziemlich eingehend gemustert«, neckte ich sie.

Liv schnappte nach Luft, und auf ihren Wangen bildete sich eine ungewohnte Röte. »Er sieht eben ganz gut aus. Ich war ... überrascht.«

»Schon gut.« Ich kicherte und zupfte an der Schleife, mit dem das bunte Papier umwickelt war. Schlagartig war meine Nervosität zurück.

»Ich muss jetzt los.«

»Viel Spaß und grüß Liam von mir. Auch wenn er keine Ahnung hat, wer ich bin.«

»Das ändern wir bald. Liam würde dich auch sehr gerne kennenlernen. Diese Woche ist bei Smaskigt Taco-Freitag. Da kann man so viele Tacos essen, wie man will. Wir könnten zusammen hingehen.«

Liv stimmte meinem Vorschlag zu, und ich versprach, Liam zu fragen, ob er Zeit hätte.

Mit dem Suppentopf und Fynns Geschenk im Gepäck, fuhr ich zu den Hansens. Am Straßenrand waren bereits eine Handvoll anderer Autos geparkt, deren Anblick mein Herz vor Aufregung schneller schlagen ließ. An der Haustür hingen bunte Luftballons, und als ich vor der Tür stand, drang eine Mischung aus Stimmengewirr, Kinderlachen und Musik zu mir nach draußen. Mit dem Ellbogen klingelte ich.

»Das ist bestimmt Papa«, hörte ich Liam aufgekratzt rufen. Die Tür flog auf, und Fynns Strahlen verblasste. Eine Millisekunde später wurde es aber wieder breiter.

»Alma!«

»Hej Geburtstagskind! Herzlichen Glückwunsch.«

»Ist das für mich?«, fragte er sofort, den Blick auf das bunt gepunktete Päckchen gerichtet, das unter meinem Arm klemmte.

»Willst du es dir wegnehmen? Ich habe leider keine Hand ...«

Ehe ich den Satz beenden konnte, schnappte sich Fynn das Geschenk und rannte damit ins Wohnzimmer. In dem Moment kam Liam um die Ecke. Lächelnd nahm er mir den Suppentopf ab.

»Entschuldige. Fynn ist heute total durch den Wind.«

»Schon okay.« Liam gab mir einen schnellen Kuss.

»Du kannst deine Jacke einfach irgendwo hinlegen. An der Garderobe ist kein Platz mehr.«

Ich zog meinen Mantel aus und legte ihn über das Schuhregal.

»Wow. Liam musterte mich von oben bis unten, woraufhin sich sein Blick verdunkelte. »Du siehst toll aus.«

»Danke.« Nervös schielte ich an ihm vorbei in Richtung Wohnzimmer und knetete meine Finger.

»Was ist los? Bist du etwas aufgeregt?«

»Ein wenig.«

»Warum?«

»Ich lerne deine Freunde kennen.«

Liam lächelte sanft. »Keine Sorge. Die sind alle sehr nett.« Ich folgte ihm in die Küche, die, anders als bei Edda, in einem eigenen Raum abgegrenzt von Wohn- und Esszimmer lag. Hier herrschte ein Chaos aus dreckigem Geschirr, Kuchenkrümeln und Backutensilien. Liam stellte den Topf auf dem Herd ab.

»Und falls es dich beruhigt, alle wissen schon von dir. Fynn hat jedem einzelnen Gast an der Haustür erzählt, dass ich die Hebamme seiner Mama geküsst habe.«

Ich starrte ihn an und war für einen Moment lang sprachlos, was Liam sichtlich amüsierte.

»Das hat er nicht gesagt.«

»Wortwörtlich. Elsa hat mich neulich über unser Autokino ausgequetscht, und rate mal, wer offensichtlich heimlich gelauscht hat.«

Meine Wangen wurden so heiß, dass ich sie mit meinen Händen bedeckte. »Wie peinlich.«

»Nein, gar nicht. Fynn ist total glücklich darüber, und ich wurde heute mehrmals beglückwünscht. Elsa hat allen von dir vorgeschwärmt.« Liams Lächeln wurde zärtlich. »Es sind nur Fynns bester Freund mit seinen Eltern, Cai und Elsas Kolleginnen aus dem Blumenladen da. Also halb so wild.«

»Was ist mit Fynns Vater?« Liam hatte mir erzählt, dass sich Oskar tatsächlich für den Geburtstag angekündigt hatte, was keiner wirklich glauben konnte, und dass Elsa nicht sicher war, was sie davon halten sollte. Doch sie hatte es letzten Endes akzeptiert, weil Fynn sich unheimlich darüber gefreut hatte.

Liams Lächeln verschwand. Betreten kniff er die Lippen zusammen. »Der ... kommt nicht. Er hat heute Morgen angerufen. Ihm geht es nicht gut.«

»Wegen seiner Depression?«

Liam nickte. »Fynn weiß es noch nicht. Weder Elsa noch ich haben es über uns gebracht, es ihm zu sagen. Es wird ihm das Herz brechen.« Ein Muskel zuckte an seinem Kiefer.

»Liam, ich weiß, es ist hart. Aber er kann nichts dafür. Er ist krank.«

»Erklär das mal einem Sechsjährigen. Außerdem glaube ich, dass was anderes dahintersteckt.«

»Und was?«

»Ihm muss bewusstgeworden sein, auf was er sich eingelassen hätte. Stell dir doch mal vor, wie erniedrigend es sein muss, wieder zurückzukehren. In sein Zuhause, zu seinem Sohn und seiner hochschwangeren Frau, die er aus Überforderung verlassen hat. Hinzu kommen seine alten Freunde und Bekannten. Er schämt sich.«

»Irgendwie nachvollziehbar.«

»Er hätte es Fynn nicht versprechen dürfen. Das war nicht okay.«

»Und jetzt?«

Liam zuckte mit den Schultern. »Oskar will Fynn zu sich holen und seinen Geburtstag alleine mit ihm nachfeiern. Ich hoffe, dass er wenigstens dieses Versprechen hält. Aber ich habe zum Glück noch eine Überraschung organisiert, die Fynn mit Sicherheit ablenken wird.«

»Lass mich raten. Einen Zauberer? Das ist doch der Klassiker, oder?«

Liam schüttelte den Kopf. »Nein, kein Zauberer.«

»Ein Bauchredner oder jemand, der diese länglichen Luftballons zu Figuren knotet?«

»Auch daneben.« Er lächelte und kam auf mich zu. Sanft umfasste er meine Taille. Ich versteifte mich ein wenig, was Liam sofort spürte.

»Was ist?«

»Das hier ist ein Kindergeburtstag.«

»Und da darf man sich als Paar nicht küssen? Ich wusste nicht, dass es da eine Regel gibt.«

Bei dem Wort Paar machte mein Herz einen Sprung. Weder Liam noch ich hatten unserer Beziehung bisher einen Namen gegeben. Dass er es unerwartet und so leichthin aussprach, machte etwas mit mir. Etwas, das mich innerlich jubeln ließ.

»Ich erinnere dich an deine Erlaubnis, die du mir vor einer Weile erteilt hast. Ich darf dich immer und überall küssen.«

Ich lächelte und ließ mich bereitwillig näher an ihn ziehen. »Du hast recht. Aber nur ein ganz kleiner unschuldiger Kuss.«

»Damit gebe ich mich vorerst zufrieden«, murmelte er dicht an meinen Lippen.

Ich schloss die Augen und ließ mich in den Kuss fallen, schmeckte Kaffee, Zimt und Schokolade auf seinen Lippen.

»Wie bekommt ihr denn so Luft?«

Ruckartig lösten wir uns voneinander und starrten in Fynns himmelblaue Augen, die uns analytisch musterten, als wären wir ein Experiment, das es zu erforschen galt. »Und was habt ihr da mit euren Zungen gemacht?«

Liam unterdrückte ein Lachen, während mir eher danach war, im Erdboden zu versinken.

»So küssen sich Erwachsene«, erklärte Liam bemüht sachlich.

»Echt? Mama und Papa nicht. Habe ich noch nie gesehen.« Er schnaubte. »Wann kommt Papa endlich?«

Liams Mundwinkel sanken. Er tauschte einen angespannten Blick mit mir. »Hör mal, Fynn.« Räuspernd ging er in die Hocke und griff nach seiner kleinen Hand. »Oskar ... ich meine, dein Papa wird es leider nicht schaffen zu kommen.«

Fynns Stirn wellte sich. »Wieso nicht?«

»Ihm geht es nicht so gut.«

»Ist er krank?«

Liam schürzte die Lippen. »Ja, sozusagen«, antwortete er dann. Fynn wirkte sichtlich aufgelöst. Trotzig zog er seine Hand weg. »Aber er wollte mit mir Kuchen essen und meine neuen Spielsachen angucken.«

»Ich weiß, Kumpel. Es tut ihm auch sehr leid. Aber er hat versprochen, dass ihr das nachholt.«

»Er soll *jetzt* kommen.« Fynns schmale Schultern sanken hinunter, und in seinen Augen sammelten sich Tränen. »Er hat mich nicht mehr lieb.«

Liam schluckte und musterte seinen Neffen bestürzt. »Natürlich hat er dich noch lieb. Wie kommst du denn darauf?«

»Er ist weggegangen. Und er kommt nicht mehr wieder.«

»Das hat nichts mit dir zu tun, Fynn. Das weißt du doch.«

Aber Fynn schien Liams Worte gar nicht zu hören. Seine Unterlippe begann zu zittern. »Bald kommt das Baby. Es muss einen Papa haben.«

Hilfesuchend sah Liam zu mir auf. Dabei war ich ebenso überfordert wie er. Ich wusste, dass Elsa eine einfühlsame Mutter war und versucht hatte, Fynn, so gut es ging, die Trennung zu erklären, ohne sein kleines Herz zu brechen und seine heile Welt zu zerstören.

Ich atmete ein, sammelte mich und ging ebenfalls neben Liam in die Hocke. »Soll ich dir mal was verraten, Fynn?«

Der Kleine schielte zu mir. Er antwortete nicht, drehte sich aber auch nicht von mir weg.

Ich deutete das als ein gutes Zeichen und sprach weiter.

»Mein Papa und meine Mama haben sich auch getrennt. So wie deine. Das ist etwas, das ganz oft passiert.«

Fynn schien über das, was ich gesagt hatte, nachzudenken. »Warst du auch traurig?«

»Ja, sehr sogar. Aber ich war noch trauriger, als sie zusammengewohnt und immer gestritten haben.«

»Das mag ich auch nicht. Das ist immer so laut, und Mama weint ganz viel. Ich kann dann gar nicht einschlafen.«

»Siehst du. Und genau deshalb ist es manchmal besser, wenn sich Eltern trennen. Sie wollen ihre Kinder dadurch beschützen und können beide wieder fröhlicher sein. Und wenn dich dein Papa bald abholt, bin ich mir sicher, dass ihr einen richtig tollen Tag haben werdet.«

»Dann feier ich noch mal meinen Geburtstag«, stieß er aus, und sein Lächeln kehrte langsam wieder zurück.

»Ganz genau«, sagte ich erleichtert.

»Fynn, alles okay?« Als Elsa mit ihrem inzwischen beachtlichen Bauch in die Küche kam, wirbelte Fynn zu ihr herum und fiel ihr um die Beine.

»Papa kommt nicht, aber er holt mich bald ab, und dann kann ich noch mal Geburtstag feiern. Cool, oder?«

Elsa strich ihrem Sohn über das strohblonde Haar. Ihre Lippen teilten sich. Ihr Blick kreuzte Liams. Der nickte ihr mit einem bedauernden Lächeln zu. Sie schien zu verstehen und presste die Lippen aufeinander.

»Das klingt toll«, brachte sie mit zittriger Stimme heraus. »Cai will mit dir und deinem neuen Auto spielen. Er sucht dich überall.«

Fynn ließ seine Mutter los und hechtete davon.

»Danke«, kam es leise von Elsa. Doch ihr Versuch, zu lächeln, scheiterte. Abgehackt atmete sie ein, eine Hand auf den Bauch gelegt.

Liam richtete sich auf und ging zu ihr. Als er sie in den Arm nahm, fühlte ich mich wie ein Eindringling und stahl mich durch die Hintertür in den Garten. Ich brauchte selbst einen Moment, um durchzuatmen und die Szene zu verdauen.

Auf der Wiese lagen bereits ein paar braune Blätter und kündigten den Herbst an. Es war noch einmal kühler geworden, das Gras wuchs langsamer, und die Luft roch nach Moos und feuchtem Holz. Ich schlang die Arme um meinen Oberkörper und ließ den Blick durch den Garten wandern, als ich neben mir eine Bewegung wahrnahm.

Mit den Händen in den Jeanstaschen trat Liam neben mich.

»Alles okay?«, fragte ich.

Liam atmete durch und nickte. »Ich denke schon. Elsa hat sich wieder gefangen.«

»Es ist nicht leicht für sie und Fynn. Und für dich auch nicht.«

»Ich komme klar.«

»Aber es bricht dir das Herz, deine Schwester und deinen Neffen so zu sehen.«

»Natürlich. Die beiden haben es nicht verdient, allein gelassen zu werden. Und wenn ich könnte, würde ich etwas daran ändern.«

»Du bist für sie da, Liam. Das ändert viel.«

Eine Weile standen wir schweigend nebeneinander, bis Liam wieder das Wort ergriff. »Manchmal habe ich ein schlechtes Gewissen. Dir gegenüber.«

Irritiert blickte ich zu ihm. »Warum?«

»Weil ich dich in dieses ganze Familiendrama hineinziehe.«

Ich legte den Kopf schief und lächelte sanft. »So denkst du darüber?«

Er nickte und wirkte ehrlich geknickt. »Andererseits gehört das eben zu mir. Fynn und Elsa sind meine Familie.«

»Und das ist in Ordnung.« Ich wandte mich ihm zu, berührte seine Hand. »Ich mag dich sehr Liam. Genau so, wie du bist, mit allem, was dazugehört. Fynn und Elsa sind ein wichtiger Teil deines Lebens. Du bist für sie da, und das schätze ich sehr an dir. Deine Fürsorge ist einer der Gründe, weshalb ich mich ...« Ich stockte, als mir bewusstwurde, welche Worte mir schwer und bedeutungsvoll auf der Zunge lagen. Mein Herz begann plötzlich, wie wild zu schlagen.

»Onkel Liam! Vor der Tür steht ein Eiswagen!« Fynn kam zu uns gerannt. Vor Aufregung hüpfte er auf und ab. »Komm, schnell.«

»Gibt's ja nicht.« Liam grinste und schien nicht verwundert über den Besuch zu sein. Offensichtlich war das seine angekündigte Überraschung. »Das lassen wir uns nicht entgehen, oder?« Sein Blick schwenkte zu mir.

Ich lächelte und ließ mich an Fynns Hand mitziehen.

Die Worte, die ich fast ausgesprochen hatte, schluckte ich hinunter und folgte ihm zurück ins Haus.

26

»Ihr beide wart noch nie bei der Maniküre?«
Edda und ich schüttelten zeitgleich den Kopf.

»So was brauch ich nicht, Liv«, erklärte Edda lachend. »Meine Hände haben mich bisher auch ohne Nagellack durchs Leben gebracht.«

»Das hat doch nicht nur was mit Nagellack zu tun. Was ist mit Pediküre?«

Wieder folgte ein einstimmiges Kopfschütteln.

»Ach herrje.« Liv seufzte und zückte ihr Smartphone. »Dann wird es Zeit, dass ihr auf den Geschmack kommt.«

»Oh, ich nicht.« Edda stand vom Tisch auf, an dem wir nach Feierabend eine Kaffeepause eingelegt hatten. »Das ist nichts für mich.«

»Ach, Edda. Wag doch mal was Neues.« Liv machte eine Schnute. »Alma und ich würden uns freuen, wenn du mitkommst. Stimmt's?« Ihr erwartungsvoller Blick landete auf mir.

»Wer sagt denn, dass ich mitwill?« Ich hatte keine Ahnung, wie wir auf das Thema gekommen waren. Liv hatte von Stockholm geschwärmt und den vielen Möglichkeiten, die es in einer Großstadt gab. Es fiel ihr schwer, nichts zu tun und die schwedische Gemütlichkeit zu genießen.

»Du arbeitest so viel und hast dir eine Auszeit verdient. Sieh dir deine Hände an, Edda«, sagte Liv.
»Was ist mit meinen Händen?«
»Na, sie sind ganz rau.«
»Das macht mir nichts aus.«
Doch Liv ließ sich nicht beirren. »Sie brauchen dringend Pflege«, sagte sie nachdrücklich. »Und damit meine ich keine Handcreme, falls du das vorschlagen willst.«
Jetzt lachte Edda und schüttelte den Kopf. »Gibt es so was überhaupt in Nora?«
»Gut, dass du fragst, weil ich tatsächlich etwas gefunden habe. Einen Skönhetssalong.« Livs Euphorie prallte an Edda und mir ab. »Das ist doch total cool! Ich wusste nicht, dass es hier einen Schönheitssalon gibt.«
Edda runzelte die Stirn. »Göta gehört der Friseursalon. Sie hat mir neulich von ihrer Tochter Merit erzählt, die sich selbständig gemacht hat und im Nebenraum ihre Anwendungen anbietet.«
»Maniküre, Pediküre, Hot-Stone-Massagen«, las Liv von ihrem Display vor. »Ihre Homepage sieht sehr vielversprechend aus.«
»Hot Stone?« Edda wirkte verwirrt. »Wie auch immer. Merit ist eine nette junge Frau, und die Stadt profitiert von neuen Geschäftsideen.«
Liv, die sofort darauf ansprang, nickte eifrig.
»Und genau deshalb sollte man diese neuen Geschäftsideen auch unterstützen, indem man sie nutzt. Ich mache uns einen Termin.«
Darauf schien Edda keine Gegenargumente zu finden. Hoffnungsvoll blickte sie zu mir. Doch ich grinste nur und zuckte mit der Schulter.
»Das wird total entspannend, das verspreche ich euch.«

»Aber wir sind heute Abend mit Liam zum Tacokväll verabredet«, erinnerte ich sie.

»Bis dahin sind wir längst zurück.« Liv wählte die Nummer des Salons und verschwand zum Telefonieren im Flur.

Edda seufzte. »Letztes Jahr hat sie mich dazu gebracht, zum Bowling zu gehen, in Örebro.«

»Wirklich? Du und Bowling?« Ich musste unweigerlich lachen.

»Liv ist immer für eine Überraschung gut«, sagte sie. »Mit ihr wird es nicht langweilig.«

Kurz darauf stieß Liv wieder zu uns. Sie strahlte.

»Ladys, macht euch bereit. Wir haben in einer halben Stunde einen Termin für eine Maniküre.«

Exakt eine halbe Stunde später standen wir in unseren dicken Mänteln im Friseursalon. Edda unterhielt sich mit Göta die einer älteren Dame Lockenwickler eindrehte. Es roch nach Schaumfestiger und Haarspray. Im Wartebereich saßen zwei weitere Kundinnen, die in Zeitschriften blätterten und dazu Kaffee tranken.

Kurz nach unserer Ankunft stieß Götas Tochter Merit zu uns, eine junge Frau mit kurzem rotem Haar. Mit einem offenen Lächeln begrüßte sie uns und führte uns in den Nebenraum.

»Mit wem darf ich denn anfangen?«

»Mit Edda«, entschied Liv. Sie schob unsere sichtlich überforderte Tante in Richtung des Tisches, an dem sich zwei Stühle gegenüberstanden. Darauf reihten sich allerhand Nagellacke, Feilen und elektrische Geräte, die mich an die Instrumente beim Zahnarzt erinnerten.

Edda setzte sich Merit gegenüber, die gleich ihre Hände in Augenschein nahm. »Was möchtest du denn machen lassen, Edda?«
»Ähm. Also, keinen Lack bitte.«
Merit lachte. »Okay. Also einfach eine pflegende Maniküre? Und vielleicht eine Handmaske gegen die trockene Haut?«
Edda tauschte einen Blick mit Liv, die triumphierend grinste.
Liv und ich probierten unterdessen die Schablonen mit den verschiedenen Lackfarben aus.
»Die würde dir gut stehen«, meinte sie und hielt einen Plastiknagel in einem Erdton an meinen Zeigefinger. »Die Farbe passt zu dir.«
»Meinst du? Vielleicht lasse ich sie ganz natürlich.«
Liv zuckte mit den Schultern und studierte die knallrote Farbpalette. Sie trug ihre Nägel etwas länger, in einem Rosaton lackiert.
»Gehst du in Stockholm oft zur Maniküre?«
»Ja, schon. Einmal im Monat. Ich mag es, wenn alles frisch gemacht ist, und in meinem Job ist es auch nicht verkehrt, gepflegt auszusehen.«
»Wolltest du schon immer Touristenführerin werden?«
Liv dachte kurz über meine Frage nach, bevor sie antwortete. »Ich wollte auf jeden Fall etwas machen, bei dem ich viel mit Menschen zu tun habe. Nach meinem Studium habe ich dann die Ausschreibung bei der Stadt gesehen und mich beworben.«
»Als ich sie kennengelernt habe, dachte ich, dass sie beim Fernsehen arbeitet, oder beim Radio«, schaltete sich Edda ein. »Liv kann einen unterhalten.«
»Als Kind wollte ich tatsächlich Moderatorin werden. Irgendwann Sängerin, dann Akrobatin.« Sie lachte. »Ich habe bis heute manchmal den Drang, mich beruflich zu verändern.«

»Letztes Jahr wolltest du plötzlich alles hinschmeißen, um Stewardess zu werden.«

»Stimmt.« Liv nickte. Ihre Miene wurde plötzlich ernster.

»Wieso hast du es nicht getan?«, fragte ich.

»Weil ... es eine Kurzschlussreaktion war.« Mit einem gezwungenen Lächeln auf den Lippen fügte sie hinzu: »Ich hatte eine Phase, in der ich dachte, dass ich ... mehr Freiheit brauche.« Sie lächelte, aber es wirkte aufgesetzt. »Die habe ich zum Glück überwunden.«

»Du meinst, du hast diesen Mann überwunden.« Edda warf Liv einen ernsten Blick zu.

Liv räusperte sich und wirkte angespannter. »Ja. War eine schwierige Zeit. Zum Glück ist das vorbei.«

Ich erinnerte mich an unser Gespräch im Café, als sie kurz etwas über ihren Ex-Freund erwähnt hatte. Sie hatte die Trennung abgetan, aber nun sah ich ihr an, dass viel mehr dahintersteckte.

Nachdem unsere Hände aufgefrischt worden waren und sich meine Handflächen butterweich anfühlten, fuhren wir zurück nach Hause. Dort war es höchste Zeit, sich für den Abend fertig zu machen und auf Liam zu warten, der uns abholen wollte.

Helles Scheinwerferlicht blendete uns, als wir wenig später das Haus verließen und sich Liams alter Geländewagen näherte.

»Sitzt da noch jemand im Auto?«, fragte Liv blinzelnd. Mit zusammengekniffenen Augen versuchte sie, hinter der dunklen Frontscheibe die Person auf dem Beifahrersitz auszumachen.

»Äh, ach ja. Das hatte ich ganz vergessen zu sagen. Liam hat mir geschrieben, dass er noch bei Cai war, weil der bei irgendwas im Elchpark Hilfe brauchte. Er hatte dann die Idee, dass er spontan mitkommen könnte. Ich hoffe, das ist in Ordnung für dich?«

Liv starrte mich an, offensichtlich unschlüssig, wie sie reagieren sollte.

»Dein erster Eindruck von Cai war nicht so toll, ich weiß. Aber vielleicht lernst du seine andere Seite kennen, und der Abend wird besser, als du denkst?«

Ihr Blick fiel wieder auf das Auto. Sie seufzte. »Na schön. Ich werd's überleben. Außerdem will ich unbedingt den Mann kennenlernen, der dafür sorgt, dass Herzchen aus deinen Augen ploppen, sobald sein Name fällt.«

»Mir ploppen keine Herzchen aus den ...« Doch mein schwacher Versuch, ihre alberne Aussage zu revidieren, wurde von ihrem fröhlichen »Hej« übertönt, als Liam ausstieg und auf uns zukam.

»Hej Liv. Alma hat mir schon viel über dich erzählt.«

»Mir auch über dich«, sagte sie mit einem bedeutungsschweren Unterton, der mir die Röte in die Wangen trieb. Zum Glück war es so dunkel, dass man es nicht sah.

»Ach ja?« Liams Blick sprang zu mir, und sein Lächeln wurde noch ein paar Zentimeter breiter. Mein Herz schlug schneller, als ich zu ihm trat und er mich sanft auf die Lippen küsste. »Hej«, flüsterte er und strich zärtlich über meine Wange.

Liv grinste, als wir zum Auto liefen und auf der Rückbank einstiegen. Dort begrüßte uns Cai mit seiner gewohnt einsilbigen Art. Immerhin schenkte er uns einen kurzen Blick über die Schulter. Er musterte Liv und blieb an ihrer neonpinken Mütze hängen, deren Pailletten trotz des schwachen Lichts im Wageninneren glitzerten.

Er schnaubte belustigt und wandte sich ab. Liv, der sein Blick nicht entgangen war, presste die Lippen zusammen, als würde sie sich einen Kommentar verkneifen. In dem Moment wurde mir bewusst, dass dieser Abend ... interessant werden würde.

Als Liam wendete und zurück auf die Landstraße fuhr, lehnte Liv sich zu mir herüber. »Liam sieht gut aus«, flüsterte sie mir zu. »Richtig gut. Und er scheint nett zu sein.«

Ich lächelte erleichtert. Zumindest mit Liam würde sie sich heute Abend hoffentlich gut verstehen.

Während Liam meine Halbschwester ein wenig über ihr Leben in Stockholm und ihren Job ausfragte, schwieg Cai. Am liebsten hätte ich diesem sturen Esel einen Tritt in die Rückenlehne verpasst. Ich konnte nur hoffen, dass er im Laufe des Abends lockerer werden würde.

Das Smaskigt war gut besucht, und am Buffet herrschte reger Betrieb. Der Tacokväll gehört zu Schwedens Alltagstraditionen genauso dazu wie Knäckebrot und Zimtschnecken. Früher hatten wir, wie wohl jede schwedische Familie, das Wochenende mit gefüllten Tacos und Tortillas eingeläutet und es uns danach auf dem Sofa gemütlich gemacht. Fredagsmys nannte man das. Die Erinnerung an meine einst heile Familie versetzte mir einen Stich. Aber ich bemerkte, dass es deutlich weniger schmerzte als früher. Vielleicht weil die Leere, die der Tod meiner Mutter hinterlassen hatte, mit neuen schönen Momenten gefüllt wurde, seit ich zurück in Schweden war. Ich kochte wieder und saß nicht mehr wie früher allein vor einer Tiefkühlpizza. Ich ging mit Freunden aus, so wie heute — etwas, das ich seit Jahren nicht getan hatte. Ich schaute Liam an, der irgendetwas zu Cai sagte und dann lachte. Als er meinen Blick bemerkte, lächelte er mir zu und brachte etwas in meinem Magen zum Flattern.

»Dahinten ist noch was frei«, verkündetet Liv, und wir folgten ihr zu einem Tisch.

Der Duft von warmen Teigfladen und gebratenem Gemüse erfüllte den Raum. Um uns herum wurde geredet und gelacht, Bedienungen liefen von Tisch zu Tisch. Die Einrichtung im Smaskigt war schlicht und einladend. Zeitlose Holztische mit Stühlen, die mit braunem Stoff bezogen waren. Die offene Decke bot einen Blick auf das Holzgebälk, und am Tag fiel durch die bodentiefen Fenster viel Licht. Jetzt herrschte davor tiefes Schwarz.

Wir setzten uns und bestellten bei einer Bedienung etwas zu trinken.

»Willst du in Stockholm bleiben oder irgendwann auch aufs Land ziehen? Nach Nora zum Beispiel?«, griff Liam das Gespräch aus dem Auto wieder auf, das er und Liv hatten unterbrechen müssen.

Liv schüttelte den Kopf. »Ich liebe Nora. Aber hier leben? Nein. Das kommt nicht in Frage. Ich vermisse zu sehr den Trubel der Stadt. Hier wäre es mir auf Dauer zu langweilig.« Sie lächelte. »Für ein paar Wochen ist es eine schöne Abwechslung. Aber ich glaube nicht, dass ich für das Landleben gemacht bin.«

»Und wann ist man für das Landleben gemacht?«, schaltete sich Cai unerwartet ein. Er hatte, seit wir losgefahren waren, kein Wort gesagt. Ich war mir nicht sicher, ob nur mir aufgefallen war, dass in seiner Frage etwas Provozierendes mitgeklungen hatte. »Wenn man auf Gummistiefel und Landstraßen steht?«

Liv hob die Brauen. Falls Cais Frage sie aus dem Konzept gebracht hatte, ließ sie es sich nicht anmerken. »Es ist ein Gefühl. Das kann man nicht erklären.«

Cai schwieg und trank einen Schluck Bier.

Liam und ich tauschten einen Blick, der irgendwo zwischen amüsiert und alarmiert lag. Die beiden schienen sich auf Anhieb unsympathisch zu finden, was für den weiteren Abend nicht die beste Voraussetzung war.

»Na los, Cai, wir holen uns was vom Buffet«, durchbrach Liam die angespannte Stimmung. Er stand auf und klopfte seinem Freund fester als nötig auf die Schulter, dazu sendete er ihm einen eindringlichen Blick.

»Na schön.« Cai erhob sich ebenfalls und folgte ihm. Ich war mir sicher, dass Liam ihm eine Ansage machen würde. Die Frage war nur, ob Cai sich davon beeindrucken ließ.

»Was?«, fragte Liv auf meinen geknickten Blick hin.

»Gib ihm eine Chance, Liv. Ich weiß, Cai ist ein wenig ...«

»Muffelig? Zynisch? Unverschämt? Der Typ hat keinen Anstand, Alma. Hast du seinen Blick im Auto bemerkt? Wie abfällig er meine Mütze angesehen hat? Und sein Kommentar war ja wohl auch total daneben. Gummistiefel und Landstraßen.« Sie zischte. »Der spinnt ja.«

»Liam wird ihm die Wacht ansagen. Vielleicht hat er heute schlechte Laune. Das hat nichts mit dir zu tun.« Ich lächelte aufmunternd, auch wenn ich Liv insgeheim recht gab, was Cai betraf.

Meine Halbschwester schob den Kiefer vor, dann seufzte sie. »Ja, schon gut. Es ist nur ... Solche Männer sind ein rotes Tuch für mich.«

Bevor ich nachhaken konnte, was sie damit meinte, kehrten Cai und Liam mit beladenen Tellern zurück. Danach machten auch Liv und ich uns zum Buffet auf und ließen es uns anschließend schmecken.

Während wir uns die Bäuche vollschlugen und dazu schwedisches Craftbier tranken, wurden die Gespräche zum Glück etwas lockerer, auch wenn Liv es vermied, Cai direkt anzusprechen. Aber ich bemerkte, dass ihr argwöhnischer Blick immer wieder an ihm hängen blieb.

Dennoch verbrachten wir einen schönen Abend zusammen,

und ich genoss es, dass Liam mich immer wieder anlächelte und unter dem Tisch nach meiner Hand griff.

Vielleicht hatte Liv doch recht und Liam sorgte tatsächlich dafür, dass Herzchen aus meinen Augen ploppten.

27

Es begann zu regnen, als ich das hell beleuchtete Älghorn betrat und mich nach Liam umschaute. Es war Samstag, und in Noras gepflasterten Straßen der Stadt war kaum etwas los. Man spürte den Herbst nicht nur in der Natur, sondern auch an den ausbleibenden Touristen, die Schweden am liebsten im Sommer besuchten. Dabei hatte der schwedische Herbst durchaus seinen Charme. Ich liebte die tief stehende Sonne, die den Norasjön in goldenes Licht tauchte, wenn sich die Wälder in ihr Herbstkleid aus orange-roten Farbtönen warfen, wenn die Luft frischer und kühler wurde und man im Haus den Kamin anzündete. Liv und ich waren am Morgen Pilze suchen gegangen, die ich zu einer Suppe verarbeitet hatte. Später hatte es Kuchen mit frischen Waldbeeren gegeben, die man jetzt ebenfalls überall in den Wäldern fand.

»Alma, was machst du denn hier?« Hinter einer Regalreihe sah Liam zu mir herüber. Er stellte eine Kiste ab und kam zu mir. Nachdem er mir einen Kuss gegeben hatte, betrachtete er mich amüsiert.

»Was brauchst du heute? Wanderschuhe und ein Survival-Buch hast du schon. Eine Multifunktionsjacke?«

Ich zwickte ihn in den Unterarm. »Sehr witzig. Ich bin hier, um dich abzuholen.«

»Was? Jetzt?«
»Genau jetzt.«
»Aber ich muss arbeiten.« Er blickte auf seine Armbanduhr. Und Mittagspause ist erst in zwei Stunden.«
»Cai hat dir freigegeben. Du kannst also ruhigen Gewissens mit mir mitkommen.«
»Cai hat was?« Liam blickte quer durch den Raum zu Cai, der gegen den Verkaufstresen lehnte, die Arme vor der Brust verschränkt, und uns grinsend beobachtete.

Ich nahm ihm sein Verhalten im Smaskigt immer noch ein wenig übel, aber ich war ihm dankbar, dass er Liam diesen Ausflug ermöglichte. Ich wusste, dass es für Cai eine zusätzliche Belastung bedeutete, wenn Liam als sein einziger Mitarbeiter ausfiel.

Liams Blick schwenkte wieder zu mir. »Okay ... jetzt bin ich überfordert.«

Lachend bugsierte ich ihn zum Ausgang. »Das ist nicht schlimm. Du musst nichts machen. Zumindest jetzt noch nicht.«

»Kann ich mich wenigstens zu Hause umziehen?« Er zupfte an seinem Arbeitsshirt.

»Aber schnell. Ein bisschen Zeit habe ich eingeplant.«

Auf dem Weg zu Elsas Haus versuchte Liam, mir Details zu unserem Ausflug zu entlocken. Doch ich blieb eisern. Das hier hatte ich schon vor einer Weile geplant und immer auf den richtigen Moment gewartet, den Termin für uns zu buchen. Als ich erfahren hatte, dass Elsa und Fynn das Wochenende bei einer Freundin verbringen würden, hatte ich alles spontan in die Wege geleitet.

Ich wartete im Auto, während Liam ins Haus lief, um sich umzuziehen. Wenige Minuten später war er wieder zurück, und wir fuhren weiter.

»Hat sich Oskar inzwischen mal bei Fynn gemeldet?«, erkundigte ich mich. Seit dem Geburtstag und Oskars kurzfristiger Absage, wartete Fynn täglich auf seinen Anruf, und Liam wurde immer nervöser. Der Junge rechnete fest damit, dass sein Vater mit ihm seinen Geburtstag nachfeierte. Eine weitere Enttäuschung wäre zu viel für den Knirps.

»Ja, zum Glück. Er hat gestern Abend angerufen. Sie gehen am Wochenende ins Schwimmbad und danach Pizza essen. Fynn freut sich sehr und kann es gar nicht erwarten. Wollen wir mal hoffen, dass Oskar sein Wort hält.« Liam fuhr sich durchs Haar und lockerte es dadurch auf. Einzelne Strähnen fielen ihm in die Stirn. Sein Blick ging durch das Seitenfenster, wo sich hohe Tannen und Laubbäume mit einer Mischung aus braunen und dunkelgrünen Blättern abwechselten. Der Himmel hatte sich etwas aufgeklart und blitzte in einem hellen Blau durch die Wipfel. »Und Cai hat einfach so zugestimmt, als du ihn gefragt hast, ob ich freibekomme?«, wechselte er das Thema.

»Ich glaube, er hatte ein schlechtes Gewissen. Wegen des Abends im Smaskigt.«

Liam seufzte. »Ich hoffe, Liv nimmt das nicht persönlich. Cai kann manchmal ein richtiger Sturkopf sein.«

»Das scheint nicht jeden zu stören.«

»Wen meinst du?«

»Milla aus dem Souvenirshop. Ich glaube, sie hat sich in ihren Chef verguckt.«

»Milla?« Liam runzelte die Stirn. »Wirklich?«

»Vielleicht läuft zwischen den beiden ja auch was.«

»Das glaube ich nicht. Das hätte Cai mir doch er...« Liam brach mitten im Satz ab und schmunzelte. »Nein, hätte er nicht. Cai musste man schon immer alles aus der Nase ziehen. Besonders in Sachen Frauen.«

»Ich kann ihn mir gar nicht in einer Beziehung vorstellen«, gab ich zu.

»Dabei ist seine letzte Beziehung noch gar nicht lange her. Vera und er waren fast drei Jahre zusammen.«

»Was ist passiert?«

Liam zuckte mit den Schultern. »Ich weiß es nicht genau. Als es zwischen den beiden gekriselt hat, ist das mit Arvid passiert. Ich war zu sehr mit mir selbst beschäftigt, um mich bei ihm zu erkundigen. Wir hatten letztes Jahr kaum Kontakt. Das tut mir im Nachhinein leid. Ich weiß zwar, dass Cai ungern über seine Gefühle spricht, ich wäre aber trotzdem gerne für ihn da gewesen, hätte ein Bier mit ihm getrunken oder so was. Er eckt mit seiner Art oft an, aber er ist aufrichtig und immer ehrlich.« Liam schmunzelte. »Auch wenn das manchmal weh tut.«

»War er denn schon immer so ... brummig?«, fragte ich.

Liam lachte. »Brummig? Ja, schon. Cai hat viel von seinem Vater abbekommen. Der war ganz ähnlich. Aber ich glaube auch, dass ihm die Trennung von Vera mehr zugesetzt hat, als er sich eingestehen will. Sie haben sogar kurz zusammengewohnt, in Cais Elternhaus.«

»Das hast du gar nicht erwähnt, als wir im Elchpark waren.«

»Ich wusste ja nicht, dass du so neugierig bist.«

»Ich bin nicht neugierig«, protestierte ich, wenn auch etwas halbherzig.

Liam lachte und ließ sich von seiner Meinung über mich nicht abbringen. Vielleicht hatte er aber auch einfach Spaß daran, mich zu ärgern.

Nach einer Stunde bog ich von der Straße in eine geteerte Einfahrt ab.

»Wo sind wir hier?« Liams Blick schweifte von links nach rechts in der Hoffnung, aus der Umgebung schlau zu werden.

»Erinnerst du dich noch an unser allererstes Gespräch auf dem Spielplatz?«

»Natürlich erinnere ich mich. Du hast mir von Wilma erzählt und deinen Katern.«

»Und du von deiner Seifensammlung.« Ich machte eine bedeutsame Pause und ließ meinen Blick zu dem Gebäude gleiten, vor dem ich in diesem Moment hielt. Es war eine alte Fabrikhalle, die einsam inmitten von Landwirtschaftsflächen lag. Hohe Bäume umringten das alte Backsteingemäuer. Über der Eingangstür hing ein Schild.

»Seifenmanufaktur?«, las Liam laut. Man sah, wie es hinter seiner Stirn arbeitete.

»Ja. Wir werden heute unsere eigene Seife herstellen«, verkündete ich. »Und du darfst so viel daran schnuppern, wie du möchtest.«

»Ich wusste nicht mal, dass es so was gibt.«

»Ich auch nicht. Google hat mir bei der Suche geholfen.«

Liam betrachtete noch ein paar Sekunden lang das Gebäude. Dann drehte er sich zu mir. Sein Lächeln war ehrlich gerührt.

»Danke, Alma. Das ist eine tolle Überraschung.« Er umfasste mein Gesicht und küsste mich.

Kurz darauf betraten wir das Gebäude und wurden von der Kursleiterin empfangen. Neben uns nahmen noch vier weitere Personen an dem dreistündigen Kurs teil. Die meisten waren deutlich älter als wir. Aber ich wettete darauf, dass keiner von ihnen eine ähnliche Obsession für Seifen hatte wie Liam.

In der Mitte des Raumes, der dem Inneren einer typischen kargen Industriehalle glich, standen ein paar alte Holztische. Auf ihnen verschiedene Materialien, die man zur Seifenherstellung benötigte. Nach der Begrüßung und einer kleinen Vorstellungsrunde, bei der mich Liam seine Freundin nannte, was mich lächeln ließ, ging es endlich los. Liam und ich suchten uns aus einer breiten Auswahl an kleinen Glasfläschchen einen Duft aus, den unsere ganz persönliche Seife tragen sollte. Ich entschied mich für Wasserlilie, weil meine Mutter diesen Duft als Parfüm getragen hatte. Liam fiel die Auswahl wesentlich schwerer.

»Das riecht alles gut. Wie soll man sich da entscheiden?«, murmelte er. »Hilf mir, Alma.«

Ich ließ meinen Blick über die Düfte wandern und zog zwei Fläschchen aus der Halterung.

»Probier die mal.«

»Baumwolle und Patschuli?«

Ich nickte. »Das riecht beides nach frischer Wäsche. Also genau dein Ding.«

Liam drehte die Flaschen auf und roch abwechselnd daran. Er schloss die Augen, als hätte er in einen noch warmen Schokoladenkeks gebissen. »Ich glaub, ich bin im Himmel.«

Ich kicherte. »Sieht so aus, als hättest du deinen neuen Lieblingsduft entdeckt.«

Liam blickte mich an und schenkte mir ein Lächeln. »Nein. Der beste Duft ist ein anderer.«

Ich hielt den Atem an, als er sich zu mir herüberbeugte. Seine Wange streifte meine, während er leise Luft durch die Nase sog. »Das ist mit Abstand mein Lieblingsduft«, flüsterte er dicht an meinem Ohr und zog sich wieder zurück.

»Wonach rieche ich denn?« Ich gab mich gelassen und ließ mir nicht anmerken, wie stark es in meinem Magen kribbelte.

»Nach Alma.«

Unter seinem sanften Lächeln wurde mir so warm, dass ich kurz davor war vorzuschlagen, von hier zu verschwinden. Irgendwohin, wo ich ihn an mich ziehen und küssen könnte.

Unser Geplänkel wurde von der Kursleiterin unterbrochen,

die allen Teilnehmern die nächsten Schritte erklärte. Liam zog die bereitgelegten Handschuhe über und vermischte nach ihrer Anweisung das Natriumhydroxid mit Wasser. Über einem Gaskocher erhitzten wir anschließend Öl und Kokosfett und vermengten die Lauge damit. Während die Mischung abkühlte, erfuhren wir mehr über die Seifenherstellung und ihre Geschichte. Als die Kursleiterin in unserer lockeren Runde sprach, schielte ich immer wieder zu Liam, musterte sein Profil, die ausgeprägte Kieferpartie, den Adamsapfel unter der glatten Haut an seinem Hals. Als hätte er meinen Blick auf sich gespürt, sah er zu mir. Ich drehte mich nicht weg, sondern hielt seinem fragenden Blick stand und lächelte. Liam erwiderte es. Im selben Moment spürte ich seine Hand an meiner. Ich ließ meine Finger zwischen seine gleiten und hielt ihn fest.

Nachdem die Abkühlzeit verstrichen war, gossen wir die Masse in kleine Förmchen. Dann begann der kreative Teil, bei dem wir Öle, Kräuter, Blüten und Farben nach eigener Vorstellung zufügen konnten.

Für Liv gestaltete ich eine Seife in einem Kirschrot, die nach Beeren duftete. Ich wusste nicht wieso, aber ich fand, dass die Farbe und der Duft zu ihr passten. Edda bekam eine Naturseife mit Wildkräutern. Die letzte Seife färbte ich in einem hellen Blau, ähnlich wie Liams Augen. Als Duftöl verwendete ich ein Fläschchen, das sich Waldkraft nannte und mich an die Fichtenwälder Schwedens erinnerte. Die Seife roch nach Heimat, nach Ankommen und nach Liam.

»Für wen ist die?«, fragte ich ihn, als er den Rest der Masse in eine Herzform kippte.

»Für Elsa.«

»Ah, hübsch.«

Liam hob den Blick und lachte. »Denkst du wirklich, dass ich meiner Schwester eine Seife in Herzform schenke?« Er zwinkerte, verriet aber nicht mehr.

Nachdem die Seife im Kühlschrank ausgehärtet war, verließen wir das alte Backsteingebäude, bepackt mit duftenden Seifen in unterschiedlichen Farben und Formen. Meine Nase fühlte sich von den vielen Gerüchen überreizt an, Liam hingegen konnte immer noch nicht genug bekommen. Er wickelte eine der Seifen aus dem Umschlagpapier und roch daran. Es war eine milchige, optisch schlichte, die nach Waschmittel roch.

»Die hier riecht perfekt. Dank deines Tipps habe ich jetzt meine persönliche Droge immer griffbereit.« Er stecke die Seife in seine Jackentasche und grinste.

»Du bist seltsam«, sagte ich lächelnd. »Auf eine gute Art.«

»Das ist fast so ein schwaches Kompliment wie dein Vergleich mit meinem Auto und den Beulen und Macken.«

Als wir am Auto ankamen, verstaute er den Karton mit den Seifen auf der Rückbank, fischte aber vorher eine davon heraus. Es war die herzförmige. Mit einem Grinsen reichte er sie mir.

»Die habe ich natürlich für dich gemacht.«

Lächelnd nahm ich sie entgegen. »Ich gebe zu, dass ich darauf gehofft hatte.«

»Wenn du die Mini-Yuccapalme auf deiner Fensterbank schon nicht nach mir benennen willst, dann hast du jetzt wenigstens eine Seife, die nach mir riecht.«

Ich lachte und ließ mich an seine Brust ziehen. Ein Schauer durchlief meinen Körper, von Kopf bis in die Zehenspitzen, als mich Liam küsste und das Verlangen befriedigte, das mich die letzten drei Stunden gequält hatte.

»Danke für die Überraschung, Alma«, sagte er, als wir uns wieder ansahen. »Und jetzt? Endet unser Date hier?«

»Das liegt bei dir. Wir könnten im Smaskigt was trinken gehen«, schlug ich vor. »Oder wir gehen am See spazieren?«

»Klingt schon besser«, sagte er. »Ich habe eigentlich keine Lust auf andere Menschen.« Er lächelte und gab mir noch einen letzten innigen Kuss, bevor wir einstiegen.

Kurz bevor wir die Stadtmitte erreichten, zerplatzten die ersten Regentropfen auf der Frontscheibe. Nur wenige Minuten später regnete es wie aus Eimern und durchkreuzte unser Vorhaben.

»Okay, Planänderung. Wie wäre es, wenn du mit zu mir kommst?«, schlug Liam vor. Das Prasseln des Regens war so laut, dass es das dröhnende Motorengeräusch des Autos übertönte. »Elsa und Fynn sind nicht da. Wir hätten also unsere Ruhe.«

»Gute Idee.« Erst nach und nach wurde mir bewusst, was Liams Vorschlag bedeutete. Wir beide, allein und ungestört vor dem Kamin ...

Mein Herz schlug einen Salto, und plötzlich wurde ich nervös. Das Gefühl verstärkte sich, als wir das Haus der Hansens betraten und Liam den Kamin anzündete, während ich mich auf das Sofa setzte.

Als das Feuer hinter der verrußten Scheibe züngelte, lief Liam in die Küche und kehrte mit einer Flasche Wein und zwei Gläsern zurück.

»Und du hast behauptet, dass du nicht romantisch und aus der Übung bist, was Dates angeht.«

»Jetzt bin ich nicht mehr aus der Übung.« Er grinste und füllte die Gläser mit der dunkelroten Flüssigkeit. »Ich war nur ein wenig ... eingerostet.«

»Ich trau mich kaum, es auszusprechen, aber ein bisschen vermisse ich deine Ideen. Du hast mich damit aus meiner Komfortzone geholt.« Ich lachte bei der Erinnerung daran, wie ich an dem Felsen hing und an Liams Gesichtsausdruck, als ich ihn davon abgehalten hatte, den Wurm auf den Angelhaken zu spießen. »Was hättest du noch alles mit mir unternommen, wenn ich nichts gesagt hätte?«

»Hm.« Liam reichte mir mein Glas und setzte sich neben mich. »Da gibt es einiges. Eine Raftingtour vielleicht. Das macht richtig viel Spaß. Oder ich hätte mir Cais Quad geliehen. In der Nähe des Elchparks gibt es einen Parcours, der durch Wasserlöcher und Schlamm führt.«

Er lachte schallend, als er meine entsetzte Miene sah.

»Das war ein Witz«, beruhigte er mich. »So eingerostet war ich dann doch wieder nicht.« Er trank einen Schluck Wein und musterte mich eingehend. »Auch wenn ich zu Beginn mit meinen Ideen danebenlag, hatte ich lange nicht mehr so viel Spaß wie mit dir, Alma. Es fühlte sich leicht an und irgendwie richtig. Keine Ahnung, wie ich es beschreiben soll.«

Ich lächelte, weil ich genau wusste, was Liam meinte. Seit unserer ersten Begegnung hatte ich diese besondere Anziehung zwischen uns gespürt. Ich hatte mich bei unserem Gespräch wohl mit ihm gefühlt, ernst genommen und ... begehrt. Jedes einzelne Treffen mit Liam war aufregend und vertraut zugleich gewesen, und ich konnte mir mittlerweile nicht mehr vorstellen, wie mein Alltag ohne ihn aussehen würde. Es war, als hätte er sich wie selbstverständlich in mein neues Leben eingefügt.

»Ja, das geht mir genauso.« Meine Wangen fühlten sich warm an vom Alkohol und der Hitze des Kamins.

Liam lächelte und beugte sich zu mir, sein Mund traf auf meinen, und ich schmeckte die Süße des Weins auf seinen Lippen. Unser Kuss wurde schnell drängender, was Liam dazu veranlasste, ihn kurz zu unterbrechen und unsere Gläser beiseitezustellen. Mit beiden Händen umfasste er mein Gesicht, küsste mich, als wäre es das erste und letzte Mal in unserem Leben. Ich legte meine Arme um seinen Nacken, zog ihn an mich, was nicht genug war. Mehr denn je sehnte ich mich nach Liams Nähe, wollte mehr spüren als seine Lippen auf meinen, wollte viel mehr von ihm fühlen.

Liams Hände lösten sich von meinen Wangen, strichen über meinen Rücken bis zu meiner Taille. Seine Finger glitten unter den Stoff meiner Bluse und berührten meine Haut. Ich erschauderte und seufzte leise, als seine Lippen meine verließen und über meinen Hals wanderten, sanft die empfindliche Stelle unter meinem Ohr liebkosten. Ab diesem Augenblick verlor ich mich in unseren Berührungen und ließ meinen Empfindungen freien Lauf. Ich fühlte mich wie berauscht, fühlte nur noch Liam. Irgendwann lag ich rücklings auf dem Sofa. Meine Bluse war aufgeknöpft, und mein Atem ging schwerer. Mit rasendem Herzen beobachtete ich im Schein des Feuers Liam dabei, wie er sich den Pullover über den Kopf zog und sich sein Blick verklärte, als er zu mir herabblickte.

Mein Puls beschleunigte sich, während ich den Mann musterte, dem ich absolut verfallen war, den ich in diesem perfekten Augenblick mehr wollte als alles andere. Meine Hände hoben sich an seine Brust, fuhren über die Muskeln an seinem Bauch, die sich unter meiner Berührung anspannten. Am Bund seiner Hose verweilte ich kurz, registrierte Liams Blick, der noch brennender wurde.

Er schluckte, als ich den Knopf seiner Jeans öffnete und meine Hand hineingleiten ließ. Liams Augen schlossen sich, und ich war mir sicher, niemals etwas Schöneres gesehen zu haben, als ihn in diesem Moment. Unter unseren Küssen und Berührungen verschwand auch der Rest unserer Kleidung. Liam beugte sich über mich und blickte mir tief in die Augen. Ich streichelte über seine Wange und schob eine Haarsträhne aus seiner Stirn, bevor ich ihn erneut küsste und ihn an mich zog.

28

»Guten Morgen«, flötete Liv. Sie war noch im Schlafanzug — einem violetten Zweiteiler aus einem kuscheligen Stoff. Die Haare trug sie zu einem unordentlichen Dutt. Mit einem vielsagenden Grinsen blieb sie auf der untersten Treppenstufe stehen und musterte mein Outfit, mit dem ich gestern das Haus verlassen hatte. »Ihr wart aber verdammt lange Seife machen.«

»Und du bist verdammt früh wach«, imitierte ich sie mit einem bemühten Lächeln. Der Zauber der letzten Stunden hatte sich während meiner überstürzten Rückfahrt endgültig verflüchtigt. Alles, was geblieben war, war ein Engegefühl in meiner Brust und das schlechte Gewissen, weil ich mich klammheimlich davongeschlichen hatte.

»Wo ist Edda?«, fragte ich leise. Es reichte, dass Liv mitbekommen hatte, dass ich jetzt erst nach Hause gekommen war. Ich hatte gehofft, unbemerkt in mein Zimmer verschwinden zu können und das zu verdauen, was in den letzten Stunden passiert war.

»Die ist schon mit Astrid zum Markt gefahren. Danach wollen sie sich mit ein paar anderen zum Frühstücken treffen. Kann also noch dauern, bis sie zurück ist.«

»Ach ja, das hatte ich ganz vergessen.«

Liv folgte mir in die Küche, wo eine fertige Kanne Kaffee stand, die Edda bereits gekocht haben musste. Schweigend goss ich Liv und mir Kaffee in eine Tasse und schob eine davon über die Arbeitsplatte zu ihr rüber. Ich spürte ihren Blick auf mir.

»Ist ... alles ok?«

Ich schluckte und nickte schwach. »Ich bin einfach nur müde.« Ein Teil von mir wollte ihr aufgekratzt berichten, wie wunderschön der gestrige Tag und vor allem die Nacht mit Liam gewesen war. Wie perfekt und vollkommen es sich mit ihm angefühlt hatte. Doch in mir hatte sich eine Mauer hochgezogen, seit ich in seinen Armen aufgewacht war. So lange hatte ich mir Liams Nähe herbeigesehnt, und jetzt, nachdem es passiert war, überrollte mich das Gefühl der Schuld mit ungeahnter Kraft.

Ich hob die Tasse an meine Lippen und schloss die Augen, als mich Erinnerungsfetzen der sinnlichen Nacht einholten. Liam, der mich küsste und mich hielt, sein abgehackter Atem an meinen Lippen, die liebevollen Worte, die er mir später ins Ohr geflüstert hatte — Worte der tiefsten Zuneigung und des Vertrauens. Und genau dieses Vertrauen fühlte sich, seit ich aufgewacht war, an, als stünde es mir nicht zu, als hätte ich seine Zuneigung nicht verdient, weil ich etwas vor ihm verbarg, das sein Bild von mir grundlegend verändern würde.

In diesem Moment ertönte aus dem Flur der Klingelton meines Handys. Es steckte in meiner Manteltasche, neben der Seife in Herzform, die mir Liam geschenkt hatte.

Unweigerlich versteifte ich mich und umklammerte die Tasse fester.

»Willst du nicht rangehen?«, fragte Liv, die mich misstrauisch inspizierte.

Ich schüttelte den Kopf und trank noch einen Schluck Kaffee.

»Okay.« Sie klang verwundert und auch ein wenig besorgt. »Ist wirklich alles in Ordnung, Alma?«

»Ich ... will nicht darüber reden«, sagte ich schließlich. Mit geschürzten Lippen blickte ich zu ihr.

Livs Stirn wellte sich. Ich sah ihr an, dass sie gern weiter nachgehakt hätte, doch sie akzeptierte meine Bitte und nickte. »Okay.«

Endlich hörte das Klingeln auf, und Liv ging in die Hocke, um Bens Aufforderung nachzukommen, ihm den Rücken zu streicheln.

»Hast du vielleicht Lust, was mit mir zu unternehmen? Wir könnten auch zum Markt fahren und ...« Weiter kam Liv nicht, denn wieder klingelte mein Handy. Diesmal klang es in meinen Ohren noch eindringlicher und lauter als zuvor.

Langsam stand Liv wieder auf. In ihrem Blick lagen Hunderte Fragen, die ich nicht beantworten wollte. Mein Magen zog sich zusammen, und mit einem Mal schmeckte der Kaffee viel zu bitter.

»Ich denke, ich lege mich lieber noch mal hin.« Ich stellte die Tasse auf dem Tisch ab und lief, ohne Liv noch mal anzusehen, aus der Küche. Im Flur holte ich das Handy heraus und verschanzte mich damit in meinem Zimmer. Mit dem Rücken gegen die Tür gelehnt starrte ich auf das Display, auf dem mich eine Nachricht von Liam und zwei verpasste Anrufe anklagend anstarrten. Mit angehaltenem Atem drückte ich kurz entschlossen auf Rückruf. Liam nahm sofort ab.

»Alma.« Er klang atemlos und erleichtert zugleich.

»Hej«, sagte ich kleinlaut.

»Ich war kurz davor, zu dir zu fahren. Geht es dir gut?«

»Ja. Oder ... nein. Es geht mir nicht gut.«

»Was ist denn los? Wieso bist du einfach gefahren?«

Ich schloss die Augen und ließ meinen Kopf gegen die Tür sinken. Jetzt wäre der Moment gewesen, in dem ich es ihm hätte erzählen müssen, in dem ich ihm den Grund dafür hätte nennen müssen, weshalb ich vor drei Jahren in der Klinik gekündigt hatte, woran ich beinahe zerbrochen wäre. Ich holte zitternd Luft, um es endlich auszusprechen.

»Habe ich irgendwas falsch gemacht?«

»Was?« Liams Frage war wie ein Eimer kaltes Wasser, der sich über mich ergoss.

»Ich weiß auch nicht. Ich habe die ganze Zeit hin und her überlegt, ob ich irgendetwas übersehen habe. Ob ich was gesagt oder getan habe, das nicht okay war.«

Mein Herz verkrampfte sich. »Nein, Liam. Du hast nichts falsch gemacht.« Ich senkte den Blick auf meine Fußspitzen.

»Es tut mir leid, dass du dir Sorgen gemacht hast. Mir war nach dem Aufwachen total übel, und ich hatte Magenkrämpfe.« Die Sätze kamen tonlos aus meinem Mund, und ich schmeckte die Lüge mit jeder Silbe. »Ich wollte dich deshalb nicht wecken und bin schnell nach Hause gefahren, bevor es schlimmer wurde.«

Eine Pause entstand, die sich schrecklich anfühlte. Ich hasste mich dafür, dass sich Liam wegen mir schlecht fühlte und sich irgendwelche Vorwürfe machte, obwohl ich mit ihm die schönste Nacht meines Lebens verbracht hatte.

»Ich wäre wirklich gerne mit dir aufgewacht. Die letzte Nacht war ... unglaublich.«

Endlich regte er sich wieder am anderen Ende der Leitung. Er seufzte. »Ja, das fand ich auch. Es war wunderschön.«

Ich hörte das Lächeln in seiner Stimme. Tränen kitzelten in meinen Augen, weil ich wusste, dass ich ihn gerade verletzte, ohne dass er etwas davon ahnte.

»Geht es dir denn jetzt besser?«

»Ein wenig.«

»Soll ich zu dir kommen und dir irgendwas vorbeibringen? Zwieback, Kamillentee?«
»Ich habe alles hier, danke. Ich denke, dass ich mich einfach ein bisschen ausruhen muss.«
»Okay.« Wieder wurde es still.
Ich schluckte trocken. »Liam?«
»Hm?«
»Danke.«
»Wofür?«
»Dafür, dass du so bist, wie du bist.«
»Danke, dass du bist, wie du bist«, gab er zurück und bohrte damit das Messer, das in meiner Brust steckte, tiefer hinein.

Du weißt nicht wirklich, wer ich bin, flüsterte eine eisige Stimme in mir.

Nachdem wir uns voneinander verabschiedet hatten, hielt ich es in meinem Zimmer nicht mehr aus. Ich lief ins Bad, schälte mich aus den Klamotten vom Vortag, an denen immer noch Liams Duft hing, und stieg in die Dusche. Während ich mich einseifte, holten mich die sinnlichen Erinnerungen der letzten Nacht ein. Liams Hände auf meinem Körper, die sanft und sicher darüber glitten, genau die richtigen Stellen berührten, seine Lippen, die jeden Zentimeter meines Körpers erkundeten, sein Gewicht auf mir. Ich stellte das Wasser auf kalt und ließ es über meinen Kopf laufen.

Geduscht und angezogen schlich ich die Treppe hinunter und schlüpfte im Flur in Mantel und Wanderschuhe. Im Haus war es still, und ich hoffte, dass mich niemand bemerkte.

Nachdem ich ein paar Meter an der Straße entlanggelaufen war, bog ich blindlings in einen Waldweg ein. Ich lief ohne irgendeinen Plan, konzentrierte mich nur auf den Waldboden, der vom Regen durchtränkt war und schmatzende Geräusche unter meinen Schuhen erzeugte. In den Wipfeln der Bäume hing noch dünner Morgennebel, und es war so diesig, dass man nur einige Meter weit sehen konnte. Die feuchte Luft benetzte mein Gesicht, sorgte dafür, dass sich der Stoff meines Mantels nach Minuten klamm anfühlte.

Immer weiter lief ich den Weg entlang, ohne auf die Abzweigungen zu achten. Ich hatte das Bedürfnis, mich zu bewegen, meine Muskeln zu spüren und dabei der Wut auf mich selbst und der Verzweiflung in meinem Inneren freien Lauf zu lassen. Ich hatte keine Ahnung, wie viel Zeit vergangen war, geschweige denn wo ich mich befand, als ich irgendwann stehen blieb und mich umsah. Über mir hatte sich der Nebel aufgelöst und den Blick auf den grauen Himmel freigegeben. Dunkle Wolken drängten sich aneinander und verhießen nichts Gutes. In der Ferne vernahm ich ein Donnergrollen. Als die ersten Regentropfen fielen, erblickte ich in der Ferne ein kleines rotes Holzhäuschen. Mir entfuhr ein erleichtertes Seufzen. Es war die Hütte, die Liam und Fynn mir bei unserer Wanderung gezeigt hatten. Da der Regen stärker wurde, beeilte ich mich, in der Hütte Unterschlupf zu suchen. Die Tür klemmte ein wenig, und ich musste mich dagegenstemmen, um sie aufzuschieben.

Im Inneren roch es modrig, und die Luft war kalt und klamm. Aber immerhin war es trocken. Über mir prasselte der Regen und klang wie ein wilder Trommelwirbel. Ich schüttelte mein Haar aus und ging zu dem Fenster, wo ich beim letzten Mal die Gravur entdeckt hatte. Ich stutzte, als ich neben dem Namen eine einzelne Blume entdeckte, die jemand dort abgelegt haben musste. Ihre Blütenblätter waren längst verwelkt, aber ich erkannte eindeutig, dass es eine Margerite war. Ein seltsames Gefühl überkam mich, als mich die Erinnerung daran einholte, wie Edda und ich am Esstisch für Mittsommer Kränze gebunden hatten. Ich dachte daran zurück, wie sie zum Schluss nach einer Margerite gegriffen und verkündet hatte, später zum Fest nachzukommen, weil sie noch etwas zu erledigen hätte. Konnte es sein, dass Edda hier gewesen war und die Blume abgelegt hatte? Wie beim letzten Mal ließ ich meine Finger über die eingravierten Buchstaben fahren. *Yva. Mein kleines Mädchen. Ich liebe dich.*

Ich zuckte zusammen, als ein lauter Donnerschlag den Himmel erschütterte. Kurz darauf erhellte ein Blitz das Innere der Hütte. Ich wartete und hoffte, dass das Gewitter schnell weiterziehen würde, damit ich mich auf den Rückweg machen konnte. Nach einer halben Stunde war der Regen jedoch nur noch stärker geworden. Dennoch verließ ich kurz entschlossen die Hütte und versuchte, mich daran zu erinnern, welchen Weg ich mit Liam und Fynn zurückgegangen war. Ich lief und lief, bis meine Füße schmerzten und sich die Muskeln meiner Waden bemerkbar machten. Soweit ich mich erinnerte, hatte es bei unserer Wanderung nicht so lange gedauert, den Wald zu verlassen. Langsam, aber sicher geriet ich in Panik. Die nasse Jeans klebte unangenehm auf meiner Haut, und auch mein Mantel war durchnässt. Zum hundertsten Mal überprüfte ich den Empfang auf meinem Handy und stieß ein erleichtertes Stöhnen aus, als endlich ein Empfangsbalken erschien. Kurz erwog ich, Liam anzurufen, entschied mich aber dagegen. Ich hatte vorgegaukelt, krank zu sein und mit Magenschmerzen im Bett zu liegen. Wie sollte ich ihm jetzt erklären, weshalb ich durch den Wald irrte?

»Alma?«

»Liv«, ich keuchte erleichtert. »Endlich. Ich brauche deine Hilfe.« Ein Donnergrollen übertönte mein letztes Wort.

»Wo bist du? Ich dachte, du liegst im Bett.«

»Im Wald.«

»Im Wald?« Ihre Stimme überschlug sich. »Bei dem Wetter? Bist du wahnsinnig?«

»Es war eine dumme Idee, das weiß ich jetzt auch. Hör zu, ich brauche deine Hilfe. Ich glaube ... ich finde nicht mehr zurück.«

Eine Pause entstand. Es raschelte im Hintergrund.

»Liv?« Meine Stimme stieg panisch in die Höhe, und ich prüfte den Empfang.

»Ja, ich bin noch dran. Wo bist du langgelaufen?«

Ich erklärte Liv, von welcher Weggabelung aus ich in den Wald eingebogen war, und versuchte, mich an irgendwelche Details zu erinnern, die weiterhelfen könnten.

»Hast du die Ortung auf deinem Handy eingeschaltet?«, fragte sie.

»Ich weiß nicht, Moment.« Ich überprüfte die Einstellung. »Ja, habe ich.«

»Okay, dann bleib, wo du bist, damit der Empfang nicht abbricht.«

»Und was, wenn das nicht funktioniert und du dich auch noch verläufst?«

»Ich lege Brotkrumen aus.« Ich hörte das Grinsen in ihrer Stimme.

»Das hat schon bei Hänsel und Gretel nicht funktioniert.«

»Ganz ruhig. Ich schaffe das schon, Alma. Du wirst sehen, ich bin in Nullkommanichts bei dir.«

»Deine Nerven hätte ich gerne«, murmelte ich.

Liv blieb in der Leitung, während sie in Jacke und Schuhe schlüpfte und sich auf den Weg machte.

»Hättest du dir für deinen Spaziergang nicht wenigstens besseres Wetter aussuchen können?« Sie fluchte, als ein lauter Donnerschlag in der Leitung vibrierte. »Hast du in der Schule nicht aufgepasst? Bei Gewitter Bäume meiden.«

»Nur einzelne.«
»Was?«
»Das gilt nur für einzelne Bäume. Nicht für den Wald.«
»Wie auch immer. Du hättest deine frische Luft besser am geöffneten Fenster geschnappt, statt alleine irgendwelche unbekannten Waldwege zu gehen.«
»Liam und Fynn sind mit mir diese Strecke gewandert. Ich dachte, ich finde wieder zurück.«
Wieder donnerte es, und plötzlich brach die Verbindung ab. Ich war den Tränen nahe, weil mir in dem Moment alles zu viel war. Die Erinnerung an die Nacht mit Liam, mein überstürzter Aufbruch, die Lüge, die ich ihm verkauft hatte. Ich atmete durch, versuchte, die Nerven zu behalten, und hoffte, dass ein Wunder geschehen und Liv mich schnell finden würde.
Keine Viertelstunde später machte ich sie tatsächlich zwischen den Bäumen aus. Erleichtert rief ich ihren Namen und lief ihr entgegen. Das Gewitter war inzwischen weitergezogen, aber der Regen hatte nicht nachgelassen. Dementsprechend durchnässt war auch Liv, die mich mit tropfenden Haaren anstrahlte. »Siehst du, ich wusste doch, dass auf meinen Orientierungssinn Verlass ist. Den braucht man als Touristenführerin in einer Großstadt.«
Ungestüm fiel ich ihr um den Hals, was sie zum Lachen brachte.

Zurück zu Hause, föhnten wir unsere Haare und schlüpften in trockene Kleidung. Edda war zu meiner Erleichterung immer noch unterwegs, was mir weitere Erklärungsversuche ersparte.
»Willst du jetzt vielleicht darüber reden?«, fragte Liv zögerlich, als wir mit einer Tasse Tee im Wohnzimmer saßen. Ben lag neben ihr auf dem Polster, und Jerry schlummerte auf dem

Teppichboden vor dem Kamin. »Ich weiß, wir kennen uns noch nicht lange. Auch wenn es sich anders anfühlt.« Sie lächelte verhalten. »Aber ich möchte dir dennoch sagen, dass du immer zu mir kommen kannst, falls ...«

»Ich bin von Liam abgehauen«, brach es aus mir heraus. Ich hatte keine Kraft mehr, die Worte länger zurückzuhalten. Die Wanderung hatte mir im wahrsten Sinne des Wortes den Kopf gewaschen, und ich hatte das dringliche Bedürfnis, mich Liv anzuvertrauen. »Ich bin aufgewacht und dann gefahren, ohne ihm Bescheid zu sagen.«

»Und warum?«

»Weil ... ich Panik bekommen habe.«

Ich schürzte die Lippen, blickte in das rostrote Wasser meines Früchtetees. Mein Herz fühlte sich bleischwer an, und ich spürte den starken Wunsch, es ihr auszuschütten — endlich mit jemandem über das zu sprechen, was ich seit Jahren mit mir allein herumtrug.

»Ich habe Liam nicht alles über mich erzählt. Ihm nicht und Edda auch nicht.«

Liv wartete schweigend, bis ich all meinen Mut aufbrachte und stockend weitersprach.

»Ich habe nicht wegen der anstrengenden Nachtschichten im Krankenhaus gekündigt. Und auch nicht wegen des Personalmangels.« Ich schnaubte. »Gott, ich wünschte, das wären die Gründe gewesen. Aber so ist es leider nicht.« Mein Brustkorb fühlte sich eng an, mein Atem ging schwer. Es war pure Folter, darüber zu reden, es laut auszusprechen. Und gleichzeitig war es eine Erleichterung. Ich wusste nicht, wie Liv reagieren würde. Doch das spielte jetzt keine Rolle mehr.

»Ich liebte das, was ich tat, mit jeder Faser meines Körpers. Auch wenn mich die ständigen Unterbesetzungen und Doppelschichten auf der Station zermürbten. Doch dieses Gefühl, eine Frau bei der Geburt zu begleiten und sie zu unterstützen, war für mich das Größte und half über die Anstrengung hinweg. Es war für mich jedes Mal ein Wunder, wenn ein Baby geboren wurde.« Ein trauriges Lächeln huschte über meine Lippen, und ich spürte die aufsteigenden Tränen in meinem Hals. »Ich habe wunderschöne Momente miterlebt und war glücklich, weil ich das Gefühl hatte, etwas Gutes zu tun. Aber dann kam diese eine Nacht, die alles veränderte. Maike, meine Kollegin, und ich waren allein. Alle Kreißsäle waren belegt, und wir hechteten zwischen den Zimmern hin und her. In einem davon veratmete Anna ihre Wehen, die kurz zuvor an der Kreißsaaltür geklingelt hatte. Ich habe sie selbst hereingelassen.« Ich blickte zu Liv. »Deshalb hatte ich die Panikattacke im Krankenhaus. Es hat mich an den Moment erinnert, als ich Anna und ihren Mann Phillip in den Kreißsaal gelassen habe.«

»Und ich dachte, es wäre wegen deiner Mutter«, flüsterte Liv betreten.

»In dem Moment ist alles hochgekommen.« Ein Zittern durchlief meinen Körper, als mich die Erinnerung an die schreckliche Nacht erneut einholte, mich in den Kreißsaal zurückkatapultierte.

»Du hast es gleich geschafft«, sagte ich in einer Wehenpause und schenkte Anna und ihrem Mann Phillip ein Lächeln. »Ich kann den Kopf schon sehen.« Während Maike alles für die Ankunft des Babys vorbereitete, überprüfte ich ein letztes Mal die Herztöne. Wir ließen uns den Stress nicht anmerken, den wir durch die vielen anderen Geburten hatten, auch wenn diese Nacht alles von uns abverlangte. Plötzlich ging alles ganz schnell. Mit zwei kräftigen Wehen und Annas

lautem Stöhnen wurde das Baby geboren. Mein Lächeln verlor sich, als ich den kleinen Körper auffing, der sich nicht bewegte. Maike und ich tauschten einen Blick, und ich sah dasselbe Entsetzen in ihren Augen, das ich in diesem Augenblick fühlte. Um mich herum drehte sich alles, und meine Hände begannen, unkontrolliert zu zittern. Ich hörte Annas erleichtertes Schluchzen und ihren Mann, der ihr tränenerstickt sagte, dass sie es geschafft hatte. Ich hörte sie beide fragen, was los sei, während Maike panisch nach dem Notarzt telefonierte. Die Tür flog auf, und der Kinderarzt eilte mit zwei Helfern herbei. Panik brach aus, Anna schrie nach ihrem Kind, das mir aus dem Arm gerissen und in den Nebenraum gebracht wurde. Maike und ich hielten Anna davon ab, aufzustehen, um zu ihrem Kind zu gehen. Wir versuchten, sie zu beruhigen, redeten auf sie ein, dass alles gut werden würde, obwohl ich längst spürte, dass das nicht stimmte. Phillip sagte nichts. Er war blass und hielt seine weinende Frau so lange im Arm, bis die Ärzte wieder in den Raum zurückkehrten. Langsam, still. Zu still. Einer von ihnen trug das Baby, es war in ein weißes Handtuch gewickelt — ein winziges Bündel.

»Mein Baby«, schluchzte Anna. Sie streckte ihre Arme aus.

»Es tut uns leid«, setzte der Arzt an und ging mit dem Baby auf Anna zu. »Das Kind hat es nicht geschafft. Das Herz muss schon im Geburtskanal aufgehört haben zu schlagen.«

Ich hielt mich am Bettgestell fest, meine Beine drohten einzuknicken.

Das Herz muss schon im Geburtskanal aufgehört haben zu schlagen, *hallte die Stimme des Arztes in meinem Kopf nach, als er Anna das weiße Bündel übergab und sie einen markerschütternden Schrei ausstieß.*

»Alma, beruhige dich.«

Liv strich über meinen Rücken, holte mich aus meiner Erinnerung zurück. Harte Schluchzer erschütterten meinen Körper.

»Es war nicht deine Schuld. Es war ein ganz schreckliches Unglück.«

»Nein.« Ich schüttelte den Kopf, wischte fahrig über meine tränennassen Wangen. »Nein, das war es nicht. Ich war die Letzte, die die Herztöne kontrolliert hat. Ich habe die Falschen aufgezeichnet. Liv. Es waren Annas. Deshalb habe ich den Abfall nicht bemerkt.«

Liv schluckte, schien für einen Moment lang sprachlos zu sein.

»Es ist meine Schuld, dass dieses Kind gestorben ist. Deshalb habe ich gekündigt und mir geschworen, nie wieder als Hebamme zu arbeiten.«

»Alma ...« Jetzt weinte auch Liv. Ihr Griff um meine Hand wurde fester.

»Ich habe das Glück einer Familie zerstört. Du hättest sie sehen sollen, als sie das Baby im Arm gehalten haben. Ihr Herz war gebrochen.« Ich atmete durch und ließ die Schultern hängen. Jetzt, nachdem ich alles gesagt hatte, fühlte ich mich ausgelaugt und leer. Nicht mal die Tränen flossen weiter.

»Was du erleben musstest, ist schrecklich. Ich kann und will mir nicht vorstellen, wie es sein muss, damit klarzukommen.«

»Mit so was kommt man nicht klar. Ich habe es verdrängt und mit niemandem darüber gesprochen.«

»Nicht mal mit Edda?«, fügte sie an.

»Nein. Nicht mal mit ihr.«

»Wieso hast du ihr nichts davon gesagt? Sie wäre für dich da gewesen. Du hättest nach so einem Erlebnis nicht allein sein dürfen.«

»Ich wollte es vergessen. Ich dachte, es würde nur schlimmer werden, je mehr ich mich damit auseinandersetze. Aber stattdessen hat es mich immer stärker belastet. Der neue Job war in Ordnung, aber ich habe nichts mehr gefühlt. Keine Freude oder Leidenschaft für das, was ich täglich getan habe. Die Schuldgefühle wuchsen, und ich habe mich immer mehr verkrochen. Dann kam Eddas Jobangebot, und ich ... hatte plötzlich die Hoffnung, dass doch wieder alles gut werden würde, dass ich meine Berufung nicht aufgeben musste, selbst wenn ich immer mit der Gewissheit leben würde, versagt zu haben. Als ich hier in Nora ankam und später Liam kennenlernte, hatte ich das Gefühl, es schaffen zu können.«

»Was?«

»Endlich wieder glücklich zu sein.«

Liv schniefte und umfasste meine beiden Hände. »Du hast es geschafft. Du arbeitest als Hebamme und hast Liam kennengelernt.«

»Dem ich diesen Teil meines Lebens vorenthalte. Genauso wie Edda. Sie hätte mir niemals diesen Job angeboten, wenn sie davon gewusst hätte.«

»Glaubst du das wirklich? Edda ist deine Tante. Sie würde dich nicht im Stich lassen.«

»Aber sie würde meine Kompetenz in Frage stellen. Ich habe ihr ins Gesicht gelogen, Liv.«

»Du hattest Angst.«

»Oder ich bin feige«, flüsterte ich. »Wenn ich mir vorstelle, wie Liam reagieren würde ... Ich bin die Hebamme seiner Schwester, und er hat sowieso schon das Vertrauen in die Medizin verloren.«

»Wieso das denn?«

»Er hat seinen besten Freund nach einer Operation verloren, weil die Ärzte einen Tupfer in der Wunde vergessen haben. Er ist an einer Sepsis gestorben.«

»Wie schrecklich. Aber das eine kann man nicht mit dem anderen vergleichen. Das muss Liam klar sein.«

Ich schüttelte den Kopf. »Du hättest sehen müssen, wie er über den Arzt gesprochen hat. Er klang so verachtend. Die Vorstellung, dass er genauso über mich denkt ...« Ich ließ den Satz unvollendet, weil allein die Vorstellung mich erschaudern ließ. Ich wollte Liam nicht verlieren. Und schon gar nicht auf diese Weise.

Liv blieb noch eine Weile neben mir sitzen. Hielt mit mir gemeinsam die bedrückende Stille aus.

Ich fühlte mich elend, aber auch erleichtert, es ihr erzählt zu haben. Es änderte nichts an meiner Schuld, doch es gab mir zumindest für den Moment das Gefühl, nicht allein mit der Last zu sein.

Liv stützte mich, obwohl ich niemals vermutet hätte, dass ausgerechnet sie es sein würde, die in diesen schweren Minuten neben mir saß und meine Hand hielt — die mich nicht verurteilte, sondern einfach für mich da war. Und dafür war ich dankbar.

29

W o will dein Bauch noch hin?«, fragte ich lächelnd. Elsas Wangen wirkten rund und rosig. Die letzten Schwangerschaftswochen standen ihr, und sie wirkte nicht mehr so abgeschlagen und mürbe wie noch vor ein paar Wochen.

Sie lachte und tätschelte ihren Bauch. »Das frage ich mich auch. Meine Füße sehe ich jedenfalls nicht mehr.«

Im Wohnzimmer setzten wir uns an den Esstisch, der auffallend aufgeräumt aussah. Überhaupt stellte ich beim Blick durch das Wohn- und Esszimmer fest, dass das gewohnte Chaos fehlte. Beim Anblick des Sofas spürte ich, wie Hitze in meine Wangen kroch. Ich hatte keine Ahnung, ob Elsa wusste, was vergangene Woche zwischen mir und Liam passiert war. In ihrem Wohnzimmer.

»Nestbautrieb«, antwortete Elsa schulterzuckend, als hätte sie meine Gedanken gelesen. »Ich will es immer ordentlich und sauber haben, falls das Baby kommt.« Sie lachte. »Seit ich nicht mehr arbeiten muss, drehe ich jeden Raum im Haus auf links.«

»Ich hoffe, dass du es nicht übertreibst. Es heißt nicht umsonst Mutterschutz.«

»Ich lasse mir Zeit. Wenn Fynn in der Vorschule ist, arbeite ich in aller Ruhe meine To-do-Liste ab. Liam hat gestern das

Kinderzimmer gestrichen und ein paar Möbel mit mir aufgebaut. Möchtest du es mal sehen?«

»Ja, gerne.«

Elsa führte mich in die obere Etage und zeigte auf eine Tür. »Da ist Fynns Zimmer und gegenüber das von seinem zukünftigen Geschwisterchen.«

Ich folgte ihr in den Raum, der klein war, aber durch das große Fenster hell und freundlich wirkte. Die Wände waren in einem neutralen Beigeton gestrichen worden, der Wickeltisch, das niedrige Kinderbett und ein Mini-Kleiderschrank bildeten mit ihrem Cremeweiß einen hübschen Kontrast. Über der Wickelkommode hing ein Mobile mit mehreren bunten Wollbommeln, das etwas zerrupft aussah.

»Ist das selbstgemacht?«, fragte ich und berührte einen der Bommel.

Elsa nickte lächelnd. »Fynn hat das Mobile im Werkunterricht gebaut. Süß, oder? Er freut sich so sehr auf das Baby und fragt täglich, wann es endlich auf die Welt kommt. Und Liam ist auch schon nervös. Jedes Mal, wenn ich mir den Rücken reibe, schreckt er auf und ist sofort in Alarmbereitschaft.«

Elsa redete munter weiter, aber meine Gedanken schweiften unwillkürlich ab. Ich dachte an Liam und daran, wie es sein würde, ihn wiederzusehen. Eine Woche hatten wir uns nicht gesehen, was nicht an Liam, sondern an mir und den vorgeschobenen Gründen gelegen hatte. Ich behauptete, mich immer noch schlapp zu fühlen und nach der Arbeit zu erledigt für ein Treffen zu sein. Liam hatte es mir abgenommen. Aber ich hatte die Enttäuschung in seiner Stimme gehört, mit der er mir gute Besserung gewünscht hatte. Ich fühlte mich nach wie vor schuldig, weil ich ihm nichts von meinem Geheimnis erzählte, obwohl er mir im Gegenzug alles von sich offenbart hatte. Wir hatten eine wunderschöne Nacht miteinander verbracht, und er hatte mir sein Herz geöffnet. Und ich? Ich zog den Schwanz ein und hielt ihn auf Abstand, obwohl ich ihn jede Minute vermisste. Auf der Fahrt zu Elsa war ich dennoch erleichtert gewesen, dass sein Auto nicht in der Einfahrt parkte, weil ich ihm nicht hier, im Beisein von Elsa, das erste Mal wieder über den Weg laufen wollte.

»Alma?«

»Hm?« Ich blinzelte.

Elsa stand vor er Wickelkommode. Die oberste Schublade war geöffnet. In den Händen hielt sie eine Cremetube. »Ich habe gefragt, ob du diese Creme kennst und ob sie gut ist gegen einen wunden Baby-Po.«

»Oh, ja, die ist sehr gut«, sagte ich mit einem schnellen Blick auf die Verpackung. Ich räusperte mich. »Hast du sonst alles zusammen fürs Baby?«

»Ich denke schon. Die Kliniktasche ist auch fertig. Ich habe sogar ein paar Energieriegel für Liam eingepackt. Ich bin dankbar, dass er an meiner Seite sein wird. Auch wenn ich ein wenig Sorge habe, ob ihn das nicht überfordert.«

Erst jetzt wurde mir klar, dass ich noch nie bewusst darüber nachgedacht hatte, dass Liam anstelle von Oskar bei der Geburt dabei sein würde.

»Es ist so schade, dass man nicht seine eigene Hebamme bei der Geburt dabeihaben kann. Ich hätte dich so gern dabei.«

Ich lächelte verkrampft. »Ich bin mir sicher, dass du im Krankenhaus bei einer Hebamme in guten Händen sein wirst. Ihr solltet nur früh genug losfahren. Der Weg ist weit, und es ist dein zweites Kind. Das kann schon mal schneller gehen, als man denkt. Macht euch am besten bei den ersten regelmäßigen Wehen auf den Weg, die alle fünfzehn Minuten kommen. Was macht ihr eigentlich mit Fynn, wenn es losgeht?«, fragte ich, um auch dieses Thema zu klären.

»Wir können ihn zu seinem besten Freund bringen. Dort ist er gut versorgt, Fynn weiß auch darüber Bescheid und freut sich darauf.«

»Ich sehe schon, du hast alles im Griff.«

»Was bleibt mir anderes übrig? Ich muss mich damit abfinden, dass ich zukünftig alleinerziehend bin.« Sie bemühte sich um ein gefasstes Lächeln.

»Elsa, du machst das großartig. Überleg doch mal, was in den letzten Monaten passiert ist und wie du dich durchgekämpft hast. Du kannst sehr stolz auf dich sein. Du bist eine liebevolle Mutter, arbeitest trotz der schmerzvollen Trennung weiter und schmeißt den Haushalt. Ich habe schon viele Frauen kennengelernt, und glaub mir, nicht jede hätte das so geschafft wie du. Zumindest nicht unter diesen Umständen.«

»Ohne Liam wäre das letzte halbe Jahr undenkbar gewesen. Er war meine Stütze.«

»Und die wird er auch weiterhin sein. Nur weil das Baby auf der Welt ist, heißt das nicht, dass du allein bist.«

»Da kann ich Alma nur zustimmen.«

Elsa und ich zuckten zusammen. Gleichzeitig drehten wir uns zu Liam herum, der wie aus dem Nichts im Kinderzimmer aufgetaucht war.

Elsa keuchte und hielt sich den Bauch. »Liam! Musst du dich so anschleichen?« Sie stöhnte. »So setzen garantiert die Wehen eher ein. Fynn erschreckt mich auch ständig.«

Liam lehnte sich lächelnd in den Türrahmen und blickte mich an. Mein Herz stolperte bei seinem Anblick. Es war, als hätten wir uns Wochen nicht gesehen, als wäre alles, was wir in den letzten Monaten gemeinsam erlebt hatten, ewig her. Ich fühlte unsere Verbindung, unsere vertrauten Blicke, und doch war da eine seltsame Distanz. Mein Magen verkrampfte sich, als mir bewusstwurde, dass es meine Schuld war. Ich hatte mit meiner Flucht und der vorgetäuschten Krankheit eine Grenze gezogen.

Liam schien diese unsichtbare Mauer ebenfalls zu spüren, denn er kam nicht wie sonst gleich auf mich zu, um mich mit einem Kuss zu begrüßen. Er ließ es sich nicht anmerken, doch ich bemerkte die Veränderung in seinem Lächeln sofort.

»Das Thema hatten wir doch schon tausendmal«, bemerkte er an Elsa gerichtet. »Denkst du, ich lasse dich und Fynn hängen?«

»Und wie lange willst du das durchziehen? Bis Fynn und das Baby volljährig sind? Du willst nicht ewig hier wohnen bleiben, das hast du selbst gesagt. Du hast auch noch ein eigenes Leben, ein Privatleben.« Elsa warf mir einen vielsagenden Blick zu. »Ich will nicht, dass du dich für uns aufopferst.«

»Für mich ist es kein Opfer, für dich und Fynn da zu sein. Jetzt kommt erst einmal das Baby, und dann sehen wir weiter. Es wird sich schon eine Lösung für alles finden.« Während er den letzten Satz sagte, blickte er mich an. »Hast du gleich noch ein paar Minuten?«

»Ich taste Elsas Bauch noch ab und überprüfe die Herztöne. Danach habe ich ein bisschen Zeit bis zum nächsten Termin.«

»Okay. Ich bin im Garten, hinten beim Schuppen.«

Ich nickte und bemühte mich um ein sorgloses Lächeln. »Gut, dann bis gleich.«

Als Elsa und ich zurück in die untere Etage gingen, verspürte ich ein seltsames Ziehen im Magen. Ich untersuchte sie und stellte fest, dass das Baby in der richtigen Position lag und das Köpfchen bereits tiefer gerutscht war. Alles war in Startposition, und ich war gespannt, ob sich das Kind wirklich noch vier Wochen Zeit nehmen würde, um auf die Welt zu kommen.

Da es unser letzter Termin vor der Geburt war, überkam uns beide eine melancholische Stimmung. Elsa war meine erste Schwangere in Nora gewesen, die ich hatte allein betreuen dürfen. Die engmaschigen Termine waren eher unüblich, in Elsas speziellem Fall aber nötig gewesen. Nach der Geburt würde ich noch ein paarmal zur Kontrolle kommen, worauf ich mich sehr freute. Es war für mich etwas sehr Besonderes, eine Frau so lange begleiten zu dürfen. Mit Elsa würde ich mein Leben lang meine erste Erfahrung als Vorsorgehebamme verbinden. Ich war dankbar dafür und musste meiner Tante Edda recht geben. Meine anfängliche Skepsis, was die Familie Hansen anging, hatte sich im Laufe der Termine in Luft aufgelöst. Ich hatte durch meine eigene familiäre Situation gleich eine Verbindung zu Elsa gespürt, hatte ihre Sorgen und Ängste besser nachvollziehen können. Ich hoffte, dass ich für Elsa die richtige Unterstützung gewesen war, die sie in dieser schweren Zeit gebraucht hatte. Mein Gefühl sagte mir, dass es ihr gutging und sie es schaffen würde, eine gute Zweifachmutter zu sein — auch allein.

»Ich weiß gar nicht, wie ich mich bei dir bedanken soll, Alma.« Elsa traten Tränen in die Augen, als wir aufgestanden waren.

»Du musst mir für gar nichts danken. Und das hier ist kein Abschied. Ich komme nach der Geburt noch ein paarmal.«

»Ja, ich weiß. Ich hoffe doch, dass wir uns auch außerhalb deiner Termine sehen?« Sie wischte über ihre feuchte Wange. »Wegen Liam, meine ich. Ihr zwei seid ein tolles Paar. Ich freue mich so sehr für ihn. Seit er dich kennt, ist er ...« Sie brach ab, schniefte, und wieder lief eine Träne über ihre Wange. »Er ist wieder richtig aufgeblüht. Als Arvid gestorben ist, habe ich ihn nicht wiedererkannt. Er hat nicht mehr gelacht wie früher und seine gewohnten Späße mit Fynn gemacht. Es war, als hätte Arvid etwas von ihm mitgenommen, seine Lebensfreude und die

Leichtigkeit, die sonst so typisch für ihn waren. Liam war immer der Positivere von uns beiden. Das habe ich letztes Jahr an ihm vermisst. Du hast ihm diese Leichtigkeit zurückgegeben, Alma.« Ergriffen von ihren Worten, schluckte ich schwer. »Das hat nichts mit mir zu tun. Liam ist ein starker Mann — er hat erkannt, was in den letzten Jahren falsch gelaufen ist, und hat sein Leben umgekrempelt.«

Er hat dich nicht verdient, zischte mir eine unbarmherzige Stimme zu. *Er hat keine Lügen verdient, keine Ausreden, keine Frau, die ein Leben auf dem Gewissen hat.*

Nachdem ich meinen Mantel angezogen und mich von Elsa verabschiedet hatte, lief ich durch den Garten geradewegs auf den Schuppen zu. Der Rasen war feucht und gab unter den Sohlen meiner Stiefel nach.

Liam bemerkte mich nicht. Mit dem Rücken mir zugewandt teilte er mit gezielten Axtschlägen Holzstücke auf einem abgeschnittenen Baumstamm. Für ein paar Sekunden beobachtete ich seine kraftvollen Bewegungen, auf die das knackende und klackende Geräusch der Axthiebe folgte.

Als er sich nach den zerteilten Holzscheiten bückte, fiel sein Blick auf meine Schuhspitzen. Langsam richtete er sich auf und legte die Axt auf dem Holzstamm ab. Sein Atem ging von der Anstrengung schneller, die Wangen und seine Nasenspitze waren von der kühlen Luft gerötet.

»Hej«, sagte ich und schluckte angespannt. Ich blieb dort stehen, wo ich war, und versuchte, zu deuten, was in seinem Kopf vorging. Die Kälte kroch meine Beine herauf, die nichts mehr als eine dünne Strumpfhose bedeckte. Ich hatte vergessen, wie kühl der schwedische Herbst sein konnte.

Liams Blick wanderte über mich, tastete mein Gesicht ab, als suchte er etwas darin. Las ich Zweifel in seinen Augen? Eine Spur Unsicherheit?

Mein Herz schlug schneller, und mit einem Mal überkam mich eine brennende Sehnsucht nach ihm, die ich mir in der letzten Woche verboten hatte.

»Ich habe dich vermisst«, sagte ich, ein unsicheres Lächeln auf den Lippen. Meine Worte schienen das Eis zu brechen, denn Liams Miene veränderte sich schlagartig. Seine Züge wurden weicher, und der fragende Blick in seinen Augen wich einer brennenden Sehnsucht. Schmunzelnd machte er einen weiteren Schritt auf mich zu und umfasste mit seinen kühlen Fingern meine Wangen. Eine Gänsehaut bildete sich unter meinen Schichten Kleidung, als er mit den Daumen über meine Haut strich. Sanft und vertraut.

»Werd nie wieder krank, okay?«

»Versprochen.« Keinen Atemzug später lagen seine Lippen auf meinen. Wir küssten uns innig und beinahe verzweifelt, als hätten wir uns monatelang nicht gesehen. Mir war schwindelig vor Erleichterung und der Gewissheit, dass sich zwischen uns doch nichts verändert hatte, dass nichts zerbrochen war. Mein hässliches Geheimnis, das alles verändern würde, drängte ich zurück in die hinterste Ecke meines Verstandes.

30

»Du strahlst im Moment ganz besonders.« Edda musterte mich und legte eins der großen Stillkissen auf den Boden. Insgesamt waren es sechs Stück. Für jede Schwangere eins.

Es war Freitagabend, und ich durfte zum ersten Mal an einem Geburtsvorbereitungskurs teilnehmen. Ich freute mich darauf und half Edda bei den Vorbereitungen dafür. In dem kleinen Raum, der mit Matten ausgelegt war, herrschte eine gemütliche Atmosphäre. Während draußen der Wind trockene Blätter gegen die Fensterscheiben wehte, war es in der Praxis warm, und Teelichter in kleinen Gläsern flackerten auf den Fensterbänken. In ein paar Minuten würden die schwangeren Kursteilnehmerinnen eintreffen. Ich war aufgeregt und hoffte, dass ich aus den zwei Stunden viel für meinen eigenen Kurs mitnehmen könnte. Mittlerweile war Oktober. Nicht mal mehr drei Monate, bis es losgehen würde. In den letzten Wochen hatte ich mit zwei Elternpaaren sprechen dürfen, die eine unfreiwillige Autogeburt erlebt hatten. Ihre Erfahrungsberichte waren unglaublich wertvoll gewesen und hatten meine Ideenliste für die Themen im Kurs um einige Punkte erweitert.

»Das muss an der schwedischen Luft liegen. Und deinen Zimtschnecken, mit denen du Liv und mich mästest.«

»Ich glaube eher, dass ein blonder gut aussehender Mann

damit zu tun hat.« Sie zwinkerte mir zu, und ich musste lächeln.
»Ich freue mich für dich, Alma. Liam ist ein sehr netter Mann.«
»Ja, das ist er«, gab ich ihr ohne Einwände recht. Vergangenen Sonntag hatte Edda ihn zum Frühstück zu uns eingeladen, und von der ersten Minute an hatte es gewirkt wie das Normalste der Welt, dass Liam am Tischende saß und Eddas Marmelade lobte. Nur Liv hatte mir ab und zu ernste Blicke zugeworfen, die mich daran erinnerten, dass mein Problem nicht aus der Welt geschafft war. Sosehr ich bei dem Gedanken, in Liam meinen Seelenverwandten gefunden zu haben, in Euphorie verfiel, schien mich die Vorstellung zeitgleich zu ersticken. Liams und mein Glück stand auf einem instabilen Fundament, das ich selbst gegossen hatte. Ich rang täglich mit mir, es ihm zu erzählen. Doch die Angst vor seiner Reaktion hinderte mich daran. Auch gegenüber Edda fühlte ich mich zunehmend schlechter, weil sie mir ihr uneingeschränktes Vertrauen schenkte, während ich ihres missbrauchte. Diese Tatsache lastete schwer auf mir und verlieh meinem Glück einen bitteren Beigeschmack.

»Liam und ich kennen uns jetzt seit fast fünf Monaten. Aber mir kommt es länger vor. Er macht mich ... glücklich.«

Edda betrachtete mich, die Miene nachdenklich. »Es gibt da diesen Spruch, Alma. Man ist dann glücklich, wenn man mit sich selbst, seinem Herzen und seinem Gewissen zufrieden ist.«

Ich starrte meine Tante an und versuchte, mir nicht anmerken zu lassen, wie gezielt sie den Nagel auf den Kopf getroffen hatte. Ausweichend brach ich unseren Blickkontakt ab. »Eigentlich muss ich dir danken, dass du mich zu den Hansens geschickt hast.«

»Du warst nicht begeistert«, erinnerte sie mich an meine erste Reaktion. »Aber ich wusste, dass du die beste Hebamme für Elsa bist. Und das hat sich bestätigt. Dass du dich in ihren Bruder verliebst, habe ich dabei aber nicht vorausgesehen.«

Verliebst ... Bei dem Wort und Liams Bild, das in meinem Kopf erschien, flutete mich eine angenehme Wärme. Bisher hatte keiner von uns beiden die magischen Worte ausgesprochen, obwohl ich sie bei jedem Blick in seine Augen fühlte. Ich spürte die Innigkeit in seinen Blicken, fühlte, dass er mich ebenso in sein Herz geschlossen hatte wie ich ihn in meins. Aber reichte das, um von Liebe zu sprechen?

Am nächsten Tag rief mich Liam früh morgens an und fragte, ob ich mit Fynn und ihm einen Bootsausflug machen wollte. Elsa brauchte dringend Ruhe, worauf Fynn mit einem Trotzanfall reagiert hatte. Seiner Meinung nach war seine Mama total langweilig geworden. Zum Glück fing Liam seinen Neffen auf und sorgte für ein wenig Ablenkung.

Nachdem mich Liam abgeholt hatte und wir zu der Stelle fuhren, an der wir unser Angeldate gehabt hatten, sprang Fynn übermütig aus dem parkenden Auto und rannte in Richtung Ufer, wo Cais Boot stand.

»Und, bist du sehr traurig, dass wir heute nicht angeln, sondern nur Boot fahren?«, fragte mich Liam mit einem Grinsen.

Spielerisch stieß ich ihm meinen Ellbogen in die Seite. Der dicke Stoff seiner Jacke federte meinen Stoß ab.

»Mit deinem Hobby werde ich mich nie anfreunden.«

»Das musst du auch nicht.« Liam legte einen Arm um meine Schulter und blickte mich zärtlich an. »Ich mag dich genau so, wie du bist. Und es gibt ja zum Glück noch ein paar andere Dinge, die wir in unserer Freizeit gemeinsam machen können.« Sein Blick wurde zweideutig und sein Lächeln breiter.

»Du meinst Wildwasserrafting und mit Cais Quad durch einen Waldparcours rasen?«

»Wenn das Codeworte für das sind, was ich eigentlich meine, dann ja.«

Ich lachte, und eine Weile beobachteten wir Arm in Arm Fynn dabei, wie er am Ufer Steine sammelte und sie ins Wasser warf.

Liam löste sich von mir und zog sein Smartphone aus der Jackentasche. Er warf einen schnellen Blick auf das Display und verstaute es wieder. »Nur eine Mail«, murmelte er, und die plötzliche Anspannung in seinen Zügen verschwand wieder. »Ich dachte, es wäre Elsa. Sie sah heute Morgen so blass aus. Und sie schläft seit Tagen extrem viel.«

»Ihr Körper bereitet sich auf die Geburt vor. Es ist ganz normal, dass sie viel schläft. Ab jetzt könnte es jederzeit losgehen.«

»Was, wenn ich es verpasse?«

»Was?«

»Den Anruf, wenn sie mir Bescheid geben will, dass es losgeht.«

»Du checkst dein Handy alle paar Minuten« gab ich schmunzelnd zurück. »Solange dein Akku geladen ist und du immer Empfang hast, kann nichts schiefgehen.«

Er seufzte. »Ja, du hast recht. Entschuldige.«

Ich legte meine Arme um seinen Nacken und gab ihm einen Kuss. »Ich verstehe dich. Du wirst bei einer Geburt dabei sein und fühlst dich verantwortlich.« Bei der Vorstellung, dass Liam dieses Ereignis miterleben würde, schlug mein Herz schneller. Ich dachte an den zauberhaften Moment, wenn ein Baby geboren wurde. Ein kleiner, perfekter Mensch, der seinen ersten kräftigen Schrei ausstieß, seinen ersten Atemzug nahm, das erste Mal die Haut seiner Mutter spürte, wenn man ihn ihr in die Arme legte.

»Vielleicht macht dir die Vorstellung jetzt noch Angst, aber glaub mir, es wird ein Erlebnis sein, das du niemals vergessen wirst. Weil es etwas Magisches ist, Liam. Nicht mehr lange, und du wirst deinen Neffen oder deine Nichte kennenlernen.«

Liam betrachtete mich, bevor er auf meine Worte einging. »Es fehlt dir, oder? Die Geburten, meine ich.«

Ich schluckte und wagte nicht, das auszusprechen, was ich empfand. Ja, es fehlte mir sehr. Ich war glücklich, endlich wieder Hebamme zu sein. Es erfüllte mich mit Glück und Zufriedenheit. Doch da war auch dieser kleine leise Teil in mir, der meiner Zeit auf der Geburtenstation nachtrauerte, die Nachtschichten vermisste, diese ganz besondere Stimmung, die in den Kreißsälen herrschte. Doch ich verbot mir, mich daran festzuklammern. Die Zeit war vorbei. Und das hatte Gründe.

»Es ist gut so, wie es ist«, brachte ich schließlich heraus. Ich bemühte mich um ein unbekümmertes Lächeln, doch es gelang mir nicht.

Liam runzelte die Stirn und wirkte, als würde er mir nicht recht glauben und weiter nachhaken wollen.

»Nicht küssen«, krähte Fynn vom Ufer aus zu uns herüber und stemmte die kleinen Fäuste in die Hüften. »Wir wollen Boot fahren!«

Schmunzelnd ließen wir uns los und gingen zu ihm.

Regungslos lag der Norasjön unter uns. Am anderen Ufer erstreckte sich der Wald in seiner herbstlichen Farbenpracht. Darüber spannte sich ein hellgrauer Himmel. Ich atmete die kalte

Luft ein, genoss das Gefühl, wie sich meine Lunge damit füllte und meine Gedanken klärten. Die schwedische Natur hatte eine so heilsame Wirkung auf mein Gemüt, dass ich mich fragte, wie ich es in Deutschland ohne den Geruch von Wald und Freiheit ausgehalten hatte. Mein Herz schwoll an, als mein Blick auf Fynn und Liam fiel, die das Boot vorantrieben. Fynn saß zwischen Liams Beinen und umfasste die Hände seines Onkels, um die Ruderbewegungen mit auszuführen. Er strahlte, und seine schlechte Laune schien vergessen zu sein. Liams Lächeln, das er mir zuwarf, wirkte wieder unbeschwerter. Ich lächelte zurück, während mich das Gefühl überwältigte, angekommen zu sein.

Das hier war mein Zuhause. Nora, dieser See, die Wälder und die Natur. Liam. Fynn. Es fühlte sich an, als wäre ich jahrelang umhergeirrt, um dann die richtige Abzweigung zu nehmen und nach Hause zu kommen. Dieser Moment in dem Boot mit Liam und Fynn fühlte sich so perfekt an, dass ich ihn am liebsten eingefroren hätte.

Wir paddelten ziellos auf dem See herum, bis Fynn Hunger bekam und Liam die Brote aus dem Rucksack holte, die er für den Ausflug zubereitet hatte. Dazu tranken wir warmen Tee aus einer Thermoskanne, während wir in unserem Boot friedlich auf dem Wasser schaukelten.

»Kann ich die doofe Schwimmweste ausziehen?«, fragte Fynn. »Die ist unbequem.« Er hatte sich unter eine Decke gekuschelt, dicht an Liam gedrängt und biss in sein Brot.

»Nein, Kumpel. Du kennst die Regeln. Kein Bootfahren ohne die Weste.« Er zog Fynns Mütze weiter über die Ohren. »Und wenn dir kalt wird, sagst du Bescheid, dann fahren wir zurück zum Ufer.«

Fynn schüttelte kauend den Kopf. »Ich will nicht zurück. Noch lange nicht.«

»Na schön. Du bist der Chef.«
»Klar bin ich das.«
Liam lächelte zu ihm hinunter, und mein Herz blühte bei dem Anblick der beiden auf.

Nachdem wir aufgegessen hatten, holte Fynn einige Steine aus seiner Jackentasche, die er am Ufer gesammelt hatte, und versuchte, sie wie sein Onkel, über die Wasseroberfläche hüpfen zu lassen. Liam und ich beobachteten ihn eine Weile, dann wandte sich Liam mir zu.

»Zum Glück ist er wieder besser drauf. Wenn er schlechte Laune hat, kann er richtig ungemütlich werden. Das hat er definitiv von Elsa.« Er lehnte sich vor und stützte die Unterarme auf die Oberschenkel. Sein Blick fuhr über mein Gesicht, und ein Grinsen zupfte an seinen Lippen. »Du hast eine ganz rote Nasenspitze, Rudolph. Und du zitterst. Vielleicht hätte ich dich fragen sollen, ob dir zu kalt ist.«

»Erwischt. Ich bin die Kälte einfach nicht mehr gewohnt. Die Winter in Deutschland sind milder.«

Liam hielt mir seine Handflächen hin, und ich legte meine kühlen Hände hinein. Die Wärme seiner Haut ging auf mich über, und mein Herz wollte mir bei seinem Anblick aus der Brust springen. Vorsichtig rubbelte er meine Finger warm.

»Bist du glücklich, Alma?«, fragte er unvermittelt und blickte von meinen Fingern auf.

Ich war über seine Frage kurz überrascht, antwortete dann aber, ohne lange nachzudenken. »Ja. Ich bin sehr glücklich. Alles fühlt sich richtig an. Mein Job, Nora ...« Ich lächelte, blickte kurz an ihm vorbei hinaus auf den See. Ich war mir nicht sicher, ob ich aussprechen sollte, was ich wirklich dachte und fühlte.

Als ich wieder Liams Blick begegnete, lächelte er mich zärtlich an, und ich warf jegliche Bedenken über Bord. »Du fühlst dich richtig an, Liam.«

»Ich bin auch sehr glücklich mit dir, Alma. Mehr noch.« Sein Blick wurde inniger, und ein beinahe unsicheres Lächeln trat auf seine Lippen. »Es schwebt mir schon eine ganze Weile im Kopf herum, aber ich habe es irgendwie bisher nicht auf die Reihe bekommen, es auszusprechen. Ich glaube, dass ich mich in dich ...«

Plötzlich schwankte das Boot. Fynn schrie auf, und ein dumpfer Schlag war zu hören. Wasser spritze, und Liam stieß mit dem Fuß die Thermoskanne um, die neben ihm gestanden hatte. Daneben lag Fynns Schwimmweste. Das Geräusch, als sie auf den Holzboden krachte, wurde von seinem markerschütternden Schrei überlagert.

»Fynn!« Liam sprang auf, so dass das Boot erneut ins Wanken geriet. Diesmal kräftiger. Ich krallte mich an der Reling fest und folgte Liam, der sich seine Jacke vom Körper riss und ins Wasser sprang. Eiskalte Tropfen trafen mich, weckten mich aus meiner Schockstarre. Panisch krabbelte ich an das andere Ende des Bootes und starrte hinunter ins Wasser, wo Liam mit wilden Schwimmbewegungen untertauchte. Meine Brust verkrampfte sich, mein Herz schlug viel zu schnell. Wild schrie ich Liams und Fynns Namen, während in meinem Kopf nichts als Chaos herrschte. Ich fühlte mich hilflos, weil ich nichts tun konnte. Also schrie ich weiter, bis Liam wieder auftauchte. Prustend hielt er Fynn in einem Arm. Sein schlaffer Körper hing in seiner Armbeuge, der Kopf kraftlos und die Augen geschlossen. Mein Körper gefror, und ich konnte nichts anderes tun, als Fynn anzustarren.

»Zieh ihn hoch«, schrie Liam. »Alma!«

Endlich gewann ich wieder Kontrolle über mich, fasste nach

Fynns Armen und zog daran. Liam hob ihn weiter an, bis ich es schaffte, den kleinen Körper ins Boot zu ziehen.

»Wickel ihn in die Decke. Schnell.«

Ich tat, was er sagte. Meine Hände zitterten, und ich weinte unaufhörlich, während ich die Decke um Fynns Körper schlang. Seine Haut war blass, seine Lippen waren blau verfärbt.

»Halt ihn fest. Ich komme jetzt zu euch.«

Das Boot schaukelte gefährlich, als Liam sich hochwuchtete und ins Boot zurückkletterte. Er legte Fynn auf die Sitzbank und beugte sich dicht über ihn.

»Er atmet. Gott. Er atmet noch.« Sein Blick jagte zu mir. »Ruf den Notarzt. Fynn muss sofort hier weg.«

Die nächsten Minuten verliefen wie in einem schlechten Traum, aus dem man aufwachen wollte, es aber nicht schaffte. Während ich den bewusstlosen Jungen fest im Arm hielt, ruderte Liam mit dem Boot zum Ufer. Er keuchte vor Anstrengung, seine Kleidung war von Wasser durchtränkt, die Züge waren schmerzverzerrt. Ich weinte, hielt Fynn so fest, wie ich konnte. Ich hatte meinen Mantel ausgezogen und zusätzlich über ihn gelegt, doch ich spürte seinen ausgekühlten Körper durch den Stoff. »Bitte, Fynn. Halte durch«, flüsterte ich nahe an seinem Ohr. »Bitte.«

Gerade als wir das Ufer erreichten, hörten wir das erlösende Geräusch des Hubschrauberpropellers. Ich kniff die Augen zusammen und schirmte Fynn mit meinem Körper vor dem Wind ab, den der Hubschrauber bei der Landung auslöste. Sanitäter sprangen aus der Kabine, rannten herbei und nahmen Fynn an sich. Wie in Trance trat ich zurück und beobachtete schockiert, wie sie ihn umringten.

Mein Blick fiel auf Liam, der von einem Sanitäter am Arm sanft von Fynn weggezogen worden war. Er war blass, seine

Augen vor Sorge weit aufgerissen, die nassen Haare klebten an seiner Stirn.

Ich ging zu ihm, aber er nahm mich nicht wahr. Vorsichtig berührte ich seine Hand. Sein gesamter Körper zitterte vor Anspannung und Angst. Ich griff nach seiner eiskalten Hand und hielt sie, während wir beobachteten, wie Fynn in eine Wärmedecke gewickelt und auf der Trage fixiert wurde.

Liam löste sich von mir. »Was ist mit ihm? Wo bringt ihr ihn jetzt hin?«, fragte er aufgebracht. Eine Sanitäterin wandte sich ihm zu.

»Der Junge ist stark unterkühlt und hat das Bewusstsein verloren. Wir müssen ihn ins Krankenhaus bringen. Dort wird er sofort behandelt.«

»In welches Krankenhaus? Nach Örebro?«

Die Frau nickte.

»Fynn ...« Liams Blick folgte den Sanitätern, die ihn zum Hubschrauber trugen. »Ich muss mit ihm kommen.«

»Das geht leider nicht. Im Hubschrauber darf niemand mitfliegen. Am besten kommt ihr mit dem Auto hinterher.«

»Aber er ist ganz alleine. Jemand muss bei ihm sein, falls er aufwacht.« Liam klang vollkommen aufgelöst. Die Sanitäterin blickte ihn mitfühlend an. Dann schwenkte ihr Blick zu mir. »Wir fliegen jetzt los. Der Kleine wird das schaffen. Da bin ich sicher. Und wir passen gut auf ihn auf.«

Ich nickte ihr zu und trat wieder neben Liam, als sie zum Hubschrauber joggte und einstieg.

»Liam. Sieh mich an.« Ich hob meine Hand an seine Wange. Endlich sah er mich an. »Alles wird gut, okay? Fynn ist in guten Händen. Sie helfen ihm, und er wird ganz gesund.«

Meine Worte wurden von dem startenden Hubschrauber übertönt. »Komm, wir dürfen keine Zeit verlieren.«

31

Liam und ich sprachen während der halbstündigen Fahrt kein Wort. Ich blickte immer wieder zu ihm, aber er schien abwesend zu sein. Ich konnte es ihm nicht verdenken. Was mit Fynn auf dem Boot passiert war, wirkte surreal. Der Schock steckte mir noch immer in den Knochen, und die Ungewissheit, wie es mit ihm weiterging, war quälend. Der Verkehr hielt sich zum Glück in Grenzen, während ich viel zu schnell die Hauptstraße entlangfuhr. Nachdem ich auf dem Parkplatz vor der Universitätsklinik geparkt hatte, rannten Liam und ich durch den Eingang.

An der Anmeldung drängelte sich Liam an den wartenden Menschen vorbei, um nach Fynn zu fragen, was für einstimmigen Unmut sorgte. Aber das interessierte uns nicht. Wir mussten zu ihm und wissen, wie es ihm ging.

Zum Glück zeigte sich die Dame am Empfang verständnisvoll, schaute in ihrem Computer nach und nannte uns die Etage und den Flur, wo Fynn hingebracht worden war.

Wieder rannten wir.

Meine Beine fühlten sich schwer an, als wir endlich den Gang erreichten. Es war ein typischer Krankenhausflur. Weißer Boden, weiße Wände, Stühle für Wartende, die an der Wand standen. Es roch nach beißendem Desinfektionsmittel und Linoleumboden und erinnerte mich an das letzte Mal, als ich mit Liv und Valentina hergekommen und eine Panikattacke bekommen hatte. Ich atmete tief ein und aus und konzentrierte mich auf Liam, der mich jetzt brauchte.

Als eine Krankenschwester aus der Flügeltür trat, lief er auf sie zu. »Mein Neffe müsste da drin sein. Geht es ihm gut? Er ist mit dem Hubschrauber eingeflogen worden.«

Die überrumpelte Krankenschwester blinzelte, nickte aber dann. »Ich frage nach. Einen Moment, bitte.«

»Danke.« Liam blieb vor der Tür stehen, hinter der die Frau wieder verschwunden war. Seine Schultern sanken. Mit den Händen fuhr er sich durch das inzwischen trockene Haar.

»Liam.« Langsam ging ich auf ihn zu. Ich berührte seine Schulter und stellte mich neben ihn. Sein Pullover fühlte sich nass und kalt an. Doch das schien er gar nicht zu bemerken. Seine Augen wirkten ausdruckslos, als ich seinen Blick fand.

»Ich hätte besser aufpassen müssen«, murmelte er. Der Schmerz, der in seiner Stimme lag, zerriss mich innerlich. »Ich hätte darauf achten müssen, dass er die Weste anbehält. Es war meine verdammte Verantwortung, auf ihn aufzupassen.«

Ich hätte ihm gerne gesagt, dass er sich keine Vorwürfe machen sollte, dass es ein Unfall gewesen war und er sich nicht die Schuld dafür geben dürfte, weil er auch nur ein Mensch war, der nicht jede Situation unter Kontrolle haben konnte. Menschen versagten, täglich, stündlich, in jeder Minute. Doch keins dieser Worte schaffte es über meine Lippen, weil es für mich leere Floskeln waren und ich wusste, dass sie einem nichts brachten, wenn man sich für etwas die Schuld gab. Sie machten das, was geschehen war, nicht besser, sie nahmen nicht die Last, die auf einem lag. Ich wusste zu gut, wie es sich anfühlte, versagt zu haben, seiner Verantwortung nicht gerecht geworden zu sein.

Deshalb schwieg ich und tat das, was ich selbst in dieser Situation gebraucht hätte. Ich nahm Liam in den Arm und drückte ihn fest an mich, zeigte ihm auf stumme Weise, dass ich für ihn da war.

Er ist außer Lebensgefahr, hallte es in meinem Kopf nach. Tränen der Erleichterung liefen immer noch über meine Wangen, als ich auf einem der kühlen Kunststoffstühle zusammensackte. Liam war bereits auf dem Weg zurück nach Nora. Kurz nachdem ich Liam auf dem Krankenhausflur in den Arm genommen hatte, war eine Notärztin aus dem Hubschrauber zu uns gestoßen und hatte uns die erleichternde Nachricht überbracht.

»Er hat eine Gehirnerschütterung und viel Wasser geschluckt, ist aber wieder bei Bewusstsein. Die Untersuchungen sind noch nicht ganz abgeschlossen. Bis er auf der Station ist, wird es noch dauern. Dann könnt ihr aber direkt zu ihm.«

Liam war gleich darauf aufgebrochen. Elsa wusste noch nichts von dem Unfall, und er wollte es ihr unter keinen Umständen am Telefon sagen. Sie war hochschwanger und würde höchstwahrscheinlich in Panik verfallen. Außerdem brauchte Fynn für die nächsten Tage im Krankenhaus Kleidung und seine Papiere, die Liam mit ihr gemeinsam zusammensuchen müsste. Ich versprach unterdessen, die Stellung zu halten und ihm Bescheid zu geben, sobald ich etwas Neues von Fynn hörte. Nach ein paar tiefen Atemzügen suchte ich in meinem Mantel nach meinem Handy, das zum Glück noch in der Tasche steckte und nicht im Boot herausgefallen war. Ich rief meine Tante an, doch sie ging nicht ans Telefon. Auch Liv erreichte ich nicht, weshalb ich ihr eine knappe Nachricht schrieb, was geschehen war und wo ich mich befand. Ich ging davon aus, dass wir uns die nächsten

Stunden im Krankenhaus aufhalten würden, und ich wollte vermeiden, dass sie sich Sorgen machten, weil ich nicht nach Hause kam.

Die Minuten flossen zäh vor sich hin. Ohne zu lesen, blätterte ich in einer abgegriffenen Zeitschrift, nur um meine Nervosität im Zaum zu halten. Ich konnte mich nicht konzentrieren, da ich mir unentwegt ausmalte, wie Elsa die Nachricht von Fynns Unfall aufnahm. Ich sorgte mich um sie und das ungeborene Baby und hoffte inständig, dass Liam es schaffte, sie zu beruhigen.

Während ich wartete, gingen Krankenpfleger und Ärzte durch die Tür ein und aus. Manche nickten mir zu. Andere schienen mich gar nicht zu bemerken. Ich sprang auf, als ich endlich Elsa um die Ecke kommen sah, und lief ihr entgegen.

»Alma!« Elsas Augen wirkten aufgequollen, die Haut ihrer Wangen war fleckig. Sie hielt eine Hand an ihren Bauch.

Ich umarmte sie und flüsterte ihr beruhigend ins Ohr, dass alles in Ordnung kommen würde, während ihr Körper von Schluchzern erschüttert wurde.

»Hast du schon etwas Neues von Fynn gehört?«, fragte sie.

»Nein, leider nichts Neues. Aber du kannst bestimmt gleich zu ihm rein.«

»Ich muss *jetzt* zu ihm. Er hat sicher schreckliche Angst.«

»Er ist in guten Händen, Elsa.« Ich führte sie zu einem der Stühle, und sie setzte sich.

»Wo ist Liam?«, fragte ich. »Geht es ihm gut?«

Elsa nicke. »Er gibt die Papiere von Fynn ab. Er macht sich so schreckliche Vorwürfe. Wegen der Schwimmweste.«

»Wir haben uns unterhalten, als es passiert ist«, sagte ich mit schwacher Stimme. Ich fühlte mich ebenso verantwortlich für das, was geschehen war, und hatte den Moment mehrmals durchgespielt. »Wir waren abgelenkt und haben nicht bemerkt, dass Fynn sich die Weste ausgezogen hat.«

»Das spielt keine Rolle. Es war ein Unfall. Fynn ist gerettet, und ihr habt euer Bestmögliches getan. Bitte macht euch keine Vorwürfe.«

Ich war unendlich erleichtert über ihre Reaktion und nahm sie erneut in die Arme. Als ich im Augenwinkel eine Bewegung wahrnahm, löste ich mich von ihr. Mein Blick fiel auf Liam, der einige Meter entfernt von uns stehen geblieben war. Alles an ihm wirkte angespannt, während er mich anstarrte.

»Ich bin sofort wieder da. Warte hier, ja?«

Elsa zog ein Taschentuch aus ihrer Jacke und nickte.

Mit einem unheilvollen Gefühl schritt ich auf Liam zu. Er regte sich nicht, und je näher ich ihm kam, desto deutlicher erkannte ich den Schmerz in seinen Augen, die Wut und die grenzenlose Enttäuschung. Mein Magen zog sich krampfartig zusammen.

»Ist alles in Ordnung?« Eine Armlänge entfernt blieb ich vor ihm stehen. Das Herz schlug mir bis zum Hals, und ich suchte in seinem Blick verzweifelt nach der Wärme und Zuneigung, die immer darin lag. Doch ich fand nichts, außer Kälte und einer viel zu großen Distanz.

»Ob alles in Ordnung ist?«, presste er hervor. Er blickte rasch an mir vorbei, zu Elsa, die zusammengekauert auf dem Stuhl saß und zu uns herübersah.

Er schluckte. Mit gesenkter Stimme sprach er weiter. »Du solltest jetzt besser gehen.«

»Was? Aber ich ...«

»Fahr nach Hause, Alma.« Liams Blick bohrte sich unnachgiebig in mich hinein, während er mir meinen Autoschlüssel in die Hand drückte.

»Nicht bevor du mir sagst, was los ist.« Mir wurde übel, weil seine Worte noch schärfer klangen als zuvor.

Liams Miene verschloss sich noch mehr, bis sie einer ausdruckslosen Maske glich. Als er an mir vorbeigehen wollte, hielt ich ihn am Arm zurück.

»Liam. Es tut mir so leid, was Fynn passiert ist. Ich weiß, wir waren abgelenkt, und ich wünschte, wir könnten es rückgängig machen.«

Er presste die Lippen zusammen und entzog sich meiner Berührung. Seine Zurückweisung kam einem Messerhieb gleich.

Ich schluckte. Verwirrt und enttäuscht versuchte ich, mich zu sammeln. Seine Reaktion war nicht fair, doch ich spürte, dass jetzt nicht der richtige Zeitpunkt war, um eine Diskussion anzufangen. »Aber wie kommt ihr nach Hause, ohne Auto?«

»Das ist nicht deine Sorge. Wir kommen klar.« Er machte einen Schritt an mir vorbei, blieb dann aber doch noch einmal stehen. Hoffnung bäumte sich in mir auf, dass er es nicht ernst meinte, uns die Chance gab, darüber zu sprechen.

»Und lass Elsa in Zukunft in Ruhe. Wir werden uns eine andere Hebamme für die Nachsorge suchen.«

Ein zweiter schmerzhafter Stich durchdrang mein Herz, gab mir den Todesstoß. Ich öffnete den Mund, wollte protestieren. Doch aus mir kam kein einziger Ton heraus. Ich atmete nicht mal, als ich Liam hnterhersah.

Auf der Rückfahrt versuchte Liv mehrmals, mich zu erreichen. Ich ließ das Handy jedes Mal klingeln, ertrug die sich ständig wiederholende Melodie des Klingeltons. Ich weinte nicht, ich schrie nicht. Ich dachte nichts. Da war nur Leere in meinem Kopf, und mein Herz fühlte sich wie ausgehöhlt an.

Als ich wenig später die Haustür aufschloss, kamen mir Liv und Edda schon im Flur entgegen.

»Alma. Wieso gehst du nicht an dein Telefon?« Liv klang panisch.

Meine Tante musterte mich, in ihren Augen spiegelte sich Sorge.

»Tut mir leid«, sagte ich roboterartig und zog Schuhe und Mantel aus.

»Das muss ein furchtbarer Schock gewesen sein. Zum Glück ist Fynn außer Lebensgefahr.«

»Elsa und Liam sind jetzt bei ihm. Er wird wieder auf die Beine kommen.«

»Komm ins Wohnzimmer und setz dich. Ich mache dir einen Tee. Du musst fix und fertig sein.«

Ich schüttelte den Kopf und rieb mit der Handfläche über meine Stirn. »Nein, danke, Edda. Mir geht es gut. Ich bin nur erschöpft und würde mich gerne hinlegen.«

Als ich zur Treppe ging, streifte mein Blick Liv, die mich unruhig anblickte und mir mit den Augen irgendwas zu verstehen geben wollte. Ich ignorierte es und lief stattdessen geradewegs nach oben in mein Zimmer, wo ich mich auf mein Bett fallen ließ. Ich hatte das dringliche Bedürfnis, zu duschen und saubere Kleidung anzuziehen, doch ich war zu kraftlos, um noch mal aufzustehen. Ich hoffte einzuschlafen, aber mein aufgewühlter Geist ließ mich nicht zur Ruhe kommen. Meine Gedanken nahmen wieder an Fahrt auf, wirbelten unkontrolliert umher und sorgten dafür, dass ich Kopfschmerzen bekam. Mein Magen knurrte, mein Mund war ausgetrocknet. Aber ich erlaubte mir nicht, meine Bedürfnisse zu stillen, sondern blieb einfach liegen.

Vor meinem Fenster wurde es dunkel, durch die Scheibe erschienen nach und nach die ersten Sterne. Der Kloß in meinem Hals wuchs mit jedem Atemzug.

Ein zaghaftes Klopfen riss mich aus meiner Starre.

»Alma?« Livs Stimme prallte dumpf gegen die Tür. »Darf ich reinkommen?«

Ich sagte nichts, was Liv zum Anlass nahm, die Tür zu öffnen.

»Liv. Bitte, ich will jetzt nicht darüber reden.«

»Es tut mir so leid, Alma. Ich habe Mist gebaut.«

Ihre Worte ließen mich aufhorchen. »Wovon sprichst du?«

»Ich habe Liam von der Totgeburt erzählt.«

Ich hielt den Atem an uns starrte sie an. »Was?«

Schuldbewusst senkte sie den Blick und nickte. »Als Liam zu Elsa wollte, sind wir auf der Landstraße beinahe zusammengekracht. Er ist wie ein Irrer gefahren, viel zu schnell. Er hat angehalten und sich entschuldigt, und ich habe mich natürlich gewundert, weshalb er ohne dich mit deinem Auto unterwegs ist. Dann hat er mir alles erzählt. Als er mir gesagt hat, dass du ganz alleine im Krankenhaus bist, um die Stellung zu halten, ist mir das mit den Panikattacken rausgerutscht. Ich hatte Angst, dass es dir wieder passiert, dass Fynns Unfall dich triggert. Liam war natürlich total durcheinander, als ich irgendwas von Totgeburt und Krankenhaus vor mich hin geplappert habe.« Sie verzog gequält das Gesicht. »Als mir bewusstwurde, was ich gesagt hatte, war es schon zu spät. Liam hat sich nicht abwimmeln lassen und wollte eine Erklärung.«

»Er weiß also alles.«

»Nicht jedes Detail. Aber er hat sich den Rest zusammengereimt.« Liv rückte zögerlich an mich heran. »Es tut mir so schrecklich leid. Das hätte nicht passieren dürfen.«

Liv schluckte. »Er war plötzlich wie ausgewechselt. Er hat mich einfach stehen gelassen und ist weitergefahren.«

»Es war klar, dass er so reagieren wird. Ich wusste es. Und genau deshalb habe ich geschwiegen. Ich wusste, dass er mir das niemals verzeiht.«

»Hast du versucht, mit ihm darüber zu reden?«

»Er hat mich weggeschickt und mir gesagt, dass ich mich von Elsa fernhalten soll. Jetzt verstehe ich auch, wieso. Er vertraut mir nicht mehr, weil er weiß, wie sehr ich damals versagt habe.« Tränen brannten in meiner Kehle, die ich heruntergeschluckte, weil ich mir nicht erlaubte, mich zu betrauern. Im Krankenhaus hatte ich geglaubt, Liam hätte sich verschlossen, weil er auch mir die Schuld an Fynns Unfall gab. Doch in Wahrheit hatte er einen viel schwerwiegenderen Grund für sein abweisendes Verhalten gehabt, denn nun kannte er die hässliche Wahrheit über mich.

»Alma, es tut mir schrecklich leid.«

»Es ist nicht deine Schuld, Liv. Das zwischen uns ist zerbrochen, weil ich nicht ehrlich war. Von Anfang an.« Ich nahm einen zitternden Atemzug und dachte an den wunderschönen Moment im Boot, als Liam mir beinahe gesagt hätte, dass er mich liebt, bevor Fynn das Gleichgewicht verloren hatte und ins Wasser gestürzt war.

Eine bedrückende Stille legte sich über uns.

»Weiß Edda es auch?«, fragte ich.

»Nein. Von mir nicht.« Sie seufzte. »Aber vielleicht wäre es besser, wenn du es ihr sagst, bevor sie es anderweitig erfährt.«

»Ich weiß nicht, ob ich das schaffe, Liv.«

Ich stand buchstäblich mit dem Rücken zur Wand, eingekesselt von Menschen, denen ich etwas verheimlicht hatte. Mein neues Leben in Nora, das so vielversprechend begonnen hatte, wendete sich zu einem Desaster. Vielleicht war das meine gerechte Strafe. Ein Zeichen des Universums, dass ich dieses wunderbare Leben nicht verdient hatte. Diesen Job, Liam, der mich glücklicher machte, als ich es je für möglich gehalten hätte, das friedliche Zusammenwohnen mit Edda ... So sehr ich mir gewünscht hätte, genau dieses Leben meins nennen zu können, musste ich jetzt schmerzlich einsehen, dass es nicht mir gehörte. Nicht mehr. Und vielleicht hatte es das noch nie.

32

Ich nahm mir die gesamte Woche frei und verkroch mich in meinem Zimmer. Liv versuchte, mich davon zu überzeugen, wenigstens zum Essen runterzukommen, doch selbst dazu fühlte ich mich nicht in der Lage. Auch die Nachricht, dass Liv Ende der Woche abreisen würde, brachte mich nicht dazu, über meinen Schatten zu springen. Ich schlich mich nur dann in die Küche, wenn Edda und Liv nicht zu Hause waren. Hauptsächlich deshalb, weil ich meiner Tante nicht in die Augen sehen konnte. Wenn ich ihr im Haus über den Weg lief, erkannte ich die Sorge in ihrem Blick. Aber sie ließ mich in Ruhe, stellte keine Fragen und zwang mich nicht zum Reden. Und genau diese Rücksichtnahme machte alles noch viel schlimmer. Wie hatte ich sie so hintergehen können? Wieso hatte ich damals nicht abgelehnt, als sie mir am Telefon das Jobangebot unterbreitet hatte? Ich hatte egoistisch gehandelt, und jetzt zahlte ich den Preis dafür. Liam hatte nichts mehr von sich hören lassen, und mit jedem Tag, der verging, wurde mir bewusster, dass das mit uns endgültig vorbei war. Ich hatte viel darüber nachgedacht, was das für mich bedeutete und wie es weitergehen sollte. Letzten Endes war ich zu einem Entschluss gekommen, der sich falsch anfühlte, aber für mich die einzige richtige Entscheidung zu sein schien. Mein Blick fiel auf Lola, die Mini-Yucca-Palme auf der Fensterbank, die ich bald schon zurücklassen würde, weil ich sie unweigerlich mit Liam verband.

Als ich hinunterlief, hörte ich Liv in der Küche sprechen. Sie lehnte an der Arbeitsfläche, wo Edda in einem Topf rührte. Ben streifte um ihre Beine, Jerry entdeckte ich auf einem Stuhl im Esszimmer. Beinahe beleidigt funkelte er mich an. Auch meine Kater hatte ich die letzten Tage sträflich vernachlässigt, was sie mir jetzt mit Ignoranz heimzahlten.

Liv verstummte, als sie mich im Türrahmen bemerkte.

Ein köstlicher Duft von Köttbullar lag in der Küche und ließ meinen Magen hungrig knurren. Gleichzeitig erfüllte er mich mit Wehmut, weil ich daran dachte, dass Liam mir jetzt niemals dieses Gericht kochen würde.

Eddas Blick folgte Livs. Ihre Miene hellte sich auf, und sie seufzte erleichtert. »Alma. Du kommst gerade richtig zum Abendessen. Es gibt dein Lieblingsgericht. Vegetarische Köttbullar.«

»Ich wollte eigentlich nur kurz mit euch sprechen. Habt ihr einen Moment?«

Edda ließ den Kochlöffel im Topf zurück und wandte sich mir zu. »Ja, natürlich.«

Liv musterte mich fragend, doch ich wich ihr aus.

»Ich werde Nora verlassen«, ließ ich die Bombe gleich zu Beginn platzen.

»Wie bitte?« Edda wurde schlagartig blass. »Was redest du da, Alma?«

»Es tut mir leid, Edda. Aber ich ... kann nicht länger hierbleiben.«

»Das ist doch ein Scherz.« Ihr bestürzter Blick fiel auf Liv, die ähnlich überrumpelt wirkte, wenn auch etwas gefasster. Sie kannte zumindest die Hintergründe, die mich zu meiner Entscheidung getrieben hatten, wohingegen Edda keine Ahnung hatte.

»Alma, denkst du nicht, dass das eine Kurzschlussreaktion ist?«

»Nein«, antwortete ich Liv bestimmt. »Meine Entscheidung steht fest. Ich werde hier natürlich noch alles regeln.« Ich sah zu Edda. »Ich weiß, wie sehr ich dich mit meinem Entschluss hängen lasse. Deshalb ist es das Mindeste, was ich tun kann, vor meiner Abreise nach einem Ersatz für die Hebammenpraxis zu suchen.«

»Aber wo willst du denn hin?«, mischte sich Liv wieder ein.

»Das wäre die nächste Sache. Ich habe gehofft, dass ich vorerst bei dir in Stockholm unterkommen kann. Es wäre nur für ein paar Wochen, bis ich was Eigenes gefunden habe.«

»Ja, natürlich. Aber ...« Sie brach mitten im Satz ab. »Hast du dir wirklich gut überlegt, ob das die Lösung ist?«

»Natürlich ist das keine Lösung«, ging Edda plötzlich unwirsch dazwischen. Ihre Züge verhärteten sich. »Egal, was dich zu dieser Idee getrieben hat, Alma. Vor etwas wegzulaufen, ist nie die richtige Lösung.«

Ihre harten und direkten Worte fühlten sich an wie ein Schlag ins Gesicht. Edda hatte recht. Ich lief davon, mal wieder, statt mich der Sache zu stellen. Aber ich sah keine andere Möglichkeit. Ich konnte unmöglich in Nora bleiben.

Edda atmete durch. »Liv, würdest du uns einen Moment allein lassen? Ich glaube, Alma und ich müssen dringend etwas klären.«

Liv nickte, warf mir noch einen letzten bekümmerten Blick zu und verschwand aus der Küche.

»Setz dich«, bestimmte Edda. Ich war mir sicher, dass ich sie noch nie so streng mit mir hatte sprechen hören.

Ich folgte ihrer Anweisung und nahm ihr gegenüber am Esstisch Platz.

»Also«, begann sie, die Hände auf der Tischplatte gefaltet. »Was ist so unlösbar, dass du dein Leben von heute auf morgen aufgibst?«

»Edda ...«, seufzte ich. Doch meine Tante blieb unnachgiebig.

»Nichts da. Du erzählst mir jetzt, was los ist. Ich werde hier so lange sitzen bleiben, bis du mit der Sprache herausrückst. Und du weißt, dass ich sehr viel Geduld habe.«

Ich spürte einen wachsenden Kloß in meinem Hals, als mir bewusst wurde, dass ich keine Wahl hatte, als ihr alles zu beichten. Und vielleicht war es besser so, weil mir der Abschied leichter fallen würde, wenn Edda mich nicht mehr bei sich haben wollte.

Also erzählte ich ihr die ganze Geschichte. Von der schrecklichen Nacht im Krankenhaus, den falsch aufgezeichneten Herztönen, meiner Kündigung und meinem monatelangen Tief. Ich hielt mit nichts zurück, gab zu, dass ich sie belogen hatte und das Erlebnis im Krankenhaus der Grund dafür war, dass ich keine Geburt mehr begleiten wollte. Ich gab zu, wie egoistisch ich meinem Wunsch gefolgt war und wie gut sich der Neuanfang in Schweden angefühlt hatte. Ich berichtete ihr auch von Liam und Arvid und dass ich Liam verloren hatte.

Edda hörte mir aufmerksam zu, ohne mich ein einziges Mal zu unterbrechen.

»Ich hätte es dir sagen müssen, Edda. Aber ich wusste, dass sich alles ändern würde, wenn du die Wahrheit kennst. Du hättest mich niemals bei dir eingestellt. Doch ich wollte diesen Job, diesen Neubeginn unbedingt. Ich habe egoistisch und falsch gehandelt. Dafür schäme ich mich. Liam hasst mich, und jetzt habe ich auch dein Vertrauen verspielt. Ich kann und will nicht länger in Nora bleiben.«

Edda musterte mich stillschweigend. Mehrere Sekunden lang, die sich wie eine Folter anfühlten.

Mein Herzschlag donnerte in meinen Ohren, während ich auf eine Reaktion von ihr wartete. Auf das Urteil, das sie über mich fällte. Schon jetzt war ich den Tränen nahe.

»Ich möchte dir etwas von mir erzählen«, begann sie. »Etwas, das du nicht weißt. Aber ich denke, dass es jetzt an der Zeit ist, es dir zu offenbaren.« Sie schluckte, und plötzlich wirkten ihre sonst fröhlichen Augen stumpf und unendlich traurig. »Ich hatte selbst eine Totgeburt, Alma. Es war vor deiner Zeit. Kurz bevor du geboren wurdest. Deine Mutter und ich waren gemeinsam schwanger und voller Vorfreude auf die gemeinsame Zeit mit unseren Babys.«

»Du warst schwanger?«

»Mattis und ich waren noch nicht lange zusammen. Das Baby war nicht geplant, aber wir haben auch nicht verhindert, dass es passieren könnte. Als ich es herausgefunden habe, hat mir Mattis einen Antrag gemacht. Er ist zu mir gezogen, und wir freuten uns auf eine gemeinsame Zukunft.« Sie lächelte bekümmert. »Ich war im achten Monat, als ich frühzeitige Wehen bekommen habe und unsere Tochter Yva tot geboren wurde.«

»Yva? Das ist der Name, der in das Holz geschnitzt wurde. In der Hütte im Wald. Ich war mit Fynn und Liam dort.«

»Min lilla flicka, jag älskar dig. Ich habe es in das Holz geschrieben, nachdem Mattis die Hütte für Yva gebaut hatte. Es sollte ihre Spielhütte werden. Jetzt bereitet sie anderen Kindern hoffentlich Freude.«

Meine Gedanken wirbelten umher, setzten sich wie Puzzleteile zu einem Gesamtbild zusammen. Plötzlich ergab alles Sinn. Eddas Aussage, damals an meinem ersten Arbeitstag, als sie mir sagte, dass man seinen eigenen Schmerz nutzen kann, um anderen zu helfen, die Worte, die der alte Gustav über Edda gesagt hatte, als Liam und ich ihm bei unserem Angeldate begegnet waren, die Margerite unter dem Hüttenfenster ...

»Ich gehe oft hin und denke an sie. Sie war ein perfektes kleines Mädchen. Ich hätte sie gerne kennengelernt.« Eddas Augen wurden trüb, und auch hinter meinen Lidern sammelten sich Tränen der Trauer.

»Das tut mir so schrecklich leid, Edda.«

Meine Tante atmete ein. »Besser geliebt und verloren, als nie geliebt zu haben.« Sie lächelte traurig, aber gefasst. »Yva wird immer mein kleines Mädchen sein. Und irgendwann sehen wir uns wieder. Daran glaube ich ganz fest.«

Als Tränen über meine Wange rannen, griff Edda über dem Tisch nach meiner Hand.

»Du siehst, Alma. Schicksalsschläge geschehen. Überall auf der Welt. In jeder Sekunde. Manchmal kommen sie überraschend, und manchmal fragt man sich, ob man sie hätte abwenden können. Die Vorwürfe, die du dir machst, sind verständlich, aber sie führen dich zu nichts. Außer immer wieder zurück zu diesem Moment. Woher willst du wissen, ob es anders ausgegangen wäre, wenn die Herztöne gestimmt hätten? Du weißt es nicht, und du wirst es niemals erfahren. Ich habe lange geglaubt, dass es meine Schuld gewesen ist. Dass Yva in meinem Bauch gestorben ist, weil ich zu unvorsichtig war oder zu viel gearbeitet habe. Ich habe mir schreckliche Vorwürfe gemacht und wurde sehr unzufrieden. Das hat mich meine Beziehung gekostet. Es war eine harte Zeit, wohl die schwerste, die ich jemals durchmachen musste. Aber ich bin nicht davongelaufen. Ich habe weitergemacht und gelernt, mit den Wunden zu leben, den Schmerz anzunehmen und daraus die Kraft zu schöpfen, anderen Frauen zu helfen.«

»Vielleicht bin ich nicht so stark wie du.«

»Du bist stark, Alma. Nach dem Tod deiner Mutter habe ich mir große Sorgen um dich gemacht. Ich hatte Angst, dass du an dem Verlust zerbrichst. Doch das bist du nicht. Sieh dich an. Du bist hier, gesund und lebendig. Das, was in Frankfurt geschehen ist, ist eine furchtbare Tragödie. Du hast in diesem Moment das Beste getan, was du tun konntest, und du kannst die Zeit nicht zurückdrehen. Nimm an, was geschehen ist, und sieh darin eine Chance. Da draußen gibt es so viele schwangere Frauen, die dringend eine Hebamme brauchen. Wirf deine Berufung und deine Liebe für deine Arbeit nicht weg, weil du dir Vorwürfe machst. Du darfst wieder glücklich sein, weißt du. Das ist etwas, das ich mir selbst lange Zeit verboten habe.« Sie neigte den Kopf und musterte mich zärtlich. »Du hast jedes Glück der Welt verdient, Alma. Du hast dieses Leben verdient. Willst du das wirklich aufgeben?«

»Nein«, wisperte ich. »Aber ich dachte, dass es meine gerechte Strafe ist.«

»Mit dem Geschehenen zu leben, ist Schuld genug. Du wirst nicht vergessen können, aber wenn du dir endlich verzeihst, wird sich alles zum Guten wenden. Das verspreche ich dir.«

»Selbst wenn du recht hast, ist da immer noch Liam. Und er wird mir nicht verzeihen. Er hat seinen Freund wegen eines Ärztefehlers verloren. Für ihn bin ich genauso schuldig wie dieser Arzt.«

»Nach der Totgeburt konnte ich es kaum ertragen, deine Mutter schwanger zu sehen. Ich habe geglaubt, nie wieder als Hebamme arbeiten zu können, weil ich so verbittert war. Liam geht es ähnlich. Er projiziert den Verlust seines Freundes auf dich, weil er den Tod nicht verarbeitet hat.«

»Er vertraut mir nicht mehr. Ich habe ihn belogen, Edda.«

»Du hast ihm einen schmerzhaften Teil deines Lebens vorenthalten, weil du dich schützen und ihn nicht verlieren wolltest. Das ist ein großer Unterschied. Sprich mit ihm, Alma, und renn nicht davon. Denn weißt du, Probleme lassen sich nicht abhängen. Sie holen dich ein, egal, wo du bist.«

Ich ließ die Schultern hängen und seufzte. So sehr ich Eddas Optimismus Glauben schenken wollte, die Zweifel waren größer. Liams Gesichtsausdruck, mit dem er mich im Krankenhaus abgewiesen hatte, hatte sich in mein Gedächtnis eingebrannt. Es war einem Schlag ins Gesicht gleichgekommen. Auch wenn ich zu dem Zeitpunkt noch nicht wusste, was tatsächlich in seinem Blick gelegen hatte. Sosehr ich es mir wünschte, konnte ich mir nicht vorstellen, dass er seine Meinung über mich noch einmal ändern würde.

33

Ich brauchte eine schlaflose Nacht, um Eddas Worte nachwirken zu lassen und am nächsten Morgen zu einem Entschluss zu kommen. Ich wollte nicht davonlaufen, nicht schon wieder. Und sosehr ich mich vor Liams Reaktion fürchtete, wusste ich doch, dass mir keine andere Wahl blieb, als zum Haus der Hansens zu fahren und ihn zur Rede zu stellen. Nach dem Gespräch mit Edda war mir klargeworden, dass ich Nora nicht verlassen wollte. Ich liebte diese Kleinstadt, den See und die weiten Waldflächen. Ich liebte meine Arbeit und meine Kolleginnen. Ich wollte mir nicht ausmalen, wie Valentina auf meine Kündigung reagiert hätte. Höchstwahrscheinlich hätte sie Flüche auf Spanisch ausgestoßen und mich kräftig durchgeschüttelt, um mich zur Besinnung zu bringen. Ich hatte alles und jeden in Nora fest in mein Herz eingeschlossen. Edda, Fynn, Elsa, selbst Cai mit seiner muffeligen Art und den alten Gustav. Und allen voran einen Mann, der nach Seife und Wald roch und mich mit seinen Naturdates an meine Grenze gebracht hatte. Ein Mann, den ich nicht verlieren wollte, weil sich jede Sekunde mit ihm, jede Berührung und jeder Kuss richtig anfühlten.

»Morgen«, sagte ich, als ich geduscht und angezogen die Küche betrat.

Edda und Liv saßen am Frühstückstisch und musterten mich

schweigend, während ich eine Tasse mit Kaffee befüllte und sie herunterspülte, als könnte ich mir damit Mut antrinken.

»Willst du nichts frühstücken?«, fragte mich Edda. Ich hörte die Sorge in ihrer Stimme.

»Ich habe keinen Appetit. Außerdem ... muss ich los.«

»Zu Liam?«, platzte es aus Liv heraus.

Eddas Blick sprang zu meiner Halbschwester, die sich schuldbewusst auf die Zunge biss. »Tut mir leid. Das geht mich nichts an.«

»Schon gut. Ich habe nachgedacht und beschlossen, mit ihm zu reden.« Ich schluckte und spürte, wie noch während ich sprach, meine Entschlossenheit wie Sand durch meine Finger rieselte. »Sofern er das überhaupt zulässt.« Die Bedenken, dass Liam mir die Tür vor der Nase zuschlagen würde, waren plötzlich wieder so groß, dass ich drauf und dran war, die Entscheidung rückgängig zu machen und mich wieder in meinem Zimmer zu verbarrikadieren.

»Soll ich dich hinfahren?«, bot Liv an.

»Nein, danke. Das schaffe ich schon. Irgendwie.« Ich stellte die leere Tasse in die Spüle. »Also dann. Bis später.«

Als ich mir im Flur meinen Mantel überzog, stand Liv plötzlich hinter mir. Wortlos nahm sie mich in den Arm und drückte mich fest an sich.

Als sie sich wieder löste, schenkte sie mir ein ermutigendes Lächeln.

Der Gedanke daran, dass sie in ein paar Tagen wieder abreisen würde, stimmte mich traurig. Die Weihnachtssaison stand kurz bevor. Bald schon würden die ersten Touristen in die Hauptstadt strömen, die Liv durch Stockholm führen würde. Vorher wollte sie unbedingt noch ihre Mutter und ihren Stiefvater in Örebro besuchen, was ich natürlich verstand. Dennoch vermisste ich sie schon jetzt. Liv war mir in der kurzen Zeit ans Herz gewachsen, und ich hätte sie gern noch intensiver kennengelernt, um all die Jahre aufzuholen, die wir aneinander vorbeigelebt hatten. In ihr hatte ich nicht nur eine Schwester gefunden, sondern auch eine enge Freundin.

Mit jedem Meter, den ich mich dem Haus der Hansens näherte, stieg die Panik in mir weiter an. In der Hoffnung, mich abzulenken, stellte ich das Radio an, was aber auch nicht dagegen half, dass ich in meinem Kopf unterschiedliche Szenarien durchspielte. Ich hatte keine Macht darüber, wie Liam reagieren würde, aber ich war bereit, zu kämpfen. Um uns. Und ich hoffte, dass ihm etwas an mir lag und er uns ebenfalls nicht aufgeben wollte.

Ich hielt am Straßenrand und stellte den Motor ab. Einige Atemzüge lang starrte ich das Haus an — die blaue Holzfassade, die weiße Tür, durch die ich schon so viele Male ein und aus gegangen war. Liams Wagen parkte in der Einfahrt, gleich hinter Elsas. Es war erst zehn Uhr, an einem Sonntagmorgen. Nicht die beste Zeit, um eine Beziehung zu retten. Fynn war mit Sicherheit zu Hause, was die Sache komplizierter machte. Er sollte schließlich nichts von unseren Problemen mitbekommen. Vielleicht saßen die drei gerade am Frühstückstisch, ohne zu ahnen, dass ich vor ihrem Haus stand und mich nicht aus dem Auto traute.

»Los, Alma. Renn nicht weg«, sagte ich zu mir selbst, die Hand am Türgriff. Beherzt stieg ich schließlich aus und marschierte auf das Haus zu. Ein kalter Wind blies mir unter den Mantel, fraß sich durch den Stoff meines Pullovers. Vor der Haustür angekommen, nahm ich einen tiefen Atemzug und klingelte.

Schnelle Schritte waren zu hören, ehe die Tür aufgerissen wurde. Mein Herz krampfte, als mir Liam gegenüberstand. Sein Haar wirkte ungekämmt, und unter seinen Augen, die sich bei meinem Anblick weiteten, lagen dunkle Schatten. In der Hand hielt er sein Handy.

»Alma?« Er klang seltsam angespannt, und bevor ich seinen Gesichtsausdruck deuten konnte, drang aus dem Wohnzimmer ein Wimmern.

»Was ist los?«, fragte ich alarmiert.

»Elsa. Sie hat Schmerzen«, erklärte Liam. Panik stand in seinen Augen. »Ich habe in der Klinik in Örebro angerufen, aber die haben keinen Platz im Kreißsaal frei. Wir wollten eigentlich längst losfahren.«

Meine Gedanken überschlugen sich. »Okay. Seit wann hat sie Wehen?«

Liams Augen richteten sich auf sein Handydisplay. »Seit drei Stunden ungefähr. Aber jetzt werden sie regelmäßiger und die Schmerzen stärker.« Liam blickte mich eindringlich an. »Die nächste Klinik ist zwei Stunden von uns entfernt. Das schaffen wir nicht. Alma, du musst ihr helfen.«

Ich schüttelte den Kopf, während mein Herz zu rasen begann. »Das kann ich nicht. Ich habe mir geschworen, nie wieder ...« Ich kam nicht dazu, den Satz zu beenden, denn in dem Moment schrie Elsa laut auf. In meinem Kopf legte sich ein Schalter um, blendete meine Ängste aus. Ich trat in den Flur, schob mich an Liam vorbei und eilte ins Wohnzimmer. Elsa lag seitlich auf dem Sofa. Die Augen fest zugepresst. Ihre Finger krallten sich in ein Kissen, während sie schnell und unkontrolliert atmete.

Ich näherte mich ihr und hockte mich auf den Boden. Als die Wehe abflachte, öffnete Elsa die Augen. Ihr Blick traf auf meinen.

»Alma! Gott sei Dank.« Sie schluchzte herzergreifend und griff nach meiner Hand, als wäre sie eine rettende Boje, die sie vor dem Ertrinken rettete. »Sie haben keinen Platz im Krankenhaus.«

»Ich weiß. Liam hat es mir gesagt.« Beruhigend strich ich über ihren Handrücken. »Alles wird gut, okay? Es ist wichtig, dass du dich jetzt konzentrierst.«

»Das Baby wird hier zur Welt kommen. Ich spüre, dass es nicht mehr lange dauert.«

»Ich bin bei dir. Wir schaffen das.«

Ich blickte über die Schulter zu Liam, der wie versteinert hinter uns stand. »Liam, ich brauche jetzt deine Hilfe. Du musst mir, so schnell es geht, ein paar Dinge zusammensuchen.«

Er nickte. »Okay. Was brauchst du?«

»Ein Bettlaken, Handtücher und eine Art Malerfolie oder etwas Ähnliches. Eine warme Decke und eine Wärmflasche.«

Während Liam die genannten Sachen organisierte, goss ich Elsa ein Glas Wasser ein und legte ihr ein Kissen in den Rücken.

»Ich habe Angst, Alma«, schluchzte sie, und ich spürte an ihrer Körperspannung, dass sich bereits die nächste Wehe aufbaute.

»Das musst du nicht. Ich weiß, es läuft anders, als du dachtest, aber es wird alles gutgehen. Das verspreche ich dir. Wenn du verkrampfst, hat es das Baby schwerer vorwärtszukommen. Dein Körper weiß, was er zu tun hat. Vertrau ihm.«

»Ich versuch's«, murmelte sie und schloss die Augen.

»Atme jetzt ein, so tief und so langsam du kannst. Stell dir vor, dein Bauch wäre ein Ballon, den du mit Luft füllst. Danach lässt du die Luft genauso lange wieder herausströmen.«

Elsa folgte meinem Rat und kam wesentlich entspannter durch die Wehe.

»Das war besser«, seufzte sie erleichtert.

»Du hast das sehr gut gemacht. Denk immer daran, dass du durch deine Atmung dein Kind herausschiebst, Stück für Stück.« Ich lächelte sie an. »Bald hältst du es in den Armen.«

Als Liam zu uns zurückkehrte, hockte Elsa vornübergebeugt über dem Sofa, weil sie nicht länger liegen wollte. Ein weiteres

Zeichen dafür, dass es nicht mehr lange dauern würde, bis das Baby geboren würde.

Gemeinsam mit Liam breitete ich unter ihr die Malerfolie aus. Sie würde den Boden und das Sofa später vor Flecken schützen. Ich ließ die Rollläden ein Stück hinunter und schaltete eine Stehlampe ein. Danach legte ich die Handtücher in den Backofen, um sie für das Baby aufzuwärmen. Obwohl mein Herz wild schlug und meine Hände bei jedem Griff zitterten, mahnte ich mich zur Ruhe. Ich musste konzentriert bleiben und durfte nicht in Panik verfallen. Das war das Letzte, was Elsa gebrauchen konnte. Ich wehrte mich gegen die Erinnerungsfetzen, die sich in mein Gedächtnis schoben. Bilder aus der verheerenden Nacht, an das tote Baby, die weinenden Eltern ... Ich hatte Angst, panische Angst davor, dass etwas schiefgehen würde. Aber ich ließ dieses Gefühl nicht die Oberhand gewinnen. Ich würde das irgendwie schaffen, denn ich musste.

Elsa tönte lauter. Ihre Bewegungen wurden unruhiger, fahriger. Die Wehen kamen jetzt in kurzen Abständen. Liam hatte sich neben sie auf den Boden gesetzt und hielt eine ihrer Hände. Als sie leise wimmerte, strich er ihr über das Haar. Es berührte mein Herz, wie Liam für Elsa da war. Ihm war anzusehen, wie sehr ihn die Situation überforderte, doch er riss sich zusammen. Für seine Schwester und das Baby, das jeden Moment zur Welt kommen würde.

»Du hast es gleich geschafft, Elsa. Du machst das großartig«, bestärkte ich sie in der nächsten Wehe. Es waren ähnliche Worte wie die, die ich vor drei Jahren gesagt hatte. Kurz versuchte mich meine Angst einzuholen, aber ich schob sie beiseite und konzentrierte mich auf Elsa, die mich jetzt brauchte.

Weitere kräftige Wehen folgten. Die Fruchtblase platzte, und es ging alles ganz schnell. Elsa stieß einen letzten tiefen Seufzer aus, dann war das Baby geboren.

Ich nahm es entgegen und warf geistesgegenwärtig einen Blick auf die Uhr über dem Fernseher. Geburtszeitpunkt 11:45 Uhr. Das Baby stieß einen Schrei aus, nahm den ersten Atemzug seines Lebens und begrüßte die Welt, die so wunderbare und aufregende Dinge bereithalten würde. In diesem Moment, in dem ich dieses wunderschöne quicklebendige Baby in den Armen hielt, fiel all die Anspannung von mir ab, die unterdrückte Panik und die Angst, wieder zu versagen. Alles, was ich spürte, als ich Elsa das Baby auf die Brust legte, waren Ehrfurcht und tiefe Dankbarkeit.

Ich griff nach dem bereitgelegten warmen Handtuch und legte es über das Baby, das sich auf Elsas Brust sofort wieder beruhigte. Sacht wog sie es in den Armen, küsste es und weinte leise.

Mein gerührter Blick fiel auf Liam, der zusammengesunken neben seiner Schwester saß und das kleine Menschlein anstarrte, als könnte er nicht glauben, was gerade passiert war. Tränen glitzerten in seinen Augen.

»Das ist ein Wunder«, murmelte er.

Elsa lehnte ihren Kopf an Liams Schulter und blickte auf ihr Baby. »Herzlichen Glückwunsch zu deiner kleinen Nichte, Onkel Liam.«

»Ein Mädchen?« Er presste die Lippen zusammen, eine Träne rann über seine Wange.

Als auch die Nachgeburtsphase problemlos abgeschlossen war, beschloss ich, mich ein wenig zurückzuziehen.

Mit wackligen Beinen stand ich auf, suchte auf dem Esstisch nach einem Blatt Papier und einem Stift. Ich fand nur einen roten stumpfen Buntstift von Fynn, aber das machte nichts. Ich notierte den groben Geburtsverlauf und den Zeitpunkt der Geburt.

Danach rief ich Edda an und berichtete ihr, was geschehen war. Sie versprach, sofort vorbeizukommen und die nötigen Dinge mitzubringen, um Elsa und das Baby weiter zu versorgen.

Nachdem Elsa und das Baby, das den Namen Stina tragen sollte, ins Schlafzimmer umgezogen und versorgt waren, verabschiedete sich Edda wieder von uns. Ich dankte ihr für die Hilfe und erklärte, dass ich später nachkommen würde. Ich wollte Liam nicht allein mit dem Chaos im Wohnzimmer lassen und noch eine Weile in Elsas Nähe bleiben.

Als ich zurückkehrte, hockte Liam auf einem Stuhl. Sein Blick war auf den Wohnzimmerboden gerichtet, auf dem seine Nichte geboren worden war. Die Malerfolie und die benutzten Handtücher lagen wild herum, und kurz befürchtete ich, dass Liam nicht gut auf das Blut reagierte, das zu einer Geburt nun mal dazugehörte und ganz natürlich war.

»Alles okay?«, fragte ich.

Liam drehte den Kopf. Mit geröteten Augen sah er mich an. »Ja. Ich brauche nur einen Augenblick.« Ein Lächeln zupfte an seinen Lippen. »Das war das Intensivste, was ich bisher erlebt habe.«

»Es ist ein Wunder«, sagte ich leise.

»Ja. Ein Wunder.« Schweigend blickten wir uns weiter an.

Liam schluckte. Sein Ausdruck wurde ernster. »Danke, Alma. Das ... werde ich dir niemals vergessen.«

Ich schürzte die Lippen und nickte.

»Ich weiß, wie schwer es für dich gewesen sein muss.«

»Ich habe mir geschworen, nie wieder eine Geburt zu begleiten.«

»Aber heute hast du es getan. Für Elsa. Ich weiß nicht, wie es ausgegangen wäre, wenn du nicht zufällig vorbeigekommen wärst. Ich war total panisch. Du hast ihr das Gefühl gegeben, dass alles gutgehen wird. Ich weiß nicht, wie ich dir dafür danken soll.«

»Du musst mir gar nicht danken. Ich habe es gerne gemacht.« Ich hielt meine Worte bewusst distanziert, dabei war mir eigentlich danach, Liam um den Hals zu fallen, ihn festzuhalten und nie wieder loszulassen. Vor allem nach diesem Erlebnis sehnte ich mich nach seiner Umarmung.

»Ich räume noch auf, bevor ich gehe«, sagte ich, um die Stille zu füllen. Da ich seinem Blick nicht länger standhalten konnte, ging ich schnellen Schrittes zum Sofa und sammelte die Handtücher ein. In meiner Brust zog es schmerzhaft. So selbstbewusst und sicher, wie ich während der Geburt gehandelt hatte, so hilflos und verzweifelt fühlte ich mich jetzt. Mehr denn je wurde mir bewusst, wie sehr ich Liam brauchte, wie sehr ich ihn wollte und wie sehr es mich erschütterte, dass ich ihn verloren hatte.

»Alma.« Liam war aufgestanden und machte einen Schritt auf mich zu. »Hör auf.«

»Nein, kein Problem«, versicherte ich aufgewühlt. »Du solltest dich auch ausruhen. Ich erledige das schnell.« Ich wagte nicht, in sein Gesicht zu sehen, weil ich Angst davor hatte, darin etwas Endgültiges zu sehen. Einen Abschied. Ein Nein zu uns, zu mir. Ich hätte ihm gern erklärt, warum ich ihm vorenthalten hatte, was damals in Frankfurt geschehen war. Das war der ursprüngliche Grund gewesen, weshalb ich hergekommen war. Ich hatte um uns kämpfen wollen. Stattdessen beseitigte ich die Spuren einer wundervollen und unerwarteten Hausgeburt. Jeder Satz, den ich mir auf dem Weg hierher zurechtgelegt hatte, war in meinem Kopf wie ausradiert.

»Das meine ich nicht.« Liams Hand berührte meine.

Ich hielt inne, blickte zu ihm auf. Er stand so nahe, dass ich die winzigen dunkelblauen Farbschleier in seiner Iris erkennen konnte, den einmaligen Duft, den nur Liam umgab, wahrnahm.

Ich spürte seine federleichte Berührung so intensiv, dass meine Haut kribbelte.

»Ich meinte, hör auf, mich so zu behandeln, als hätte ich mich nicht wie ein Arschloch verhalten.«

Ich starrte ihn an, ließ das Handtuch achtlos fallen, das ich noch in der anderen freien Hand gehalten hatte.

»Ich habe dich aus blinder Wut verurteilt, Alma. Und dir nicht mal die Chance gegeben, mit mir in Ruhe darüber zu sprechen, warum du es mir verschwiegen hast. Aber ich verstehe es jetzt. Du hattest Angst, weil du gesehen hast, wie ich reagiert habe, als es um Arvid ging — dass ich dich für deinen Fehler ebenso verurteile. Und ja.« Er schnaubte und schüttelte den Kopf. »Genau das habe ich in der Klinik getan. Ich habe dich fallengelassen, Alma, und das tut mir schrecklich leid.« Er blickte mich eindringlich an. »Ich will mir nicht ausmalen, wie schlecht es dir in den letzten Tagen ging. Das, was du erlebt hast, hat dich traumatisiert. Du hast deshalb deinen Job gekündigt und das Land verlassen. Ich habe absolut kein Recht dazu, dich zu verurteilen, weil ich das, was Arvid passiert ist, nicht mit deinem Erlebnis vergleichen darf. Das ist nicht fair. Ich habe heute gesehen, was es bedeutet, eine Geburt zu begleiten. Wie viel Verantwortung dahintersteckt. Als ich dich dabei beobachtet habe, wie gut du Elsa unterstützt hast, ist mir mein Verhalten richtig bewusstgeworden«.

Liams Worte gingen mir durch und durch, hoben das Gewicht herunter, das seit Fynns Unfall auf meiner Brust gelegen hatte.

»Ich kann immer noch nicht fassen, dass du plötzlich vor der Tür standest.«

»Ich bin hergefahren, weil ich mit dir reden wollte. Ich wollte dir alles erklären.«

»Ich habe heute alles gesehen, was ich sehen musste. Du bist eine großartige Hebamme, und ich schäme mich dafür, dass ich auch nur eine Sekunde lang an dir gezweifelt habe.« Liam nahm auch meine andere Hand in seine, blickte auf sie hinunter. »Als ich alles von Liv erfahren habe, sind mir die Sicherungen durchgebrannt, weil ich an Arvid gedacht habe und es mich zurückkatapultiert hat. Ich muss mich dafür bei dir entschuldigen.«

»Aber ich hätte es dir sagen müssen. Gleich am Anfang.«

»Ja, vielleicht.« Liam seufzte. »Doch ich bin mir nicht sicher, ob ich dann nicht gleich einen Schlussstrich gezogen hätte, weil ich in der Vergangenheit feststeckte und Arvid nicht loslassen konnte. Ich habe mit Elsa gesprochen und mit Cai, so intensiv wie noch nie.«

Wie gebannt starrte ich Liam an, dessen Blick sich auf meine Hände senkte. »Ich will das mit uns, Alma. Immer noch und vielleicht sogar mehr als zuvor, weil ich heute noch einmal vor Augen geführt bekommen habe, was für ein großes Herz du hast. Das ist einer der Gründe, weshalb ich mich in dich verliebt habe.« Er lächelte zaghaft, während sich Tränen aus meinen Augenwinkeln lösten und Liam seine Hand an meine Wange legte, so wie er es immer getan hatte, bevor wir uns küssten. Sein Blick strich über mein Gesicht. Zärtlich und voller Gefühl.

»Gilt deine Erlaubnis noch?«, fragte er. »Dich immer und überall küssen zu dürfen?«

Ein tränenersticktes Lachen drang aus meiner Kehle, als ich nickte und Liam mich küsste.

34

Elsa saß auf dem Sofa — dem Ort, an dem die kleine Stina ungeplant zur Welt gekommen war. Unter ihren Augen lagen dunkle Schatten, ihre Haare wirkten ungewaschen, und ihr weites Shirt zierten Dutzende Flecken. Aber auf ihren Lippen ruhte ein seliges Lächeln, während sie das kleine Mädchen musterte, das eingewickelt in eine Decke auf ihrem Arm schlief.

Stinas Gesicht wirkte vollkommen entspannt, die Haut war rosig. Erst gestern war ich bei Elsa gewesen, um Stina zu wiegen und zu messen. Sie entwickelte sich gut und hielt Elsa, Fynn und Liam mit ihren zwei Wochen auf Trab. Die ersten Tage waren turbulent verlaufen. Elsa hatte viel geweint, vor Freude, vor Trauer darüber, dass ihre Familie zerbrochen war, und vor Erleichterung, dass die Geburt trotz der Umstände so schön verlaufen war. Ihre Hormone spielten verrückt, was kurz nach der Entbindung normal war. Die schlaflosen Nächte, der Milcheinschuss und Wochenfluss taten ihr übriges. Doch Elsa hielt sich tapfer und hatte durch Liam die beste Unterstützung. Weil ich wusste, dass für das Kochen kaum Zeit blieb, brachte ich ihnen regelmäßig etwas vorbei. Es war mir ein persönliches Anliegen, dass Elsa sich im Wochenbett schonen konnte, und es machte mich glücklich, dass Liam sich jedes Mal über meine Gerichte freute. Er verbrachte viel Zeit mit Fynn und schmiss neben seiner Arbeit bei Älghorn wie selbstverständlich den Haushalt. Er machte seine Sache großartig, und es trieb mir jedes Mal Tränen in die Augen, wenn er die kleine Stina im Arm hielt. Mehrmals gestand er mir, dass er ein schlechtes Gewissen hatte, weil er seit der Geburt seiner Nichte kaum Zeit für mich hatte, da uns oft nur die Abende blieben, wenn Fynn schlief. Aber das war in Ordnung für mich. Ich verstand seine Situation und wusste, dass es irgendwann wieder entspannter werden würde.

»Stina kann jetzt gucken«, verkündete Fynn mir stolz. »Sie macht richtig weit die Augen auf und sieht mich an. Manchmal schielt sie auch. Das ist lustig.« Er setzte sich neben seine Mama und küsste Stina übermütig auf die Wange.

Das Baby verzog den Mund, schlummerte aber weiter. Als kleine Schwester von einem waschechten Wildfang würde sie einiges aushalten müssen. Fynn machte seinen Job als großer Bruder sehr gut und half Elsa sogar beim Windelwechseln. Ich war gespannt, wie lange seine Euphorie für seine kleine Schwester anhalten würde.

Liam hatte berichtet, dass er anfangs enttäuscht gewesen war, weil Stina nichts konnte, außer trinken und in die Windel machen.

»Es dauert noch eine Weile, aber irgendwann wirst du richtig mit ihr spielen können, Fynn«, erklärte ich ihm nun. Bis dahin braucht sie dich, damit du sie beschützt und gut auf sie aufpasst.«

»Das mache ich.« Er grinste und winkelte seinen dünnen Arm an. »Guck mal, meine Muskeln. Ich bin fast schon so stark wie Onkel Liam.«

»Wow.« Ich verkniff mir ein Lachen, und auch Elsa und Liam mussten sichtlich ihr Grinsen verbergen.

»Weißt du was? Papa holt mich gleich ab. Ich darf bei ihm schlafen.«

»Na, dann hast du ja ein tolles Wochenende vor dir.«

Fynn strahlte und rutschte wieder vom Sofa herunter. »Ich packe noch mein neues Auto ein und das Schnitzmesser von Alma«, verkündete er und rannte in sein Zimmer.

Elsa unterdrückte ein Gähnen. »Ich werde mich mit Stina noch etwas hinlegen.« Sie blickte zu Liam. »Würdest du ...«

Liam nickte. »Ich kümmere mich um Fynn und Oskar.«

»Danke.« Sie blieb noch einmal stehen. »Ach, und Liam?«

»Ja?«

Elsa betrachtete Stina. »Wenn Oskar nach ihr fragt, sag ihm bitte, dass ich noch Zeit brauche, bis er sie kennenlernt.«

Liams Kiefer spannte sich an. »Wenn er sie sehen will, hätte er dich nicht verlassen dürfen. Er wollte das Kind nicht mal.«

Elsa schluckte. »Liam. Bitte. Ich will sie ihm nicht vorenthalten, aber ich ... kann das jetzt noch nicht.«

»Ist gut. Mach dir keine Gedanken. Ruh dich aus, okay?«

»Bis dann, Alma.« Sie lächelte mir zu und lief nach oben ins Schlafzimmer.

Liam sah ihr nach, dann stöhnte er. »Wenn Fynn seinen Vater nicht vergöttern würde, würde ich ihm am liebsten den Hals umdrehen. Sieh dir an, was er angerichtet hat. Was er alles verpasst.«

Beschwichtigend legte ich meine Hand auf Liams Schulter.

»Schon gut«, seufzte er. »Er ist krank und kann nichts dafür. Ich weiß es, aber es ist für einen gesunden Menschen schwer nachvollziehbar.«

»Wenigstens ist er für Fynn da. Und er wird auch für Stina da sein, wenn die Zeit dafür reif ist. Ihm ist seine Familie nicht egal, sonst würde er nicht so oft anrufen und hätte sich nicht nach Elsa erkundigt.«

»Ja. Du hast recht.« Er lächelte mich an und umfasste meine Taille.

»Wie immer«, fügte ich augenzwinkernd an.
Liam lachte. Er beugte sich ein Stück hinunter und küsste mich.
»Wenn Fynn abgeholt wurde, können wir los. Versprochen.«
»Der Herbstmarkt rennt uns nicht davon.«
»Aber die anderen warten. Es ist Livs letzter Tag in Nora, und sie ist sicher enttäuscht, wenn du so lange auf dich warten lässt. Willst du nicht doch lieber schon vorfahren?«
In dem Moment kam Fynn die Treppe heruntergerannt. »Papa ist da. Ich habe sein Auto durch das Fenster gesehen!«
Ich lächelte Liam zu. »Na siehst du. Wir kommen schneller weg, als du dachtest.«

Nachdem Liam Fynn zum Auto seines Vaters gebracht und ein paar knappe Worte mit ihm gewechselt hatte, kehrte er zum Haus zurück. Ich hatte im Flur neben der Garderobe gewartet und von dort aus einen flüchtigen Blick auf Oskar geworfen. Doch aus der Entfernung hatte ich nicht mehr als blondes kurz geschnittenes Haar erkennen können.

Liams Miene wirkte angespannt, als er zurückkehrte und das Auto hinter ihm davonfuhr.

»Alles in Ordnung?«

Er nickte knapp. »Fynn ist glücklich. Das ist die Hauptsache. Lass uns gehen. Ich brauche dringend einen Glögg.«

»Glühwein hilft also gegen schlechte Laune?«

»Auch. Aber was am meisten hilft, ist das.« Ehe ich mich versah, schlang er die Arme um mich und zog mich für einen langen, intensiven Kuss an sich.

Mit reichlich Verspätung kamen wir in Nora an, wo auf dem Marktplatz verteilt, kleine Buden standen, an denen Chokladbollar, selbstgemachte Bonbons, aber auch herzhafte schwedische Köstlichkeiten verkauft wurden. An einigen Ständen wurde gewebtes oder gestricktes Kunsthandwerk angeboten, und auch Antikliebhaber kamen auf dem Markt auf ihre Kosten. Der Herbstmarkt erinnerte mich immer ein wenig an den vergleichbaren Weihnachtsmarkt in Deutschland. Es roch nach Minzbonbons und Grog, und die Besucher waren winterlich angezogen.

»Hej. Da seid ihr ja endlich«, rief Liv, die mit Valentina neben einem Getränkestand wartete. Sie trug ihre pinke Mütze mit den Pailletten, unter der zwei lange dunkle Zöpfe herausragten. Ich war mir sicher, dass sie sich ganz bewusst für sie entschieden hatte, weil Cai sie bei unserem letzten Treffen so missbilligend gemustert hatte.

»Wo ist denn Per?«, fragte ich Valentina nach unserer Begrüßung. Ihre Verletzung am Finger war mittlerweile vollständig verheilt, nur eine kleine Narbe erinnerte an den Waffeleisenvorfall, wie sie es scherzhaft nannte.

»Er hat es nicht rechtzeitig geschafft. Irgendeine Erntemaschine ist hinüber. Ausgerechnet jetzt. Aber vielleicht kommt er nach.«

»Und Cai? War er schon hier?«

Liv verdrehte die Augen. »Der hatte keine Lust mehr zu warten und wollte sich eingelegten Hering besorgen. Aber ich bin nicht sicher, ob ich ihn richtig verstanden habe, weil er beim Sprechen kaum die Zähne auseinanderbekommt.«

Liam unterdrückte ein Lachen.

»Er ist der muffeligste und wortkargste Typ, dem ich jemals begegnet bin. Und das soll was heißen. Ich habe durch meinen Job schon ziemlich viele Menschen kennengelernt.«

»Schluss damit«, sagte ich und stieß sie leicht an. »Heute ist dein letzter Tag in Nora. Den wollen wir genießen.«

»Du hast recht.« Sie grinste. »Bis zu meinem nächsten Urlaub ist es noch ewig hin. Fünf Monate. Wie willst du das nur ohne mich aushalten? Renn bloß nicht wieder in den Wald.«

Ich lachte, konnte aber nicht verhindern, dass sich bei dem Gedanken an ihre Abreise Wehmut in mir breitmachte. Ich vermisste sie jetzt schon.

»In den Wald?«, fragten Liam und Valentina im Chor, die noch nichts von meinem spontanen Wandertrip wussten. In Kurzfassung berichtete ich ihnen davon.

Liv spendierte uns einen Grog, mit dem wir feierlich anstießen.

»Wie geht es Elsa?«, erkundigte sich Valentina bei mir.

»Gut. Die nächsten Monate werden sicher noch mal hart, aber ich bin mir sicher, dass sie das schaffen wird.« Ich hatte Valentina und Astrid in einer Teamsitzung von der Hausgeburt berichtet und auch von allem anderen, was insbesondere Valentina zutiefst getroffen hatte. Sie war in den letzten Monaten neben einer geschätzten Kollegin auch eine gute Freundin für mich geworden, die mir den Start in mein Arbeitsleben erleichtert hatte. Sie und Astrid hatten so mitfühlend reagiert, dass ich mich fragte, wieso ich mich ihnen nicht längst offenbart hatte.

»Ich bin so froh, dass du in Nora geblieben bist«, sagte sie. »Es wäre seltsam gewesen ohne dich. Nichts gegen Astrid und deine Tante, aber die beiden sind schon ein wenig eingestaubt.«

»Ich bin auch dankbar dafür, wie alles gekommen ist. Nora ist mein Zuhause geworden. Und vielleicht war es das schon immer.«

»Cai, da bist du ja.« Liam klopfte seinem Freund auf die Schulter. »Wir warten schon die ganze Zeit auf dich.«

»Ich war vor euch da«, brummte Cai. In der Hand hielt er ein Bier.

»Tut mir leid. Wir sind erst später von zu Hause weggekommen«, erklärte Liam und stieß mit der Tasse gegen seine Flasche. »Fynn ist von Oskar abgeholt worden, und ich wollte Elsa nicht allein lassen.«

»Verständlich. Wie geht es ihr?«

»Sie weint ständig, wegen allem ist sie total aufgelöst. Heute Morgen habe ich mit Fynn einen Zeichentrickfilm angesehen. Es war richtig witzig. Aber Elsa hat sich die Augen ausgeweint, weil ihr die Katze leidtat.« Liam griff nach meiner Hand und grinste mich an. »Aber meine Freundin, die Babyblues-Expertin, hat mir versichert, dass das ganz normal ist.«

Meine Freundin, hallte es in meinem Kopf nach, und mein Herz schlug einen Takt schneller.

»Wie ist es bei dir? Wie läuft es im Elchpark?«, fragte Liam seinen Freund.

Cai seufzte. »Mittlerweile ruhiger. Die Touristen werden weniger, und ich habe endlich mal Zeit, mich um die Anlage zu kümmern. Es muss einiges instand gesetzt werden. Der Zaun ist marode und an vielen Stellen löchrig.«

»Ich helfe dir, wenn ich Luft hab. Das habe ich dir versprochen.«

»Du hast genug zu tun«, erwiderte Cai. »Das ist wichtiger.«

»Überlass die Entscheidung mal mir.« Liam schmunzelte, und sein Blick sprang zu dem Verkaufsstand, wo der alte Gustav seinen Fisch anbot. »Verrat mir lieber, wie der Hering ist. Hat Gustav ihn wieder versalzen?«

»Wie jedes Jahr«, gab Cai zurück. »Daran hat sich in den Jahren, in denen du weg warst, nichts geändert.«

Liv schüttelte sich. »Ich kann diesen Hype um Salzhering gar nicht nachvollziehen. Wie kann man so ein glibberiges Stück Fisch mögen?«

Cai schnaubte belustigt, worauf Liv gleich ansprang.

»Was?«
»Nichts.«
»Du hast gezischt. Das klang nicht nach nichts.«
Er stöhnte genervt. »Salzhering gehört zur schwedischen Kultur. Jeder liebt ihn.«
»Tja, dann bin ich wohl nicht jeder.«
Valentina runzelte die Stirn und warf mir einen fragenden Blick zu.
Ich zuckte seufzend mit einer Schulter. Mehr fiel mir zu den beiden Streithähnen nicht ein.
»Wie wäre es, wenn wir schon mal zur Bühne laufen?«, ging Liam beschwichtigend dazwischen.
Es war fast ein bisschen amüsant, wie Liv und Cai sich mit Blicken und Worten duellierten, obwohl sie sich kaum kannten. Cai schien ebenso wenig mit der quirligen Großstädterin anfangen zu können wie sie mit seiner eigenbrötlerischen Art.
Gemeinsam liefen wir an der Promenade entlang in Richtung Smaskigt und der Festwiese, wo anlässlich des Herbstmarktes eine schwedische Popband ein kleines Konzert geben würde.
»Weißt du noch?«, raunte mir Liam ins Ohr, während wir Hand in Hand und mit etwas Abstand hinter den anderen herliefen.
Er machte eine Kopfbewegung in Richtung des Wasserpavillons. »Unser Tanz in der Mittsommernacht.«
»Wie könnte ich das vergessen?« Die Erinnerung, wie Liam und ich unter den Lichterketten getanzt hatten, erfüllte mich mit purem Glück. »Es kommt mir vor, als wäre es eine Ewigkeit her.«
»In den letzten Monaten ist viel passiert.« Wir blieben kurz stehen, betrachteten den Pavillon, in dem ein älteres Paar stand und auf den See hinausblickte. Der Anblick war herzergreifend, und für einen kurzen Moment stellte ich mir vor, dass Liam und ich dieses Paar waren. Irgendwann, in ferner Zukunft. Die

Vorstellung hinterließ ein warmes Gefühl in meiner Brustgegend.

»Vielleicht wird das eins unserer Rituale«, fuhr er fort. »Jede Mittsommernacht in dem Pavillon zu tanzen.«

Ich lächelte, und mein Herz schlug bei dem Gedanken höher. »Das fände ich sehr schön.«

In Liams Vorschlag lag die Aussicht auf eine lange gemeinsame Zukunft. Eine Zukunft, von der ich vor einem halben Jahr nicht mal zu träumen gewagt hätte. In Schweden hatte ich gelernt, nicht ständig an die Zukunft zu denken, oder an die Vergangenheit. Ich fühlte mich entschleunigt und erwischte mich immer häufiger dabei, dass ich im Hier und Jetzt blieb und Augenblicke wie diesen bewusst genoss. Ich arbeitete in meinem Traumjob, hatte als Hebamme wieder zu mir und meinem Selbstbewusstsein gefunden. Ich hatte meine Halbschwester kennengelernt und mich Hals über Kopf verliebt, in Nora und in Liam. Den Mann, mit dem ich mir eine Zukunft vorstellen konnte. Wir hatten beide etwas Traumatisches erlebt, trugen schmerzhafte Erinnerungen in uns. Doch wir stützten uns und ließen den anderen die Last nicht allein tragen. Vielleicht würde der Schmerz nie ganz verschwinden, aber Liams Liebe machte ihn für mich erträglicher.

»Abgemacht. Jedes Jahr ein Tanz unterm Pavillon.«

Wir lächelten uns an, bevor wir uns küssten, übermütig und euphorisch.

Epilog

»Liv hat angerufen. Ich soll dich grüßen und dir sagen, dass sie sich über dein Paket gefreut hat. Vor allem über die Marmelade.«

Edda hob lächelnd den Blick von den gewürfelten Zwiebeln. Ihre Augen waren glasig von den Dämpfen.

»Mal sehen, wie lange sie diesmal hält.«

»Liv vertilgt deine Marmelade mit Löffeln.« Ich träufelte Öl in eine Pfanne und schmorte Pilze an. Es waren die letzten, die Edda und ich im Wald gefunden hatten, bevor der Herbst endgültig in den Winter übergegangen war und jeden Zentimeter Boden mit einer dicken Schneeschicht bedeckt hatte.

Den ganzen Vormittag über hatte es so viel geschneit, dass eine weiße Decke den Garten überzog. Zwischen schneebehangenen Baumkronen ruhte der Norasjön. Umschlossen von der weißen Kulisse wirkte es, als wäre er ebenfalls im Winterschlaf versunken. Am trüben Himmel stauten sich Wolken, die, laut Wettervorhersage, in den nächsten Stunden noch mehr Schnee bringen würden. Während ein weißer Winter in Deutschland eher eine Seltenheit war, war es in Schweden selbstverständlich. Winter bedeutete Schnee — viel Schnee. Und das von Dezember bis März.

Edda hatte den Kamin angezündet, der im Hintergrund knisterte und knackte. Ben und Jerry lagen davor und genossen die behagliche Wärme. Ihre mittlerweile tägliche Routinerunde durch den Garten hatten sie heute wieder mal ausfallen lassen. Nora war ihr Zuhause geworden, und sie hatten sich gut eingelebt, aber an den Schnee und die Kälte des Winters würden sich die verwöhnten Kater sicher nur schwer gewöhnen können.

»Ich würde heute gerne die Kartons mit dem Weihnachtsschmuck aus dem Keller holen. Alleine schaffe ich das nicht.« Edda reichte mir das Schneidebrett mit den Zwiebeln, die ich in einer zweiten Pfanne anbriet.

»Das übernehmen Liam und ich. Er müsste jeden Moment da sein.«

Es hatte sich in den letzten Wochen eingependelt, dass Liam und ich uns sonntags gegenseitig zum Mittagessen besuchten und einander bekochten. Ich liebte dieses kleine Ritual, eins von vielen, die sich in unsere Beziehung einschlichen. Liam tat es gut, zu Hause rauszukommen, und ich kam in den Genuss seiner ausbaufähigen Kochküste.

Letzten Sonntag hatte er mir endlich seine berühmt-berüchtigten Köttbullar serviert, allerdings in der vegetarischen Form, was Fynn so fürchterlich aufgeregt hatte, dass er sein Essen verweigert hatte. Liam liebte Elsa, Fynn und seine Nichte Stina, aber ich spürte, wie anstrengend es für ihn an manchen Tagen war, neben der Arbeit Elsa zu unterstützen. Stina hielt Elsa Tag und Nacht auf Trab. Sie hatte ein schlechtes Gewissen, weil Liam sie so viel unterstütze, war aber gleichzeitig dankbar dafür, dass sie nicht allein war.

Ein schabendes Geräusch lenkte mich ab.

»Was ist das?«

Edda lief in den Flur, blickte durch das kleine Fenster und lächelte.

»Liam schiebt Schnee.«
»Er ist schon da?«
»Offensichtlich.« Sie kehrte zu mir zurück. »Er ist ein Engel, Alma.«
»Ja, das ist er«, gab ich ihr recht und lächelte glücklich. »Er weiß, dass du Probleme mit der Luft hast. Du solltest wirklich mal zum Arzt gehen.«
»So was kann manchmal langwierig sein. Etwas anderes wird mir der Arzt auch nicht sagen.«

Besorgt musterte ich Edda, die ihren Gesundheitszustand meiner Meinung nach runterspielte. Vor zwei Wochen hatte sie mit einer starken Grippe im Bett gelegen. Ich konnte mich nicht daran erinnern, Edda jemals so krank erlebt zu haben. Sie hatte heftig gehustet und zwischen den Anfällen viel geschlafen. Astrid, Liv und ich hatten die Hausbesuche untereinander aufgeteilt, was gut funktioniert hatte, auch wenn wir alle einige Überstunden machen mussten.

Es klingelte, als ich den letzten Teller auf den Tisch stellte. Lächelnd lief ich in den Flur und öffnete Liam die Tür. Wie immer packte mich diese kribbelige Vorfreude, bevor ich ihn wiedersah. Auch die Abschiede nach unseren Verabredungen fielen uns mit jedem Mal schwerer. Manchmal erwischte ich mich dabei, wie ich mir vorstellte, mit Liam zusammenzuwohnen, jeden Morgen mit ihm aufzuwachen und gemeinsam zu frühstücken. Es war ein schöner Gedanke. Aber ich wusste auch, dass dieser Schritt noch weit weg war. Liam wurde von Elsa gebraucht, und ich wohnte noch bei meiner Tante. Für das neue Jahr hatte ich mir vorgenommen, mir etwas Eigenes zu suchen, auch wenn ich mich bei Edda sehr wohlfühlte und sie mich, wie sie ständig betonte, gern um sich hatte. Es war praktisch, dass ich gleich neben der

Hebammenpraxis wohnte, besonders im Hinblick auf meinen Kurs, der in den Startlöchern stand.

Ich hatte die Teilnehmerzahl auf sechs Paare aufgestockt, weil so viele Anmeldungen eingegangen waren. Ich freute mich, dass meine Idee auf so großes Interesse stieß. Auch erkundigten sich immer mehr Leute nach Hausgeburten. Die Hebammen in den Kliniken arbeiteten am Limit, was für die schwangeren Frauen deutlich spürbar war. Viele fühlten sich nach dem ersten Gespräch nicht gut aufgehoben, bemängelten die fehlende Zeit des Personals. Edda schien immer konkreter über die Hausgeburten nachzudenken, haderte aber noch mit sich. Sie wusste, wie viel Verantwortung es bedeutete und wie viel Mehraufwand nötig wäre. Valentina und Astrid schienen grundsätzlich offen dafür zu sein. Ich hatte die größten Vorbehalte. Als Stina auf die Welt gekommen war, hatte ich es zwar geschafft, über mich hinauszuwachsen, konnte mir aber dennoch nicht vorstellen, regelmäßig Hausgeburten zu betreuen. Sosehr ich diesen Teil meines Jobs vermisste, die Angst vor Komplikationen saß nach wie vor tief. Ich wusste nicht, ob diese Bedenken jemals verschwinden würden.

Edda verstand meine Argumente und schob das Thema vorerst mit ihrem typischen Spruch »Kommer tid kommer råd« beiseite. Die Zeit würde zeigen, wie es weiterginge.

»Hej«, begrüßte ich Liam strahlend.

Seine Wangen und die Nasenspitze waren gerötet. In seinen Wimpern hingen Schneeflocken, die wie zerrupfte Watte vom Himmel fielen.

»Danke fürs Schneeschieben. Edda hat dich dafür einen Engel genannt.«

»Das bin ich ja auch.« Liam zog seine nasse Jacke aus, die ich an der Garderobe aufhängte.

Seine Mütze und den Schal legte ich zum Trocknen über den Heizkörper.

Ich schrie auf, als er mich von hinten umarmte und blitzschnell seine kalten Hände unter meinen Pullover schob.

Ich befreite mich aus seinem eisigen Griff und funkelte ihn halbherzig an.

»Von wegen Engel. Damit hast du dir den Nachtisch verspielt.«

»Was gibt es denn?«

»Es hätte Zimtcreme für dich gegeben.«

»Mit Blaubeeren?«

»Mit Blaubeeren.«

Liam stöhnte. »Kann ich es wiedergutmachen?«, fragte er, um ein schuldbewusstes Gesicht bemüht.

»Weil es dir leidtut oder weil du unbedingt Nachtisch willst?«

»Weil es mir leidtut natürlich.« Er neigte den Kopf und wickelte mich mit seinem schiefen Lächeln um den Finger.

»Na gut. Wie willst du es wiedergutmachen?«

Liam rieb seine Hände aneinander und hauchte hinein, bevor er die Lücke zwischen uns schloss und mein Gesicht umfasste. Unendlich sanft küsste er mich, bis meine Knie butterweich wurden.

»Entschuldigung angenommen«, flüsterte ich gegen seine Lippen. Sie waren kalt und schmeckten nach Schnee.

Das Haar war von seiner dicken Mütze zerwühlt, und er fuhr sich ein paarmal mit den Fingern hindurch, bevor wir zu Edda in die Küche gingen.

Nach dem Essen bestand Edda darauf, die Küche allein in Ordnung zu bringen, und schickte uns in den Keller hinunter, um die

Kartons mit dem Weihnachtsschmuck zu holen. Die karge Beleuchtung der einzelnen Glühbirne, die von der Decke baumelte, erschwerte uns die Suche nach den richtigen Kartons, die Edda zum Glück beschriftet hatte.

»Schau mal«, sagte ich und deutete auf den Karton, auf dem *Fotoalben* stand. »Meinst du, ich darf sie mit nach oben holen?«

»Bestimmt.« Liam griff nach der Kiste und trug sie zum Treppenaufgang.

Vier Kisten später saßen wir in Eddas Wohnzimmer auf dem Sofa und blätterten das erste Album durch, auf dem *Alma* stand.

Edda hatte sich über unseren Fund gefreut und gemeint, dass sie selbst Ewigkeiten nicht mehr hineingeschaut hätte.

»Das ist Svenja. Sie muss im fünften Monat mit dir schwanger gewesen sein. Sie war ein paar Tage bei mir zu Besuch.«

Liam nahm meine Hand und drückte sie, während ich das Foto meiner strahlenden Mutter betrachtete. Sie saß auf dem Bootssteg, der Babybauch verborgen unter einem Hängerkleid. Ihr Strahlen verriet, wie glücklich sie gewesen war.

»Bist du das?«, fragte ich leise, und deutete auf das Bild daneben. Eine Frau in einem Badeanzug lag auf einer Liege in Eddas Garten. Sie trug eine große Sonnenbrille und einen Hut. Unter dem eng anliegenden Badeanzug war eine kleine Kugel sichtbar.

»Ja.« Edda lächelte traurig.

Liam warf mir einen mitfühlenden Blick zu. Ich hatte ihm von Eddas Schwangerschaft und dem Schicksalsschlag erzählt, was ihn sichtlich getroffen hatte. Daraufhin hatte er bei seiner letzten Wanderung mit Fynn ein selbstgeschnitztes Holzpferd auf die Fensterbank gestellt, was Edda zu Tränen gerührt hatte.

Wir blätterten weiter durch die Alben, lachten über Schnappschüsse von mir als Kleinkind, wie ich in Eddas viel zu großen

Nachthemden durch den Garten sprang, wie ich mit ihr im Gartenbeet wühlte, von oben bis unten mit Blumenerde besudelt.

»Das war dein erstes Mittsommerfest in Nora. Da musst du ungefähr vier Jahre alt gewesen sein.« Edda tippte auf das Foto. Ich war barfuß, trug ein weißes Sommerkleid, und das blonde Haar wirbelte wild um meinen Kopf, auf dem ein schmaler Blumenkranz lag, während ich mit vielen anderen Kindern um den Majstång sprang.

»Du siehst glücklich aus«, merkte Liam an und neigte sich weiter vor, um das Foto besser betrachten zu können. »Darf ich mal kurz?«

Ich rückte etwas zur Seite, um ihm den Blick auf das Bild freizugeben. Liam stutzte und betrachtete es eingehend.

»Was ist los?«, fragte ich.

»Das gibt es doch nicht.«

»Was denn?«

Er schüttelte den Kopf und grinste.

»Da bin ich auch drauf.«

Perplex starrte ich ihn an. »Was? Quatsch.«

»Doch. Da, siehst du?« Er deutete mit dem Finger auf einen Jungen in Stoffhose und weißem Hemd, der Fynn ähnlich sah. Das blonde Haar war allerdings kinnlang, das zahnlose Grinsen breit und vertraut.

»Das ...« Mir blieben die Worte im Hals stecken. Stattdessen schüttelte ich ungläubig den Kopf.

Jetzt betrachtete auch Edda das Foto genauer.

»So ein Zufall«, lachte Liam.

»Zufall?« Edda schmunzelte. Ihr weiser Blick sprang von Liam zu mir und wieder zurück. »Der Zug des Herzens ist des Schicksals Stimme.«

»Du findest zu jedem Moment ein passendes Zitat, oder?«

»Es stammt nicht von mir, sondern von Schiller.« Edda stupste Jerry sanft gegen den Kater-Po, bis er widerwillig von ihrem Schoß sprang. »Wer möchte einen Kaffee? Es gibt auch frische Zimtschnecken.«

»Sehr gerne«, sagte ich mit einem dankbaren Lächeln.

Als Edda in die Küche lief, rückte ich an Liam heran und legte meinen Arm um seinen Körper. Vor uns im Kamin tanzten die Flammen des Feuers, während es vor den Fenstern schneite.

»Vielleicht haben wir uns sogar unterhalten.« Ungläubig starrte er immer noch auf das Foto.

»Ich kann mir nicht vorstellen, dass du in dem Alter mit vierjährigen Mädchen gesprochen hast. Ist das nicht uncool?« Ich schmiegte mich an ihn. »Außerdem war ich ein ziemlich schüchternes Kind.«

»Guck doch mal, du hast eine kleine Blume in der Hand. Ich wette, die habe ich dir geschenkt.«

Als ich zu ihm aufblickte, grinste er. »Was? Glaubst du mir nicht? Ich war früher schon ein Gentleman.« Er legte das Album zur Seite und zog mich in eine Umarmung. »Ehrlich.«

»Na gut. Also hat unsere Geschichte schon vor über zwanzig Jahren begonnen?«

»Mit einer langen Pause dazwischen.«

»Du bist verrückt«, sagte ich schmunzelnd.

»Das Thema hatten wir schon.« Er zeigte auf die beiden Kater, die faul vor dem Kamin lagen. »Ich sage nur Ben und Jerry.«

»Du trägst deine selbstgemachte Seife in deiner Jackentasche herum und riechst ständig daran«, erinnerte ich ihn. »Sieh es endlich ein, Liam, du bist der Verrücktere von uns beiden.«

Er öffnete den Mund, um zu einem Konter anzusetzen, doch dann schloss er ihn wieder. »Ich bin verrückt nach dir, Alma. Und daran wird sich so schnell auch nichts ändern.«

»Meinst du, wir schaffen noch mal zwanzig Jahre?«
»Mindestens.«
»Okay. Wie viele Jahre schlägst du vor?«

Liam betrachtete mich mit diesem Lächeln, das mein Herz jedes Mal höherschlagen ließ.

»Wie wäre es mit *für immer*?«

Danksagung

Wie kann es sein, dass man einen ganzen Roman schreibt und dann grübelt, wie man angemessen all den Menschen dankt, die zu diesem Buch geführt haben?

Ich kann nur schwer in Worte fassen, wie dankbar ich dafür bin, ein Teil des Fischer Verlags zu sein. Ich lebe meinen Traum und das ist ein unbeschreibliches Gefühl. Dafür möchte ich als Erstes dem Team des Fischer Verlags und meiner Lektorin Tanja danken, die an die Geschichte geglaubt und ein so wunderschönes Buch daraus gemacht haben. Ihr seid alle sehr nett und herzlich und ich habe mich von der ersten Sekunde an bei euch wohl gefühlt.

Danke an meine Lektorin Bettina von Word Experts, die aus jedem Satz das Beste herausholt, immer ein offenes Ohr hat und sich auch lange Sprachnachrichten wie selbstverständlich anhört.

Danke an meine Agentinnen von Langenbuch & Weiß, danke dir, Gesa, dass du immer an meine Projekte geglaubt und mir Mut gemacht hast.

Danke an meine liebe Freundin Maren. Wir kennen uns schon ein paar Jahre (ja, das kann man mittlerweile sagen), und ich wäre ohne deinen Optimismus und deine zu jeder Situation passenden und teils skurrilen Sticker bei WhatsApp häufig verloren gewesen. Ich rechne es dir hoch an, dass du immer wieder todesmutig einen Roadtrip mit mir machen würdest ... mit mir als Fahrerin natürlich.

»Genau jetzt mit dir« spielt in Schweden, ein Land, das ich als einen persönlichen Sehnsuchtsort bezeichnen kann. 2022 haben meine Familie und ich zum ersten Mal Urlaub in der Region Småland gemacht, und ich weiß noch, dass ich Tränen in den Augen hatte, als ich, vorm Ferienhaus stehend, auf den See und die umliegende Natur blickte. In Nora habe ich mich in den Wasserpavillon verliebt und musste ihn einfach in die Geschichte von Alma und Liam einbauen. Danke an meinen Mann und meine Kinder, dass ihr euch auf meine spontane Idee und die lange Fahrt eingelassen habt. Ihr seid in so vielerlei Hinsicht meine Inspiration und ihr gebt mir die notwendige Kraft, alles unter einen Hut zu bekommen.

Danke an Christian Weigl, den wir in Schweden auf kuriose Weise in einem Elchpark kennengelernt haben – zwei Tage später aßen wir in seiner »Bageriet« selbstgebackene Pizza. Ich danke dir, dass ich dein kleines Lokal im Roman erwähnen durfte. Liam und Alma hatten dort einen sehr romantischen Abend.

Dass Alma Hebamme ist, ist kein Zufall. Ich selbst kann euch versichern, dass ich in jeder Schwangerschaft dankbar war, eine Hebamme an meiner Seite zu haben. Danke, Angela, dass ich durch dich gelernt habe, wie wertvoll dieser Beruf ist. Eure Arbeit sollte viel mehr gesehen und gewürdigt werden. Danke, dass du mir und meiner Familie viele Monate lang eine Stütze warst.

Außerdem danke ich dir, der Person, die nach diesem Buch gegriffen und es hoffentlich mit Freude bis hierhin gelesen hat. Ich hoffe, dass Alma, Liam und alle anderen Charaktere einen

Platz in deinem Herzen gefunden haben und du dich auf ein baldiges Wiedersehen mit ihnen freust.

TRIGGERWARNUNG
(Achtung Spoiler)

Dieses Buch enthält potenziell triggernde Inhalte zu folgenden Themen: Totgeburt, traumatische Geburt, Verlust eines Kindes, Trauer, Verlust

Und so geht es weiter ...

Leseprobe aus
»Genau hier bei dir«

Prolog

Seine Lippen fuhren über meine – selbstbewusst und leidenschaftlicher, als ich erwartet hatte. Aber hatte ich überhaupt etwas erwartet? Dazu war schließlich kaum Zeit geblieben, während ich mit Cai neben die Bühne getaumelt und er mich so intensiv angesehen hatte, dass mir schwindelig geworden war. Vielleicht trug auch der Schnaps zu meinem benebelten Zustand bei, den wir in den letzten Stunden getrunken hatten. Ich war nicht wirklich betrunken, aber offensichtlich *angetrunken* genug, um Cais Kuss ohne Zögern zu erwidern und meine Hände in seinen dunklen Haaren zu vergraben. Die leichten Wellen am Oberkopf fühlten sich weich zwischen meinen Fingern an, an den Seiten kratzten die kürzer geschnittenen Haare über meine Handflächen. Ich hatte keine Ahnung, wie es plötzlich dazu gekommen war, dass wir uns küssten – auf dem Herbstfest in Nora, neben der Bühne, auf der eine schwedische Popband spielte. Vor Minuten hatten wir uns noch scharfe Blicke zugeworfen, weil wir uns seit unserer ersten Begegnung nicht ausstehen konnten. Und jetzt ... Jetzt küssten wir uns! Für einen kurzen Moment dachte ich an meine Halbschwester Alma, die mit ihrem Freund Liam und ihrer Kollegin Valentina in der Menge stand und davon ausging, dass ich jeden Augenblick von der Toilette zurückkehren würde. Doch auf halber Strecke waren Cai und ich uns in die

Arme gelaufen, inmitten der Menschenmasse. Wir hatten uns angesehen – nein, angefunkelt, während wir uns so nah gegenüberstanden, dass mir zum ersten Mal das kleine Muttermal unter seinem rechten Auge auffiel. Keiner von uns rührte sich und binnen Sekunden veränderte sich irgendwas. Sein Blick glitt über mein Gesicht, erst widerwillig, dann eingehend. Als er bei meinen Lippen hängenblieb und sich eine tiefe Falte zwischen seinen Augenbrauen bildete, lief ein Schauer mein Rückgrat hinab und mein Verstand schaltete sich aus. Intuitiv war ich näher an ihn herangerückt, ohne den Blickkontakt abbrechen zu lassen. Vielleicht hatte ich ihn herausgefordert. Die Stimmung zwischen uns war schon den ganzen Abend angespannt gewesen, sie war wie ein Pulverfass, das jeden Augenblick zu explodieren drohte. Jetzt war es hochgegangen. Allerdings auf andere Weise als gedacht.

Als ich über diese absurde Wendung schmunzelte, löste sich Cai von mir. Er hob den Kopf nur so weit, dass sich unsere kühlen Nasenspitzen berührten. Sein Atem roch nach einer Mischung aus Grog und Minze, und obwohl wir beide dicke Winterjacken trugen, meinte ich, seine warmen Körper durch den Stoff zu spüren.

»Alles okay?« Seine Stimme klang rauer als sonst, aber auch sanfter. Anders. Ich mochte dieses anders, und gleichzeitig machte es mir Angst. Weil das hier nicht echt war. Es war ein flüchtiger, verrückter Moment, den ich betrunken wahrnahm und nicht einschätzen konnte. Ich haderte mit mir, wusste, ich sollte das hier sofort beenden, weil ich tief in meinen Inneren verstand, wie falsch es war. Nicht nur, weil ich morgen nach Stockholm fahren und in mein Leben zurückkehren würde, sondern vor allem deshalb, weil Cai alles war, was ich nicht wollte.

Seine Hand glitt in meinen Nacken, schob die glitzernde

Mütze, die ich trug, ein Stück nach oben. Ich hatte sie absichtlich aufgesetzt, weil ich wusste, dass Cai sie nicht mochte. Das hatte er bei unserer letzten Begegnung mit seinem abwertenden Blick deutlich gezeigt. Ich fand es lächerlich, dass er etwas gegen eine Kopfbedeckung hatte, besonders, weil Cai so gar keinen Schimmer von Mode zu haben schien. Der Mann trug ausschließlich zweckmäßige Kleidung mit diesem typischen Holzfällercharakter – derbe Boots, Bluejeans, Wollpullover oder irgendwelche Hemden mit Karomustern.

In Cais Blick schien keinerlei Unsicherheit zu liegen. Ich erkannte in seinen dunklen Augen nur Hitze und Neugierde. In meiner Magengegend kribbelte es.

Du bist betrunken, Liv. Er ist betrunken. Das hier ist total falsch. Ein riesiger Fehler.

»Ja, alles okay«, hörte ich mich leise sagen, bevor ich ihn wieder an mich zog und meinen Mund auf seinen presste.

Kurz darauf verließ ich fluchtartig, und ohne mich von ihm zu verabschieden, das Fest und fuhr am nächsten Tag nach Hause – zurück nach Stockholm, in mein eigentliches Leben.

1

Fünf Monate später

»Liv, Hej. Kannst du kurz sprechen?« Alma klang aufgewühlt. Ich ließ meine Reisegruppe stehen, die vor dem prunkvollen Schloss Drottningholm stand und Handyfotos schoss. Kurz warf ich dem jungen Mann einen Blick zu, der noch etwas blass im Gesicht auf einer nahe liegenden Bank saß und an einer Wasserflasche nippte. Bei der einstündigen Überfahrt vom Stadtzentrum zur Insel Lovön, auf der sich der private Wohnsitz der schwedischen Königsfamilie befand, war er glatt seekrank geworden. Wie gut, dass es nicht das erste Mal war, dass es während meiner Stadttour durch Stockholm irgendwelche unvorhersehbaren Zwischenfälle gab.

»Was ist los?«

»Edda ...« Ihre Stimme klang sorgenvoll, als sie den Namen unserer Tante aussprach – der Frau, die neben meiner Mutter, meinem Stiefvater und meiner Halbschwester Alma meine Familie war. Seit ich sie ausfindig gemacht und sie mich mit offenen Armen empfangen hatte, besuchte ich Edda jeden Herbst, wenn die Saison in Stockholm vorbei war und ich für ein paar Wochen mein geliebtes turbulentes Stadtleben gegen die friedliche Ruhe in der verschlafenen Kleinstadt Nora eintauschte. Edda war ein

Ruhepol und mit einer Weisheit gesegnet, die ich faszinierend fand.

»Sie musste ins Krankenhaus.«

»Was ist passiert?« Sofort war ich in Alarmbereitschaft. Edda schleppte seit dem letzten Winter einen hartnäckigen Husten mit sich herum, doch trotz unserer Bitte das von einem Arzt abklären zu lassen, hatte sie sich vehement geweigert. Sie war ein Sturkopf.

»Heute Morgen war sie nicht unten in der Küche, und du weißt ja, wie früh sie eigentlich immer aufsteht. Ich habe sie husten gehört, so stark wie noch nie. Als ich in ihr Schlafzimmer kam, saß sie auf der Bettkante und hat ganz schwer und angestrengt geatmet. Ich habe sofort den Notarzt gerufen.« Sie seufzte ins Telefon.

»Weißt du schon mehr? Was hat sie denn?«

»Keine Ahnung. Sie wird untersucht und komplett auf den Kopf gestellt. Ich wollte dir direkt Bescheid geben.«

»Okay ... danke.« Ich wusste nicht, was ich sonst dazu sagen sollte. Ich machte mir schreckliche Sorgen um Edda und hoffte, dass alles wieder schnell in Ordnung kommen würde. Alles andere durfte ich gar nicht erst denken.

»Sie kommt wieder auf die Beine«, sagte ich schließlich mehr zu mir selbst.

»Ja, das wird sie. Natürlich wird sie das.«

Alma versprach, mich auf dem Laufenden zu halten, und wir legten auf. Ich musste zurück zu meiner Gruppe, die etwas verloren herumstand und sich nach mir umsah. Doch meine Konzentration ließ seit dem Telefonat zu wünschen übrig, weil meine Gedanken um Edda kreisten. Alma hatte mir gesagt, dass sie keinen Besuch empfangen konnte, bis die Untersuchungen abgeschlossen waren, und doch kam es mir falsch vor, in Stockholm zu sitzen und abzuwarten, während Alma in Nora von jetzt auf gleich mit der Hebammenpraxis und Eddas großem Haus alleine dastand. Ich wusste, dass sie ihren Freund Liam als Stütze hatte, aber der hatte mit seinem Job und seiner alleinerziehenden Schwester selber alle Hände voll zu tun.

Kurzentschlossen fuhr ich nach der Stadttour in die WG, packte ein paar Sachen zusammen und machte mich auf den Weg nach Nora.

Zweieinhalb Stunden später stieg ich aus meinem Auto und lief über den Kies auf das schwedenrote Holzhaus zu, vorbei an der Hebammenpraxis Magkänsla, für die Alma seit letztem Jahr arbeitete. Edda hatte sich mit der Praxis vor Jahren einen Traum erfüllt und ihre Leidenschaft zum eigenen Business gemacht. Ich konnte zwar nicht viel mit Schwangeren und Babys anfangen, dennoch imponierte mir ihr Mut, ihre Geschäftsidee umzusetzen, die sich als Volltreffer erwiesen hatte. Die Hebammenpraxis boomte.

Als ich klingelte und wartete, nahm ich wahr, wie sich die Natur um mich herum seit meinem letzten Besuch im Herbst verändert hatte. Die zarten Sonnenstrahlen der Nachmittagssonne waren wärmer, die Luft roch nach Gras und Kiefernnadeln, und nur noch vereinzelte kleine Schneehaufen bedeckten den Boden.

Ich dachte daran, wie strahlend Edda mich bei jedem Besuch empfangen hatte, wie sie mir immer das Gefühl gegeben hatte, zu Hause und willkommen zu sein. Sie hatte es geschafft, das fehlende Puzzleteil in meinem Herzen zu vergessen und es so unvollkommen anzunehmen, wie es war. Edda war ein Geschenk für mich, und ich konnte es kaum erwarten, sie im Krankenhaus zu besuchen und sie fest zu umarmen.

Die Tür öffnete sich.

»Liv.« Alma machte große Augen. Sie trug eine weite Strickjacke und Jogginghosen. Ihr blondes Haar hatte sie locker hochgesteckt. »Was machst du denn hier?« Ihr Blick wanderte zu meinem Rollkoffer neben meinen Füßen.

»Ich konnte nicht zu Hause rumsitzen. Ich möchte für dich und Edda da sein und bleibe ein paar Tage. Wenn du einverstanden bist.«

Alma schürzte die Lippen, dann lächelte sie und zog mich in eine Umarmung. Als wir uns voneinander lösten, trat Liam in den Flur. Er blickte nicht weniger erstaunt als seine Freundin. »Das ist ja eine Überraschung.« Sein kinnlanges blondes Haar hatte er zurückgebunden, das Blau seiner Augen strahlte heller, als ich es in Erinnerung hatte. Ich mochte ihn, auch wenn wir uns nur wenige Male getroffen hatten. Er war nett und herzlich, und er vergötterte meine Halbschwester, was man in jedem der Blicke, die er ihr zuwarf, lesen konnte.

»Liv bleibt ein paar Tage«, verkündete Alma. »Ist das nicht schön?«

»Ich hoffe, ich überfalle euch damit nicht.« Liam wohnte zwar nicht in Eddas Haus, dennoch kam mir erst jetzt der Gedanke, dass es ihn stören könnte, wenn ich hier von jetzt auf gleich aufkreuzte.

»Überfallen?« Alma keuchte. »Du bist meine Rettung. Ich bin ein Nervenbündel, seit Edda heute Morgen abgeholt wurde. Liam hat mir schon einhundert Mal gesagt, dass alles gut wird, aber, na ja ... ich habe einfach Angst.«

»Edda ist zäh, sie schafft das.« Liam nahm Almas Hand und

warf mir einen Blick zu, in dem ich las, dass er sich selbst sorgte, auch wenn er es Alma zuliebe nicht zugab.

Während Liam meinen notdürftig gepackten Koffer in eins der oberen Zimmer des Hauses brachte, zogen Alma und ich uns ins Wohnzimmer zurück. Vor dem Kamin lagen Ben und Jerry, Almas Kater, die sie bei ihrer Auswanderung aus Deutschland mit nach Schweden gebracht hatte. Ich fand es süß, dass sie ihnen den Namen ihrer Lieblingseismarke gegeben hatte.

Neugierig hoben sie die Köpfe und musterten mich aus ihren goldbraunen Augen. Bens Nase zuckte und im nächsten Moment kam er auch schon auf mich zugelaufen. Dieser Kater war mir bei meinem letzten Besuch ans Herz gewachsen. Laut Alma war Ben eigentlich eher zurückhaltend, wenn er auf neue Menschen traf, aber wir beide mochten uns auf Anhieb.

»Willst du etwas trinken?« Alma deutete auf die Wasserkaraffe, die auf dem Tisch stand. »Oder lieber Tee?«

»Wasser ist okay. Danke.«

Ich setzte mich auf das Sofa und ließ meinen Blick durch das offene Wohn-Esszimmer gleiten. Auf dem Tisch lagen Eddas Gartenhandschuhe. Abgesehen vom Kochen war Gartenarbeit ihr liebstes Hobby. Obwohl ich wusste, dass sie im Krankenhaus war, hoffte ich, dass sich jeden Moment die Terrassentür öffnen und sie mit ihren Gummistiefeln ins Haus stapfen würde.

Ich seufzte und sah hinunter auf Ben, der sich in diesem Moment zu mir gesellte und sich neben meinem Schoß einrollte. Langsam ließ ich meine Finger über das seidige Fell gleiten, was irgendwie tröstlich war.

»Das muss ein Schock für dich gewesen sein, Edda so zu

sehen«, sagte ich, als Alma mit einem Glas Wasser zurückkehrte. Sie stellte es auf dem Couchtisch ab und setzte sich auf den Sessel, mir gegenüber. Dahinter brannte ein kleines Feuer im Kamin, welches in Schweden auch noch im Frühling notwendig war. Auf dem Kaminsims standen die Fotos in Bilderrahmen, die ich mir bei jedem Besuch angesehen hatte. Ich erinnerte mich noch genau daran, wie ich das Kinderfoto von Alma angestarrt hatte und wie sehr ich mir gewünscht hatte, sie eines Tages kennenzulernen. Ich war dankbar, dass es letztes Jahr endlich dazu gekommen war, auch wenn unser Start dann ein wenig holprig verlaufen war. Mein Auftauchen hatte Alma überfordert, aber ich konnte sie verstehen. Immerhin war es für sie eine heftige Enttäuschung gewesen, zu erfahren, dass unser Erzeuger ein Kind mit einer heimlichen Affäre gezeugt hatte. Dennoch hatten wir schnell einen Draht zueinander gefunden, trotz unserer unterschiedlichen Charaktere. Seitdem hielten wir engen Kontakt, telefonierten und schrieben uns Nachrichten. Die besondere Verbindung zwischen uns hatte ich schon in der ersten Sekunde unseres Kennenlernens gespürt. Auch wenn ich das väterliche Bindeglied, welches uns genetisch miteinander verband, am liebsten komplett daraus verbannen wollte, war ich glücklich, Alma als meine Halbschwester in meinem Leben zu haben.

»Ich mache mir Sorgen, was bei den Untersuchungen herauskommt. Aber ich weiß, dass sie in guten Händen ist. Bis Edda wieder gesund ist, muss ich nur zusehen, dass die Praxis weiterläuft.«

»Bekommst du das denn hin?«

Sie nickte. »Ich bin ja nicht allein. Astrid und Valentina helfen mir dabei, Eddas Termine aufzufangen. Die Geburtsvorbereitungskurse werde ich übernehmen, ebenso wie die Erstuntersuchungen. Es wird knackig, aber es muss funktionieren. Die Familien brauchen uns.«

»Und ich bin auch noch da. Sag mir, wie ich dir helfen kann, und ich mach's.«

»Bekommst du denn keine Schwierigkeit, wenn du so spontan auf der Arbeit ausfällst?«

»Ich habe eine Vertretung, die meine Touren übernimmt. Zumindest für ein paar Tage, bis ihr euch sortiert habt und wir wissen, wie es mit Edda weitergeht.«

»Du bist ein Engel, weißt du das?«

»Das ist selbstverständlich«, sagte ich und lächelte. »Wir sind eine Familie.«

Alma lächelte. »Ja. Das sind wir. En familj håller samman.«

Tine Nell
Genau hier bei dir
Roman
© 2024 S. Fischer Verlag GmbH,
Hedderichstr. 114, 60596 Frankfurt am Main
978-3-596-71064-5
erscheint am 27.11.2024

Paige Toon
Du schenkst mir die Welt
Wie weit würdest du für die Liebe gehen?

Alle Wege führen zu dir
Angie wollte schon immer die Welt bereisen. Doch sie steckt in ihrem winzigen australischen Heimatdorf fest: Ihre Mutter ist tot, ihren Vater kennt sie nicht und sie ist die Einzige, die sich um ihre demente Großmutter kümmern kann. Als diese stirbt, macht Angie eine Entdeckung: Ihr Vater lebt, und zwar in Rom! Doch warum hat ihr nie jemand von ihm erzählt? Angie wirft sich in ein italienisches Abenteuer, um die Wahrheit über ihre unbekannte Familie herauszufinden. Kann sie der charmante Draufgänger Alessandro, auf dem ebenfalls ein Geheimnis lastet, auf ihrem Weg begleiten?

Roman
Aus dem Englischen
von Andrea Fischer
464 Seiten, broschiert

Weitere Informationen finden Sie auf
www.fischerverlage.de

Sarah Adams
When in Rome

Eine idyllische Kleinstadt, große Gefühle und eine Familie, die man ins Herz schließt
Amelia ist eine erfolgreiche Sängerin, aber sie ist einsam und ausgebrannt. Kurzerhand steigt sie in ihren Wagen, um aus ihrem Leben auszubrechen. Ihr Ziel ist die Kleinstadt Rome, doch es läuft nicht wie geplant: Sie landet im Vorgarten des mürrischen Kuchenbäckers Noah. Da die Reparatur des Autos dauert, muss sie bei Noah wohnen. Amelia gelingt es, hinter Noahs harte Schale zu schauen. Was sie dort entdeckt, lässt ihr Herz höherschlagen. Aber Amelias Auszeit endet bald. Dann muss sie sich von Rome verabschieden – und auch von Noah ...

Roman
Aus dem amerikanischen Englisch
von Nicole Hölsken
400 Seiten, broschiert

Weitere Informationen finden Sie auf
www.fischerverlage.de

Lilian Kaliner
Sehnsucht in deinem Herzen
FIREFLY CREEK Band 1
Roman

Willkommen in Firefly-Creek, der Stadt der Glühwürmchen, und willkommen auf der Ranch der Bennetts!
Endlich wieder zu Hause! Wie hat Ethan Bennett diese herrliche Landschaft um die Silverwood Ranch vermisst. Nachdem er seinen Job in Sydney verloren hat, will er einen Neuanfang wagen, und wo ginge das besser als zu Hause? Sofort ist er wieder mittendrin im turbulenten Alltag der großen Bennett-Familie. Doch mit einem hat Ethan nicht gerechnet – mit der wunderschönen Liz, die den chaotischen Haushalt seines Vaters und seiner vier Brüder führt. Eine Frau wie sie hat er noch nie getroffen. Ethans Herz beginnt laut zu schlagen, wenn sie ihn nur anlächelt ...

448 Seiten, broschiert

Weitere Informationen finden Sie auf
www.fischerverlage.de

AZ 596-70551/1